CONTOS DOS IRMÃOS GRIMM

CONTOS DOS IRMÃOS GRIMM

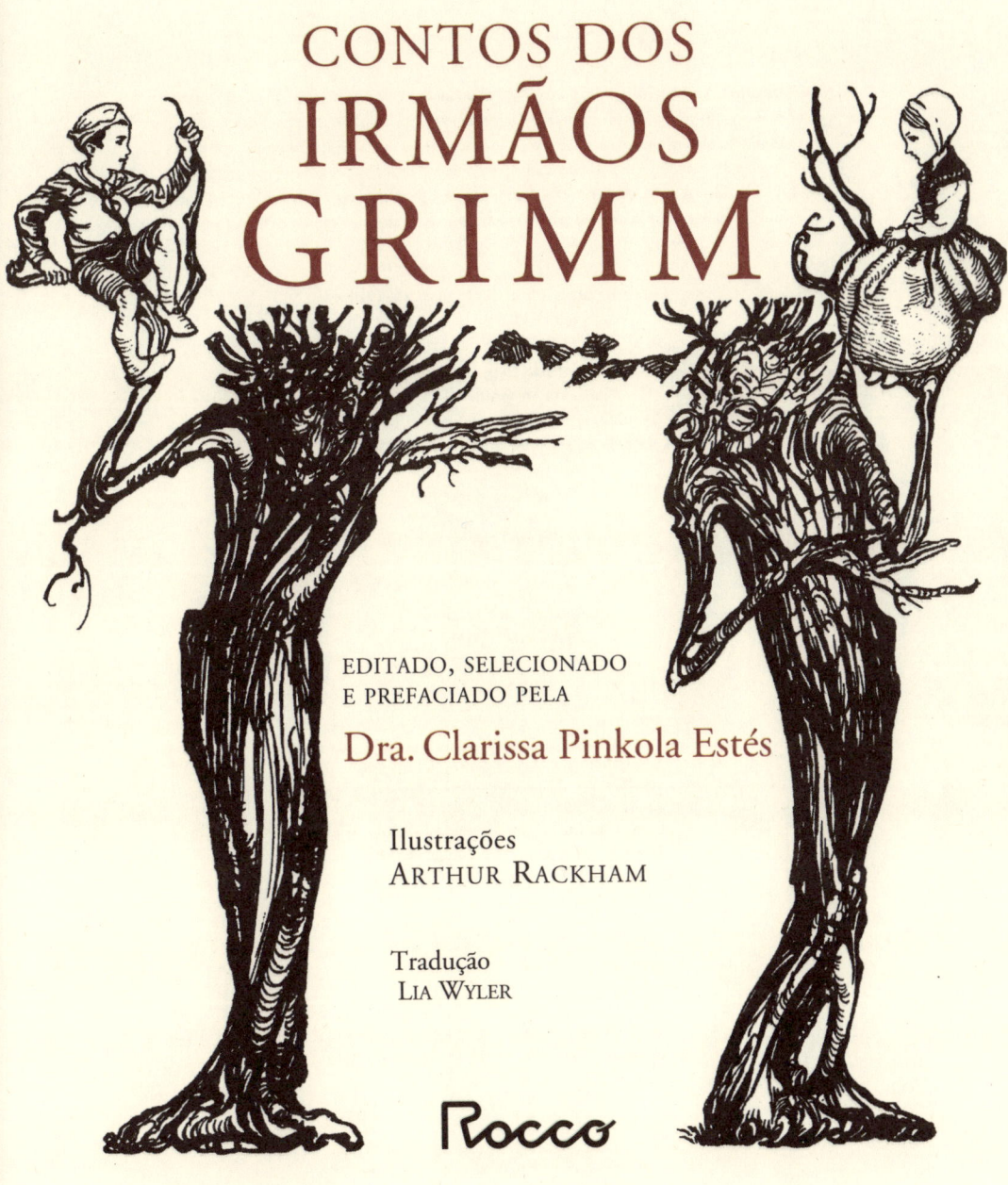

EDITADO, SELECIONADO
E PREFACIADO PELA
Dra. Clarissa Pinkola Estés

Ilustrações
ARTHUR RACKHAM

Tradução
LIA WYLER

ROCCO

Título original
TALES OF THE BROTHERS GRIMM

Copyright do prefácio © 1999 *by* Clarissa Pinkola Estés

Todos os direitos reservados, incluindo, porém não se limitando, os de performance, adaptação, musical, áudio, ilustração, teatral, cinema, coletânea, jornal e/ou revista ilustrada, tradução, reprodução ou transmissão sob qualquer forma ou meio eletrônico ou mecânico, inclusive fotocópia, gravação ou sistema de armazenagem e recuperação de informação. Todos os direitos estão protegidos pela Lei Internacional de Direitos Autorais. Nenhuma parte desta obra pode ser usada, reproduzida na totalidade ou parcialmente, ou adaptada sob qualquer forma sem a permissão escrita do editor.

Direitos para a língua portuguesa reservados
com exclusividade para o Brasil à
EDITORA ROCCO LTDA.
Rua Evaristo da Veiga, 65 –11º andar
Passeio Corporate – Torre 1
20031-040 – Rio de Janeiro, RJ
Tel.: (21) 3525-2000 – Fax: (21) 3525-2001
rocco@rocco.com.br
www.rocco.com.br

Printed in Brazil/Impresso no Brasil

preparação de originais
FÁTIMA FADEL

CIP-Brasil. Catalogação na fonte.
Sindicato Nacional dos Editores de Livros, RJ.

G874c	Grimm, Jacob, 1785-1863 Contos dos Irmãos Grimm/editado, selecionado e prefaciado pela Dra. Clarissa Pinkola Estés; ilustrado por Arthur Rackham; tradução de Lia Wyler. – Rio de Janeiro: Rocco, 2005. il. Tradução de: Tales of the Brothers Grimm ISBN 85-325-1904-0 1. Folclore – Alemanha. 2. Contos de fadas – Alemanha. I. Grimm, Wilhelm, 1786-1859. II. Estés, Clarissa Pinkola. III. Rackham, Arthur, 1867-1939. IV. Wyler, Lia Alvergà. V. Título.
05-1819	CDD – 398.210943 CDU – 398.21 (43)

O texto deste livro obedece às normas do
Acordo Ortográfico da Língua Portuguesa

DEDICATÓRIA

Para Angela Carter, *la cuentera grande,*
y mi comadre,
con cariño y amor.

SUMÁRIO

A TERAPIA DOS CONTOS – Dra. Clarissa Pinkola Estés............	11
BRANCA DE NEVE	33
O CRAVO	43
BELA ADORMECIDA	49
A GATA BORRALHEIRA	55
O LOBO E OS SETE CABRITOS	63
O SAPATEIRO E OS ANÕES	67
O LOBO E O HOMEM	69
JOÃO ESPERTO	71
AS TRÊS LÍNGUAS	77
OS QUATRO IRMÃOS HABILIDOSOS	81
A RAPOSA E O CAVALO	87
O GANSO DE OURO	89
MARGARIDA ESPERTA	95
O REI DA MONTANHA DE OURO	99
O DOUTOR SABE-TUDO	105
O RAPAZ QUE NÃO SENTIA CALAFRIOS	109
O REI BARBICHA	119
JOÃO DE FERRO	125
ROSA BRANCA E ROSA VERMELHA	133

AS VIAGENS DO PEQUENO POLEGAR	139
O EXÍMIO CAÇADOR	143
O DINHEIRO DAS ESTRELAS	149
UM-OLHO, DOIS-OLHOS E TRÊS-OLHOS	151
A MESA, O BURRO E O PORRETE	159
O MÚSICO MARAVILHOSO	169
O ALFAIATEZINHO LADINO	173
JOÃO PORCO-ESPINHO	177
A ÁRVORE NARIGUEIRA	183
AS TRÊS PENAS	187
OS TRÊS MÉDICOS DO EXÉRCITO	191
O JOVEM GIGANTE	195
OS TRÊS FILHOS DA FORTUNA	203
O POBRE APRENDIZ DE MOLEIRO E A GATA	207
JOÃO E MARIA	211
JOÃO SORTUDO	221
OS MÚSICOS DE BREMEN	227
O VELHO SULTÃO	231
A PALHA, O CARVÃO E O FEIJÃO	235
ELZA SABIDA	237
O PESCADOR E SUA MULHER	241
A CARRIÇA E O URSO	249
O PRÍNCIPE SAPO	253
AS AVENTURAS DE CHANTICLER E PETERLOTE	257
RAPUNZEL	261
O ALFAIATE VALENTE	265

O PÁSSARO DE OURO 273

A RATINHA, O PÁSSARO E A SALSICHA... 281

CHAPEUZINHO VERMELHO 283

O NOIVO LADRÃO.. 287

O PEQUENO POLEGAR 291

RUMPELSTILTSKIN... 297

OS DOZE CAÇADORES 301

O CAMPÔNICO 305

A TERAPIA DOS CONTOS
DRA. CLARISSA PINKOLA ESTÉS

Embora os contos de fadas terminem logo depois da décima página, o mesmo não acontece com a nossa vida. Somos coleções com vários volumes. Em nossa vida, ainda que um episódio possa terminar mal, sempre há outro à nossa espera e depois desse, mais outro. Sempre há novas oportunidades para consertar o estrago, para moldar nossa vida da forma que emocionalmente merecemos. Não perca tempo odiando um insucesso. O insucesso é um mestre melhor do que o sucesso. Escute. Aprenda. Continue. Essa é a essência de todo conto. Quando prestamos atenção a essas mensagens do passado, aprendemos que há padrões desastrosos, mas também aprendemos a prosseguir com a energia de quem percebe as armadilhas, jaulas e iscas antes *de depararmos com elas ou de sermos nelas ou por elas capturados.*[1]

O ETERNO CONTO DE FADAS

Nos contos de fadas acham-se gravadas ideias infinitamente sábias que durante séculos se recusaram a se deixar mutilar, desgastar ou matar. As ideias mais persistentes e sábias estão reunidas nas teias de prata a que chamamos contos. Desde a descoberta do fogo, os seres humanos se sentem atraídos pelos contos místicos. Por quê? Porque apontam para um fato importante: embora a alma em sua viagem possa tropeçar ou se perder, no fim ela reencontrará seu coração, sua natureza divina, sua força, seu caminho para Deus em meio à floresta sombria – ainda que leve vários episódios ou "dois passos à frente e um atrás" para descobri-los e recuperá-los.

Quer entendamos um conto de fadas cultural, cognitiva ou espiritualmente – ou de outras maneiras, como quero crer –, resta uma certeza: eles sobreviveram à agressão e à opressão políticas, à ascensão e à queda de civilizações, aos massacres de gerações e a vastas migrações por terra e mar. Sobreviveram a argumentos, ampliações e fragmentações. Essas joias multifacetadas têm realmente a dureza de um diamante, e talvez nisso resida o seu maior mistério e *milagre*: os sentimentos grandes e profundos gravados nos contos são como o rizoma de uma planta, cuja fonte de alimento permanece viva sob a superfície do solo mesmo durante o inverno, quando a planta não parece ter vida discernível à superfície. A essência perene resiste, não importa qual seja a estação: *tal* é o poder do conto.

A SABEDORIA MODERNA DOS CONTOS ANTIGOS

Embora se pense que ler e ouvir contos de fadas seja uma simples transferência do seu conteúdo para os corações e almas jovens e as dos que jamais envelhecem, o processo é muito mais complexo. Ouvir e lembrar os contos têm um efeito mais semelhante ao de se ligar uma tomada interna. Uma vez ativados, os contos evocam um subtexto mais profundo na psique, uma percepção que, através do inconsciente coletivo, chegou *inata*, seja antes, durante ou no momento em que a primeira brisa acariciou o corpo úmido do bebê recém-saído do ventre materno. Embora não saibamos o momento exato da infusão, *sabemos* que a compreensão profunda da essência dos contos é claramente sentida pelo coração, pela mente e pela alma do ouvinte.

Quando as pessoas ouvem, elas se encantam. E embora a palavra *encantar* seja muitas vezes mal empregada em nossos dias, ela permanece pura em sua acepção original – a palavra latina *incantare*, *in*, sobre + *cantare*, cantar; cantar sobre... a fim de criar. Remete à palavra *canto*. Ao ato de entrar em terreno misterioso de posse de nossas faculdades mentais. O que é bem diferente de ter a mente paralisada por uma obsessão, por exemplo, e, em decorrência, perder o controle da própria mente.

Quando as pessoas ouvem contos, não estão propriamente "ouvindo", mas lembrando; lembrando ideais inatos. Quando o corpo ouve contos, algo ecoa em seu interior. Um forte *viento dulce*, o sopro doce que carrega o conto, revela os sentimentos íntimos que se escondem sob sua superfície. Entre alguns povos do círculo polar, tal qualidade é chamada *anerca*, a força da essência do poema que se amplifica ao ser levada para fora com a expiração do contador.

Por que contamos e escutamos contos repetidamente? Eles são como pequenos geradores que nos lembram de informações essenciais sobre a vida anímica – aquelas que muitas vezes esquecemos por um tempo, com as quais perdemos contato, algo que ocorre com frequência durante a vida.

Um conto convida a psique a sonhar com alguma coisa que lhe parece familiar, mas em geral tem suas origens enraizadas no passado distante. Ao mergulhar nos contos, os ouvintes reveem seus significados, "leem com o coração" conselhos metafóricos sobre a vida da alma.

OS CONTOS E A IMAGINAÇÃO CRIATIVA

Pensem nos contos de fadas como vidros de lanternas mágicas que registram o *Zeitgeist*, o espírito do tempo. Alguns folcloristas estudam os contos de fadas, os mitos e as lendas buscando perceber seus alicerces culturais. Por exemplo, uma querida amiga folclorista escreve que, em sua opinião, "Rumpelstiltskin" é um conto que teve origem em uma época em que o trabalho das tecelãs estava sendo substituído pelas máquinas. Os homens começaram a assumir tarefas que anteriormente eram consideradas "trabalho feminino". Assim sendo, o conto poderia ser ao mesmo tempo um instantâneo cultural e o receptáculo de ideias psicológicas imemoriais.

A fim de ampliar essa interpretação, do meu ponto de vista de psicanalista de origens mexicana e magiar, e de culturas étnicas de fortes tradições orais, entendo que o conto "Rumpelstiltskin" também significa pôr a vida em risco, entregar o trabalho desanimador de uma vida a uma criatura pequena mas demoníaca que aparece prometendo: "Farei isso para você, mas você terá de me dar o seu primeiro filho." À medida que o conto se desenrola, vemos que o desejo do demônio não é ajudar, mas roubar o sangue vital da alma criativa.

Outra maneira bem diferente de encarar os contos é contá-los apenas por puro prazer e que é, predominantemente, a razão de ser da maioria dos contadores de histórias modernos. Algumas histórias são narradas porque são simplesmente divertidas. São narradas para que as pessoas riam juntas da mesma forma que um comediante escorrega montanha abaixo pela terceira vez, porque a desce sempre de costas sem prestar atenção. Assim, determinados contos de fadas servem de protótipos para os comediantes circenses na mídia e na política – Os Três Patetas, Abbott e Costello, Cheech e Chong, "A roupa nova do rei" ou qualquer outro quadro, intencionalmente cômico ou não representado por uma, duas ou três pessoas.

Encontramos as raízes da verdadeira comédia nas histórias mais antigas da humanidade, em que o bobo – em geral alguém de muito bom coração, mas pouco atento ao que o cerca – sai aos tropeços pelo mundo, mas muitas vezes encontra casualmente o seu caminho para o trono, a riqueza ou o prêmio. Por mais tolos que sejam os meios, por alguma razão estão certos, porque vêm direto do coração, ou da fidelidade a Deus, ou de uma grande intuição, ou de uma magnífica imaginação. O uso das histórias para entreter tem suas raízes na palavra latina *intertenere*, que significa *inter*, entre + *tenere*, deter. *Entreter* significa deter alguma coisa mutuamente, unir entrelaçando. A palavra contém a ideia de reciprocidade, ou seja, que cada um mantém o outro no estado ou condição desejada; que tal condição mantém o coração; que a espontaneidade do riso renova a fé no bem. É assim que "entreter" pode ser entendido como uma necessidade positiva, um grande prazer terapêutico e uma presença revitalizante.

ALGUMAS PERGUNTAS MUITO ANTIGAS SOBRE OS CONTOS

Nas minhas viagens pelo mundo, me dei conta de que há vários aspectos dos contos de fadas sobre os quais os ouvintes gostariam de conhecer mais.

A APLICAÇÃO DA MORAL AOS CONTOS

Desde tempos imemoriais, alguns contos têm sido usados para fazer proselitismo de certas maneiras de ser, agir e pensar. São os contos morais. Em geral as fábulas de Esopo são assim entendidas. Pensem na fábula do corvo negro que cobiça uma cintilante urna de vidro cheia de enormes uvas sumarentas. Ele enfia o bico pela boca da urna para apanhar o maior número de uvas possível. Mas, porque enche demasiadamente o bico e não consegue fechá-lo, o corvo não consegue retirá-lo da urna. Ou precisa apanhar menos uvas ou jamais provar os deliciosos bagos e ficar para sempre com o bico preso na vasilha.

O conto indica que, se alguém tenta se apoderar de tudo que vê ou imagina, talvez não chegue a tirar proveito de nada. A ideia antiquíssima de que as paixões e os apetites possam aprisionar a alma de modos excepcionalmente prejudiciais enfatiza que a cobiça é a ausência de uma avaliação correta das próprias necessidades.

Como em toda arte, a interpretação de um conto pode ser simplista ou eloquente – dependendo da arte ou falta de arte do contador/intérprete. Um modo simplista de interpretar a fábula de Esopo sobre o corvo poderia ser: "Não é bom tentar abocanhar mais do que se pode reter.

Quem faz isso está errado. Você não deve nunca agir assim, porque não quer estar errado, certo?"

Sem dúvida as crianças são capazes de entender versões moralizantes mais eloquentes. São capazes de entender que os contos são instrutivos e exemplificam o sucesso ou o fracasso de se ouvir o próprio coração, proteger a alma, amar o próximo e não fraquejar nessas tentativas.

De fato, vemos em muitos contos – por exemplo, na série *Crônicas de Narnia,* de C. S. Lewis, protagonizada pelo menino Eustáquio – que as crianças que são envergonhadas ou humilhadas para aprender a ser boas jamais aprendem realmente a sê-lo. Só aprendem a temer. Jamais desenvolvem ou expandem a bondade que trazem dentro de si. Vivem no medo de descobrir que "não são boas" ou que são pessoas completamente inadequadas. Isso não é a mesma coisa que se esforçar para ser bom. Desenvolver a indulgência, a compaixão, a justiça, a prudência, a temperança, os limites – tudo isso leva à bondade maior. Essas características são mostradas de algum modo nos contos antigos.

A interpretação moral dos contos de fadas e das fábulas é boa. Mas as interpretações simplistas e humilhantes que contêm ameaças ao ouvinte, em vez de convidar a alma a ver mais profundamente, e que envergonham em vez de ensinar, não são um bom uso dessas histórias antigas que sobreviveram através dos séculos a tantos contratempos.

PRECONCEITO E INTOLERÂNCIA NOS CONTOS DE FADAS

Em contos do mundo inteiro podemos encontrar grandes distorções históricas. Os "colecionadores" de folclore antigo, como os antropólogos, arqueólogos e psicólogos de outras épocas, com frequência transmitiam e incluíam em seu trabalho preconceitos, principalmente raciais e classistas que, em alguns casos, eram chocantes e absurdamente grosseiros na melhor das hipóteses. Mesmo sem comparar o *Zeitgeist* da "época" com a consciência de "hoje", por vezes é difícil compreender por que não se faziam observações e avaliações criteriosas e precisas – do tipo que se esperaria de um coração sincero e de uma mente justa.

A inclusão e a repetição de fortes preconceitos e intolerâncias nas coleções de Grimm pareciam antigamente uma condição *sine qua non*, mas hoje não podem ser tolerados por razão alguma, principalmente porque outros contos trazem os mesmos ensinamentos essenciais, sem o escárnio letal. Um determinado conto na coleção inicial de Grimm, "O judeu entre os espinhos", é tão carregado desses estigmas raciais e religiosos criminosos que só deveriam existir em arquivos para estudiosos sérios da trajetória das histórias da maldade e da triste incapacidade dos seres humanos de buscarem o coração eterno. Tais contos profanam a vida humana, convidam à excitação de ferir outros e decididamente nos desumanizam. Excluir um conto desses de coleções modernas não é uma questão de censura – os contos existem em velhas coleções para quem quiser lê-los se assim desejar. É muito mais uma questão de consciência e misericórdia pelos outros.

A TRADIÇÃO ORAL E A EVOLUÇÃO DA BUSCA DO SIGNIFICADO NOS CONTOS

Enquanto ser humano nascido em uma família iletrada de tradições orais, meu modo de abordar um conto é de primeiro grau, frente a frente. Os Irmãos Grimm foram observadores de segundo e terceiro graus. Por vezes quem observa os contadores de histórias e sua cultura permanece um pouco ou muito fora do próprio fenômeno que está procurando entender. Permanece fora porque é um visitante – quer seja amigo ou apenas alguém tolerado –, e não um parente que partilha por inteiro, e por gerações, as tragédias e os triunfos do cotidiano da comunidade.

À medida que contar histórias é em sua verdadeira essência um fenômeno subjetivo, a fim de realmente compreendê-lo, a pessoa precisaria tentar viver *dentro* da cultura dos contadores de histórias, e tanto quanto possível *dentro* das mentes dos contadores e no círculo de calor humano do contador em uma "relação para sempre".

Uma vez dentro do fenômeno, no melhor dos cenários, o ideal é que a pessoa seja um contador de histórias orgânico, nem um leitor de histórias nem um anotador apenas – porque há muito a transmitir quando se aprendem os detalhes de primeira mão no colo ou junto aos mais velhos, sentado com eles ou mais próximo ainda, mas principalmente partilhando o trabalho doméstico, em casa e no campo, todos os dias com aqueles que são os mestres contadores. Ter durante a infância uma vida familiar de contos e transmissão oral, como histórias, canções e poemas, permite à pessoa ver, sentir e incorporar as muitas nuances com que se depara em um único conto de fadas, durante um período longo de tempo. À medida que a pessoa cresce e amadurece e continuamente descobre novas camadas de significação nos contos, ela começa realmente a dominar a arte. Contém décadas de prática para chegar a tanto e não apenas anos.

Vejamos um exemplo. Até este momento da vida eu já assisti quatro vezes ao filme *O sétimo selo* de Ingmar Bergman. Vi-o pela primeira vez quando tinha vinte anos. Revi-o aos trinta, mais uma vez aos quarenta e por último no início dos cinquenta anos. Cada uma delas eu distingui e acrescentei novas significações ao filme. Vi mais, refleti mais, bem mais do que fizera das vezes anteriores.

Os contos de fadas têm o mesmo potencial. O conto "Chapeuzinho Vermelho" tem uma certa significação para uma criança de oito anos. Pode significar algo mais para uma de 15; uma de vinte pode achá-lo ainda mais complexo; e muito mais é visto, compreendido e descoberto por alguém de cinquenta, de oitenta anos.

Não quero com isso dizer que categorizamos a compreensão de uma história pelo número de anos que já vivemos – muitas vezes os jovens são bem perspicazes e por vezes alguém mais velho pode continuar bem obtuso. Pelo contrário, o conto pode contribuir para o aprendizado da vida e para o desenvolvimento da percepção em assuntos de pequena e de grande monta. O aprendizado e a percepção são responsáveis pela aquisição de uma consciência de *significação*. Que as histórias possam evocar tudo isso na mente dos ouvintes já é razão bastante para compreendê-las como forças renovadoras.

Sabemos que existe nas crianças pequenas um estágio de desenvolvimento em que elas pensam muito concretamente. Se dissermos às crianças: "Está chovendo e nevando elefantes lá fora", elas correm à janela para ver os elefantes. Mas, na época em que essas mesmas crianças tiverem oito e nove anos, elas saberão que quando as pessoas usam tais metáforas não estão necessariamente expressando uma realidade concreta. A criança aprendeu que as imagens são muitas vezes usadas para descrever a essência de uma ideia, que são uma espécie de símbolo imaginativo. Então ela talvez não corra mais à janela esperando ver elefantes, mas chuva ou neve. Contudo, ela não perdeu a imagem dos elefantes caindo do céu; só que agora isso foi traduzido para uma maravilhosa linguagem simbólica.

Ainda que com o tempo nos distanciemos da forma concretista de pensar, à medida que envelhecemos, sempre conservamos o pensamento simbólico. E é o pensamento simbólico – a capacidade de imaginar níveis de significação ligados a um único motivo ou ideia – que nos permite inventar, inovar e produzir ideias originais, com resultados muitas vezes surpreendentes. Se a linguagem dos símbolos é a língua materna da vida criativa, então as histórias são o seu veio principal.

COMPREENDENDO AS HISTÓRIAS EM MAIOR PROFUNDIDADE

As histórias têm sido interpretadas desde tempos imemoriais. Na psicologia analítica de meados do século XX ampliamos todos os símbolos e acontecimentos em uma história; isto é, imaginamos todas as suas partes como se cada faceta pertencesse a uma única psique individual lutando para abrir caminho da escuridão do mundo desgastado até a luz do sentimento.

Esse é o mesmo teorema encontrado nos escritos de Platão, Ovídio e na antiga alquimia, nos quais a metáfora da transformação é aplicada às histórias e sonhos, particularmente àqueles que simbolizam a luta para encontrar a *philosiphorum*, a pedra filosofal, que permite transformar o *chumbo* (a personalidade natural) em *ouro* (a alma aperfeiçoada). Esses temas subjacentes universais, destinados a incendiar a imaginação, a descortinar novas ideias, têm contribuído para os milhares de padrões usados a fim de descrever o processo de se aproximar e permanecer próximo do eu inefável, um dos nomes dados ao poder maior que a humanidade conhece.

O *curandeirismo* autêntico e outras formas de *xamanismo* indígena são arcas suplementares que transmitem os sistemas simbólicos mais extensos, as metáforas e métodos de transformação, das antigas às novas gerações. As lendas arturianas baseiam-se também na transformação da humanidade violenta em outra pertencente ao mundo do amor cortês. Nesse particular, *Eros*, em seu sentido de atos de cortesia (atenções) que visam a proteger do achatamento provocado pela falta de sensibilidade o momento da transformação, permanece pulsante de cordialidade e prazer. As lendas arturianas descrevem uma situação que visa a cultuar e proteger o Santo Graal, mais um símbolo de plenitude – do eu.

Quando vemos que o herói ou heroína imperfeitos são de fato parte essencial de todo conto de fadas, então começamos a perceber as formas previsíveis nas quais a psique muitas vezes tropeça e ainda assim se recupera. Por meio dos contos vemos que todos desejamos e nos esforçamos para nos transformar não em seres humanos medíocres, mas em *los humanos verda-*

des, seres humanos verdadeiros que são capazes de manter o coração, a cabeça e a iniciativa com equanimidade.

No *curandeirismo*, acreditamos que nascemos como almas completas, mas não totalmente desabrochados como seres humanos. Tornamo-nos seres humanos depois de muitos anos. Nascemos como indivíduos de verdade, naturalmente. Mas aprendemos na mitologia que para ser um *ser humano* levamos no mínimo cinquenta anos vivendo, no mínimo cinquenta anos morrendo, sem nunca morrer inteiramente. Quando acumulamos cinquenta ou mais anos, *se* nos empenharmos, nos tornamos um ser humano de verdade. No mínimo a pessoa terá então uma boa chance de se transformar, depois de acumular tantos sofrimentos, tantos desafios, tantos erros, e, na melhor das hipóteses, se recuperar, aprender e prosseguir. Exatamente como nos contos de fadas mais antigos, a vida é um mundo em que as nossas fraquezas são em geral nossas maiores dádivas, em que o mundo da perda e o reencontro do coração e da alma são dolorosos, mas são em geral a única questão fundamental e valiosa.

A SOBREVIVÊNCIA DE HISTÓRIAS APESAR DOS OBSTÁCULOS: OMISSÕES E ACRÉSCIMOS INTENCIONAIS E A BOWDLERIZAÇÃO DOS CONTOS

Os Contos de Grimm desta edição têm hoje mais de oitenta anos. Isso nos leva a perguntar: será que seu texto é fiel às palavras que saíram da boca dos seus contadores? Ou será que as várias traduções foram adulteradas de modos importantes ou insignificantes? A tradução é uma arte imperfeita e bela. Por vezes, se alguém põe um ponto em uma frase, ou não o põe, se desloca uma vírgula que seja, pode alterar o sentido do timbre de voz e das intenções do contador original.

A pergunta "O que é uma boa tradução" é muito específica, mas a resposta deve ser muito ampla, porque não podemos pensar que exista apenas uma tradução boa, do mesmo modo que não pode haver apenas um tipo de flor, um tipo de montanha aceitável, um tipo de história, um tipo de contador de histórias ou um único modo de contá-la.

As pessoas de outrora que ouviram e contaram as histórias foram seus tradutores originais. Eles as ouviram, guardaram na lembrança e as moldaram através dos prismas de suas próprias vidas, culturas, do *Zeitgeist*, o espírito de seu tempo. Sabemos que os Irmãos Grimm registraram histórias contadas pelas vozes do seu tempo. Sabemos ainda que acrescentaram, excluíram e deram forma a elas ao registrá-las. Na tradição dos poetas e artistas, isso é o normal.

Conheço pela essência de minha própria família ricos contos de fadas do Leste Europeu, mitos latinos e *cuentos* (em geral bastante toscos), e que os Irmãos Grimm excluíram muita coisa que habitualmente encontramos em contos recolhidos por um povo agrícola que não recebeu educação tradicional. Com frequência os Contos dos Irmãos Grimm omitem os detalhes escatológicos que são comuns em miríades de contos da tradição oral. As críticas perenes a prelados, prefeitos, senhores, servos e Igreja são ocasionalmente mantidas, mas, na maioria das vezes, são excluídas. Todas as menções a sexo, sexualidade, e muitas vezes também à sensualidade, todas as menções a qualquer coisa elementar que pudessem ser consideradas "pecaminosas" ou socialmente inaceitáveis foram mantidas ou excluídas, dependendo da psicologia do contador, do próprio contador e de sua audiência, de quem registrou os contos e do tradutor.

Vemos, portanto, que os contos são moldados de muitos modos. Para mim, que ouvi na infância muitos dos mesmos contos das formas orais mais simples e mais toscas imagináveis, tendo os ouvido primeiro na tradição oral em lugar de lê-los, sei que o bom contador acrescenta suas próprias intuições. Os Irmãos Grimm registraram e, em alguns casos, aparentemente inseriram uma versão judaico-cristã de Deus em alguns dos contos mais antigos. Ainda assim, podemos considerar que os contos recolhidos por eles e que sobreviveram até os nossos dias devem estar no mínimo em sua terceira tradução, a primeira sendo a do *antes*, a mais antiga que cedeu a história ao contador; a segunda, a versão do contador; a terceira, a que foi registrada em papel. A quarta seria, então, a de quem traduz do original alemão para qualquer outra língua. Ler os contos de Grimm em inglês é ler uma quarta tradução "da versão do contador original". O quinto tradutor é qualquer um que a declame ou conte a partir do manuscrito traduzido dos Contos dos Irmãos Grimm. Dessa maneira, há um longo processo de transmissão nos contos incluídos neste livro.

Talvez os leitores tenham ouvido falar no modernista que recentemente fez uma "faxina" no *Ulisses*, a grande obra de James Joyce. O "faxineiro" pontuou todos os enunciados longos que Joyce intencionalmente deixou sem pontuação. O homem corrigiu os vocábulos joycianos que não estavam grafados convencionalmente. Rearrumou tudo, segundo declarou, "visando à clareza". Para quê? Sua ideia era que a pessoa deveria poder ler *Ulisses* em duas horas, em vez de demorar mais de dois anos. Sim, senhores. Agora o que me interessa no episódio é que haja gente que queira comprar esse texto massacrado porque sempre quis ler *Ulisses* e se sentiu intimidada pelo tempo exigido. Mas irá ler uma versão "bowdlerizada" do estupendo original.

O sr. Bowdler realmente existiu e tornou-se famoso por "fazer limpezas" em vários contos, retirando as partes que considerava eróticas. A prática de mutilar uma história recebeu o seu nome: bowdlerizar. Coisa semelhante por vezes também ocorreu com os contos de fadas.

Tem havido pessoas que, durante anos, releram várias histórias da obra dos Irmãos Grimm, "limpando-as", por assim dizer, alterando-as, por vezes para apaziguar seus próprios medos. Assim, temos uma versão de Baba Yaga na literatura moderna em que ela já não ameaça comer as crianças ao café da manhã. Essa formidável Grande Mãe da Floresta, agora pintada apenas em tons pastel, tornou-se uma reles tagarela. Agora temos Barbas-Azuis que ressuscitam as noivas que outrora matavam, a fim de não deixar a justiça em suspenso em um conto. Hoje, nas ilustrações encontramos com frequência bruxas de desenho animado, engraçadinhas e sem garras. Os monstros vorazes da floresta com suas insígnias medonhas, olhos arregalados, focinhos deformados, foram transformados em bichinhos descaracterizados. Talvez a maior distorção psicológica seja a prática moderna de transformar personagens que têm sentimentos profundos em seu coração puro, apesar de sua feiura ou esquisitice, em nulidades piegas.

A revisão drástica nos contos não é uma novidade. Durante muito tempo determinados contos, que tiveram origem na coleção reunida por Perrault na França, não foram publicados na coleção alemã dos Contos de Grimm, embora no passado fizessem parte integrante da obra. A razão? A França e a Alemanha estavam em guerra. Só mais recentemente, nos últimos quarenta anos, tais contos foram reintegrados nas edições subsequentes. Muitos são realmente de primeira ordem – "A princesa e a ervilha", "A Pequena Polegar" (Thumbelina), "O Barba-Azul" –, e vários outros que são fundamentais. Imaginem contos de fadas tão influentes que até foram usados para alimentar escaramuças de guerra.

A maioria dos editores americanos não se interessou em publicar contos de fadas japoneses nas décadas de 1940 e 1950, tempo em que, como em todas as guerras, havia muita amargura e pesar com relação aos mortos de ambos os lados. Quanto aos pais, avós, tios das crianças – em certo sentido também foram aniquilados no que têm de mais íntimo: o coração.

É improvável que um país em guerra publique ou encene quaisquer histórias do grupo cultural adversário. Pensem nas guerras que ocorrem no mundo atual. Será que podemos imaginar um povo fazendo leitura de poesias de outro? As artes são mais poderosas do que a política. Imensamente poderosas. Pelo amor de Deus, por que alguém iria querer usar o recurso de banir contos de fadas ou música ou poemas? Porque nada da cultura "inimiga" deve influenciar a cultura "nacional"? Não, mais do que isso, o ouvinte poderia se apaixonar pelo "inimigo", porque ouvir histórias e poemas e a beleza de outros nos comove, nos une, faz o amor florescer por cima e em torno de todas as barreiras artificiais.

Mas, como em outros milagres do amor sob coerção, que desafiam as maquinações da guerra e dos atos de violência, somente os contos *impressos* em livros podem ser banidos. O espírito impetuoso da tradição oral transpõe e transgride qualquer cerca de arame farpado. Vários dos meus familiares mais idosos foram internados em campos de trabalhos forçados no Leste Europeu na década de 1940. Ali, a linguagem comum aos prisioneiros eram as histórias, canções e rezas. Fossem belgas, franceses, eslavos, russos, ciganos, católicos, judeus ou de outras nacionalidades do Leste Europeu, eles narravam contos de fadas uns aos outros. Compreendiam as histórias pela animação, pelos gestos, pelo tom de voz, pelos símbolos desenhados nas palmas das mãos. Podiam contar histórias, cantar e murmurar orações semeando reciprocamente esperanças em seus corações. Mesmo a devastação mais desumana não conseguiu estancar o fluxo de histórias que os alimentava.

Portanto, alguns dos contos em nossa família são certamente influenciados em suas nuances pelo turco com quem meu tio dividia uma enxerga – como dizia ele – "no inverno mais frio, mais enregelante que o mundo já conheceu em pleno verão". Eles gesticulavam e contavam muitas histórias sobre comida, porque estavam famintos. Tinham histórias sobre laranjas dançarinas e maçãs falantes, e todo tipo de coisa que preocupava grandemente àqueles que se veem ao mesmo tempo atormentados e famintos. Desse modo, uma história é positivamente uma bênção que tem lugar no deserto.

A LINGUAGEM SIMBÓLICA
DOS CONTOS DE FADAS

Os contos de fadas têm um léxico – um vasto grupo de ideias expressas em palavras e imagens que simbolizam pensamentos universais. No léxico da psicologia, por exemplo, a princesa de cabelos dourados não representa uma bela menina que vai crescer e se tornar uma beleza loura do tipo Miss América e se casar com o capitão do time de futebol americano da escola local. A princesa de cabelos louros no conto de fadas representa certa beleza de alma e espírito que, metaforicamente, é de ouro e não pode ser adulterada. A princesa de cabelos louros não é uma pessoa do cotidiano, antes representa a essência da alma que tudo eleva através de sua beleza e sua honra.

Essa princesa também pode ser entendida em um nível mundano e simples – como a heroína que representa o ideal físico para todas as mulheres. No entanto, muitas vezes é mais fecundo entender os contos em níveis que permitam ao indivíduo considerar os seus símbolos e, portanto, considerar e aprender a respeito das escolhas mais profundas da vida. Esse é de longe o contexto mais amplo dos contos. Os pontos abordados pelos contos ficam fora de esquadro quando as pessoas dizem que há apenas uma imagem maravilhosa, qual seja, a da princesa de cabelos louros. Dizer a uma criança de cabelos e olhos castanhos que ela não tem sentimentos, que não é bonita e não parece uma princesa porque não tem os cabelos louros e as faces rosadas, ou seja lá o que for, é uma absoluta tolice. Talvez ela seja uma garotinha bonita e pouco sociável, uma poetisa fabulosa e uma excelente cozinheira de bolos de terra, por exemplo. Em sua história, a princesa será "original", talvez engraçada, de vestido enlameado e cabelos rebeldes. Ainda assim, alguma coisa nela é sempre de ouro – jamais pode ser desmerecida. Essa é outra maneira de se compreender o símbolo dos cabelos dourados.[2]

Há quem discuta se Deus é homem ou mulher. O fato é que Deus é Deus – uma força imensa e inefável; em outras palavras, não se pode compreender a totalidade de Deus. Mas usamos imagens para tentar imaginá-la e entendê-la. Há quem acredite que todas as histórias trazem em seu cerne uma única sensibilidade irreversível que ilumina as muitas facetas de Deus.

Outros no entanto acreditam que se os contos transmitirem em excesso uma única imagem de Deus, essa ideia vai começar a se calcificar em vez de continuar a florescer como uma imensa força viva e constante.

Ironicamente o mesmo pode ser dito dos contos. Se houver metáforas "de princesas dos cabelos dourados" em excesso, então elas transmitirão uma ideia menor dos movimentos da psique buscando alcançar a bondade e a graça. Se há princesas e plebeus, animais e santos, crianças e pessoas de meia-idade, velhos e árvores falantes, de todos os tipos e descrições, que fazem toda sorte de coisas estranhas, terríveis e fabulosas pode-se aprender e entender muito mais.

A BRUTALIDADE NOS CONTOS DE FADAS: UMA COMPREENSÃO SENSATA

É mais do que razoável perguntar por que há episódios tão brutais em contos de fadas. É um fenômeno observado nos mitos e no folclore do mundo inteiro. O final horripilante de alguns é típico do gênero, razão pela qual o protagonista espiritual não consegue completar a transformação tentada.

Em termos psicológicos, o episódio brutal comunica uma verdade psíquica imperativa. É uma verdade tão urgente – e, no entanto, muito fácil de descartar: "Ah, hum, hummm, entendo", e sai-se despreocupado rumo à própria danação – que seria pouco provável que déssemos atenção a um aviso expresso em termos menos fortes.

No mundo tecnológico moderno, o episódio brutal dos contos de fadas foi substituído pelas imagens dos comerciais de televisão, tais como a foto de família em que um membro foi removido e há um rastro de sangue mostrando o que acontece quando uma pessoa dirige embriagada. Outro tenta dissuadir as pessoas de usar drogas ilegais mostrando um ovo que borbulha em uma frigideira a indicar que isso é o que acontece com o cérebro do viciado. O tema brutal é um modo antigo de fazer o ego emotivo [mas muitas vezes descrente] prestar atenção a uma mensagem muito séria.[3]

Ouvi de minha família muitos contos cruéis que giram em torno da personagem Baba Yaga. Ela é uma figura essencial, e querida, na vida de nossa família. Na minha biblioteca, tenho seis livros para crianças contendo diferentes variantes da história de Baba Yaga. Duas contam a história completa e apavorante. As outras quatro foram revistas e expurgadas. E o foram apenas porque os autores pareciam recear que ao ouvi-las a criança se assustasse. Essa foi uma preocupação real no caso dos contos de Grimm e outros durante muito tempo, e ainda o é hoje.

Como sabemos há séculos, e mais recentemente constatamos nos fenômenos R. L. Stine e na série Harry Potter de obras populares que criam suspense, muitas crianças (e adultos) gostam de sentir a tensão da história em segurança, e adoram levar sustos se sabem que tudo vai acabar bem.

Muitas vezes, em lugar dos filhos são os pais que ficam atemorizados e, por sua vez, amedrontam a criança. Em geral, se o pai ou a mãe não ficam ansiosos, a criança também não fica. Há, porém, recusas previsíveis no desenvolvimento de uma criança. Não se pode apresentar um estranho a um bebê de cinco meses e esperar que ele não grite. Nessa idade, eles têm um senso preciso de diferenciação quanto a quem é ou não familiar; portanto, a criança se assusta por um breve período. Isso passa ao fim de algumas semanas. Então, o pequenino começa a tratar os estranhos como interessantes curiosidades em lugar de ameaças. O que assusta ou intriga uma criança muda à medida que ela cresce.

Essencialmente acredito que é útil e fundamental para aqueles que mais conhecem e amam a criança apresentá-la às realidades mais complexas da vida. Por exemplo, ouvimos pais dizerem: "Bem, não sei se devo contar ao meu filho coisas sérias. Não sei se devo falar de morte, doença, ódio ou guerra." É claro que se deve contar aos filhos tanto histórias feias quanto bonitas. Toda criança deve receber o mapa e o treinamento para penetrar as florestas claras e sombrias do mundo. Omitir que há violências, más opções e grandes paixões que subjugam a mente, e não ensinar à criança como proteger sua alma, a enfraquece.

Muitos de nós presenciamos uma geração de pais se sentirem tão perturbados com a ideia de falar claramente aos filhos, na idade certa, sobre os mecanismos e as maravilhas da sexualidade, por exemplo – que é em essência a história de um milagre e da capacidade do corpo para o prazer –, que muitos pais passaram a vida evitando falar sobre o assunto longamente ou mesmo abordá-lo. Então, quando por fim um pai ou mãe acabrunhado chegava a ponto de tentar dizer que coisa amorosa e fantástica era a sexualidade humana, atrapalhava-se e a ansiedade se apoderava de todos os envolvidos, silenciando uma das mais belas histórias do mundo. Os pais se esqueciam de que a sexualidade era uma coleção de histórias fascinantes sobre o prazer, a consideração, a disciplina e a sabedoria, apropriada a uma determinada idade.

É por isso que tantos aprendem o que é sexualidade com seus pares e amigos não consanguíneos – aparentemente com todos, exceto com os pais. Aprendemos com aqueles que se sentem mais descontraídos para falar das histórias, aqueles que as consideram preciosas, excitantes ou curiosas.

Converse com seu filho ou filha sobre os assuntos sérios da vida ou então alguém o fará por você – em geral de forma pouco confiável e sem uma orientação carinhosa.

Há brutalidade em alguns contos deste livro. Se você estiver lendo-os para crianças, o melhor é conhecer seu filho ou filha e confiar em seus próprios instintos. Os pais são equipados com um conjunto completo de instintos confiáveis. Você e seu filho entram na floresta dos contos juntos. Ele os interpretará no nível que estiver preparado para absorvê-los e entenderá o que puder – por vezes até mais do que você.

Os pais os interpretarão no nível em que eles próprios vivem. Um pai ou mãe muito autoritários, que acreditam que somente eles mandam e somente suas opiniões contam, interpretará "Chapeuzinho Vermelho" de um determinado modo. Por outro lado, um pai ou mãe que dizem "vale tudo, o que você quiser, como quiser que seja" também os interpretará no nível em que compreendem a vida. Pais que adoram uma criança sem restrições e que cuidam dela e a orientam com sensatez interpretarão "Chapeuzinho Vermelho" de uma terceira maneira.

Se a pessoa realmente procura cultivar uma vida interior, poderá compreender os contos e reagir em níveis que não estariam visíveis a um terceiro, cujo ponto de vista é: "Uma fruta é apenas uma fruta e nada mais" ou "Se você viu uma montanha, então viu todas".

É preciso ser dotado de certo tipo de mente criativa, espiritualizada, desejosa de aprender, crescer e se desenvolver constantemente para entender uma ideia ou um ideal em profundidade. Eu diria que quando se leem histórias para crianças, nossos filhos estão aprendendo em um nível e nós em outro. Adoro imaginar adultos lendo histórias para si mesmos. Quando são ouvidos por crianças ou quando são ouvidos por outros adultos, ou por ambos, as histórias têm o efeito de reforçar e validar algo que eles já sabem, algo imenso sobre a bondade que há no fundo dos seus corações.

A HISTÓRIA SEM FIM

Durante a minha infância, me contaram vários episódios de Chapeuzinho Vermelho, Gata Borralheira, Baba Yaga e outros. Mas, que eu saiba, eles não estão escritos em lugar algum. Já no caso dos contos de fadas escritos, as pessoas muitas vezes pensam: "Bom, se esse é o fim do conto, então é o fim."

Mas não é o fim. Não na vida dos contos de fadas. Os contos são episódicos. Não têm fim. Exatamente como na vida real, estamos vivendo uma história sem fim. Na vida real, recebemos mais uma oportunidade, depois mais outra. No fim descobrimos como reaver o véu mágico, usar a capa da invisibilidade, encontrar e conservar companheiros fiéis ao longo do caminho.

ILUSTRAÇÕES DE CONTOS DE FADAS

Arthur Rackham é o ilustrador deste volume, um desenhista talentoso. Sem computador. Sem Artograph – isto é, uma máquina de ampliar que projeta uma imagem na parede ou na tela para que o artista possa desenhá-la. Rackham conhecia anatomia, o que é absolutamente básico para uma ilustração excepcional. Seus desenhos humanos têm realmente ossos sob a pele. Além disso, ele é colorista. Tem uma percepção fantástica das cores intensas; na terminologia contemporânea: escarlate, vermelhão, terra verde, azul ultramarino – lindas cores.

No gênero fabulístico, eu chamaria seu trabalho de fantástico, inspirado em imagens fantásticas que existem na imaginação da alma. Suas versões de gigantes, ogros, bruxas, reis, rainhas, servos e todo o resto são partes integrantes destes contos de fadas. Têm um ar medieval e refletem uma sociedade culta que era dividida em castas diferentes daquelas em que as culturas hoje se dividem.

De que modo ilustrações contribuem para a fábula? Ou será que contribuem?

Gosto de observar ilustrações. São cheias de imagens dentro de imagens, como sonhos. Gosto particularmente dos pôsteres e das ilustrações de livros para crianças. Acho que os ilustradores de livros para crianças são anjos do Senhor. São verdadeiras vozes que vêm da alma.

Em uma determinada idade, principalmente na infância, as ilustrações de um livro – aquelas no meio de um conto de fadas *longo*, em particular – servem para ancorar a criança na história, prender o seu interesse até o fim. Emocionei-me com o fato de que os produtores de filmes tenham transformado tantos contos em desenhos animados. Mas continuo ambivalente quanto ao fato de que as imagens escolhidas pelos talentosos artistas, muitas vezes, tornam-se as únicas imagens alfa na mente da criança, e muitas vezes na mente dos adultos também – e para toda a vida. Vemos apenas essas imagens em lugar das que a nossa própria imaginação criaria. Lixiviar as imagens inatas e sempre mutantes da imaginação deteriora a capacidade criativa da pessoa e faz com que ela passe a se abastecer apenas de "imagens feitas".

A figura do Corcunda de Notre Dame é um bom exemplo. Em um desenho animado recente, embora as imagens sejam muito vívidas, o corcunda aparece amável e encantador sob todos os aspectos.

No entanto, o corcunda original de Victor Hugo era feio, apavorante, oprimido, ridicularizado, espancado pelos outros; um monte disforme de gemidos e maus-tratos. Diante de tantos tormentos é um verdadeiro milagre que o corcunda tenha conservado um coração tão puro e amante da beleza. O tema do monstro que tem um bom coração é uma ideia antiga. Encontra-se também no *Frankenstein* de Mary Shelley. O monstro avança para punir o erro, para defender e proteger a beleza. O monstro de Frankenstein se enraivece com o doutor porque ele produziu seres subumanos. O monstro quer proteger a mulher que é, para ele, a essência de amor, beleza e Eros. Encontramos o mesmo tema no conto "A Bela e a Fera".

Quando as imagens são amesquinhadas em versões "bonitinhas", o impacto surpreendente de encontrar beleza e transformação naquilo que se acha mais grotesco, feio, estragado, se perde; o conceito de redenção para todos desaparece. A imaginação é maior do que qualquer material recontado jamais poderá ser.

Alguns ilustradores são apenas borradores. Seus trabalhos parecem que foram feitos para uma revista açucarada. Agora, imaginem a ilustração como uma bela obra de arte. As ilustrações de Rackham *são* belas obras de arte. São fantasmagóricas; possuem sublimidade; denotam fome, distorção de escala. Ofendem a perfeição e ilustram anomalias de todo tipo. Abrigam componentes extremamente simbólicos, poética e politicamente antigos.

EMOÇÃO NOS CONTOS DE FADAS

A emoção não é uma mercadoria de plástico, não é um artigo polimerizado a ser obtido externamente. Ao contrário, é uma função e um impulso fortes e inatos no homem. São eles que nos permitem admirar as obras de Arthur Rackham sem jamais ter lido as histórias que ilustram, e, ainda assim, conhecer bem a sua essência. Através da emoção, captamos as histórias em si. Ilustradas ou não, compreendemos que são arte verdadeira, tão elegíaca, tão dinâmica quanto o modernismo, tão antiga, tão misteriosa quanto os desenhos feitos à luz da fogueira na superfície de arenito das grutas de Lascaux na França.

Apesar de nossa compreensão e torneios requintados ou canhestros, apesar de todas as nossas inesperadas perdas, e ainda mais de nossa surpreendente percepção de significado no mundo "invisível, mas perceptível", o meu desejo é que as verdades e revelações destas histórias realmente reflitam para o leitor sua própria psique, de um modo belo e claro. Certamente, elas refletem todos os nossos arrepios de medo, nossos amores desejados e todas as nossas esperanças incorruptíveis.

> Que essas bênçãos se realizem para você;
> Que se realizem para mim;
> Que se realizem para todos nós.

---

[1] Clarissa Pinkola Estés, *Mulheres que correm com os lobos*. Rio de Janeiro: Rocco, 1994.
[2] Por isso sempre gostei de "A princesa de cabelos castanhos", de Jane Yolen.
[3] Idem, ibidem.

CONTOS DOS
IRMÃOS
GRIMM

BRANCA DE NEVE

ERA PLENO INVERNO e os flocos de neve caíam do céu em plumas. Ora, uma rainha estava sentada a uma janela emoldurada de ébano e, enquanto costurava, apreciava a neve cair. De repente ela espetou o dedo e três gotas de sangue pingaram na neve. E aquela brancura tingida de vermelho lhe pareceu tão linda que ela pensou: "Ah, se eu tivesse uma filha branca como a neve, rubra como o sangue e negra como o ébano!" Não demorou muito, ela teve uma filha, cujos cabelos eram negros como o ébano, as faces rubras como o sangue e a pele branca como a neve; deu-lhe então o nome de Branca de Neve. Mas ao dar à luz a criança a rainha morreu. Um ano depois o rei casou-se outra vez. Era uma mulher bonita, mas orgulhosa e dominadora, que não conseguia suportar que alguém superasse sua beleza. Possuía um espelho mágico e quando se postava diante dele costumava indagar:

– Espelho, espelho meu, há no mundo
alguém mais bela do que eu?

E o espelho respondia:

– Não há no mundo ninguém
mais bela que vós.

Então a rainha ficava satisfeita pois sabia que o espelho falava a verdade. Mas Branca de Neve cresceu e se tornou cada vez mais bela, e quando chegou aos sete anos de idade era linda como o dia, superando de longe a rainha. Certo dia, quando ela perguntou ao espelho:
– Espelho, espelho meu, há no mundo alguém mais bela do que eu?
O espelho respondeu:
– Sois a mais bela aqui, reafirmo, mas Branca de Neve é mil vezes mais bela.

A rainha se horrorizou, ficou verde e amarela de inveja. Desde a hora em que viu Branca de Neve teve um mau pressentimento e sentiu ódio pela menina.

O orgulho e a inveja em seu coração cresceram como erva daninha, não lhe dando sossego nem de dia nem de noite. Por fim ela chamou um caçador e disse:

— Leve a menina para a floresta; não quero vê-la nunca mais. Mate-a e me traga seus pulmões e o fígado como provas.

O caçador obedeceu e levou Branca de Neve, mas, quando puxou seu facão de caça e ia se preparando para enterrá-lo no coração inocente dela, Branca de Neve começou a suplicar:

— Ai de mim, estimado caçador, poupe a minha vida e me embrenharei na floresta e jamais voltarei.

E impressionado com a sua beleza o caçador se apiedou e disse:

— Fuja, então, pobre criança. — As feras logo a devorarão, pensou, mas ainda assim sentiu como se lhe tirassem um peso do coração porque não fora obrigado a matá-la. E justo naquele momento passou uma corça aos saltos, e ele a matou e levou seus pulmões e fígado como provas para a rainha. O cozinheiro recebeu ordens de prepará-los em salmoura e a rainha malvada comeu os pedaços pensando que eram de Branca de Neve.

A coitadinha ficou só na vasta floresta, sem viva alma por perto, e se sentiu tão amedrontada que não soube o que fazer. Começou então a correr, saltou por cima de pedras pontiagudas, atravessou espinheiros, enquanto os animais passavam por ela sem lhe fazer mal. Correu o mais longe que seus pés puderam carregá-la, e quando começou a anoitecer viu uma casinha onde entrou para descansar. Dentro tudo era pequeno, mas muito limpo e arrumado. Uma mesinha forrada com uma toalha branca fora posta com sete pratinhos e ao lado de cada um havia uma colher, uma faca, um garfo e um copo. Sete caminhas achavam-se alinhadas contra as paredes e cobertas com colchas alvíssimas. Branca de Neve estava muito faminta e sedenta, por isso comeu um pouco de pão e salada de cada prato, e bebeu um golinho de vinho de cada copo, porque não achou correto comer uma porção inteira. Então, sentindo muito cansaço, deitou-se em uma das camas. Experimentou todas, mas não coube em nenhuma; uma era curta demais, outra comprida demais, todas exceto a sétima que era do tamanho certo. Acomodou-se nela, rezou e adormeceu.

Logo que a noite acabara de cair chegaram os donos da casa. Eram sete anões que costumavam extrair minério nas montanhas. Eles acenderam os

lampiões e assim que puderam enxergar repararam que alguém estivera na casa, pois tudo estava diferente da ordem em que a haviam deixado.
  O primeiro disse:
  – Quem sentou na minha cadeira?
  O segundo disse:
  – Quem comeu no meu prato?
  O terceiro disse:
  – Quem beliscou o meu pão?
  O quarto disse:
  – Quem comeu a minha salada?
  O quinto disse:
  – Quem usou o meu garfo?
  O sexto disse:
  – Quem cortou com a minha faca?
  O sétimo disse:
  – Quem bebeu no meu copo?

Então o primeiro olhou e viu um ligeiro amassado em sua cama e disse:
— Quem marcou a minha cama?
Os outros acorreram e exclamaram:
— E a minha, e a minha?
Mas o sétimo, ao se virar para a sua cama, viu Branca de Neve adormecida ali. Chamou os companheiros, que se aproximaram e se espantaram ao erguer seus lampiões e deparar com Branca de Neve.
— Meu Deus! Que bela menina — disseram tão encantados que não a acordaram, mas a deixaram continuar dormindo ali. E o sétimo anão dormiu uma hora com cada um dos seus companheiros, durante aquela noite.

Quando amanheceu, Branca de Neve acordou e ao ver os sete anões se assustou.

Mas eles foram muito bondosos e indagaram o seu nome.
— Chamam-me Branca de Neve.
— Como foi que você chegou a nossa casa? — perguntaram.

Ela contou que a madrasta tinha querido se livrar dela, mas o caçador poupara sua vida e ela fugira o dia inteiro até encontrar a casa.

Então os anões disseram:
— Quer cuidar da nossa casa, cozinhar, fazer as camas, lavar, costurar, tricotar e manter tudo limpo e arrumado? Se quiser pode ficar morando conosco e nada lhe faltará.
— Quero de todo o coração — respondeu Branca de Neve; e ficou morando com os anões e conservando a casa deles em ordem.

Pela manhã eles partiam para a montanha à procura de cobre e ouro, e de noite voltavam e esperavam que sua comida estivesse pronta. A menina ficava sozinha o dia todo, e os bons anões a alertaram:
— Cuidado com sua madrasta; ela logo saberá que você está aqui. Não deixe ninguém entrar.

Mas a rainha que imaginava ter comido o fígado e os pulmões de Branca de Neve, e estava segura de que era a mais bela, postou-se diante do espelho e perguntou:

— Espelho, espelho meu, há no mundo
alguém mais bela do que eu?

O espelho respondeu como de costume:

— Sois a mais bela aqui, reafirmo,
mas Branca de Neve, no alto da colina,
fez com os anões moradia e ainda é mil vezes mais bela.

BRANCA DE NEVE

A rainha ficou desolada, pois sabia que o espelho não mentia, e concluiu que o caçador a enganara e que Branca de Neve ainda vivia. Assim, ela recomeçou a imaginar como poderia levar a termo a sua morte; desde que soube que não era a mais bela no mundo seu coração invejoso não a deixou sossegar. Finalmente pensou em um plano. Pintou o rosto e se disfarçou como uma velha vendedora ambulante, de modo a se tornar completamente irreconhecível. Nesse disfarce ela transpôs as sete montanhas até a casa dos sete anões e anunciou:

– Vendo mercadorias!

Branca de Neve espiou pela janela e disse:

– Bom-dia, mãe, que tem para vender?

– Mercadoria de primeira, coisas finas – respondeu. – Cordões de todas as cores. – E mostrou-lhe um de seda trançada em cores vivas.

"Posso deixar essa mulher honesta entrar", pensou Branca de Neve, e assim pensando destrancou a porta e comprou o lindo cordão.

– Menina – disse a velha –, como você está deselegante, só por esta vez vou apertar direito o cordão do seu corpete.

Branca de Neve não fez objeções e se postou diante da velha para deixá-la enfiar o cordão novo. Mas a velha fez isso tão depressa e com tanta força que tirou o fôlego de Branca de Neve e a fez tombar no chão como morta.

– Agora sou a mais bela – disse a velha, baixinho. E foi-se embora depressa.

Não tardou muito, os sete anões regressaram a casa e ficaram horrorizados ao ver sua querida Branca de Neve caída inerte no chão, como se estivesse morta. Quando viram que seu corpete estava apertado demais cortaram o cordão, então ela recomeçou a respirar e logo recuperou os sentidos. Assim que os anões souberam o que acontecera, disseram que a velha vendedora ambulante não era outra senão a rainha malvada.

— Tome cuidado para não deixar ninguém entrar quando estivermos ausentes — recomendaram.

Já a rainha malvada, assim que chegou em casa dirigiu-se ao espelho e perguntou:

> — Espelho, espelho meu, há no mundo
> alguém mais bela do que eu?

E o espelho respondeu como de costume:

> — Sois a mais bela aqui, reafirmo,
> mas Branca de Neve, no alto da colina,
> fez com os anões moradia e ainda é mil vezes mais bela.

Quando ouviu isso todo o sangue afluiu ao coração da rainha, tanta foi a raiva que sentiu ao ouvir que Branca de Neve mais uma vez viveu de novo. Pensou então: "Preciso imaginar alguma coisa que dê um fim a ela." Recorrendo à feitiçaria, em que era perita, preparou um pente envenenado. Em seguida criou um disfarce de velha diferente do primeiro. Transpôs as montanhas e chegando à casa dos sete anões bateu à porta anunciando:

— Vendo mercadorias finas.

Branca de Neve espreitou pela janela e disse:

— Vá embora, não posso deixar ninguém entrar.

— Mas pelo menos pode olhar — respondeu a velha mostrando-lhe o pente envenenado.

A menina gostou tanto que se deixou enganar e abriu a porta.

Depois de concluir a venda, a velha disse:

— Agora, só desta vez, vou pentear os seus cabelos direito.

A pobre Branca de Neve, sem suspeitar de nenhuma maldade, deixou a mulher fazer o que queria, mas mal o pente prendeu em seus cabelos o veneno agiu e a menina caiu desacordada.

— Seu modelo de beleza — disse a malvada —, agora a vida acabou para você. — E foi-se embora.

Felizmente faltava pouco para os anões regressarem. Quando viram Branca de Neve caída ao chão parecendo morta, suspeitaram imediatamente da madrasta e procuraram a razão até deparar com o pente envenenado. Assim que o retiraram, Branca de Neve recuperou os sentidos e contou o que

BRANCA DE NEVE

acontecera. Os anões tornaram a alertá-la para ficar atenta e não abrir a porta para ninguém.

Assim que chegou em casa a rainha postou-se diante do espelho e perguntou:

– Espelho, espelho meu, há no mundo
alguém mais bela do que eu?

E o espelho respondeu como de costume:

– Sois a mais bela aqui, reafirmo,
mas Branca de Neve, no alto da colina,
fez com os anões moradia e ainda é mil vezes mais bela.

Ao ouvir o espelho dizer isso, ela se assustou, tremeu de raiva e disse: "Branca de Neve morrerá mesmo que me custe a própria vida." E em seguida entrou em um aposento secreto, a que somente ela tinha acesso, e preparou uma maçã envenenada. Por fora parecia uma bela fruta rosada, e todos que a viam a desejavam, mas quem a comesse seguramente morreria. Quando a maçã ficou pronta, a rainha pintou o rosto e se disfarçou como uma velha camponesa, e assim transpôs as sete montanhas até a casa dos anões. Ali bateu.
Branca de Neve pôs a cabeça pela janela e disse:
– Não posso deixar ninguém entrar, os sete anões me proibiram.
– Para mim tanto faz – respondeu a camponesa. – Logo terei me livrado de todas as minhas maçãs. Tome, vou lhe dar uma.
– Não, não posso aceitar nada.
– Você tem medo de veneno? – disse a mulher. – Veja, vou partir a maçã ao meio: você come a metade vermelha e eu fico com a outra.

Ora a maçã estava tão ardilosamente pintada que apenas a metade vermelha continha veneno. Branca de Neve queria muito a maçã e quando viu a camponesa comendo-a não conseguiu resistir mais, estendeu a mão e apanhou a metade envenenada. Mal dera uma dentada e caiu morta no chão.

A rainha lançou-lhe um olhar maligno, soltou uma gargalhada e exclamou:
– Branca como a neve, rubra como o sangue, negra como o ébano, desta vez os anões não poderão reanimá-la. – E ao chegar em casa perguntou ao espelho:

– Espelho, espelho meu, há no mundo
alguém mais bela do que eu?

E finalmente ele respondeu:

– Não há no mundo ninguém
mais bela que vós.

Então seu coração invejoso descansou, tanto quanto um coração invejoso pode descansar. Os anões, quando voltaram à noite, encontraram Branca de Neve caída no chão, não exalava hálito algum pelos lábios e estava completamente morta. Eles a ergueram e tentaram encontrar o veneno, desamarraram seu vestido, pentearam seus cabelos, banharam-na com água e vinho, mas nada adiantou; sua menina querida estava morta. Deitaram-na em um ataúde e se sentaram a sua volta, e a prantearam e lamentaram durante três dias. Então, prepararam-se para enterrá-la, mas ela parecia tão fresca e viva, e continuavam tão lindas suas faces rosadas, que eles disseram:

– Não podemos deixá-la na terra escura. – Mandaram então fazer um ataúde de vidro para que ela pudesse ser contemplada de todos os lados, puseram-na dentro e com letras de ouro escreveram na tampa o seu nome e sua filiação real. Levaram então o ataúde para a montanha e um deles sempre permanecia ao seu lado de vigia. E os pássaros também vieram e choraram por Branca de Neve, primeiro uma coruja, depois um corvo e por fim um pombo.

Branca de Neve permaneceu um longo tempo em seu ataúde, e parecia dormir. Aconteceu que um dia um príncipe perambulava pela floresta e bateu à casa dos sete anões para passar a noite. Reparou no ataúde com a linda Branca de Neve no alto da montanha e leu os dizeres em letras douradas. Pediu então aos anões:

– Deixem-me levar o ataúde; eu lhes darei o que quiserem.

Mas eles responderam:

– Não o cederemos nem por todo o ouro do mundo.

O príncipe insistiu:

– Então me ofereçam de presente, porque não posso viver sem a visão de Branca de Neve; e eu a honrarei e respeitarei como se fosse o meu tesouro mais valioso.

Quando acabou de dizer essas palavras, os bons anões se apiedaram dele e lhe entregaram o ataúde.

O príncipe mandou que seus empregados o transportassem nos ombros. Ora, aconteceu que eles tropeçaram em um galho de árvore seco, e o impacto deslocou o pedaço de maçã pela boca de Branca de Neve. Não demorou nada ela abriu os olhos, ergueu a tampa do ataúde, sentou-se e voltou completamente à vida.

– Meu Deus, onde estou? – perguntou.

O príncipe muito alegre respondeu:

– Você está comigo. – E contou-lhe o que acontecera; por fim disse: – Eu a amo mais do que o mundo inteiro; venha comigo para o castelo do meu pai e seja minha esposa.

Branca de Neve concordou e o acompanhou, e seu casamento foi celebrado com grande pompa. A madrasta malvada foi convidada para a festa; e, depois de vestir suas ricas roupas, dirigiu-se ao espelho e perguntou:

– Espelho, espelho meu, há no mundo
alguém mais bela do que eu?

O espelho respondeu:

– Sois a mais bela aqui, reafirmo,
mas a jovem rainha é mil vezes mais bela.

Então a malvada soltou uma praga e ficou tão horrivelmente assustada que não soube o que fazer. Contudo não descansou: sentiu-se obrigada a ir ver a jovem rainha. E quando entrou e reconheceu Branca de Neve, ficou paralisada de apreensão e terror. Mas o príncipe mandou esquentar sapatos de ferro ao fogo, apanhá-los com pinças em brasa e colocá-los diante dela. A rainha foi obrigada a calçá-los e dançar até cair morta.

O CRAVO

ERA UMA VEZ UMA RAINHA que não fora abençoada com filhos. Toda manhã, quando caminhava pelo jardim, ela rezava na esperança de ganhar uma filha ou um filho. Um belo dia apareceu-lhe um anjo e disse: "Alegre-se: você terá um filho, e ele terá o poder de desejar e receber qualquer coisa que queira." A rainha procurou depressa o rei e lhe contou a boa notícia; e quando chegou a hora eles tiveram um filho que os deixou encantados.

Toda manhã a rainha levava seu filhinho aos jardins, onde eram criados animais selvagens, para banhá-lo em uma fonte limpa e borbulhante. Um dia, quando o filho já estava maiorzinho, a rainha sentou-se com ele ao colo e por acaso adormeceu.

O velho cozinheiro, que sabia que a criança tinha o poder de realizar desejos, aproximou-se e roubou-a; matou uma galinha e pingou um pouco do sangue nas roupas da rainha. Levou então a criança para um lugar secreto, onde a deixou para ser cuidada. Depois voltou correndo ao rei e acusou a rainha de ter deixado a criança ser arrebatada por um animal selvagem.

Quando o rei viu o sangue nas roupas de sua mulher acreditou na história e se encolerizou. Mandou fazer uma torre alta, em que não penetrava nem o sol nem a lua, nela trancou sua mulher e mandou emparedar a entrada. Ela deveria permanecer ali durante sete anos, sem comer nem beber para definhar aos poucos. Mas dois anjos do céu, assumindo a forma de pombos, vieram procurá-la, trazendo-lhe comida até os sete anos se passarem.

Entretanto o cozinheiro pensou: "Se a criança realmente tem o poder de realizar desejos e eu continuar aqui poderei facilmente cair em desgraça." Então deixou o palácio e foi procurar o menino, que já estava em idade de falar e disse:

– Deseje um belo castelo com um jardim e todo o necessário. – As palavras mal saíram de sua boca e tudo que pedira se materializou.

Passado algum tempo o cozinheiro disse:

— Não é bom você ficar tanto tempo sozinho; deseje uma bela moça para lhe fazer companhia.

O príncipe formulou o desejo e imediatamente surgiu diante deles uma moça mais bela do que qualquer pintor poderia pintar. E os dois foram se afeiçoando e brincavam juntos enquanto o velho cozinheiro saía a caçar como um grande senhor. Um dia porém ocorreu-lhe a ideia de que em algum momento o príncipe poderia querer ver o pai, e com isso ele, cozinheiro, ficaria em uma posição muito embaraçosa. Então chamou a jovem a um lado e disse:

— Esta noite, quando o rapaz estiver dormindo, crave esta faca em seu coração. Depois me traga o seu coração e sua língua. Se não me obedecer, perderá sua própria vida.

Em seguida o cozinheiro se retirou; mas quando o novo dia amanheceu, a moça não cumprira sua ordem e se justificou:

— Por que eu iria derramar o sangue de um inocente que nunca fez mal a ninguém na vida?

O cozinheiro tornou a dizer:

— Se você não me obedecer, perderá a própria vida.

Quando o homem foi embora, a moça mandou trazer e matar uma corça; retirou seu coração e cortou sua língua e os colocou em um prato. Quando viu o velho entrar, disse ao rapaz:

— Entre na cama e se cubra até a cabeça.

O velho patife entrou perguntando:

— Onde estão a língua e o coração do rapaz?

A moça entregou-lhe o prato; mas o príncipe ergueu as cobertas e disse:

— Seu velho pecador, por que quis me matar? Agora escute a sua sentença. Vou lhe transformar em um poodle preto com uma corrente de ouro no pescoço, e você será obrigado a comer brasas até saírem labaredas de sua boca.

Ao pronunciar essas palavras, o velho se transformou em um poodle preto, com uma corrente de ouro ao pescoço; e os ajudantes de cozinha trouxeram os carvões em brasa, que ele foi obrigado a comer até as chamas saírem de sua boca.

O príncipe continuou no castelo por algum tempo, pensando em sua mãe e se perguntando se ela ainda estaria viva. Finalmente disse à moça:

— Vou à minha terra. Se quiser pode me acompanhar; eu a levarei.

O CRAVO

— Ai de mim! É tão longe e o que iria fazer em uma terra estranha onde não conheço ninguém? – respondeu a moça.

Como ela não quisesse ir, e os dois não suportassem se separar, ele a transformou em um belo cravo e levou-o consigo.

O príncipe iniciou então sua viagem e fez o poodle correr a seu lado até alcançar sua terra.

Ao chegar, foi direto à torre em que sua mãe estava encarcerada, e a construção era tão alta que ele desejou uma escada para alcançar o topo. Então subiu, espiou para dentro e chamou:

— Querida mãe, senhora rainha, ainda está viva?

Ela, pensando que os anjos que a alimentavam haviam voltado, respondeu:

— Acabei de comer. Não quero mais nada.

— Eu sou o seu querido filho que disseram ter sido devorado pelos animais selvagens; mas ainda estou vivo e em breve voltarei para tirá-la daí – disse o príncipe.

Então ele desceu e foi procurar seu pai. Pediu para ser anunciado como um caçador desconhecido, pressuroso para se alistar no serviço do rei, que lhe mandou responder que, se o caçador entendesse de preservação de caça e pudesse arranjar muita carne de veado, ele o empregaria. Mas nunca houve caça alguma em todo o distrito.

O caçador prometeu arranjar toda a caça que o rei pudesse carecer para a mesa real.

Organizou então uma caçada e disse aos homens que o acompanhassem pela floresta. Mandou formar um grande círculo com apenas uma saída; postou-se no centro e começou a desejar com toda a concentração. Na mesma hora mais de duzentos animais entraram correndo no círculo, onde foram abatidos pelos caçadores, empilhados em sessenta carroças e levados para o palácio real. Então o rei pôde cobrir sua mesa de caça, depois de ter passado tantos anos sem nenhuma.

O rei ficou muito satisfeito e ordenou que no dia seguinte toda a corte comparecesse a um banquete. Quando estavam todos reunidos, ele disse ao caçador:

— Você se sentará ao meu lado pois é muito inteligente.

— Meu rei e senhor, se for do seu agrado. Sou apenas um pobre caçador! — respondeu o príncipe.

O rei, no entanto, insistiu:

— Ordeno que se sente ao meu lado.

O caçador se sentou, lembrou-se de sua querida mãe e desejou que um dos cortesãos falasse nela. Mal acabara de formular seu desejo e um lorde perguntou:

— Majestade, enquanto estamos aqui festejando, o que estará comendo sua majestade a rainha? Ainda estará viva na torre ou terá perecido?

— Ela deixou que o meu filho querido fosse devorado por feras e não quero ouvir falar dela — respondeu o rei.

Então o caçador se levantou e disse:

— Bondoso pai, ela ainda vive e sou o seu filho. Ele não foi devorado por feras; foi levado por um cozinheiro patife que me roubou quando minha mãe estava adormecida e salpicou em suas vestes o sangue de uma galinha. — Em seguida, o caçador ergueu o poodle preto com a corrente de ouro e disse: — Eis o vilão.

Depois ele mandou trazerem carvões em brasa, e fez o cão engoli-los à vista de todos até saírem labaredas de sua boca. Então perguntou ao rei se gostaria de ver o cozinheiro tal como era e desejou que o homem retomasse sua forma, e ali ele surgiu de avental branco e faca à cintura.

O rei se enfureceu ao vê-lo e ordenou que o antigo empregado fosse atirado na mais funda masmorra. O caçador perguntou:

– Meu pai, o senhor gostaria de ver a moça que, com tanto carinho, me salvou a vida quando recebeu ordens de me matar, mesmo que fazendo isso pudesse ter perdido a própria vida?

O rei respondeu:

– Terei prazer em vê-la.

Tornou o filho:

– Bondoso rei, primeiro eu a mostrarei sob a forma de uma bela flor.

E metendo a mão no bolso tirou o cravo. Era mais belo que qualquer outra flor que o rei já tivesse visto. E continuando, disse o filho:

– Agora eu a mostrarei em sua verdadeira forma.

No momento em que formulou esse desejo, a moça apareceu diante da corte em toda a sua beleza, que era maior do que qualquer artista seria capaz de pintar.

O rei mandou as damas de honra e os gentis-homens da câmara à torre para reconduzir a rainha à mesa real. Mas quando eles chegaram à torre descobriram que ela não queria mais comer nem beber. E a rainha disse:

– O Deus da misericórdia, que conservou minha vida por tanto tempo, agora me libertará.

Três dias depois ela faleceu. No seu enterro os dois pombos brancos que a haviam alimentado durante o seu cativeiro acompanharam o cortejo e sobrevoaram seu túmulo.

O velho rei ordenou que o cozinheiro malvado fosse esquartejado; mas seu próprio coração se encheu de dor e remorso e ele não tardou a morrer.

Seu filho se casou com a bela jovem que trouxera para o palácio como flor e, pelo que sei, talvez continuem vivos.

BELA ADORMECIDA

ERA UMA VEZ UM REI E UMA RAINHA que diziam todos os dias: "Ah, se tivéssemos um filho!", mas durante muito tempo não tiveram nenhum.

Certo dia em que a rainha se banhava, um sapo saltou fora da água e disse:

— Seu desejo foi satisfeito; antes de se passar um ano você trará uma filha ao mundo.

As palavras do sapo se realizaram. A rainha teve uma menininha tão linda que o rei não conseguiu se conter de tanta alegria e preparou um grande banquete. Convidou não somente os parentes e amigos, mas também as fadas, para que vissem a criança com bons olhos. Havia treze delas no reino, mas como o rei só dispunha de doze pratos de ouro para servi-las, uma das fadas não poderia ser convidada.

O banquete foi preparado com grande esplendor e quando terminou todas as fadas deram à criança um presente mágico. Uma deu-lhe virtude, outra, beleza, uma terceira, riqueza e assim por diante, concedendo-lhe tudo que poderia desejar no mundo.

Quando onze das fadas já haviam falado, a décima terceira apareceu inesperadamente. Queria se vingar por não ter sido convidada. E sem cumprimentar ninguém e nem mesmo olhar para os convidados disse alto e bom som:

— A princesa vai se espetar em uma roca em seu décimo quinto ano e cairá morta — e sem mais dizer ela se retirou do salão.

Todos ficaram aterrorizados, mas a décima segunda fada, que ainda não formulara o seu desejo, adiantou-se. Não poderia cancelar a maldição, apenas abrandá-la, então disse:

— Sua filha não morrerá, cairá em um sono profundo que durará cem anos.

O rei ficou tão ansioso para proteger sua filha da desgraça que deu ordem para queimarem todas as rocas do seu reino.

À medida que o tempo foi passando todas as promessas das fadas se realizaram. A princesa cresceu tão linda, modesta, boa e inteligente que todos que a viam não conseguiam deixar de amá-la. Ora, aconteceu que no mesmo dia em que a princesa fez quinze anos o rei e a rainha se ausentaram de casa, e a princesa foi deixada sozinha no castelo. Perambulou então por todo o palácio, espiando os quartos e salões que quis e finalmente alcançou uma velha torre. Subiu uma escadinha estreita e circular e chegou a uma pequena porta. Havia uma chave enferrujada nela, e quando a princesa a girou, a porta se escancarou. No pequeno aposento viu uma mulher com um fuso que se ocupava em fiar linho em uma roca.

– Bom-dia, avozinha – cumprimentou a princesa –, que está fazendo?

– Estou fiando – respondeu a velha balançando a cabeça.

– Que é essa coisa que gira tão alegremente? – perguntou a princesa; e pegando o fuso tentou fiar também.

Mas mal tocara nele a maldição se cumpriu, e ela espetou o dedo no fuso. No instante em que sentiu a picada, caiu em uma cama que havia ali próximo e mergulhou em um sono profundo que afetou todo o castelo.

O rei e a rainha, que tinham acabado de chegar e iam entrando no saguão, adormeceram e com eles todos os cortesãos. Os cavalos adormeceram nos estábulos, os cães no pátio e os pombos no telhado, as moscas nas paredes; até as chamas no fogão pararam e adormeceram, e a carne que assava parou de chiar; o cozinheiro, que estava puxando os cabelos do ajudante porque ele cometera um erro, largou-o e foi dormir. O vento parou e nem mais uma folha se moveu nas árvores diante do castelo.

Ao redor do castelo nasceu uma cerca de éricas; ano a ano a cerca foi subindo sem parar até que finalmente cobriu tudo, fazendo o castelo desaparecer de vista e até mesmo a bandeira no alto do telhado.

Mas pelo reino correu uma lenda sobre uma bela adormecida filha do rei, cujo nome era Érica, e de tempos em tempos acorriam príncipes que tentavam atravessar a cerca para entrar no castelo. Descobriam que era impossível. Os espinhos os agarravam como se fossem mãos, e os príncipes sem conseguir se soltar acabavam sofrendo uma morte infeliz.

Passaram-se muitos e muitos anos, e certo dia um príncipe voltou a esse tal reino e ouviu um velho falar sobre um castelo escondido por uma cerca de éricas, em que a belíssima princesa Érica permanecia adormecida nos últimos cem anos, e com ela dormiam o rei, a rainha e todos os cortesãos. O príncipe soube também, por intermédio do seu avô, que muitos príncipes já tinham tentado penetrar a cerca de éricas e acabavam enredados nela, morrendo tristemente.

Então, o jovem príncipe disse:

– Não tenho medo; estou decidido a ir ver a bela Érica.

O bom velho fez tudo que estava a seu alcance para dissuadir o neto, mas o príncipe não deu ouvidos às suas palavras.

Acontece, porém, que os cem anos haviam terminado e chegara o dia em que a Bela Adormecida deveria despertar. Quando o príncipe se aproximou a cerca de éricas estava em flor, coberta de flores graúdas e belas que abriram caminho para ele voluntariamente e o deixaram passar sem lhe fazer mal, e em seguida tornaram a se fechar à sua passagem.

No pátio ele viu os cavalos e cães malhados adormecidos no chão e os pombos com as cabeças sob as asas no telhado; quando entrou no castelo as moscas dormiam nas paredes e próximo ao trono achavam-se deitados o rei e a rainha; na cozinha estava o cozinheiro com a mão erguida como se fosse bater no ajudante, e a criada estava sentada com uma ave preta no colo, que ela ia começar a depenar.

O príncipe continuou andando e encontrava tudo tão quieto que ele podia ouvir a própria respiração. Por fim chegou à torre e abriu a porta do aposento em que Érica adormecera. Ei-la com uma aparência tão bela que ele não conseguia afastar o olhar; ele se curvou e beijou-a. Ao seu toque, a Bela Adormecida abriu os olhos e fitou-o amorosamente. Então, desceram juntos; o rei, a rainha e os cortesãos despertaram e se entreolharam assombrados. Os cavalos na estrebaria se levantaram e se sacudiram, os cães saltaram pelo pátio abanando o rabo, os pombos no telhado tiraram a cabeça de baixo da asa, olharam para os lados e partiram para os campos; as moscas nas paredes começaram a esvoaçar outra vez e o fogo na cozinha reavivou, subiu em labaredas para aquecer a comida, a carne recomeçou a chiar e o cozinheiro deu uns tapas nas orelhas do ajudante com tanto estrépito que o rapaz gritou, enquanto a criada voltava a depenar a ave. Celebraram então o casamento do príncipe e da princesa com todo o esplendor, e eles viveram felizes até morrer.

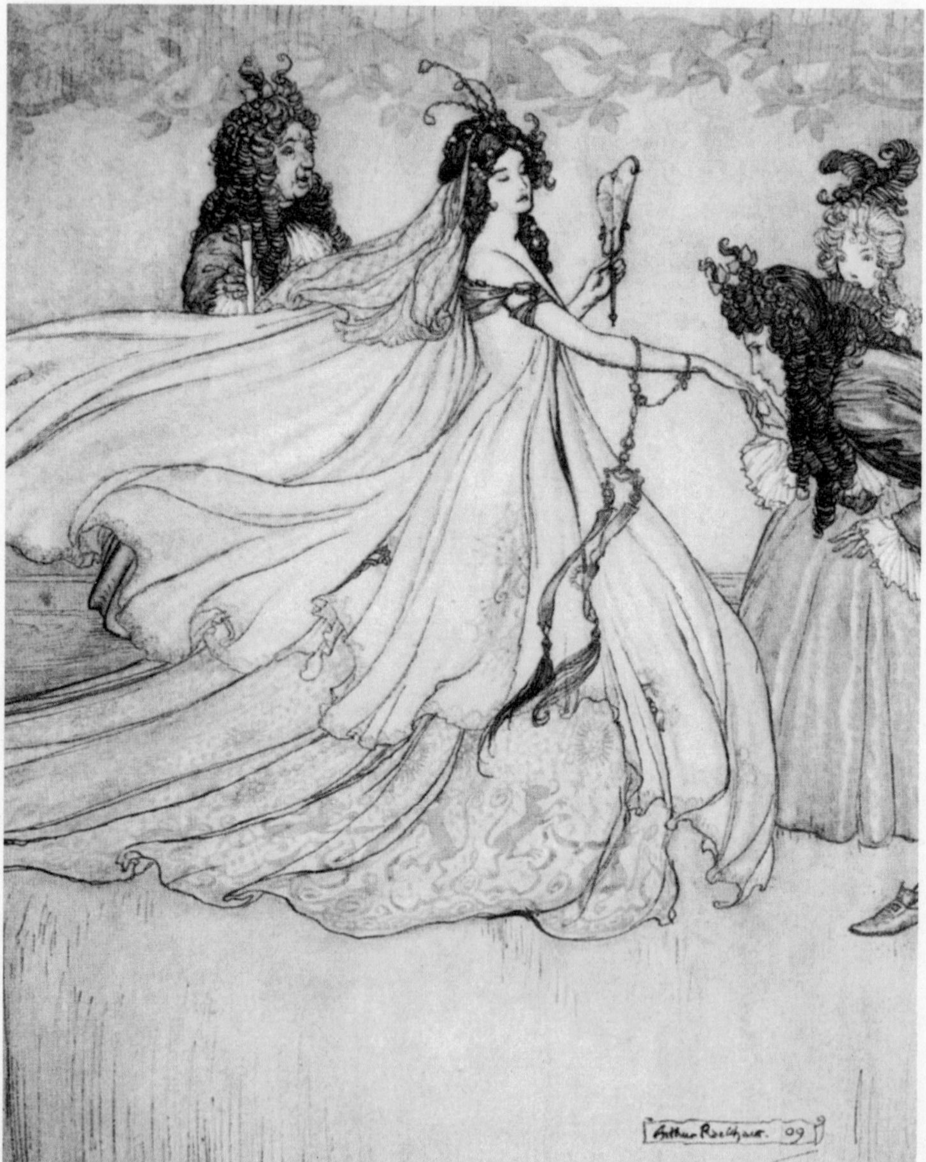
Arthur Rackham. 09

A GATA BORRALHEIRA

❦

A MULHER DE UM RICAÇO ADOECEU e, quando sentiu que seu fim se aproximava, chamou a única filha do casal ao seu quarto e disse:
— Filha, querida, continue a ser devota e boa, assim Deus sempre a ajudará, e lá do céu eu olharei por você e a protegerei.

Dizendo isso a mulher fechou os olhos e deu o último suspiro.

A menina continuou sendo devota e boa, e todo dia ia ao túmulo da mãe e chorava. Quando chegou o inverno, a neve cobriu o túmulo com um manto branco, e quando o sol de primavera tornou a descobri-lo, o homem se casou outra vez. A nova mulher trouxe suas duas filhas, que eram agradáveis e bonitas por fora, mas malvadas e feias por dentro.

Assim começou um período de tristezas para a infeliz enteada.

— Essa pateta vai se sentar conosco na sala? — perguntavam elas.

— Quem quer comer o pão tem de trabalhar para ganhá-lo; vá se sentar com a ajudante de cozinha.

Confiscaram-lhe suas roupas bonitas, a fizeram vestir uma roupa cinzenta e lhe deram tamancos de madeira para calçar.

— Olhem só como a orgulhosa princesa está bem-vestida — caçoaram ao levá-la para a cozinha. Ali a menina foi obrigada a fazer trabalhos pesados de manhã à noite, a se levantar com o nascer do sol, a carregar água, acender o fogão, cozinhar e lavar. Não satisfeitas, as irmãs lhe infligiam todos os vexames em que conseguiam pensar; zombavam dela e atiravam ervilhas e lentilhas no borralho para obrigá-la a se sentar para catá-las. À noite, quando ela estava exausta de tanto trabalhar, não tinha cama a que se recolher e ia se deitar no fogão sobre as cinzas. Por isso parecia sempre empoeirada e suja e a chamavam Borralheira.

Aconteceu um dia que o pai decidiu ir a uma feira. Perguntou então às duas enteadas o que gostariam que ele lhes trouxesse.

– Roupas finas – disse uma.

– Pérolas e joias – disse a outra.

– E você, Cinderela? – perguntou ele. – Que gostaria?

– Pai, quebre o primeiro galho que roçar o seu chapéu quando estiver voltando para casa.

Muito bem, para as duas enteadas ele trouxe belas roupas, pérolas e joias, e na volta para casa, ao passar por um arvoredo verdejante, roçou nele um raminho de aveleira que derrubou o seu chapéu. Então o homem partiu-o e levou.

Quando chegou em casa deu às duas enteadas o que haviam pedido e à Borralheira deu o raminho de aveleira.

Borralheira agradeceu ao pai, foi ao túmulo da mãe e ali plantou o raminho; chorou tanto que suas lágrimas o regaram, e o raminho criou raízes e se tornou uma bela árvore.

Borralheira ia ao túmulo três vezes por dia, chorava e rezava, e todas as vezes um passarinho branco vinha se empoleirar na árvore; quando ela formulava um desejo, o passarinho lhe atirava o que pedira.

Então aconteceu que o rei anunciou um festival de três dias ao qual todas as moças bonitas do reino foram convidadas para que seu filho, o príncipe, pudesse escolher uma noiva.

Quando as duas enteadas souberam que também iriam comparecer, ficaram muito animadas, chamaram Borralheira e disseram:

– Escove os nossos cabelos e limpe os nossos sapatos e afivele nossos cintos, porque vamos à festa no palácio do rei.

Borralheira obedeceu, mas chorou, porque teria gostado de acompanhá-las ao baile, e pediu à madrasta licença para ir também.

– Você, Borralheira! – exclamou. – Ora, você está coberta de cinzas e sujeira. Você ir ao festival! Nem ao menos tem roupas e sapatos, e ainda assim quer ir ao baile?

Como ela continuasse a insistir, a madrasta disse:

– Muito bem, joguei um prato de lentilhas no borralho. Se você as catar em duas horas poderá ir conosco.

A moça saiu pela porta dos fundos para ir ao jardim e disse:

> – Pombos gentis, rolinhas e passarinhos que há no céu, venham me ajudar.
> As boas no prato separem, as ruins levem para plantar.

Então dois pombos brancos entraram pela janela da cozinha, no que foram seguidos pelas rolinhas, e finalmente todos os passarinhos no céu vieram piando e pousaram no borralho. E os pombos disseram sim com a cabecinha, e bica que bica puseram todas as lentilhas boas no prato. Nem bem uma hora se passara, eles tinham terminado e tornado a sair pela janela.

Então a menina levou o prato para a madrasta, contente, pensando que agora poderia acompanhá-las à festa.

Mas a madrasta disse:

— Não, Borralheira, você não tem roupas e não sabe dançar; só irão rir de você.

Mas quando a menina começou a chorar, a madrasta disse:

— Se em uma hora você conseguir catar dois pratos cheios de lentilhas do borralho, poderá ir conosco.

E pensou: "Ela jamais conseguirá fazer isso."

Depois que a madrasta atirou os pratos de lentilha no borralho, a moça saiu pela porta dos fundos e chamou:

> — Pombos gentis, rolinhas e passarinhos que há no céu, venham me ajudar.
> As boas no prato separem, as ruins levem para plantar.

Então dois pombos brancos entraram pela janela da cozinha, no que foram seguidos pelas rolinhas, e finalmente todos os passarinhos no céu vieram piando e pousaram no borralho, e em menos de uma hora tudo tinha sido catado e eles tinham partido.

Então a moça levou o prato para a madrasta, alegre, pensando que agora poderia acompanhá-las à festa.

Mas a madrasta disse:

— Não adiantou nada. Você não pode ir conosco porque não tem roupas e não sabe dançar. Sentiríamos muita vergonha de você.

E dizendo isso deu-lhe as costas e saiu apressada com suas orgulhosas filhas.

Assim que elas saíram de casa, Borralheira foi ao túmulo da mãe sob a aveleira e disse:

> — Balance e trema, arvoreta amada,
> e me cubra toda de ouro e prata.

Então o pássaro lhe atirou um vestido de ouro e prata e um par de sapatos bordados com fios de seda e prata. Às pressas ela se vestiu e foi. Mas a madrasta e suas filhas não a reconheceram e acharam que ela era uma princesa estrangeira, tão bela estava com seu vestido dourado. Nem pensaram em Borralheira, imaginaram que estivesse sentada ao pé do borralho catando as lentilhas nas cinzas.

O príncipe se aproximou da desconhecida, tomou-a pela mão e dançaram. De fato, ele não quis dançar com mais ninguém e em nenhum momento largou a mão da moça. Se alguém se aproximava e a convidava para dançar, ele dizia: "Ela é o meu par."

Borralheira dançou até anoitecer, e então quis se retirar, mas o príncipe disse:

– Vou acompanhá-la a sua casa.

Ele queria ver a quem a bela moça pertencia. Mas Borralheira escapou do príncipe e correu para o pombal.

Então o príncipe esperou o pai dela chegar em casa e lhe contou que a moça desconhecida desaparecera no pombal.

O velho pensou: "Seria Borralheira?" E mandou trazer um machado para demolir o pombal, mas não havia ninguém lá dentro.

Quando chegaram em casa, lá estava Borralheira com suas roupas sujas no meio das cinzas e um lampião a óleo brilhando fracamente a um canto do fogão. Ela descera do pombal sem fazer barulho e correra de volta à aveleira. Ali despira seus belos trajes, estendera-os sobre o túmulo e um passarinho os levara embora. Em seguida ela se acomodara no borralho do fogão com sua roupa velha e cinzenta.

No segundo dia, quando recomeçou a festa e seu pai, a madrasta e as filhas já haviam saído, Borralheira dirigiu-se à aveleira e disse:

– Balance e trema, arvoreta amada,
e me cubra toda de ouro e prata.

Então o passarinho lhe atirou roupas ainda mais bonitas do que as do dia anterior. E quando ela apareceu na festa assim vestida, todos ficaram assombrados com a sua beleza.

O filho do rei aguardava sua chegada e imediatamente tomou-a pela mão, e ela não dançou com mais ninguém. Quando os outros se aproximavam para convidá-la a dançar ele dizia: "Ela é o meu par."

Ao anoitecer Borralheira quis se retirar, mas o príncipe a seguiu na esperança de ver em que casa entrava, mas ela correu para o quintal de sua casa. Ali havia uma grande árvore da qual pendiam peras deliciosas. A moça subiu

A GATA BORRALHEIRA

por entre os galhos com mais agilidade que um esquilo, e o príncipe não conseguiu imaginar onde teria desaparecido.

Mas ele esperou até o pai dela chegar em casa e disse:

– A moça desconhecida fugiu de mim e acho que subiu na pereira.

O pai pensou: "Seria Borralheira?" E mandou vir o machado e pôs abaixo a pereira, mas não havia ninguém ali.

Quando entraram em casa e espiaram na cozinha, lá estava sua filha no borralho como sempre; ela descera pelo outro lado da árvore, devolvera as roupas ao passarinho na aveleira e tornara a vestir seu vestido velho e cinzento.

No terceiro dia, quando o pai, a madrasta e as irmãs partiram, Borralheira tornou a se dirigir ao túmulo da mãe e disse:

– Balance e trema, arvoreta amada,
e me cubra toda de ouro e prata.

Então o passarinho lhe atirou um vestido tão magnífico como ninguém nunca vira igual e um par de sapatos inteiramente dourados. Quando ela apareceu na festa nesses trajes, os convidados ficaram mudos de assombro. O príncipe dançou somente com ela e, se mais alguém a convidava para dançar, dizia: "Ela é o meu par."

Quando anoiteceu e Borralheira quis se retirar, o príncipe desejou ainda mais fortemente acompanhá-la, mas ela saiu correndo tão depressa que o deixou para trás. Mas dessa vez ele usara um estratagema, mandara cobrir a escadaria com cera de sapateiro. Assim, quando a moça desceu correndo, seu sapato esquerdo ficou preso em um degrau. O príncipe apanhou-o. Era pequeno e delicado e inteiramente dourado.

Na manhã seguinte, ele procurou o pai de Borralheira e disse-lhe:

– Nenhuma outra moça será minha esposa a não ser aquela em que este sapato dourado couber.

As duas irmãs ficaram encantadas, pois as duas tinham belos pés. A mais velha entrou na sala para experimentar o sapato e a mãe postou-se ao seu lado. Porém, o dedão do seu pé impediu que ela o calçasse, seu pé era longo demais.

Então a mãe lhe entregou uma faca e disse:

– Corte o dedão; quando você for rainha não precisará mais andar.

A moça cortou o dedão, forçou o pé a entrar no sapato, sufocando a dor, e saiu com o príncipe. Então ele a ergueu para montá-la em seu cavalo como sua noiva e partiu.

Mas, no caminho, tiveram de passar pelo túmulo e lá estavam na aveleira dois pombos, que cantaram:

> – Olhe para trás, lhe pedimos, olhe para trás,
> há um rastro de sangue em seu caminho,
> porque o sapato é por demais pequenino,
> e sua noiva ainda o aguarda em casa, verá.

Ele olhou para o pé da moça e viu o sangue que escorria. Deu meia-volta e tornou à casa com a falsa noiva dizendo que não era a moça certa; a segunda irmã devia experimentar o sapato.

Então ela entrou na sala e conseguiu enfiar os dedos no sapato, mas seu calcanhar era grande demais.

A mãe lhe entregou uma faca e disse:

– Corte um pedaço do calcanhar; quando você for rainha não precisará mais andar.

A moça cortou o calcanhar, forçou o pé a entrar no sapato, sufocando a dor, e saiu com o príncipe.

Ele a ergueu, montou-a no cavalo acreditando que fosse sua noiva e partiu.

Ao passarem pelo túmulo, os dois pombos que estavam na aveleira cantaram:

> – Olhe para trás, lhe pedimos, olhe para trás,
> há um rastro de sangue em seu caminho,
> porque o sapato é por demais pequenino,
> e sua noiva ainda o aguarda em casa, verá.

Ele olhou para o pé da moça e viu que escorria sangue e havia manchas escuras em suas meias. Então deu meia-volta e levou a falsa noiva para casa.

– Esta também não é a moça certa – disse ele. – O senhor não tem outra filha?

– Não – disse o homem. – Só resta uma filha da minha falecida esposa, uma serviçal insignificante e mirrada, mas não é possível que seja a moça que procura.

O príncipe disse que deviam trazê-la.

Mas a madrasta respondeu:

– Ah, não, ela está muito suja; não pode ser vista em hipótese alguma.

Mas ele estava absolutamente decidido a ter o seu pedido atendido; e eles foram obrigados a chamar Borralheira.

A GATA BORRALHEIRA

Depois que lavou as mãos e o rosto, ela foi à sala e fez uma reverência ao príncipe que lhe entregou o sapato dourado.

Ela se sentou em um banco, tirou os tamancos de madeira e calçou o sapato que coube certinho em seu pé.

E quando se levantou o príncipe olhou bem o seu rosto, reconheceu a linda moça com quem dançara e exclamou:

— Esta é a noiva certa!

A madrasta e suas filhas ficaram desoladas e brancas de tanta raiva; mas ele montou Borralheira em seu cavalo e partiu.

Ao passarem pela aveleira os pombos brancos cantaram:

— Olhe para trás, lhe pedimos, olhe para trás,
não há um rastro de sangue em seu caminho,
o sapato *não* é pequenino demais,
para o palácio a noiva certa levará.

E dizendo isso os dois desceram e pousaram nos ombros de Borralheira, um no direito, outro no esquerdo e ficaram empoleirados ali.

Na hora do casamento, as duas falsas irmãs apareceram para adular Borralheira e participar de sua boa sorte. Quando o cortejo nupcial se dirigia à igreja, a mais velha se sentou à sua direita e a mais nova à esquerda, e os pombos furaram um olho de cada uma.

Mas, na saída da igreja, a mais velha ficou à esquerda e a mais nova à direita, e os pombos furaram o outro olho de cada uma. Assim a maldade e a falsidade delas foram punidas para o resto da vida com a cegueira.

O LOBO E
OS SETE CABRITOS

ERA UMA VEZ UMA CABRA VELHA que tinha sete cabritos e gostava deles como uma mãe gosta de seus filhos. Um dia ela precisou ir ao mato buscar comida para os cabritos, então chamou-os e disse:

– Meus queridos filhos, vou ao mato. Cuidado com o lobo! Se ele entrar em nossa casa comerá vocês com couro, pelo e tudo. O maroto muitas vezes se disfarça, mas vocês o reconhecerão pela voz rouca e as patas pretas.

Os cabritos responderam:

– Ah, teremos muito cuidado, querida mãe. Pode ficar tranquila.

Balindo carinhosamente, a cabra velha saiu para fazer seu trabalho. Não demorou muito, alguém bateu na porta e chamou:

– Abram a porta, filhos queridos! Sua mãe voltou e trouxe uma coisinha para cada um de vocês.

Mas os cabritos reconheceram muito bem o lobo pela voz.

– Não abriremos a porta – responderam. – Você não é nossa mãe. Ela tem uma voz meiga e suave; a sua é rouca e temos certeza de que você é o lobo.

Então ele foi a uma loja, comprou um pedaço de giz e o comeu, para deixar sua voz bem macia. Então, bateu outra vez na porta e chamou:

– Abram a porta, filhos queridos! Sua mãe voltou e trouxe uma coisinha para cada um de vocês.

Mas o lobo pôs uma das patas no peitoril da janela, os cabritos a viram e responderam:

– Não abriremos a porta. Nossa mãe não tem patas pretas, você é o lobo.

Então o lobo correu à padaria e pediu:

– Machuquei minha pata; por favor, ponha um pouco de massa nela. – Depois que o padeiro fez isso, o lobo correu ao moleiro e pediu:

– Jogue um pouco de farinha por cima da minha pata.

O moleiro pensou "O velho lobo vai enganar alguém" e se recusou.

Mas o lobo disse:

— Se você não fizer o que estou pedindo, vou comê-lo.

Então o moleiro teve medo e pulverizou as patas do bicho de farinha branca. As pessoas são assim, sabem.

O desgraçado voltou então pela terceira vez à porta, bateu e disse:

— Abram a porta, crianças! Sua mãe querida voltou e trouxe do mato uma coisinha para cada um de vocês.

Os cabritos gritaram:

— Primeiro mostre a sua pata para termos certeza de que é nossa mãe. — O lobo pôs a pata no peitoril da janela e, quando os cabritos viram que era branca, acreditaram nele e abriram a porta.

Coitadinhos! Foi o lobo quem entrou. Os cabritos se apavoraram e tentaram se esconder. O primeiro correu para baixo da mesa, o segundo se meteu na cama, o terceiro dentro do forno, o quarto correu para a cozinha, o quinto se escondeu no armário, o sexto na tina de lavar roupa, e o sétimo na caixa de um relógio de pêndulo. Mas o lobo achou todos, menos um, e depressa deu conta deles. Comeu um após outro, exceto o mais novo, na caixa do relógio, que ele não encontrou. Quando satisfez seu apetite, foi embora e se deitou em um prado próximo, onde logo adormeceu.

Não tardou muito, a velha cabra retornou do mato. Ah, com que cena terrível seus olhos depararam! A porta da casa estava escancarada, mesa, cadeiras e bancos estavam virados, a tina estava em pedaços, as cobertas e travesseiros tinham sido arrancados da cama. Ela procurou os filhos por toda a casa, mas não os encontrou em parte alguma. Chamou um a um pelo nome, mas ninguém respondeu. Por fim, quando chegou ao mais novo, uma vozinha respondeu:

— Estou aqui, mãe querida, escondido na caixa do relógio.

Ela tirou-o dali e o cabrito contou-lhe que o lobo tinha vindo e devorado seus irmãos.

Vocês podem imaginar como a cabra chorou os filhos perdidos.

Finalmente, para dissipar sua tristeza, ela saiu levando o cabrito junto. Quando chegaram ao prado, lá estava o lobo embaixo de uma árvore, cujos ramos tremiam com seus roncos. Eles o examinaram de todos os lados e puderam ver claramente que as tripas se mexiam sob o seu ventre esticado.

"Ah, céus!", pensou a cabra, "será possível que os coitados dos meus filhos que ele jantou ainda estejam vivos?"

Ela mandou o cabrito correr até em casa e apanhar a tesoura, agulhas e linha. Fez então uma abertura do lado do monstro, e mal havia começado, um cabrito pôs a cabeça de fora, e assim que ela alargou suficientemente a abertura, os cinco saltaram para fora, um atrás do outro, todos vivos e sem o menor ferimento, porque, em sua voracidade, o monstro os engolira inteiros. Vocês podem imaginar a alegria da mãe. Ela abraçou os filhos e dançou como um alfaiate no dia do seu casamento. Por fim disse:

– Vão apanhar umas pedras grandes, meus filhos, e com elas encheremos a barriga do bicho enquanto está dormindo.

Então os sete cabritos trouxeram muitas pedras, o mais rápido que puderam carregá-las, e rechearam a barriga do lobo até não caber mais nada. A velha cabra costurou-a depressa, sem que o lobo percebesse e nem ao menos se mexesse.

Finalmente, depois de dormir o quanto quis, o lobo se levantou, mas como as pedras lhe deram muita sede, ele quis ir até a nascente beber água. Mas ao se mexer as pedras começaram a correr e chocalhar dentro dele, fazendo-o exclamar:

> – Que batidas e roncos são esses
> que fazem minha barriga reclamar?
> Pensei que fossem cabritos de carne e osso.
> Mas não, parecem pedras a rolar.

E quando chegou à nascente e se curvou para beber a água, as pedras pesadas o puxaram para o fundo e ele se afogou.

Quando os sete cabritos viram o que acontecera, acorreram gritando: "O lobo morreu, o lobo morreu!", e, com a mãe, saltaram e dançaram de alegria em volta da nascente.

O SAPATEIRO
E OS ANÕES

ERA UMA VEZ UM SAPATEIRO que, embora não tivesse culpa, tornara-se tão pobre que finalmente só lhe restava couro suficiente para fazer um único par de sapatos. À noite ele cortou o couro para os sapatos que pretendia começar na manhã seguinte, e, de consciência tranquila, deitou-se calmamente, rezou e adormeceu.

De manhã, depois de rezar, quando ia se preparando para sentar e trabalhar encontrou o par de sapatos pronto em cima da mesa. Ficou espantado e não conseguiu entender o acontecido.

Apanhou os sapatos para examiná-los com mais atenção. As costuras estavam tão benfeitas que não havia um único ponto fora de lugar e os sapatos tão bem-acabados que pareciam ter sido feitos por mãos experientes.

Pouco depois entrou um comprador, gostou muito dos sapatos e comprou-os por um preço acima do normal; com o dinheiro o sapateiro pôde comprar couro para mais dois pares de sapatos.

Cortou-os à noite e, na manhã seguinte, com a coragem renovada dispôs-se a trabalhar; mas não foi preciso porque quando se levantou encontrou os sapatos já prontos, e não faltaram compradores. Os dois pares lhe renderam tanto dinheiro que ele pôde comprar couro para mais quatro pares.

Bem cedo no dia seguinte o sapateiro encontrou os quatro pares prontos, e assim continuou a acontecer; o que ele cortava à noite encontrava pronto de manhã, e logo se viu novamente em uma situação confortável e se tornou um homem bem de vida.

Ora, aconteceu que uma noite, antes do Natal, ele cortou o couro para alguns sapatos como de costume e disse a sua mulher:

– Que acha de ficarmos acordados hoje à noite para ver quem é que está nos ajudando?

A mulher concordou, acendeu uma vela e eles se esconderam a um canto da oficina atrás de umas roupas penduradas.

À meia-noite, chegaram dois homenzinhos nus que se sentaram à mesa do sapateiro, apanharam o trabalho já cortado e com seus dedinhos se puseram a alinhavar, costurar e pregar tudo tão bem e ligeiro que o sapateiro não pôde acreditar no que via. Os homenzinhos não pararam até terminar os sapatos e deixá-los prontos em cima da mesa; depois saíram correndo.

No dia seguinte a mulher disse ao marido:

– Os anões nos fizeram ricos e devíamos demonstrar nossa gratidão. Estavam correndo por aí sem roupas e devem estar enregelados de frio. Vou costurar para eles camisas, casacos, coletes, ceroulas e até tricotar umas meias, e você vai fazer para cada anão um par de sapatos.

O marido concordou, e à noite, depois de aprontarem tudo, arrumaram os presentes em cima da mesa e se esconderam para ver como os anões iriam se comportar.

À meia-noite eles entraram aos saltos e iam começar a trabalhar, mas em lugar do couro cortado, encontraram as vistosas roupinhas.

A princípio ficaram surpresos, depois extremamente felizes. Com muita pressa eles vestiram e alisaram as belas roupas cantando:

– Agora somos rapazes belos e elegantes,
para que fazermos sapatos para os outros?

Então pularam e dançaram e saltaram por cima de mesas e cadeiras, e saíram porta afora. Daquele dia em diante nunca mais apareceram, mas o sapateiro continuou bem de vida até morrer e sempre teve sorte em tudo que experimentou fazer.

O LOBO E O HOMEM

CERTA VEZ UMA RAPOSA estava conversando com um lobo sobre a força dos homens.
– Nenhum animal – disse ela – pode resistir ao homem, por isso temos sido obrigados a usar a astúcia para nos defender.
– Mesmo assim, se algum dia deparar com um homem, eu o atacarei – respondeu o lobo.
– Bem, posso ajudá-lo a fazer isso – disse a raposa. – Venha me procurar logo pela manhã e lhe mostrarei um homem!
O lobo acordou cedo e a raposa o levou a uma estrada na floresta, frequentada diariamente por caçadores.
Primeiro passou um velho soldado dispensado do exército.
– Isso é um homem? – perguntou o lobo.
– Não – respondeu a raposa. – Foi um homem.
Depois, apareceu um menino a caminho da escola.
– Isso é um homem?
– Não; vai ser um homem.
Finalmente o caçador apareceu, com a espingarda às costas e o facão de caça na cintura. A raposa disse ao lobo:
– Olha! Aí vem um homem. Você pode atacá-lo, mas eu vou indo para a minha toca!
O lobo atacou o homem que ao vê-lo pensou: "Que pena que não carreguei a minha espingarda com munição de verdade", e disparou uma carga de chumbinhos no focinho do lobo. A fera fez uma careta, mas não ia se assustar por tão pouco e tornou a atacá-lo. O caçador disparou uma segunda carga. O lobo engoliu a dor e tornou a investir contra ele; mas o homem puxou seu reluzente facão de caça e golpeou a torto e a direito, e o lobo, pingando sangue, correu a procurar a raposa.

– Então, irmão lobo – disse a raposa –, como foi o seu encontro com o homem?

– Coitado de mim! – lamentou-se o lobo. – Nunca pensei que a força do homem fosse o que é. Primeiro ele tirou um pau do ombro, soprou dentro e bateu uma coisa na minha cara, que ardeu demais. Depois tornou a soprar e a coisa disparou raios e granizo. Por fim puxou do corpo uma costela reluzente e me golpeou até me deixar mais morto do que vivo.

– Está vendo agora – disse a raposa – como você é exibido? Machadinha atirada ao ar não torna a voltar.

JOÃO ESPERTO

—AONDE ESTÁ INDO, JOÃO? – pergunta sua mãe.
– Ver a Maria – responde o menino.
– Comporte-se bem, João.
– Sim, mamãe. Até logo.
– Até logo, João.
João chega à casa de Maria.
– Bom-dia, Maria.
– Bom-dia, João. Que foi que você me trouxe?
– Não trouxe nada para você, mas quero um presente.
Maria lhe dá uma agulha. João pega a agulha, espeta-a em uma carga de feno e volta para casa a pé, acompanhando a carroça.
– Boa-noite, mamãe.
– Boa-noite, João. Onde esteve?
– Na casa de Maria.
– Que foi que deu a ela?
– Não dei nada, mas ela me deu um presente.
– Que foi que ela lhe deu?
– Ela me deu uma agulha.
– Que fez com a agulha?
– Espetei-a na carroça de feno.
– Que bobagem, João. Devia tê-la espetado em sua manga.
– Não se aborreça, mamãe. Farei melhor da próxima vez.
– Aonde é que você vai, João?
– Ver a Maria, mamãe.
– Comporte-se bem.
– Sim, mamãe. Até logo.
– Até logo, João.

João chega à casa de Maria.
— Bom-dia, Maria.
— Bom-dia, João. Que foi que você me trouxe?
— Não trouxe nada. Mas quero um presente.
Maria lhe dá um canivete.
— Até logo, Maria.
— Até logo, João.
João pega o canivete, espeta-o na manga e volta para casa.
— Boa-noite, mamãe.
— Boa-noite, João. Onde esteve?
— Fui ver a Maria.
— Que foi que ela lhe deu?
— Ela me deu um canivete.
— Onde está o canivete, João?
— Eu o espetei na manga.
— Que bobagem, João. Você devia ter guardado o canivete no bolso.
— Não se aborreça, mamãe; farei melhor da próxima vez.
— Aonde está indo, João?
— Ver a Maria, mamãe.
— Então, comporte-se bem.
— Sim, mamãe. Até logo.
— Até logo, João.
João chega à casa de Maria.
— Bom-dia, Maria.
— Bom-dia, João. Trouxe alguma coisa boa para mim?
— Não trouxe nada. Que é que você tem para me dar?
Maria lhe dá um cabritinho.
— Até logo, Maria.
— Até logo, João.
João apanha o cabritinho, amarra as pernas do bicho e o guarda no bolso.
Quando chegou em casa o bicho tinha sufocado.
— Boa-noite, mamãe.
— Boa-noite, João. Onde esteve?
— Fui ver a Maria, mamãe.
— Que foi que deu a ela?
— Não dei nada. Mas trouxe uma coisa.
— Que foi que Maria lhe deu?

— Ela me deu um cabritinho.
— Que fez com o cabritinho?
— Eu o guardei no bolso, mamãe.
— Que grande bobagem. Devia tê-lo trazido amarrado na ponta de uma corda.
— Não se aborreça, mamãe; farei melhor da próxima vez.
— Aonde está indo, João?
— Ver a Maria, mãe.
— Então, comporte-se bem.
— Sim, mãe. Até logo.
— Até logo, João.
João chega à casa de Maria.
— Bom-dia, Maria.
— Bom-dia, João. Que foi que você me trouxe?
— Não trouxe nada. Que é que tem para me dar?
Maria lhe dá um pedaço de toucinho.
— Até logo, Maria.
— Até logo, João.
João pega o toucinho, amarra-o a uma corda e sai arrastando-o. Os cães vão atrás dele e comem tudo. Quando chegou em casa, levava a corda na mão, mas não havia nada na ponta.
— Boa-noite, mamãe.
— Boa-noite, João. Onde esteve?
— Fui ver Maria, mamãe.
— Que levou para ela?
— Não levei nada, mas trouxe uma coisa.
— Que foi que ela lhe deu?
— Ela me deu um pedaço de toucinho.
— Que é que você fez com o toucinho, João?
— Amarrei-o a uma corda e vim arrastando-o para casa, mas os cães o comeram.
— Fez uma grande bobagem, João. Você devia tê-lo carregado na cabeça.
— Não se aborreça, mamãe; farei melhor da próxima vez.
— Aonde está indo, João?
— Ver a Maria, mamãe.
— Então comporte-se bem.
— Sim, mamãe. Até logo.
— Até logo, João.

João chega à casa de Maria.
— Bom-dia, Maria.
— Bom-dia, João. Que foi que me trouxe?
— Não trouxe nada. Que é que você tem para mim?
Maria lhe dá um bezerro.
— Até logo, Maria.
— Até logo, João.
João apanha o bezerro e o equilibra na cabeça. O bicho escoiceia seu rosto.
— Boa-noite, mamãe.
— Boa-noite, João. Onde esteve?
— Fui ver a Maria, mamãe.
— Que foi que levou para ela?
— Não levei nada, mamãe. Ela me deu uma coisa.

– Que foi que Maria lhe deu?
– Me deu um bezerro.
– Que fez com o bezerro?
– Eu o equilibrei na cabeça, mamãe, e ele me escoiceou a cara.
– Que grande bobagem, João. Devia tê-lo trazido na ponta de uma corda e o deixado no curral.
– Não se aborreça, mamãe; farei melhor da próxima vez.
– Aonde está indo, João?
– Ver a Maria, mamãe.
– Veja lá como se comporta, João.
– Sim, mamãe. Até logo.
João chega à casa de Maria.
– Bom-dia, Maria.
– Bom-dia, João. Que foi que você me trouxe?
– Não trouxe nada, mas quero levar alguma coisa.
– Eu vou com você, João.
João amarra Maria na ponta de uma corda, leva-a para casa, deixa-a presa no curral. Por fim entra em casa e cumprimenta a mãe.

— Boa-noite, mamãe.
— Boa-noite, João. Onde esteve?
— Fui ver a Maria, mamãe.
— Que foi que levou para ela?
— Eu não levei nada.
— Que foi que Maria lhe deu?
— Não me deu nada. Veio comigo.
— Onde você deixou a Maria?
— Amarrada no curral.
— Que bobagem. Você devia ter lhe lançado olhares de bezerro apaixonado.
— Não se aborreça; farei melhor da próxima vez.

João foi ao curral, arrancou os olhos das vacas e dos bezerros e lançou-os no rosto de Maria.

Maria se zangou, soltou-se da corda e fugiu.

Mas acabou se casando com João.

AS TRÊS LÍNGUAS

VIVEU OUTRORA NA SUÍÇA um velho conde que tinha um único filho; mas o rapaz era muito burro e não conseguia aprender nada. Então o pai lhe disse:

– Ouça, meu filho. Não consigo meter nada em sua cabeça, por mais que eu me esforce. Você precisa se afastar daqui, e vou entregá-lo aos cuidados de um famoso professor por um ano.

Ao fim de um ano o rapaz voltou para casa e o pai perguntou:

– Então, meu filho, que foi que você aprendeu?

– Pai, aprendi a língua dos cães.

– Piedade! – exclamou o pai. – Foi só isso que aprendeu? Vou mandá-lo a um novo professor em outra cidade.

O rapaz foi levado e morou também um ano com o novo professor. Quando voltou o pai tornou a lhe perguntar:

– Meu filho, que foi que você aprendeu?

– Aprendi a língua dos pássaros – respondeu ele.

O pai então se enfureceu e disse:

– Ah, sua criatura inútil, você perdeu todo esse tempo precioso e não aprendeu nada? Não tem vergonha de vir à minha presença? Vou mandá-lo a um terceiro professor, mas se, desta vez, você não aprender nada, não serei mais seu pai.

O rapaz morou com o terceiro professor igualmente por um ano e quando voltou para casa o pai lhe perguntou:

– Meu filho, que foi que você aprendeu?

– Meu querido pai, este ano aprendi a língua dos sapos – respondeu ele.

Ao ouvir isso o pai foi tomado por grande fúria e disse:

– Esta criatura não é mais meu filho. Expulso-o de casa e ordeno que o levem à floresta e lhe tirem a vida.

Os homens o levaram, mas quando iam matá-lo sentiram tanta pena que não conseguiram cumprir a ordem e o deixaram partir.

Arrancaram, então, os olhos e a língua de uma corça, para os apresentarem como provas ao velho conde.

O rapaz saiu vagando e finalmente chegou a um castelo, onde pediu para se hospedar aquela noite.

– Muito bem – disse o senhor do castelo. – Se quiser passar a noite lá na torre velha, pode ir; mas quero preveni-lo de que será por sua conta e risco, porque está cheia de cães selvagens. Eles latem e uivam sem cessar, e a certas horas é preciso que se atire um homem para eles, que o devoram imediatamente.

A vizinhança inteira estava aflita com esse flagelo, mas não havia nada que pudessem fazer para acabá-lo. O rapaz, no entanto, não se amedrontou de modo algum e respondeu:

– Deixem-me ir a esses cães e me deem alguma coisa que eu possa atirar-lhes; eles não me farão mal.

Como ele não quisesse mais nada, eles lhe deram comida para os cães selvagens e o levaram à torre.

Os cães não latiram quando ele entrou, mas correram a sua volta abanando o rabo amigavelmente, comeram a comida que ele lhes trouxe e não tocaram em nem um fio dos seus cabelos.

Na manhã seguinte, para surpresa de todos, o rapaz reapareceu e disse ao senhor do castelo:

– Os cães me revelaram em sua língua por que vivem aqui e trazem problemas para a região. Eles são encantados e têm a obrigação de guardar um grande tesouro que está escondido embaixo da torre, e não descansarão até que alguém o tenha desenterrado; e me ensinaram também como isso pode ser feito.

Todos que o ouviram ficaram muito contentes e o senhor do castelo disse que o adotaria como filho se ele realizasse a tarefa com sucesso. O rapaz retornou à torre e como sabia o que fazer desincumbiu-se da tarefa desenterrando uma arca cheia de ouro. A partir daquele momento não se ouviram mais os uivos dos cães selvagens. Eles desapareceram por completo e aquela terra ficou livre do flagelo.

Transcorrido um tempo, o rapaz cismou que queria ir a Roma. No caminho, passou por um charco em que havia muitos sapos coaxando. Ele prestou atenção e quando ouviu o que diziam ficou pensativo e triste.

E por fim chegou a Roma, no momento em que o papa acabava de falecer, e havia grande dúvida entre os cardeais a quem nomear para sucederlhe. Acabaram concordando que o homem para quem se manifestasse algum milagre divino deveria ser escolhido papa. Quando alcançaram essa decisão, o jovem conde entrou na igreja e inesperadamente duas pombas muito brancas desceram do teto e pousaram em seus ombros.

O clero reconheceu nisso um sinal enviado pelo céu e na mesma hora perguntaram ao rapaz se queria ser papa.

Ele hesitou sem saber se mereceria tal posto; mas as pombas disseram-lhe que podia aceitar e ele por fim concordou.

Assim sendo, o rapaz foi ungido e consagrado, e com isso se realizou o que ele ouvira os sapos dizerem no caminho e que tanto o perturbara, ou seja, que ele deveria tornar-se papa.

Então o rapaz teve de rezar a missa solene, mas não sabia uma única palavra. Foram as duas pombas que pousaram em seus ombros que lhe sussurraram o que dizer.

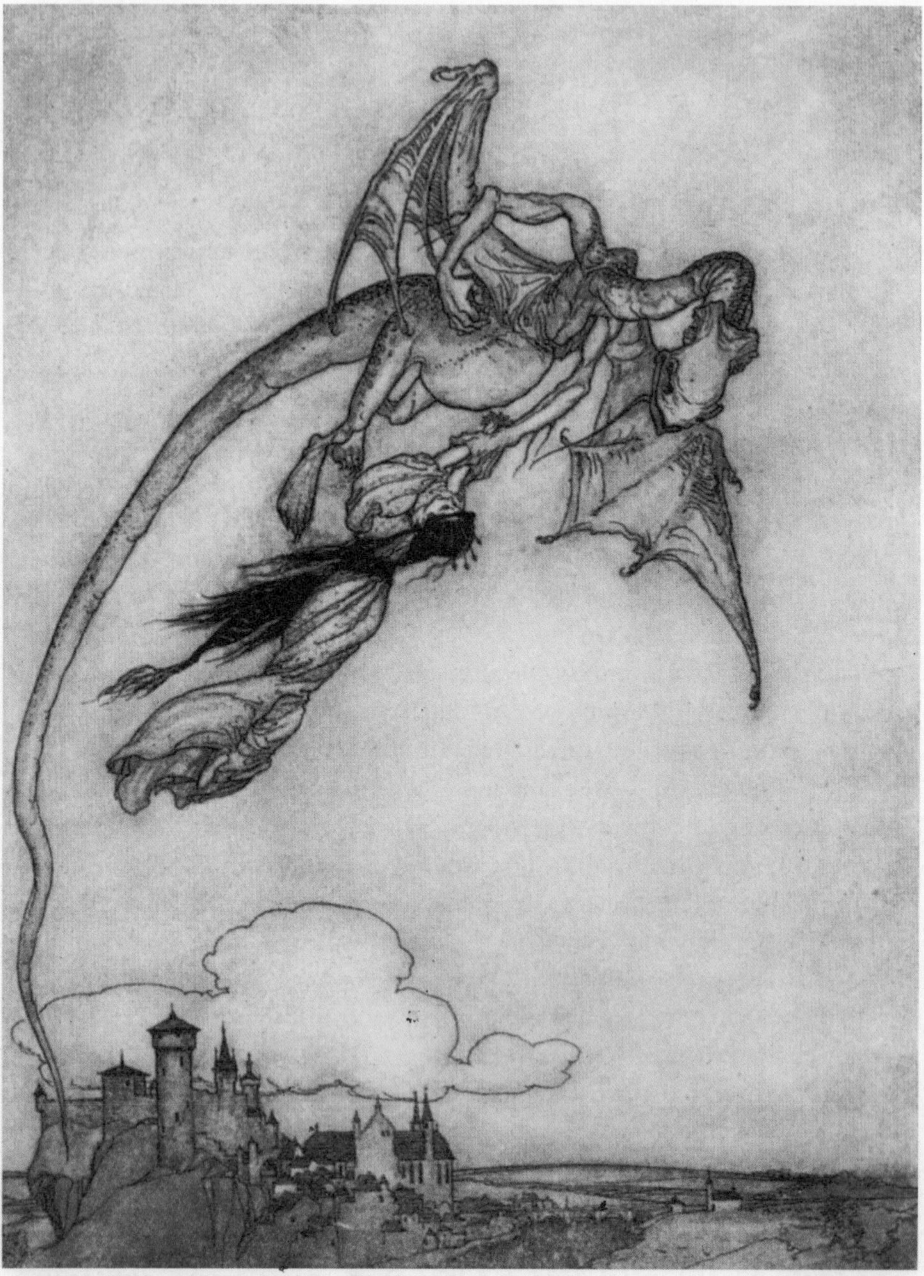

OS QUATRO IRMÃOS HABILIDOSOS

E RA UMA VEZ UM HOMEM pobre que tinha quatro filhos e quando os meninos cresceram ele disse:
– Queridos filhos, agora vocês precisam partir de casa, porque não tenho nada para lhes dar. Cada um precisa aprender um ofício e abrir seu caminho no mundo.

Os quatro irmãos apanharam seus cajados, despediram-se do pai e saíram pelo portão da cidade.

Depois de caminharem uma certa distância, chegaram a uma encruzilhada que levava a quatro regiões diferentes. Então o mais velho disse:
– Precisamos nos separar, mas daqui a quatro anos, no mesmo dia, vamos nos reencontrar aqui, depois de termos feito o possível para ganhar fortuna.

Depois cada qual foi para seu lado. O mais velho encontrou um senhor que lhe perguntou de onde vinha e o que pretendia fazer.
– Quero aprender um ofício – respondeu.
– Venha comigo aprender a ser ladrão – disse o homem.
– Não, isso não é um ofício honesto; e no fim eu acabaria na ponta de uma corda, balançando como um badalo de sino.
– Ah – tornou o homem –, você não precisa ter medo da forca. Só lhe ensinarei como levar coisas que mais ninguém queira ou não saiba como obter, e onde ninguém vá descobrir o que você fez.

Então o rapaz se deixou convencer e seguindo a orientação do homem tornou-se um ladrão eficiente para quem não havia nada seguro, quando ele decidia obtê-lo.

O segundo irmão encontrou um homem que lhe fez a mesma pergunta, quanto ao que pretendia fazer no mundo.
– Ainda não sei – respondeu.

— Então venha comigo ser astrólogo. É a coisa mais importante do mundo, não há nada oculto para você.

A ideia agradou o rapaz, e ele se tornou um astrólogo tão hábil que, depois de aprender tudo, quis partir, seu mestre lhe deu um telescópio e disse:

— Com isto você pode ver tudo que acontece no céu e na terra, e nada pode permanecer oculto de você.

O terceiro irmão foi levado como aprendiz por um caçador que lhe ensinou tão bem tudo que estava ligado ao ofício que o rapaz se tornou um caçador de primeira classe.

Ao partir, seu mestre presenteou-lhe com uma espingarda e disse:

— Esta espingarda jamais falhará; tudo em que você mirar será sempre atingido.

O irmão mais novo também encontrou um homem que lhe perguntou o que pretendia fazer:

— Você não gostaria de ser alfaiate? – perguntou o homem.

— Não sei muito bem – disse o jovem. – Não gostaria muito de me sentar de manhã à noite de pernas cruzadas enfiando e puxando uma agulha sem parar e empurrando um ferro de passar.

— Ah, não! – exclamou o homem. – Que é que você está dizendo? Se me acompanhar vai aprender uma alfaiataria bem diferente. É um ofício muito agradável e conveniente, sem mencionar que é muito honroso.

Então o rapaz se deixou convencer e acompanhou o homem que lhe ensinou tudo sobre o seu ofício.

Quando partiu, o alfaiate lhe deu uma agulha e disse:

— Com esta agulha você poderá costurar qualquer coisa, seja delicada como um ovo, seja resistente como o aço; e as duas partes se unirão como se fossem uma só, sem costura visível.

Conforme tinham combinado, quando se passaram os quatro anos, os irmãos se encontraram na encruzilhada. Abraçaram-se e partiram depressa para casa ao encontro do pai.

— Ora! – exclamou o pai muito satisfeito em vê-los. – Os ventos já os trouxeram a mim?

Os rapazes contaram ao pai tudo que acontecera e que cada um aprendera um ofício.

Estavam sentados diante da casa, debaixo de uma árvore frondosa, e o pai lhes disse:

— Agora vou pô-los à prova e ver o que sabem fazer.

Ergueu então os olhos e disse ao segundo filho:

— Tem um ninho de tentilhão no galho mais alto desta árvore; me diga quantos ovos há nele.

O astrólogo apanhou a luneta e respondeu:

— Cinco.

O pai disse ao mais velho:

— Traga-me os ovos sem perturbar o pássaro que está em cima deles.

O ladrão astuto subiu na árvore, tirou os cinco ovos sob o pássaro, com tanta arte que o tentilhão nem reparou que tinham sido levados, e entregou-os ao pai. O velho recebeu-os e colocou um em cada canto da mesa e um no meio e disse ao atirador:

— Quero que corte os cinco ovos ao meio com um único tiro.

O atirador apontou a espingarda e dividiu cada ovo ao meio com um único tiro, como queria o pai. Com certeza usava uma pólvora capaz de mudar de direção.

— Agora é sua vez — disse o pai ao quarto filho. — Você vai costurar as cascas dos ovos com os filhotes dentro delas; e fará isso de tal modo que eles não sofram os efeitos do tiro.

O alfaiate apanhou a agulha e costurou tudo conforme mandara o pai. Quando terminou, o ladrão teve de subir mais uma vez na árvore e repor os ovos sob o pássaro sem que ele percebesse. O tentilhão se acomodou sobre os ovos e dias depois os filhotes romperam a casca, todos exibindo uma linha vermelha no pescoço onde o alfaiate os rejuntara.

— Sim, senhores — disse o velho aos filhos. — Sem dúvida posso elogiar a sua perícia. Vocês aprenderam coisas valiosas e aproveitaram o tempo da melhor maneira possível. Não sei quem considerar o melhor. Só espero que em breve tenham oportunidade de mostrar sua perícia para eu poder me decidir.

Não transcorreu muito tempo e o reino sofreu um grande abalo: a filha única do rei fora arrebatada por um dragão. O rei chorou a perda da filha por um dia e uma noite e anunciou que quem a trouxesse de volta a desposaria.

Os quatro irmãos comentaram entre si: "Seria uma oportunidade de provar o que somos capazes de fazer." E decidiram partir juntos para salvar a princesa.

— Logo saberei onde ela se encontra — disse o astrólogo espiando pela luneta; em seguida acrescentou: — Já a vejo. Está sentada em um rochedo no meio do mar, muito longe daqui, e o dragão a vigia de perto.

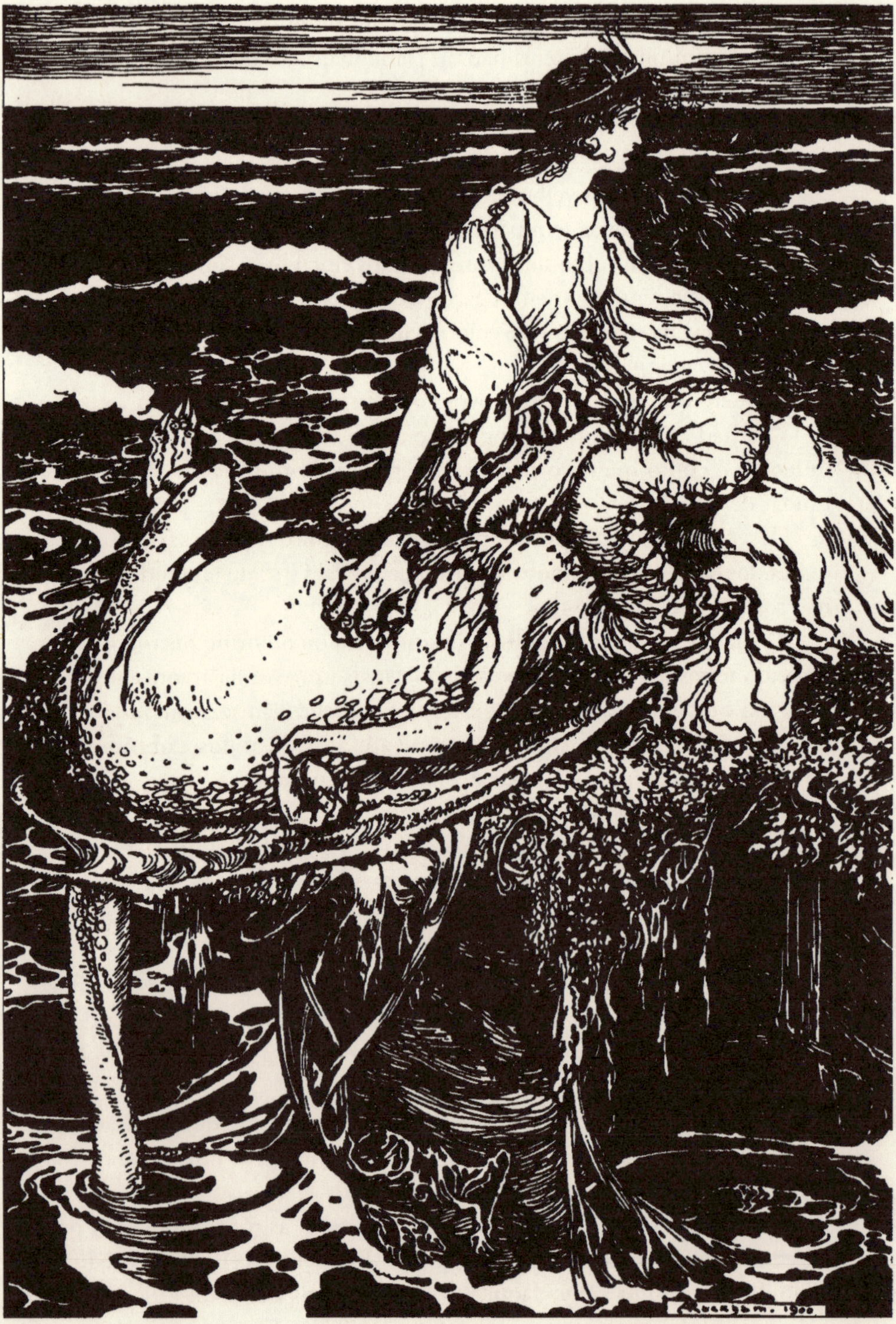

O rapaz foi então procurar o rei e lhe pediu um navio para cruzar o mar com os irmãos à procura do rochedo.

Encontraram a princesa ainda ali e o dragão adormecido com a cabeça no colo dela.

– Não me atrevo a atirar. Poderia matar a bela donzela – disse o atirador.

– Então tentarei a sorte – disse o ladrão e roubou-a pelas costas do dragão. Fez isso com tanta delicadeza e habilidade que o monstro nem percebeu e continuou a roncar.

Muito contentes, correram com a princesa para o navio e rumaram para alto-mar. Mas ao acordar o dragão deu por falta da princesa e saiu voando em seu encalço, espumando de fúria.

No momento em que sobrevoava o navio e ia atacá-los, o atirador apontou sua espingarda e atingiu-o no coração. O monstro caiu morto, mas era tão enorme que ao cair arrastou o navio para o fundo. Eles conseguiram se agarrar a algumas tábuas que se mantiveram à superfície.

Estavam agora em um grande apuro, mas o alfaiate, não querendo ficar para trás, apanhou sua agulha maravilhosa e juntou as tábuas com pontos largos, sentou-se nelas e reuniu todos os pedaços do navio que flutuavam. Depois emendou-os com tanta habilidade que em pouco tempo o navio teve outra vez condições de navegar, e todos voltaram felizes ao reino.

O rei ficou contentíssimo quando reviu a filha e disse aos quatro irmãos:
– Um de vocês a desposará, mas quem será vocês terão de decidir.

Houve uma acalorada discussão entre os irmãos, pois cada um exigia esse direito.

O astrólogo disse:
– Se eu não tivesse localizado a princesa, todas as suas habilidades teriam sido inúteis, portanto ela é minha!

O ladrão disse:
– De que teria adiantado descobri-la se eu não a tirasse de baixo do dragão? Portanto ela é minha.

O atirador disse:
– Vocês e a princesa teriam sido destruídos pelo monstro se o meu tiro não o atingisse. Portanto ela é minha.

O alfaiate disse:
– Se eu não tivesse juntado os pedaços do navio com a minha perícia, vocês infelizmente teriam se afogado. Portanto ela é minha.

O rei disse:

– Cada um de vocês tem igual direito; mas como todos não podem tê-la, nenhum de vocês a terá. Darei a cada um metade de um reino como recompensa.

Os irmãos ficaram muito satisfeitos com a decisão e disseram:

– É melhor assim do que se tivéssemos de brigar por causa disso.

Então cada um recebeu metade de um reino e viveram felizes com o pai para o resto da vida.

A RAPOSA E O CAVALO

HAVIA UM CAMPONÊS que no passado tivera um cavalo fiel, mas o animal envelhecera e não podia mais fazer seu trabalho. Seu dono o alimentava de má vontade e dizia:

– Não tenho mais uso para você, mas continuo a sentir afeto por você, e se me provar que ainda é forte o bastante para me trazer um leão eu o sustentarei até o fim dos seus dias. Mas agora vai andando, fora do meu estábulo. – E enxotou-o para o campo.

O coitado do cavalo ficou muito triste e entrou na mata à procura de abrigo contra o vento e o mau tempo. Ali encontrou uma raposa, que lhe perguntou:

– Por que está vagando cabisbaixo e tão solitário?

– Ai de mim! – exclamou o cavalo. – A avareza e a honestidade não convivem nada bem. Meu dono esqueceu todos os serviços que lhe prestei durante tantos anos, e porque não consigo mais puxar o arado ele não quer mais me alimentar e me expulsou de casa.

– Sem a menor consideração? – perguntou a raposa.

– Apenas com o único consolo de me dizer que, se me restassem forças suficientes para lhe levar um leão, continuaria a me manter, mas ele sabe muito bem que a tarefa está acima das minhas possibilidades.

A raposa disse então:

– Eu o ajudarei. Deite-se aqui e estique as pernas como se estivesse morto. – O cavalo obedeceu e a raposa foi à toca do leão, não muito longe dali, e disse:

– Tem um cavalo morto lá adiante. Venha comigo e terá uma refeição rara. – O leão a acompanhou e quando chegaram até onde estava o cavalo a raposa disse ao leão: – Você não pode comer aqui à vontade. Faça o seguinte. Vou amarrar o cavalo em você e aí poderá arrastá-lo para sua toca e comê-lo tranquilamente.

O plano agradou ao leão, que ficou parado junto ao cavalo, para que a raposa pudesse amarrá-los. Mas a raposa prendeu as pernas do leão à cauda do cavalo e apertou o nó de um jeito que ele não pudesse se soltar.

Quando terminou, deu uma palmadinha no ombro do cavalo e disse:
— Puxe, meu velho! Puxe!

Então o cavalo se levantou e saiu arrastando o leão. A fera rugiu enfurecida, espalhando terror e fazendo fugir os pássaros da floresta. Mas o cavalo não se importou com os seus rugidos e não parou até chegar à porta do seu dono.

Quando o dono o viu mostrou-se muito contente e lhe disse:
— Você ficará comigo e terá vida mansa enquanto viver.

E alimentou bem o cavalo até ele morrer.

O GANSO DE OURO

Era uma vez um homem que tinha três filhos. O mais novo era chamado de João Bobo; os outros caçoavam dele e o desprezavam, e o mantinham em segundo plano.

O filho mais velho ia à floresta para cortar lenha, e antes de sair sua mãe lhe deu um bolo gostoso e uma garrafa de vinho para que não sentisse fome nem sede. Na floresta ele encontrou um velhinho grisalho que lhe desejou um bom dia e pediu:

— Me dá um pedaço do bolo que traz no bolso e me deixa beber um gole do seu vinho? Estou com muita fome e muita sede.

Mas o filho esperto respondeu:

— Se lhe der um pouco do meu bolo e do meu vinho não terei o suficiente para mim. Vai embora.

Ele deixou o homem parado ali e continuou seu caminho. Mas não estava trabalhando há muito tempo, cortando uma árvore, quando fez um movimento em falso e enterrou o machado no próprio braço, sendo obrigado a voltar para casa para enfaixá-lo.

Ora, isso não tinha sido acidente; fora obra do homenzinho grisalho.

O segundo filho teve então de entrar na floresta para cortar lenha, e, como acontecera com o mais velho, a mãe lhe entregou bolo e vinho. E da mesma forma o homenzinho grisalho o encontrou e lhe pediu um pouco do bolo e do vinho. O segundo filho deu-lhe a mesma resposta sensata:

— Se lhe der alguma coisa, sobrará menos para mim. Saia do meu caminho. — E prosseguiu.

Seu castigo, porém, não demorou muito. Depois de algumas machadadas na árvore, golpeou a própria perna e precisou ser carregado para casa.

Então João Bobo pediu:

— Me deixe ir cortar a lenha, pai.

Mas o pai respondeu:

— Seus irmãos só fizeram se machucar; é melhor você não se meter. Você não entende disso.

Mas João Bobo insistiu tanto para deixá-lo ir que por fim o pai disse:

— Vai, então. Ficará mais sabido depois que se machucar.

Sua mãe lhe deu um bolo preparado com água e assado nas cinzas e uma garrafa de cerveja choca. Quando chegou à floresta, como acontecera com os outros, encontrou o homenzinho grisalho que o cumprimentou e pediu:

— Me dá um pedaço do seu bolo e um pingo do seu vinho? Estou com muita fome e sede.

João Bobo respondeu:

— Só tenho um bolo assado nas cinzas e um pouco de cerveja choca, mas, se lhe agradar, nos sentaremos e comeremos juntos.

Sentaram-se então; mas quando João Bobo apanhou seu lanche viu um bolo bonito e gostoso e a cerveja choca se transformara em um bom vinho. Os dois comeram e beberam, e o homenzinho disse:

— Como você tem bom coração e não se importa em dividir o que tem, vou lhe conceder boa sorte. Lá está uma árvore velha; corte-a e encontrará uma coisa entre as raízes.

E dizendo isso desapareceu.

João Bobo cortou a árvore e, quando ela tombou, que surpresa, vejam só! Havia um ganso no meio das raízes e suas penas eram de ouro puro. Ele apanhou a ave nos braços e rumou para uma estalagem onde pretendia passar a noite. O estalajadeiro tinha três filhas, que ao verem o ganso tiveram muita curiosidade em descobrir que tipo de ave era aquela e passaram a cobiçar uma de suas penas de ouro.

A mais velha pensou: "Logo terei oportunidade de arrancar uma pena", e quando João Bobo foi lá fora, agarrou a ave pela asa e arrancou uma pena; mas sua mão ficou presa na mesma hora e ela não conseguiu se soltar.

Logo depois, apareceu a segunda irmã, com a mesma intenção de arrancar uma pena de ouro; mas mal a irmã a tocara se viu presa.

Por fim, veio a terceira irmã, com igual intenção, mas as outras gritaram:
— Fique longe! Pelo amor de Deus, fique longe!

Mas a moça, sem saber por que deveria ficar longe, pensou: "Por que não devo me aproximar se elas estão ali?"

Então aproximou-se, mas assim que encostou nas irmãs também ficou presa, e todas tiveram de passar a noite assim.

Pela manhã, João pôs o ganso embaixo do braço, sem reparar nas três moças penduradas. Elas precisaram correr para acompanhá-lo, evitando esbarrar à esquerda e à direita nas pernas do rapaz.

No meio do campo eles encontraram o vigário que, ao ver a procissão, exclamou:
— Não têm vergonha, moças assanhadas! Por que estão correndo assim atrás do rapaz? Chamam a isso um bom comportamento?

Então ele agarrou a mão da moça mais nova para puxá-la; mas mal a tocou ficou preso e, ele também, precisou correr atrás do rapaz.

Não demorou muito apareceu o sacristão e vendo seu patrão, o vigário, andando atrás de três moças, gritou surpreso:
— Olá, reverendo! Aonde vai com tanta pressa? Não se esqueça de que temos de celebrar um batizado!

E assim dizendo, puxou o vigário pela manga e logo descobriu que não conseguia se soltar.

Quando esse grupo de cinco pessoas seguia em fila indiana, vieram dois camponeses trazendo as enxadas ao ombro. O vigário os chamou e lhes pediu para libertar o sacristão e a ele. Mas no instante em que os camponeses tocaram no sacristão ficaram presos, portanto eram agora sete pessoas correndo atrás de João Bobo e seu ganso.

Nesse andar chegaram a uma cidade, governada por um rei cuja única filha era tão séria que nada nem ninguém conseguia fazê-la rir. Então o rei proclamara que quem a fizesse rir a desposaria.

Quando João Bobo soube disso levou seu ganso com todo aquele séquito para mostrar à princesa, e ao ver as sete pessoas correndo em fila indiana, ela caiu na gargalhada e parecia que nunca iria parar de rir.

Assim sendo João pediu a princesa em casamento. Mas o rei não gostou daquele candidato a genro e lhe impôs todo o tipo de condição. Primeiro, mandou João lhe trazer um homem que fosse capaz de beber uma adega de vinho.

João Bobo lembrou imediatamente que o homenzinho grisalho talvez pudesse ajudá-lo e foi à sua procura na floresta. No mesmo lugar em que ele abatera a árvore encontrou o homem sentado com uma cara muito triste. João Bobo lhe perguntou o que acontecera e ele respondeu:

— Estou com tanta sede e não consigo saciá-la. Detesto água fria e já esvaziei um tonel de vinho; mas que é uma gota tão pequena para uma pedra em brasas?

— Ora, posso ajudá-lo. Venha comigo e logo terá o suficiente e muito mais para beber.

João levou então o velhinho à adega do rei, e o homem pôs-se a beber dos tonéis, e bebeu, bebeu, bebeu até o corpo doer, e quando terminou o dia a adega estava vazia.

Então, mais uma vez João Bobo exigiu sua noiva. Mas o rei ficou aborrecido que um desgraçado com o nome de João Bobo recebesse sua filha e impôs uma nova condição. Agora deveria encontrar um homem que fosse capaz de comer uma montanha de pão.

João Bobo não precisou pensar muito, foi direto à floresta e lá, no mesmíssimo lugar, havia um homem amarrando um cinto em volta do corpo com uma cara muito infeliz. Disse ele a João:

— Comi uma fornada de pães, mas de que adiantou isso quando se tem uma fome igual à minha? Nunca me sinto satisfeito. Tenho de apertar o cinto todos os dias para não morrer de fome.

João Bobo ficou encantado e respondeu:

— Levante-se e me acompanhe. Você terá o suficiente para comer.

E levou o homem à corte, onde o rei mandara reunir toda a farinha do reino para fazer uma enorme montanha de pão. O homem da floresta se sentou diante dela e pôs-se a comer, e no fim do dia tinha devorado tudo.

Então, pela terceira vez, João Bobo pediu a noiva. Mas, novamente, o rei procurou uma desculpa e exigiu que o rapaz lhe trouxesse um navio que navegasse tanto na terra quanto no mar.

— Assim que você chegar aqui a bordo, terá a minha filha — disse ele.

João Bobo foi direto à floresta e lá estava sentado o homenzinho grisalho a quem dera seu bolo. Disse o homenzinho:

— Comi e bebi para você, e agora lhe darei o navio também. Faço tudo isso porque você se apiedou de mim.

Entregou-lhe então um navio que podia navegar tanto em terra quanto no mar, e quando o rei viu isso não pôde mais negar a filha ao João. O casamento foi celebrado e, quando o rei morreu, João Bobo herdou o reino e teve uma vida longa e feliz com sua esposa.

MARGARIDA ESPERTA

ERA UMA VEZ UMA COZINHEIRA chamada Margarida que usava sapatos enfeitados de rosinhas, e quando ela saía com esses sapatos, rodopiava e requebrava o corpo alegremente e pensava: "Como estou bonita!"

Depois da caminhada, despreocupada, tomava um gole de vinho; e como o vinho desperta o apetite, ela então provava as comidas que estava preparando e comentava: "A cozinheira precisa saber o gosto da comida que prepara."

Aconteceu que um dia o patrão a chamou e disse:

— Margarida, tenho um convidado hoje à noite; asse duas galinhas com todo o capricho.

— Assim farei, meu senhor! — respondeu Margarida. Então matou as galinhas, passou na água quente, depenou-as e em seguida enfiou-as em um espeto. Próximo ao anoitecer, levou as galinhas ao fogo para assar. Elas ficaram douradas e crocantes, mas o convidado não chegou. Margarida disse ao patrão:

— Se o convidado não chegar precisarei tirar as galinhas do fogo; mas será uma enorme pena se não forem comidas enquanto estão suculentas.

— Irei pessoalmente apressar o convidado — disse o patrão.

Mal o patrão virou as costas, Margarida pôs o espeto com as galinhas de lado e disse com seus botões: "Ficar parada junto ao fogo tanto tempo dá sede. Quem sabe quando chegará o convidado. Nesse meio-tempo irei à adega tomar um golinho de vinho."

Ela desceu depressa a escada, levou a caneca à torneira e brindou:

— À sua saúde, Margarida. — E deu uma boa golada.

— Um gole leva a outro — disse ela — e não é fácil parar. — E novamente deu uma boa golada. Em seguida subiu e colocou de novo as galinhas ao fogo, besuntou-as com manteiga e foi virando o espeto. As galinhas começaram a desprender um cheiro tão bom que ela pensou: "Talvez esteja faltando algum tempero, preciso provar." Passou um dedo nas galinhas e levou-o à boca. "Ah, como estão saborosas, é um pecado não ter ninguém para comê-las." E correu à janela a ver se o patrão vinha chegando com o convidado, mas não viu ninguém. Voltou então às galinhas e pensou: "Tem uma asa sapecando, é melhor comê-la – e é o que vou fazer." Então cortou-a fora e comeu-a com muito prazer. Quando terminou, deduziu: "Tenho de comer a outra ou o patrão vai reparar que tem uma coisa faltando." Uma vez comidas as asas, ela tornou a ir à janela para procurar o patrão, mas não havia ninguém à vista.

"Quem sabe?", pensou ela. "Estou achando que eles não virão; devem ter parado em algum lugar." Então comentou com seus botões: "Ora, Margarida, não tenha medo, coma tudo – por que desperdiçar uma boa comida? Quando terminar poderá descansar; corra e beba mais um golinho e pronto." Então ela desceu à adega, tomou uma boa golada e, satisfeita, terminou de comer uma das galinhas. Depois de consumi-la inteira e o patrão nada de chegar, Margarida olhou para a segunda galinha e disse:

– Aonde foi uma a outra deve ir. O que vale para uma é certo para a outra. Se tomar um gole primeiro não vou ficar pior. – Então deu outra boa golada e despachou a segunda galinha atrás da primeira.

No auge de sua festa, o patrão voltou gritando:

– Depressa, Margarida, o convidado vem aí.

– Muito bem, meu senhor, logo a comida estará pronta – respondeu Margarida.

O patrão foi verificar se a mesa estava bem posta e apanhou o facão de trinchar com que pretendia cortar as galinhas para afiá-lo. Nesse meio-tempo o convidado chegou e bateu educadamente à porta. Margarida correu a ver quem era e, deparando com o convidado, levou o dedo aos lábios e disse:

– Não faça barulho e vá embora depressa; se o meu patrão o vir será pior para o senhor. Com certeza ele o convidou para jantar, mas somente com a intenção de cortar suas orelhas. O senhor mesmo pode ouvir que ele já está afiando o facão.

O convidado ouviu o barulho do afiador, desceu as escadas e foi embora o mais depressa que pôde.

Margarida correu ligeira para o patrão gritando esganiçada:

– Francamente, que belo convidado é o seu!

– Por quê, que aconteceu, Margarida? Que está querendo me dizer?

– Bem, ele apanhou as duas galinhas que eu tinha acabado de arrumar na travessa e fugiu.

– Que espertalhão! – exclamou o patrão, lamentando a perda de suas belas galinhas. – Se ao menos ele tivesse deixado uma para eu ter o que comer!

Ele gritou pedindo ao convidado que parasse, mas o homem fingiu não ouvir. Então correu, saindo em seu encalço e ainda segurando o facão, e gritou:

– Só uma, só umazinha! – querendo dizer que o convidado lhe deixasse uma das galinhas, mas o homem pensou que ele estivesse pedindo que lhe desse uma orelha, e correu como se o fogo o perseguisse, levando suas orelhas a salvo para casa.

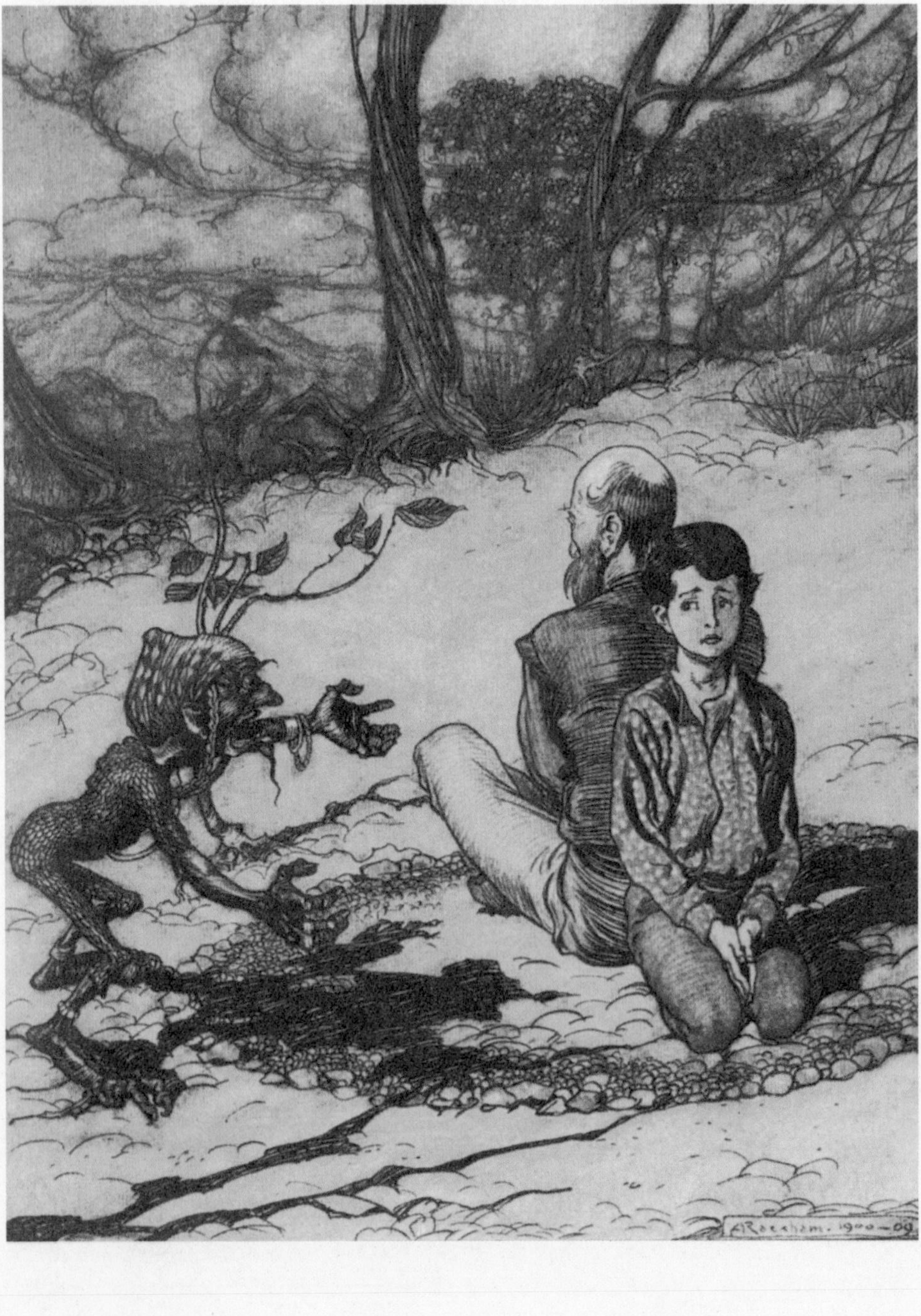
ARackham. 1900-09

O REI DA
MONTANHA DE OURO

ERA UMA VEZ UM MERCADOR que tinha dois filhos, um menino e uma menina. Eles ainda eram pequenos e não tinham idade suficiente para andar de um lado para outro. O pai tinha também dois navios que faziam viagens carregados de ricas mercadorias, mas esperando que lhe rendessem um grande lucro recebeu notícias de que perdera tudo. Então, em vez do homem rico que era, empobreceu muito e só lhe restou um campo próximo à cidade.

Para distrair os pensamentos de sua desgraça, foi até o campo, e quando andava de lá para cá apareceu-lhe de repente um anãozinho negro e lhe perguntou por que estava tão triste. O mercador respondeu:

– Eu lhe diria sem hesitar, se você pudesse me ajudar.

– Quem sabe? – respondeu o anãozinho. – Talvez eu possa ajudá-lo.

Então o mercador lhe contou que perdera toda a sua riqueza em um naufrágio e que agora não lhe restava nada a não ser aquele campo.

– Não se preocupe – disse o anãozinho. – Se me prometer que dentro de doze anos você me trará a primeira coisa que roçar por suas pernas, quando estiver chegando em casa hoje, terá todo o ouro que quiser.

O mercador pensou: "Que poderá ser exceto o meu cachorro?" Sem nem se lembrar do filho, concordou e entregou ao anãozinho um papel assinado e selado e voltou para casa.

Quando chegou, seu filhinho, encantado em poder andar apoiando-se em bancos, foi ao encontro do pai agarrando-o pela perna para se firmar.

O mercador ficou horrorizado, porque se lembrou da promessa, e entendeu então o que concordara em entregar. Mas, como não encontrou ouro em suas arcas, achou que deveria ter sido apenas uma brincadeira do anão. Um mês depois foi ao sótão buscar umas folhas velhas de estanho para vender e encontrou um monte de ouro no chão. Assim não tardou em subir na vida mais uma vez, comprou e vendeu, tornou-se um mercador mais rico do que antes e ficou bem contente.

Nesse meio-tempo o menino cresceu e se tornou não só inteligente como também sensato. Mas quanto mais se aproximava o fim dos doze anos, tanto mais triste se sentia o mercador; era visível a infelicidade em seu rosto. Certo dia o filho lhe perguntou qual era o problema, mas o pai não quis dizer. O rapaz porém insistiu tanto que por fim o pai lhe contou que, sem saber o que fazia, prometera entregá-lo ao fim de doze anos ao anãozinho negro em troca de uma montanha de ouro. Assinara e selara um documento, e agora se aproximava a hora de deixá-lo partir.

O filho então disse:

– Ó meu pai, não tenha medo, vai dar tudo certo. O anãozinho negro não tem poder sobre mim.

Quando chegou a hora, o rapaz pediu a bênção do vigário e ele e o pai foram juntos ao campo; o filho traçou um círculo em volta deles e ali aguardaram.

Quando o anãozinho negro apareceu, dirigiu-se ao pai:

– Trouxe o que me prometeu?

O homem ficou calado, mas o filho perguntou:

– Que é que você quer?

– O meu negócio é com o seu pai e não com você – respondeu o anão.

– Você enganou e roubou o meu pai. Me devolva a promessa que ele assinou – disse o filho.

– Ah, não! Não vou abrir mão dos meus direitos.

Os dois conversaram entre si durante muito tempo e por fim decidiram que, como o filho não pertencia mais ao pai e se recusava a pertencer ao seu adversário, ele deveria tomar um barco em um rio caudaloso e o pai deveria empurrar o barco, entregando-o à correnteza.

O jovem se despediu do pai, entrou no barco e o pai o empurrou. Então, lembrando-se que perdera o filho para sempre, o pai voltou para casa e chorou por ele. O barquinho, porém, não afundou, flutuou mansamente rio abaixo e o rapaz viajou nele em perfeita segurança. Flutuou durante muito tempo, até que finalmente encalhou em uma praia desconhecida. O rapaz desembarcou e vendo um belo castelo ali perto caminhou em sua direção. Ao atravessar o portal, no entanto, foi enfeitiçado. Ele percorreu todos os aposentos e encontrou-os vazios até chegar ao último, onde havia uma serpente que se enroscava e desenroscava. A serpente era na realidade uma donzela encantada, que ficou contente em ver o rapaz e disse:

– Enfim você chegou, meu protetor? Estou a sua espera há doze anos. O reino todo foi encantado e você precisa quebrar o encanto.

– Como vou fazer isso?

Ela respondeu:

– Esta noite aparecerão doze homens negros cobertos de correntes e lhe perguntarão o que está fazendo aqui. Não responda nada, seja o que fizerem ou disserem a você. Eles o atormentarão, baterão, beliscarão, mas fique calado. À meia-noite eles terão de partir. Na segunda noite virão mais doze, e na terceira, vinte e quatro. Esses cortarão sua cabeça. Mas à meia-noite termina o poder deles, e se você suportar tudo calado serei salva. Então virei procurá-lo e trarei um frasquinho com a Água da Vida, com que o borrifarei e você ressuscitará, são e salvo como sempre foi.

– Terei prazer em salvá-la! – disse o rapaz.

Tudo aconteceu exatamente como ela descrevera. Os homens negros não conseguiram extrair nem uma palavra dele, e na terceira noite a serpente se transformou em uma bela princesa que trouxe a Água da Vida prometida e ressuscitou o rapaz. Depois enlaçou-o pelo pescoço e beijou-o, e houve uma grande alegria em todo o castelo.

O casamento foi celebrado e ele se tornou o rei da Montanha de Ouro. Os dois viveram felizes juntos e depois de algum tempo tiveram um belo filho.

Quando se passaram oito anos, o coração do rei se enterneceu ao pensar no pai e ele quis ir para casa vê-lo. Mas a rainha não quis que ele fosse. Disse:

– Sei que isso será a minha desgraça.

Mas o rei não a deixou em paz até ela concordar em deixá-lo partir. Na hora da despedida ela lhe deu um anel dos desejos, recomendando:

– Leve este anel, coloque-o no dedo e será imediatamente transportado para onde quiser estar. Só tem uma condição: tem de me prometer que jamais o usará para desejar que eu abandone meu reino para estar com você na casa do seu pai.

O rei prometeu e pôs o anel no dedo; desejou então estar na cidade em que o pai vivia, e no mesmo instante encontrou-se diante dos portões da cidade. Mas a sentinela não quis deixá-lo entrar por causa de suas roupas, que embora fossem de um tecido fino eram de um modelo estranho. Então ele subiu em um morro, onde vivia um pastor, e trocando de roupas com ele, vestiu seu blusão comprido e surrado e entrou na cidade sem chamar a atenção.

Quando chegou à casa do pai deu-se a conhecer, mas o pai, sem imaginar que fosse o próprio filho, disse que era verdade que no passado tivera um filho, mas que o rapaz morrera. Vendo, no entanto, que ele era um pobre pastor, lhe daria um prato de comida.

O falso pastor respondeu aos pais:

— Sou de fato seu filho. Não há nenhuma marca em meu corpo pela qual me reconheçam?

A mãe disse:

— Há, nosso filho tinha a marca de um morango embaixo do braço direito.

Ele levantou a manga da camisa e lá estava o morango; então pararam de duvidar que o pastor fosse o seu filho. Ele contou que era o rei da Montanha de Ouro, que sua mulher era uma princesa e que tinham um filhinho de sete anos.

— Isso não pode ser verdade — disse o pai. — Que tipo de rei é você que volta para a casa paterna vestindo um blusão rasgado de pastor?

O filho se enraiveceu e sem parar para refletir girou o anel e desejou que a mulher e o filho aparecessem. No mesmo instante os dois surgiram diante dele; mas a mulher só fez chorar e se lamentar e acusou-o de ter quebrado a promessa, e com isso a fizera muito infeliz. Ele respondeu:

— Agi imprudentemente, mas não tive má intenção. — E tentou consolá-la.

Ela pareceu se acalmar, mas na realidade seu coração abrigava más intenções contra o marido.

Um pouco mais tarde ele a levou ao campo fora da cidade e lhe mostrou o rio pelo qual descera em seu barquinho. Pediu então:

— Estou cansado, quero descansar um pouco.

A mulher se sentou e ele descansou a cabeça em seu colo e não tardou a adormecer profundamente. Assim que ele adormeceu, a mulher tirou o anel do seu dedo e se afastou devagarinho, deixando apenas um pé de sapato para trás. Por último, tomando o filho nos braços ela desejou voltar ao próprio reino. Quando o marido acordou, descobriu-se abandonado; a mulher e o filho tinham partido, o anel desaparecera do seu dedo e lhe restava apenas o sapato dela como lembrança.

— Por certo não posso voltar nunca mais para a casa dos meus pais — disse ele. — Diriam que sou um feiticeiro. Preciso partir a pé até encontrar novamente o meu reino.

Então foi embora e acabou indo dar em uma montanha, onde três gigantes estavam discutindo por causa da divisão dos bens paternos. Quando o viram passar, chamaram-no e disseram:

– Gente pequena é esperta. – E lhe pediram que dividisse a herança para eles.

A herança consistia, em primeiro lugar, em uma espada, que quem a segurasse e dissesse "Fora com todas as cabeças, exceto a minha" faria todas as cabeças presentes caírem ao chão. Em segundo lugar, em um manto que tornava quem o usasse invisível. Em terceiro lugar, em um par de botas que transportava quem as calçava aonde quisesse ir.

– Deem-me as três peças para eu verificar se estão em boas condições – disse ele.

Então entregaram-lhe o manto, e ele na mesma hora se tornou invisível. Retomando a forma anterior, disse:

– O manto está bom; agora me deem a espada.

Os gigantes retrucaram:

– Não podemos lhe dar a espada. Se você disser: "Fora com todas as cabeças, exceto a minha", nossas cabeças cairiam e só restaria a sua.

Mas por fim eles a entregaram, com a condição de que a experimentasse em uma árvore. Ele fez como queriam, e a espada atravessou o tronco da árvore como se fosse palha. Então ele pediu as botas, mas os gigantes disseram:

– Não, não vamos lhe dar. Se você as calçar e desejar estar no alto da montanha, ficaríamos aqui sem nada, feito bobos.

– Não – disse o rapaz –, não farei isso.

Então os gigantes lhe entregaram as botas também; mas de posse dos três objetos ele não conseguiu pensar em mais nada, exceto na mulher e no filho e disse mentalmente: "Ah, se ao menos eu estivesse de volta à Montanha de Ouro!", e imediatamente desapareceu da presença dos gigantes e lá se foi a herança deles.

Quando se aproximou do castelo ouviu sons de música, rabecas, flautas e gritos de alegria. As pessoas lhe contaram que sua mulher estava celebrando o casamento com outro marido. Ele se enfureceu e disse:

– Que desleal! Ela me enganou e me abandonou enquanto eu dormia.

Então vestiu o manto e partiu para o castelo, invisível a todos. Quando entrou no salão, onde estava sendo servido um banquete com as comidas mais finas e os vinhos mais caros, os convidados brincavam e riam à mesa. A rainha estava sentada com eles em seu trono, belamente vestida, e ninguém o via. Sempre que a rainha punha um pedaço de carne no prato, ele o apanhava e comia, e quando a taça de sua mulher era enchida ele a apanhava e bebia. Serviam seu prato e sua taça constantemente, mas ela nunca conseguia comer nem beber, por isso levantou-se e foi para o seu quarto, em lágrimas, mas ele a seguiu ali também. A rainha disse a si mesma: "Será que continuo em poder do demônio? Será que meu protetor jamais veio?"

O marido esbofeteou seu rosto e respondeu:

– Seu protetor jamais veio? Estou aqui com você, sua falsa. Será que mereci o tratamento que recebi? – Então ele se tornou visível, foi ao salão e bradou:

– Parem este casamento, o verdadeiro rei chegou.

Os reis, príncipes e nobres que se achavam presentes riram e desdenharam. Mas ele apenas disse:

– Vocês vão ou não parar? – Os convidados tentaram agarrá-lo, mas ele desembainhou a espada e ordenou:

– Fora com todas as cabeças, exceto a minha.

Então todas as cabeças caíram ao chão e ele continuou a ser o único rei e senhor da Montanha de Ouro.

O DOUTOR SABE-TUDO

CERTA VEZ UM POBRE CAMPONÊS, chamado Crabb, estava levando para vender na cidade uma carga de lenha puxada por dois bois. Vendeu-a a um doutor por quatro táleres. Quando foi receber o dinheiro, aconteceu que o doutor estava comendo à mesa do jantar. Ao ver como o homem comia e bebia com modos tão bonitos, sentiu um grande desejo de se tornar doutor também. Ficou parado observando-o por algum tempo e depois perguntou se não poderia se tornar doutor.

— É claro que pode, isso é muito fácil.

— Que é preciso fazer?

— Primeiro, compre uma cartilha; você pode comprar a que tem um galo na primeira folha. Depois, venda sua carroça e seus bois e com o dinheiro compre roupas e outras coisas apropriadas a um doutor. Terceiro, mande pintar um letreiro com os dizeres: "Sou o Doutor Sabe-Tudo" e mande pregá-lo em sua porta.

O camponês fez tudo como o doutor mandara.

Ora, quando ele já estava exercendo a profissão há algum tempo, mas não muito, roubaram um dinheiro de um nobre ricaço. E alguém lhe falou que um Doutor Sabe-Tudo, que morava em tal e qual aldeia, com certeza saberia onde fora parar o dinheiro. Então o nobre mandou trazer sua carruagem e rumou para a aldeia.

Parou à porta da casa indicada e perguntou a Crabb se ele era o Doutor Sabe-Tudo.

— Sou.

— Então o senhor precisa vir comigo para recuperar o meu dinheiro.

— Certamente; mas Margarida, minha mulher, precisa me acompanhar também.

O nobre concordou, ofereceu aos dois assento em sua carruagem e partiram juntos.

Quando chegaram ao castelo do nobre o jantar estava pronto e Crabb foi convidado a se sentar à mesa.

— Certamente, mas Margarida, minha mulher, precisa jantar também — e os dois se sentaram.

Quando o primeiro criado trouxe uma travessa de fina comida, o camponês cutucou a mulher e disse:

— Margarida, esse foi o primeiro — querendo dizer que o criado estava servindo o primeiro prato. Mas o criado entendeu que ele queria dizer: "Esse foi o primeiro ladrão." E como ele realmente fora o ladrão, ficou muito assustado e disse aos seus companheiros ao sair da sala:

— O doutor sabe tudo, não vamos nos livrar desse aperto, ele disse que eu fui o primeiro.

O segundo criado nem queria entrar, mas era obrigado, e quando ofereceu a travessa ao camponês, o homem cutucou a mulher e disse:

— Margarida, este é o segundo.

O criado também se assustou e saiu depressa da sala.

Com o terceiro não foi diferente. Mais uma vez o camponês disse:

— Margarida, esse é o terceiro.

O quarto trouxe uma travessa coberta, e o dono do castelo disse ao doutor que deveria mostrar seus poderes adivinhando o que havia na travessa. Ora, era uma travessa de caranguejos, que em alemão se chamam Crabb.

O camponês olhou para o prato sem saber o que fazer, então disse:

— Coitado do Crabb.

Quando o dono do castelo ouviu isso exclamou:

— Pronto, ele sabe! Então sabe onde está o dinheiro também.

Então o criado ficou horrivelmente assustado e fez sinal ao doutor para sair um instante da sala.

Quando ele saiu, os quatro confessaram que tinham roubado o dinheiro, e lhe dariam de bom grado uma bela soma se ele não os entregasse ao patrão ou estariam arriscando a cabeça. Além disso mostraram-lhe onde haviam escondido o dinheiro. O doutor ficou satisfeito, voltou à mesa e disse:

— Agora, meu senhor, vou ver no meu livro onde está escondido o dinheiro.

O quinto criado, nesse meio-tempo, se escondera no fogão para descobrir se o doutor sabia mais alguma coisa. Mas o doutor estava folheando as páginas da cartilha procurando o galo, e como não conseguisse encontrá-lo disse imediatamente:

— Sei que você está aí e tem de aparecer.

O homem no fogão achou que o doutor estava falando com ele e saltou do fogão, assustado, exclamando:

– O homem sabe tudo.

Então o Doutor Sabe-Tudo mostrou ao nobre onde o dinheiro estava escondido, mas não denunciou os criados; recebeu muito dinheiro das duas partes como recompensa e se tornou um homem famoso.

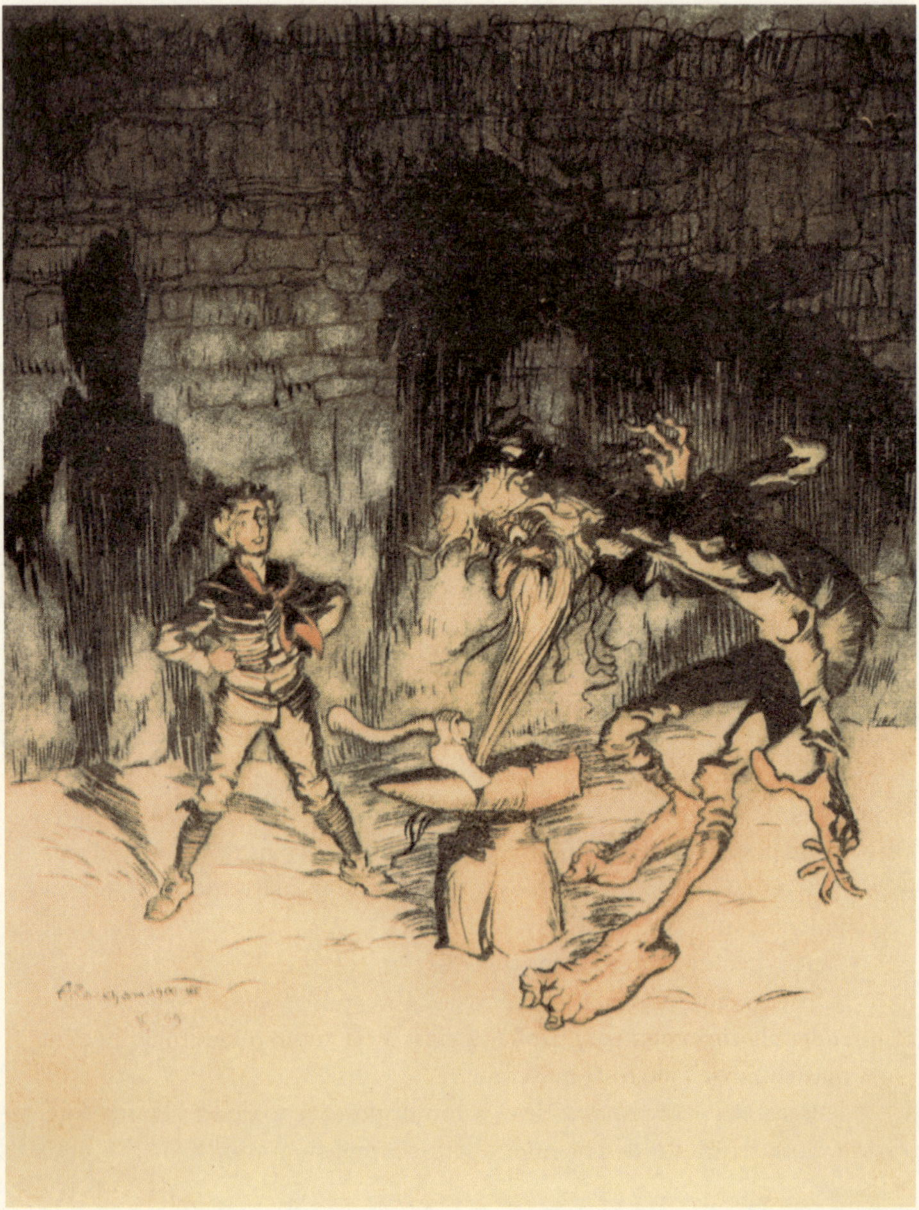

O RAPAZ QUE
NÃO SENTIA CALAFRIOS

ERA UMA VEZ UM PAI que tinha dois filhos. Um era inteligente e sensível e sempre sabia o que fazer. Mas o outro era burro, não conseguia aprender nada e não tinha imaginação.

Quando as pessoas o viam comentavam:

– Ele vai dar muito aborrecimento ao pai.

Sempre que havia alguma coisa para fazer, o mais velho é quem tinha de fazê-la. Mas quando o pai o mandava buscar alguma coisa quando anoitecia ou depois, e fosse preciso atravessar o cemitério da igreja ou outro lugar sombrio, ele dizia:

– Ah, não, pai, lá não, isso me dá arrepios! – Porque se sentia apavorado.

No fim do dia, quando contavam histórias de meter medo em volta da fogueira e os ouvintes exclamavam "Ah, você me dá arrepios!", o filho mais novo, sentado a um canto escutando, não conseguia entender o que queriam dizer com aquilo.

– As pessoas sempre dizem: "Você me dá arrepios. Você me dá arrepios!" Mas eu não sinto arrepios. Deve ser alguma arte que não consigo entender.

Aconteceu que um dia o pai lhe disse:

– Escute aqui, você aí no canto está ficando grande e forte. Precisa aprender alguma coisa para ganhar a vida. Veja como o seu irmão se esforça, mas você não vale o sal que come.

– Bem, pai – respondeu ele –, estou disposto a aprender alguma coisa; sério, gostaria muito de aprender a sentir arrepios, porque não sei o que é isso.

O filho mais velho deu uma risada ao ouvir o irmão e pensou: "Nossa, como o meu irmão é bobo; nunca fará nada que preste na vida!"

Mas o pai suspirou e respondeu:

– Você aprenderá depressa a ter arrepios mas não ganhará a vida com isso.

Pouco tempo depois, o sacristão veio visitá-los e o pai contou-lhe os problemas que tinha com o filho. Que era muito tolo e nunca aprenderia nada.

– Você acredita que quando lhe perguntei como ia ganhar a vida ele me respondeu que gostaria de aprender a sentir arrepios?

– Se é só isso – disse o sacristão –, posso ensiná-lo. Entregue-me o rapaz e logo darei um polimento nele.

O pai ficou satisfeito, pois pensou: "Seja como for, meu filho lucrará alguma coisa com isso."

Então o sacristão levou-o em sua companhia e o rapaz passou a tocar os sinos da igreja.

Passados alguns dias, o sacristão o acordou à meia-noite e lhe disse para se levantar e tocar os sinos. "Logo você aprenderá a sentir arrepios!", pensou ao se esgueirar pelas escadas da torre à frente do rapaz.

Quando o rapaz subiu e se virou para pegar a corda do sino, viu um vulto branco nos degraus do lado oposto à janela do campanário.

– Quem está aí? – perguntou, mas o vulto não se mexeu nem respondeu.

– Responda – gritou o rapaz – ou saia do caminho. Você não tem nada que fazer aqui de noite.

Mas querendo que o rapaz pensasse que ele era um fantasma, o sacristão não se mexeu.

O rapaz perguntou uma segunda vez:

– Que quer aqui? Fale se for um homem honesto ou vou empurrá-lo escada abaixo.

O sacristão não achou que ele chegasse a tanto, então continuou calado e imóvel como se fosse de pedra.

Quando o rapaz perguntou pela terceira vez, sem obter resposta, tomou impulso e atirou o fantasma escada abaixo. O sacristão rolou dez degraus e ficou caído a um canto.

Então o rapaz tocou os sinos, voltou para casa e, sem dizer uma palavra a ninguém, foi para a cama e logo adormeceu profundamente.

A mulher do sacristão esperou muito tempo pelo marido, mas, como ele não retornasse, ficou assustada e acordou o rapaz.

– Você sabe o que aconteceu ao meu marido? – perguntou. – Ele foi para a torre antes de você.

– Não. Tinha alguém parado nos degraus do lado oposto à janela do campanário, e como não me respondia nem ia embora, pensei que fosse um bandido e atirei-o escada abaixo. Vá ver se é ele, eu lamentaria muito se fosse.

A mulher correu e encontrou o marido caído a um canto, gemendo, com uma perna quebrada. Carregou-o para baixo e correu aos gritos a procurar o pai do rapaz.

— O seu filho causou uma grande desgraça, atirou o meu marido escada abaixo e ele quebrou a perna na queda. Tire esse imprestável da nossa casa.

O pai ficou horrorizado, acompanhou-a até sua casa e passou uma boa descompostura no filho.

— Que significa essa brincadeira desumana? Deve ter sido o coisa-ruim que lhe deu essa ideia.

— Pai — respondeu o rapaz —, me escute. Sou inocente. O sacristão ficou parado no escuro, como um homem mal-intencionado. Eu não sabia quem era, e três vezes o avisei de que falasse ou fosse embora!

— Ai de mim! — disse o pai. — Você só me traz infelicidade. Saia da minha vista. Não quero mais saber de você.

— Com prazer, pai. Espere apenas o dia raiar, então irei embora e aprenderei a sentir arrepios. Aí, pelo menos, terei um ofício com que ganhar a vida.

— Aprenda o que quiser — disse o pai. — Tanto me faz. Tome aqui cinquenta táleres. Saia pelo mundo e não diga a ninguém de onde veio nem quem é seu pai, porque você só me trará vergonha.

— Como quiser, pai. Se é só isso que quer, não me custa nada fazer a sua vontade.

Quando raiou o dia, o rapaz colocou os cinquenta táleres no bolso e saiu pela estrada principal, repetindo sem parar durante a caminhada: "Se ao menos eu conseguisse sentir arrepios, se ao menos eu conseguisse sentir arrepios."

Na estrada, um homem aproximou-se e ouviu as palavras que ele estava repetindo, e, ao chegarem mais adiante à vista de uma forca, o homem disse:

— Veja, lá está a árvore onde os sete que casaram com a filha do cordoeiro agora estão aprendendo a voar. Sente-se embaixo deles e quando anoitecer logo aprenderá a sentir arrepios.

— Se é preciso apenas isso — respondeu o rapaz —, então é fácil. E se eu aprender a sentir com essa facilidade, lhe darei os meus cinquenta táleres. Venha me procurar de manhãzinha.

O rapaz subiu então no patíbulo e se sentou embaixo dos enforcados para esperar a noite.

Como sentisse frio, acendeu uma fogueira, mas à meia-noite o vento esfriou tanto que ele não soube o que fazer para se manter aquecido.

O vento açoitava os enforcados para a frente e para trás e os fazia se chocarem uns contra os outros, então o rapaz pensou: "Aqui estou eu congelando junto à fogueira; eles devem estar sentindo muito mais frio lá em cima."

E como era um rapaz muito piedoso, subiu a escada, desamarrou os enforcados e os levou para baixo um a um.

Atiçou então a fogueira e colocou-os ao redor para se aquecerem.

Os mortos ficaram ali sem se mexer nem quando o fogo sapecou suas roupas.

— Tenham cuidado ou vou pendurá-los na forca outra vez.

Os mortos, é claro, não podiam ouvi-lo e continuaram silenciosos enquanto seus trapos se queimavam.

Ele se zangou e disse:

— Se vocês não querem se cuidar, eu não posso fazer nada e não vou me deixar queimar com vocês.

Então tornou a pendurá-los em fila, sentou-se à fogueira e voltou a dormir.

Na manhã seguinte, o homem, querendo receber os seus cinquenta táleres, procurou-o e disse:

— Agora você sabe o que é sentir arrepios?

— Não — respondeu o rapaz —, como poderia aprender? Esses sujeitos ali nunca abriram a boca e foram tão burros que deixaram os poucos trapos que tinham se queimar.

Então o homem percebeu que os táleres não seriam seus naquele dia e foi embora dizendo:

— Nunca em minha vida vi ninguém assim.

O rapaz também seguiu o seu caminho e recomeçou a dizer baixinho: "Ah, se ao menos eu aprendesse a sentir arrepios, se ao menos eu aprendesse a sentir arrepios."

Um carroceiro que seguia atrás dele ouviu-o e perguntou:

— Quem é você?

— Não sei — respondeu o rapaz.

— Quem é o seu pai?

— Isso eu não posso dizer.

— Que é que você está o tempo todo sempre resmungando?

— Ah. Quero aprender a sentir arrepios, mas ninguém pode me ensinar.

— Pare com essa tagarelice absurda. Venha comigo e darei um jeito para você aprender o que quer.

O rapaz acompanhou o carroceiro e ao anoitecer chegaram a uma estalagem, onde pretendiam passar a noite. Ao entrarem, ele disse em voz alta:

O RAPAZ QUE NÃO SENTIA CALAFRIOS

— Ah, se ao menos eu pudesse aprender a sentir arrepios, se ao menos eu pudesse aprender a sentir arrepios!

O estalajadeiro que o ouviu riu-se e disse:

— Se é isso que você quer, não faltará oportunidade para aprender aqui.

— Eu não me oporei – disse a estalajadeira. – Tantos sujeitos já pagaram com a vida por sua bisbilhotice. Seria um pecado e uma vergonha se esses olhos cintilantes não voltassem a ver a luz do dia.

Mas o rapaz respondeu:

— Pelo menos aprenderei, por mais difícil que seja. Fui expulso de casa por não saber.

Ele não deu sossego ao estalajadeiro até o homem lhe contar que havia um castelo assombrado ali perto, onde qualquer um sentiria arrepios se passasse ali três noites.

O rei prometera a filha em casamento a quem tivesse coragem de fazer isso, e ela era a moça mais linda que o sol já iluminara.

Havia também um grande tesouro escondido no castelo, guardado por espíritos do mal, e em quantidade suficiente para fazer qualquer pobre virar rico, se pudesse quebrar o encantamento.

Muitos tinham ido, mas nenhum jamais voltara.

Na manhã seguinte o rapaz foi procurar o rei e disse:

– Com a sua permissão, gostaria de passar três noites no castelo assombrado.

O rei olhou-o demoradamente e, tendo gostado dele, respondeu:

– Você pode pedir três coisas para levar com você, mas tem de ser coisas inanimadas.

O rapaz respondeu:

– Então quero um fogo, um torno e um banco de tanoeiro com faca.

O rei mandou levar ao castelo os três objetos que o rapaz pedira.

Quando caiu a noite, ele rumou para o castelo e preparou um fogo bem vivo em um dos aposentos. Colocou o banco de tanoeiro com a faca junto ao fogo e se sentou ao torno.

– Ah, se ao menos eu sentisse arrepios – disse ele –, mas não vou aprender aqui tampouco.

Por volta da meia-noite ele quis avivar o fogo e, quando o assoprou, uma coisa a um canto começou a gritar:

– Miau, miau, que frio estamos sentindo!

– Que tolos! – exclamou ele. – Por que estão gritando? Se estão com frio, venham se aquecer junto ao fogo.

Mal falou, dois enormes gatos negros saltaram e se sentaram um de cada lado dele e ficaram encarando-o com olhos ferozes e esbraseados.

Passado algum tempo, quando já haviam se esquentado, propuseram:

– Companheiro, vamos fazer um joguinho de cartas?

– Por que não? – respondeu o rapaz. – Mas primeiro me mostrem as suas patas.

Os gatos estenderam as patas.

– Ora, como estão compridas as suas unhas. Esperem um pouco, vou cortá-las para vocês.

Ele os agarrou pelo cangote, colocou-os sobre o banco e prendeu suas patas com o torno.

– Examinei os seus dedos e a vontade de jogar cartas com vocês passou.

Então matou-os e atirou-os no fosso do lado de fora.

Mas assim que se livrou dos dois gatos, e quando já ia se sentando junto ao fogo outra vez, bandos de gatos e cães pretos surgiram de todos os lados em grande número.

Soltavam uivos terríveis e pisoteavam seu fogo, tentando apagá-lo.

Por algum tempo ele ficou observando, mas quando a situação se tornou insuportável, agarrou a faca de tanoeiro e bradou:

– Fora daqui, bando de patifes. – E deu golpes à direita e à esquerda. Alguns saltaram para longe, outros ele matou e jogou na água.

Quando voltou, raspou as brasas do fogo e se aqueceu. Mal conseguia manter os olhos abertos e sentia o maior desejo de dormir. Olhou para os lados e a um canto viu uma enorme cama.

– É exatamente o que estou querendo – disse, e se deitou. Assim que fechou os olhos, a cama começou a se mexer, e não tardou a se precipitar em círculos pelo castelo. – Muito bom! Quanto mais depressa, melhor! – disse ele. A cama corria como se fosse puxada por seis cavalos, cruzava portas e subia e descia escadas sem parar.

De repente a cama começou a pular, virou de pernas para cima e caiu em cima dele como uma montanha. Mas ele atirou os travesseiros e as cobertas para o ar, saiu de baixo dela e disse:

– Agora quem quiser pode cavalgar.

Então deitou-se junto ao fogo e dormiu até o amanhecer.

Pela manhã veio o rei e, quando o viu estirado no chão, pensou que os fantasmas o haviam matado. Então disse:

– Que pena, um rapaz tão bonito.

Mas o rapaz o ouviu, se sentou e disse:

– Ainda não chegou a tanto.

O rei ficou surpreso e contente e lhe perguntou como se arranjara.

– Muito bem! – respondeu ele. – Uma noite já se foi, imagino que terei de passar as outras também.

Quando o estalajadeiro o viu arregalou os olhos e exclamou:

– Nunca pensei que o veria vivo outra vez. Então, aprendeu a sentir arrepios?

– Não, foi tempo perdido. Se ao menos alguém me mostrasse como é.

Veio a segunda noite e lá foi ele, sentou-se junto ao fogo e começou sua canção antiga:

– Ah, se eu ao menos pudesse aprender a sentir arrepios!

No meio da noite ele ouviu uma barulheira, a princípio baixa, depois foi crescendo, então havia silêncio por um breve intervalo.

Por fim, um berro e a metade do corpo de um homem caiu pela chaminé da lareira diante dele.

– Olá! – cumprimentou o rapaz. – Parece que está faltando a outra metade; essa é pouco.

O barulho recomeçou e entre gritos e uivos caiu a segunda metade.

– Espere um momento – disse ele –, vou avivar o fogo.

Isso feito, olhou para os lados, as duas metades tinham se juntado e um homem medonho se sentara em seu lugar.

– Não combinamos isso – disse o rapaz. – O banco é meu.

O homem quis afastá-lo, mas o rapaz não deixou, empurrou-o para um lado e se sentou em seu banco.

Então mais homens caíram pela chaminé da lareira, um atrás do outro, apanharam nove canelas e dois crânios humanos e começaram a jogar boliche.

O rapaz teve vontade de se juntar a eles e perguntou:

– Ei, posso jogar também?

– Pode, se tiver dinheiro.

– Dinheiro suficiente – respondeu –, mas essas bolas não são muito redondas.

Então ele apanhou os crânios e passou-os no torno até deixá-los redondos.

– Agora eles vão deslizar melhor. Peguem aí! Quanto mais formos, mais divertido será!

O rapaz jogou então com eles e perdeu algum dinheiro, mas quando bateu meia-noite tudo desapareceu. Ele se deitou e dormiu profundamente.

No dia seguinte o rei tornou a vir procurá-lo e disse:

– Muito bem, como foi desta vez?

– Joguei boliche e perdi alguns trocados.

– Você aprendeu a sentir arrepios?

– Não. Só me diverti. Ah, se eu ao menos pudesse descobrir como sentir arrepios!

Na terceira noite mais uma vez ele se sentou no banco e disse com ferocidade:

– Se ao menos eu pudesse sentir arrepios!

Tarde da noite, seis homens altos entraram, carregando um caixão, e ele disse:

– Olá! Esse deve ser o meu primo que morreu há uns dias. – E fez sinal para os homens se aproximarem: – Venha, primo, venha.

Os homens puseram o caixão no chão, o rapaz se aproximou e levantou a tampa e dentro havia um morto. Ele apalpou seu rosto e sentiu que estava frio como gelo.

– Esperem – disse. – Vou aquecê-lo. – Então foi até o fogo, esquentou a mão e colocou-a no seu rosto, mas o morto continuou frio. O rapaz tirou-o do caixão, sentou-o junto ao fogo, apanhou-o no colo e esfregou seus braços para fazer o sangue circular.

Mas não adiantou nada. Depois lhe ocorreu que, quando duas pessoas deitavam juntas na cama, elas se aqueciam mutuamente. Então pôs o homem na cama, cobriu-o e se deitou a seu lado.

Passado algum tempo o morto se aqueceu e começou a se mexer.

Então o rapaz disse:

— Está vendo, primo, esquentei você, não foi?

Mas o homem se levantou e gritou:

— Agora vou estrangulá-lo!

— Quê! — exclamou ele. — É assim que você me agradece? Vai voltar para o caixão. — E assim dizendo, ergueu o homem, atirou-o para dentro do caixão e fechou a tampa. Então os seis homens voltaram e o levaram embora.

— Não consigo sentir arrepios — disse ele. — E jamais vou aprender aqui.

Nesse momento entrou um homem enorme. Dava medo só de olhar, era velho e tinha uma longa barba branca.

— Ah, criatura infeliz! — exclamou o velho. — Logo você vai aprender o que é sentir arrepios, porque vai morrer.

— Vamos com calma — respondeu o rapaz. — Se vou morrer preciso estar presente.

— Vou liquidar você num instante — disse o velho monstruoso.

— Devagar! Devagar! Não conte vantagem. Sou tão forte quanto você, e provavelmente até mais.

— Veremos. Se você for mais forte eu o deixarei partir. Venha, vamos tentar.

Então o velho o conduziu por muitos corredores escuros até uma ferraria, apanhou uma machadinha e de um golpe enterrou uma bigorna no chão.

— Faço mais — disse o rapaz e foi até a outra bigorna. O velho se aproximou para ver e suas barbas brancas ficaram penduradas sobre a bigorna.

Então o rapaz apanhou a machadinha e rachou a bigorna, prendendo ao mesmo tempo as barbas do velho.

— Agora eu o prendi e você é quem vai morrer.

Apanhou então uma vara de ferro e surrou o velho até ele pedir misericórdia e lhe prometer grande riqueza se parasse de lhe bater.

O rapaz puxou a machadinha e o soltou, e o velho o levou de volta pelos aposentos do castelo e lhe mostrou três arcas de ouro na adega.

— Uma é para os pobres — disse ele –, uma é para o rei e uma para você.

O relógio bateu meia-noite e o fantasma desapareceu deixando o rapaz no escuro.

— Preciso dar um jeito de sair daqui — disse ele, e foi tateando até achar o caminho de volta ao seu aposento onde se deitou junto ao fogo e adormeceu.

Na manhã seguinte veio o rei e disse:

— Agora você deve ter aprendido a sentir arrepios.

— Não. Como será? Meu primo morto esteve aqui e veio um velho barbudo e me mostrou arcas cheias de ouro. Mas o que é sentir arrepios, isso nenhum homem soube me dizer.

— Você quebrou o encantamento deste castelo — disse o rei —, por isso se casará com a minha filha.

— Está tudo muito bem, mas continuo sem saber o que é sentir arrepios.

O ouro foi retirado do castelo e o casamento foi celebrado, mas, por mais feliz que fosse o jovem rei e por mais que amasse sua mulher, ele continuava dizendo:

— Ah, se eu ao menos aprendesse a sentir arrepios, se ao menos eu aprendesse a sentir arrepios!

Finalmente a mulher se irritou, e sua camareira disse:

— Posso ajudá-la, ele vai aprender o que é sentir arrepios.

E ela foi até o regato que atravessava o jardim e encheu um balde com água fria e peixinhos.

À noite, quando o jovem rei estava dormindo, sua mulher levantou as cobertas e despejou nele a água fria com os peixinhos que ficaram se debatendo sobre sua pele.

Então ele acordou e exclamou:

— Ah, estou sentindo arrepios, minha querida mulher, estou sentindo arrepios! Agora eu sei o que é sentir arrepios!

O REI BARBICHA

Era uma vez um rei que tinha uma filha. Era mais bela do que as palavras poderiam descrever, mas, ao mesmo tempo, tão orgulhosa e arrogante que não achava nenhum homem que quisesse namorá-la bastante bom. Rejeitava um atrás do outro e até caçoava deles.

Certo dia o pai mandou organizar um grande banquete e convidou todos os rapazes casadouros de terras próximas e distantes.

Todos foram enfileirados segundo sua classe e posição social, primeiro os reis, depois os príncipes, os duques, os condes e barões.

A princesa passou os rapazes em revista, mas achou defeito em todos.

Um era muito corpulento.

– Parece uma barrica!

O seguinte era muito alto.

– Alto e magro não serve!

O terceiro era muito baixo.

– Gordo e baixo não consegue se virar!

O quarto era muito branco.

– Pálido feito a morte!

O quinto era muito vermelho.

– Parece um peru!

O sexto era curvado.

– Secou no forno!

Assim havia sempre alguma coisa para desmerecê-los. Mas caçoou particularmente de um bom rei, parado logo no início da fila, cujo queixo era um pouco pontudo.

– Ora! – exclamou. – A barbicha dele parece um bico de passarinho.

Depois disso, o homem passou a ser chamado de "Rei Barbicha".

Quando o velho rei viu que a filha só caçoava e desprezava os pretendentes ali reunidos, ficou muito zangado e jurou que a casaria com o primeiro mendigo que batesse à porta do castelo.

Alguns dias depois, um músico ambulante se pôs a cantar à janela, esperando receber ajuda.

Quando o rei o ouviu, disse:

– Mandem o rapaz entrar.

O músico entrou, vestido em trapos sujos, cantou para o rei e sua filha e quando terminou pediu uma esmola.

O rei respondeu:

– A sua canção me agradou tanto que vou lhe dar minha filha em casamento.

A princesa ficou horrorizada. Mas o rei disse:

– Jurei dá-la em casamento ao primeiro mendigo que aparecesse; e vou cumprir minha palavra.

As súplicas da princesa não adiantaram. Trouxeram um padre e ela teve de se casar com o mendigo imediatamente.

Quando terminou a cerimônia de casamento, o rei disse:

– Agora você é uma mendiga, não pode continuar a viver no castelo. Deve partir com o seu marido.

O mendigo tomou-a pela mão e a levou embora, e ela foi obrigada a acompanhá-lo a pé.

Quando chegaram a uma grande mata ela perguntou:

– Ah! De quem é essa bela floresta?
– Do Rei Barbicha. Sua seria se você tivesse
aceito ser sua rainha.
– Ah! Canto eu com tristeza!
Quisera ter aceito o amor do rei.

Mais adiante chegaram a um grande prado e ela tornou a perguntar:

– Ah! De quem é esse belo prado?
– Do Rei Barbicha. Seu seria se você tivesse
aceito ser sua rainha.
– Ah! Canto eu com tristeza!
Quisera ter aceito o amor do rei.

Atravessaram então uma grande cidade e mais uma vez ela perguntou:

– Ah! De quem é essa bela cidade?
– Do Rei Barbicha. Sua seria se você tivesse
aceito ser sua rainha.

– Ah! Canto eu com tristeza!
Quisera ter aceito o amor do rei.

– Não me agrada nem um pouco – disse o músico – que você esteja sempre desejando outro marido. Será que não sou suficientemente bom para você?

Por fim o casal chegou a um casebre miserável e ela exclamou:

– Ah, meu Deus! Que casa é essa tão pequena e pobre?
Uma choupaninha tão miserável que nem chega a ser casa?

O músico respondeu:
– Esta é a nossa casa, aqui viveremos juntos.
A porta era tão baixa que ela precisou se curvar para entrar.
– Onde estão os criados? – perguntou a princesa.
– Ora, criados! – respondeu o mendigo. – O que você quiser ver feito, terá de fazer você mesma. Acenda o fogo e ponha água a ferver na chaleira para preparar minha ceia. Estou muito cansado.

Mas a princesa nada sabia de acender fogos nem de cozinhar, e, para conseguir que isso fosse feito, o mendigo precisou fazer pessoalmente.

Quando terminaram a humilde refeição, foram se deitar. Mas pela manhã o homem a fez levantar muito cedo para fazer o serviço da casa.

Assim viveram alguns dias até consumir o seu estoque de comida.
Então o homem disse:
– Mulher, não dá para continuar assim; não podemos morar aqui sem trabalhar. Você vai fazer cestos.

Então ele saiu, cortou umas varas de salgueiro e levou-as para casa. A mulher começou a trançá-las, mas as varas duras feriram suas mãos macias.

– Vejo que assim não vai dar – disse o mendigo. – É melhor você fiar, talvez consiga fazer isso.

Então a princesa se sentou e tentou fiar, mas o fio áspero não tardou a cortar seus dedos delicados e a fazê-los sangrar.

– Agora está vendo – disse o homem – como é imprestável. Fiz um mau negócio aceitando você. Mas vou tentar abrir uma olaria. Você irá se sentar no mercado e tentar vender os potes.

"Ai de mim!", pensou ela, "se alguém do reino do meu pai me vir sentada no mercado, tentando vender potes, vai zombar de mim." Mas não adiantou. Teve de ir, a não ser que quisesse morrer de fome.

Tudo correu bem da primeira vez. As pessoas compraram sua mercadoria de boa vontade porque a princesa era muito bonita e lhe pagaram o que cobrou – não, alguns até lhe deram o dinheiro e não levaram seus potes.

O casal viveu dos ganhos enquanto duraram, então o homem preparou um novo estoque de mercadoria.

Ela se sentou a um canto do mercado, dispôs a cerâmica à sua volta e começou a anunciar sua mercadoria.

De repente, um hussardo bêbado surgiu a galope e passou bem no meio dos potes da princesa, fazendo-os em pedacinhos.

Ela começou a se lamuriar e ficou tão amedrontada que não soube o que fazer.

– O que será de mim? – choramingou. – Que é que o meu marido vai dizer? – Voltou correndo para casa e contou-lhe a sua falta de sorte.

– Quem iria pensar em se sentar a um canto do mercado com potes? – disse ele. – Pare de chorar. Estou vendo que não serve para nenhum trabalho decente. Estive no palácio do nosso rei e perguntei se não querem uma criada para a cozinha, e eles me prometeram experimentá-la. Pelo menos você receberá a comida de graça.

Então a princesa se tornou criada da cozinha e teve de servir o cozinheiro e fazer todo o trabalho sujo. Ela prendeu um pote dentro de cada bolso e neles levava para casa uma parte das sobras que ganhava, e com isso marido e mulher viviam.

Aconteceu que naquele momento realizou-se o casamento da princesa mais velha e a pobre mulher foi ao andar de cima e ficou atrás de uma porta espiando todo aquele esplendor.

Quando os salões se iluminaram e ela viu os convidados entrando, cada um mais bonito do que o outro, e a cena foi se tornando mais fulgurante, pensou, com o coração pesado, em seu triste destino. Amaldiçoou o orgulho e a arrogância que causaram sua humilhação e o fato de ter decaído tanto.

De vez em quando os criados lhe davam bocadinhos dos pratos saborosos que retiravam do banquete e esses ela guardava nos potes para levar para casa.

De repente o filho do rei entrou. Estava vestido de seda e veludo e usava uma corrente de ouro ao pescoço.

Quando viu a bela mulher parada à porta, agarrou-a pela mão e quis dançar com ela.

Mas a mulher se encolheu e recusou, porque viu que era o Rei Barbicha, um dos candidatos à sua mão a quem ela afugentara com extremo desdém.

Sua resistência não adiantou e ele a arrastou para o salão. O cordão que sustentava os seus bolsos se partiu. Os potes caíram e a sopa e os bocados saborosos se espalharam pelo chão.

Ao verem isso os convidados explodiram em gargalhadas zombeteiras.

Ela ficou tão envergonhada que teria gostado de desaparecer chão adentro. Correu para a porta e tentou fugir, mas na escada um homem a fez parar e a levou de volta.

Quando olhou para ele, não era outro senão o Rei Barbicha outra vez. Ele se dirigiu a ela com bondade:

– Não tenha medo. Eu e o mendigo que vivia no casebre com você somos a mesma pessoa. Por amor a você me disfarcei e eu era também o hussardo que passou por cima dos seus potes. Fiz tudo isso para dobrar o seu espírito orgulhoso e castigá-la pela arrogância com que caçoou de mim.

A princesa chorou com amargura e disse:

– Eu fui muito má e não mereço ser sua esposa.

Mas ele respondeu:

– Anime-se! Aqueles dias ruins acabaram. Agora vamos celebrar o nosso verdadeiro casamento.

As camareiras vieram e a vestiram com ricos trajes, e seu pai chegou acompanhado de toda a corte e lhe desejou felicidade em seu casamento com o Rei Barbicha.

É verdade, foi então que a felicidade da princesa começou. Gostaria que tivéssemos estado lá para ver, você e eu.

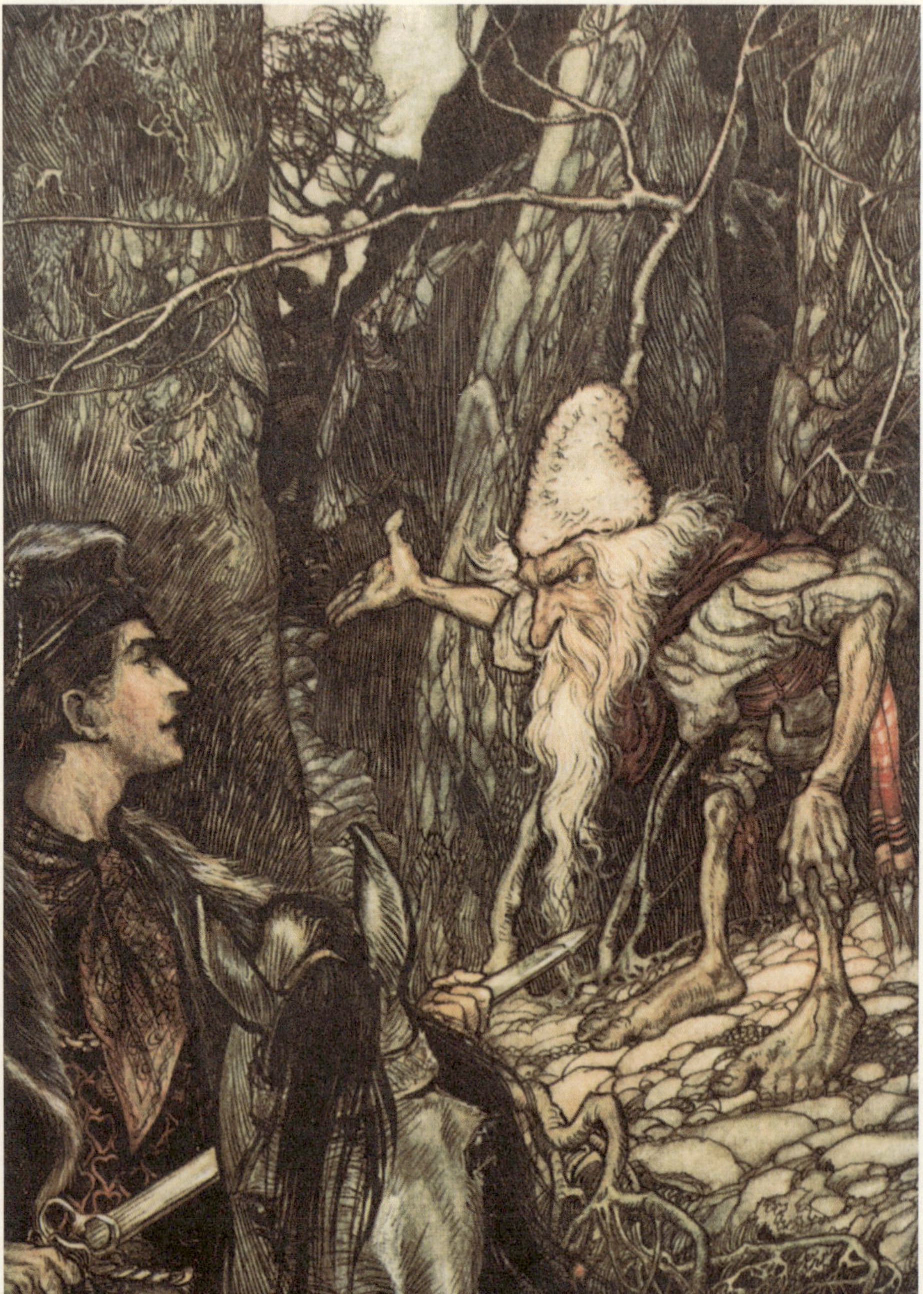

JOÃO DE FERRO

ERA UMA VEZ UM REI cujo castelo era rodeado por uma floresta cheia de caça. Certo dia ele mandou um caçador sair e abater um veado, mas o homem jamais voltou.
– Talvez tenha lhe acontecido um acidente – disse o rei.
No dia seguinte ele mandou dois caçadores irem procurar o companheiro, mas eles também não voltaram. No terceiro dia mandou todos os seus caçadores e recomendou:
– Vasculhem toda a floresta sem descanso até encontrarem os três.
Mas nenhum caçador nem nenhum cão da matilha que levaram jamais voltou. Dali em diante ninguém mais quis se aventurar a entrar na floresta; ela ficou imersa em silêncio e solidão, e vez por outra uma águia ou um falcão a sobrevoava em círculos.
E assim foi durante vários anos, até que um dia um caçador desconhecido pediu uma audiência com o rei e se ofereceu para entrar na perigosa floresta. O rei não quis lhe dar permissão e alegou:
– Não é seguro e receio que se entrar na floresta jamais sairá, tal como aconteceu com os outros.
O caçador respondeu:
– Sire, o risco será meu. E desconheço o que seja medo.
Então o caçador entrou na floresta com o seu cão. Não demorou muito, o cão levantou caça e queria sair em sua perseguição, mas o animal deu apenas os primeiros passos e logo deparou com um poço fundo que o impediu de prosseguir. Um braço nu saiu de dentro da água, agarrou-o e puxou-o para baixo.
Quando o caçador viu isso, voltou ao castelo para buscar três homens com baldes para esvaziar o poço. Quando eles atingiram o fundo encontraram um homem selvagem cujo corpo era castanho como a ferrugem e os cabelos caíam sobre seu rosto até os joelhos. Os homens o amarraram com

cordas e o levaram para o castelo. Todos ficaram muito alvoroçados com o homem, e o rei mandou fazer uma jaula de ferro para prendê-lo no pátio. Proibiu também que abrissem a porta da jaula sob pena de morte e responsabilizou a rainha pela guarda da chave.

Depois disso todos puderam andar pela floresta sem perigo.

O rei tinha um filhinho de oito anos e certo dia ele estava brincando no pátio. Durante a brincadeira sua bola de ouro caiu na jaula. O menino se aproximou e disse:

— Devolva minha bola.

— Não até você abrir a minha porta — respondeu o selvagem.

— Não, não posso fazer isso — disse o menino. — Meu pai proibiu. — E saiu correndo.

No dia seguinte ele voltou e pediu a bola. O homem respondeu:

— Abra minha porta. — Mas o menino não quis abrir.

No terceiro dia o rei saiu para caçar e o menino voltou e disse:

— Mesmo que eu quisesse eu não poderia abrir a porta. Não tenho a chave.

Então o selvagem respondeu:

— Está guardada embaixo do travesseiro de sua mãe. Você pode apanhá-la sem esforço.

O menino, que estava ansioso para recuperar a bola, atirou a consciência pela janela e apanhou a chave. A porta estava emperrada e ele machucou os dedos para abri-la. Assim que a abriu o selvagem saiu, devolveu a bola ao menino e foi-se embora ligeiro. O menino então ficou muito assustado e gritou:

— Ó selvagem, não fuja ou levarei uma surra!

O selvagem voltou, apanhou o menino, colocou-o nos ombros e saiu rápido em direção à floresta.

Quando o rei regressou, viu imediatamente que a jaula estava vazia e perguntou à rainha como isso acontecera. Ela não sabia de nada e foi procurar a chave, que, é claro, havia desaparecido. Chamaram o menino, mas não obtiveram resposta. O rei mandou gente aos campos para procurá-lo. Mas tudo foi em vão; o menino desaparecera. O rei imaginou o que tinha ocorrido e uma grande tristeza pesou sobre a casa real.

Quando o selvagem voltou às profundezas da floresta escura, desceu o menino do ombro e disse:

— Você nunca mais verá seus pais; mas eu o conservarei aqui comigo porque teve pena de mim e me libertou. Se me obedecer será bem tratado. Tenho tesouros e ouro de sobra, mais do que qualquer outra pessoa no mundo.

Preparou então uma cama de musgo para o menino, que ali adormeceu. Na manhã seguinte o homem levou-o a uma nascente e disse:

– Está vendo este poço luminoso e transparente como cristal? Você vai se sentar aqui e cuidar para que nada caia dentro dele, ou ficará contaminado. Virei toda noite para ver se obedeceu às minhas ordens.

O menino se sentou na beira do poço para vigiá-lo; por vezes via um peixe dourado ou uma cobra dourada nadando, e vigiou bem o poço para que nada caísse ali dentro. Certo dia em que estava em seu posto seu dedo doeu tanto que ele sem pensar o mergulhou na água. Tirou-o depressa, mas viu que o dedo ficara dourado e por mais que tentasse limpá-lo ele continuava dourado. À noite, quando João de Ferro voltou, olhou para o menino e disse:

– Que aconteceu ao poço hoje?

– Nada, nada! – respondeu o menino escondendo o dedo às costas para que João de Ferro não o visse.

Mas o homem disse:

– Você mergulhou o dedo na água. Desta vez não faz mal, mas tome cuidado para que isso não se repita.

Bem cedo na manhã seguinte o menino tomou posição junto ao poço para vigiá-lo. Seu dedo continuou a doer muito e ele ergueu a mão para o alto, acima da cabeça; mas, infelizmente, ao fazer isso roçou um fio de cabelo no poço. Ele o retirou rapidamente, mas o fio ficara dourado. Quando João de Ferro chegou à noite, sabia muito bem o que acontecera.

– Você deixou um fio de cabelo cair no poço – disse. – Vou deixar passar mais esta vez, mas, se acontecer uma terceira, o poço ficará poluído e você não poderá mais ficar comigo.

No terceiro dia o menino novamente se sentou à beira do poço, mas tomou muito cuidado para não mexer nem um dedo, por mais que doesse. O tempo lhe pareceu uma eternidade enquanto mirava o próprio rosto refletido na água. Foi se inclinando cada vez mais para ver melhor os olhos e seus cabelos longos deslizaram dos ombros diretamente na água. Ele se endireitou na hora, mas não antes que sua cabeleira ficasse dourada e brilhasse como o sol. Vocês podem imaginar o medo que o coitado sentiu. Ele tirou o lenço do bolso e amarrou-o na cabeça, para que João de Ferro não notasse. Mas o homem soube de tudo antes de chegar e foi logo dizendo:

– Tire esse lenço da cabeça. – E os cabelos do menino caíram em cascata. Todas as suas desculpas não adiantaram nada.

– Você não passou na prova e não pode continuar aqui. Precisa sair pelo mundo e aprender o significado da pobreza. Mas, como não tem mau coração e como lhe desejo o bem, vou lhe dar um presente. Quando estiver em grande necessidade, vá à floresta e chame por "João de Ferro", e irei ajudá-lo. Meu poder é grande, maior do que você pensa, e tenho ouro e prata em abundância.

Então o filho do rei deixou a floresta e viajou por caminhos conhecidos e desconhecidos até chegar a uma grande cidade. Ali tentou obter trabalho, mas não conseguiu encontrar nada; além do mais, não conhecia nenhum ofício com o qual ganhar a vida. Por fim ele se dirigiu ao castelo e perguntou se poderiam lhe dar emprego. Os cortesãos não souberam o que fazer com ele, mas ficaram impressionados com sua aparência e disseram-lhe que podia ficar. Por fim o cozinheiro tomou-o a seu serviço e mandou-o carregar lenha e água para ele e limpar o borralho.

Certo dia, quando não havia mais ninguém disponível, o cozinheiro mandou-o levar a comida para a mesa real. Como o menino não queria que vissem sua cabeleira dourada, manteve o boné na cabeça. Nada parecido jamais acontecera na presença do rei, e ele disse:

– Quando se vem à presença do rei, tem-se que tirar o boné.

— Ai de mim, sire. Não posso tirá-lo, tenho uma ferida feia na cabeça.

Então o rei mandou chamar o cozinheiro, lhe perguntou como é que tomara um menino desses a seu serviço e mandou que o dispensasse imediatamente. Mas o cozinheiro teve pena e trocou-o pelo menino que trabalhava no jardim.

Agora o menino tinha de cavar e capinar fizesse ou não bom tempo. Um dia de verão, quando estava trabalhando sozinho no jardim, fazia muito calor e ele tirou o boné para refrescar a cabeça. Quando o sol bateu em seus cabelos, eles refulgiram tão intensamente que os raios penetraram o quarto da princesa e ela se levantou para ver o que era aquilo. Descobriu o menino e chamou-o:

— Me traga um buquê de flores, rapaz.

Ele repôs depressa o boné na cabeça, apanhou umas flores silvestres e amarrou-as. Quando ia subindo para ver a princesa, o jardineiro o encontrou e disse:

— Como pode levar flores tão insignificantes para a princesa? Corte depressa outro buquê e procure escolher as mais raras.

— Ah, não – respondeu o rapaz. – As flores silvestres são mais perfumadas e ela gostará mais.

Assim que entrou no quarto a princesa ordenou:

— Tire o boné; não é educado você usá-lo na minha presença.

Ele tornou a responder:

— Não posso tirar porque tenho uma ferida na cabeça.

Mas ela agarrou o boné e arrancou-o da cabeça do rapaz fazendo seus cabelos cascatearem sobre seus ombros. Foi uma cena e tanto. Ele tentou fugir, mas ela o segurou pelo braço e lhe deu um punhado de ducados. O menino recebeu, mas não ligou para o dinheiro e deu-o ao jardineiro para seus filhos brincarem.

No dia seguinte a princesa tornou a chamá-lo e pediu que lhe levasse um ramo de flores silvestres, e quando ele chegou a princesa imediatamente agarrou seu boné e tirou-o de sua cabeça; mas ele o segurou com as duas mãos. Mais uma vez recebeu um punhado de ducados, mas não quis guardá-los e deu-os de presente aos filhos do jardineiro. No terceiro dia a mesma cena se repetiu, mas ela não conseguiu tirar o boné e ele não quis guardar o ouro.

Algum tempo depois o reino foi invadido. O rei reuniu seus guerreiros, mas não sabia se seria ou não capaz de vencer os inimigos que eram muito poderosos e tinham um forte exército. Então o ajudante do jardineiro disse:

– Eu fui criado para lutar; me deem um cavalo e irei também.

Os outros riram e comentaram:

– Quando tivermos partido, procure um cavalo sozinho. Deixaremos um no estábulo para você.

Quando os homens partiram, ele foi ao estábulo e trouxe o cavalo para fora; tinha uma perna aleijada que o fazia mancar, toque-toque, toque-toque, toque-toque.

Apesar disso ele o montou e partiu para a floresta escura. Quando alcançou a orla, chamou três vezes o mais alto que pôde, até ouvir as árvores ecoarem seu grito:

– João de Ferro!

O selvagem apareceu imediatamente e perguntou:

– Que é que você quer?

– Quero um cavalo forte para ir à guerra.

– Você terá o cavalo e ainda mais.

O selvagem tornou a penetrar a floresta e não demorou muito veio um cavalariço trazendo um fogoso cavalo de batalha que bufava pelas narinas. Atrás dele vinha uma unidade de guerreiros, equipados com couraças e espadas que reluziam ao sol. O rapaz entregou o cavalo manco ao cavalariço, montou o outro e partiu à frente da tropa.

Quando se aproximou do campo de batalha, muitos homens do rei já haviam caído e, não iria demorar muito, os que restavam teriam de se entregar. Então o rapaz, à frente da sua tropa de ferro, atacou e abateu os inimigos como um vendaval, derrotando todos que apareciam em seu caminho. Eles tentaram fugir, mas o rapaz os perseguiu e não parou até não haver mais nenhum vivo.

Então, em vez de se juntar ao rei, ele conduziu sua tropa direto à floresta e tornou a chamar João de Ferro.

– Que é que você quer?

– Tome de volta o seu cavalo de batalha e sua tropa, e me devolva o cavalo manco.

Seu pedido foi atendido e ele voltou para casa montando seu próprio cavalo.

Quando o rei regressou ao castelo sua filha foi ao seu encontro e o felicitou pela vitória.

– Não fui eu quem venceu a batalha, mas um cavaleiro desconhecido, que foi socorrer as minhas tropas. – A filha lhe perguntou quem era o forasteiro, mas o rei não sabia e respondeu:

– Ele perseguiu o inimigo, e depois não o vi mais.

A princesa perguntou ao jardineiro pelo seu ajudante, mas ele riu:

– Acabou de voltar para casa no seu cavalo de três pernas e os outros caçoaram dele dizendo: "Aí vem o nosso manquitola outra vez", e lhe perguntaram embaixo de que moita esteve dormindo. O rapaz respondeu: "Fiz o melhor que pude e sem mim as coisas teriam acabado mal." E eles caçoaram dele mais do que nunca.

O rei disse à filha:

– Vou dar uma grande festa durante três dias e você vai atirar uma maçã de ouro. Talvez o cavaleiro desconhecido apareça entre os outros para tentar apanhá-la.

Quando a notícia da festa foi divulgada, o rapaz foi à floresta e chamou por João de Ferro.

– Que é que você quer?

– Quero apanhar a maçã de ouro do rei.

– Já é praticamente sua – respondeu João de Ferro. – Você usará uma roupa ouro-velho e montará um garboso cavalo castanho.

Quando chegou o dia marcado o rapaz tomou seu lugar entre os outros cavaleiros, mas ninguém o reconheceu. A princesa se adiantou e atirou a maçã para os cavaleiros, e ele foi o único que conseguiu agarrá-la. Assim que a obteve foi-se embora.

No segundo dia João de Ferro lhe deu um traje branco e um vistoso cavalo cinzento. De novo ele agarrou a maçã; mas não se demorou nem um minuto e, como no dia anterior, partiu apressado.

O rei então ficou irritado e disse:

– Isso não pode acontecer, ele precisa vir até mim e se apresentar.

Ordenou portanto que se o cavaleiro fosse embora deviam persegui-lo e trazê-lo de volta.

No terceiro dia o rapaz recebeu de João de Ferro um traje negro e um fogoso cavalo de batalha negro.

Novamente ele agarrou a maçã, mas quando ia se afastando os homens do rei saíram em seu encalço e um deles chegou tão perto que o feriu na perna. Ainda assim o desconhecido fugiu, mas seu cavalo galopou tão rápido que seu elmo caiu e todos viram que tinha cabelos dourados. Então os seus perseguidores voltaram e contaram ao rei o que tinham visto.

No dia seguinte a princesa perguntou ao jardineiro pelo seu ajudante.

– Está trabalhando no jardim. O esquisitão foi à festa e só voltou na noite passada. Mostrou aos meus filhos três maçãs de ouro que conquistou.

O rei mandou que trouxessem o ajudante à sua presença. Quando chegou ainda usava o boné. Mas a princesa foi ao seu encontro e arrancou-o; seus cabelos dourados caíram sobre os ombros e eram tão belos que todos se assombraram.

— Você é o cavaleiro que veio à festa usando cada dia cores diferentes e que agarrou as três maçãs de ouro? – perguntou o rei.

— Sou e aqui estão as três maçãs – respondeu ele, tirando-as do bolso e entregando-as ao rei. – Se quiser outra prova, veja o ferimento em minha perna feito pelos seus homens quando me perseguiram. E sou também o cavaleiro que o ajudou a vencer o inimigo.

— Se você é capaz de tais feitos, então não é um ajudante de jardineiro. Diga-me quem é seu pai.

— Meu pai é um rei poderoso e tenho muito ouro... todo o que posso querer.

— Posso bem ver – disse o rei –, mas nós lhe devemos muitos agradecimentos. Posso fazer alguma coisa para agradá-lo?

— Certamente que sim. Dê-me sua filha em casamento!

A princesa riu e comentou:

— Ele não faz rodeios; mas já percebi há muito tempo que não é nenhum ajudante de jardineiro.

Então aproximou-se do rapaz e beijou-o.

Os pais dele compareceram ao casamento, radiantes de felicidade, porque há muito tempo haviam perdido as esperanças de rever o filho querido. Quando estavam todos sentados à mesa do banquete de núpcias, a música de repente parou, as portas se escancararam e um altivo rei entrou à frente de um grande séquito. Ele se dirigiu ao noivo, abraçou-o e disse:

— Eu sou João de Ferro, que foi enfeitiçado e transformado em selvagem, mas você desfez o feitiço e me libertou. Todo o meu tesouro agora é seu.

ROSA BRANCA
E ROSA VERMELHA

Era uma vez uma viúva que morava em uma casa solitária. Diante da casa havia um jardim onde cresciam duas roseiras, uma de rosas brancas e outra de rosas vermelhas. A viúva tinha duas filhas que lembravam as duas roseiras, uma se chamava Rosa Vermelha e a outra, Rosa Branca. Elas eram boas e felizes, ocupadas e alegres tanto quanto poderiam ser duas crianças no mundo, só que Rosa Branca era mais sossegada e meiga do que Rosa Vermelha. Rosa Vermelha gostava mais de correr pelos prados e campos, apanhando flores e perseguindo borboletas. Rosa Branca ficava em casa com a mãe e a ajudava no trabalho doméstico ou lia quando não havia nada para fazer.

As duas crianças gostavam tanto uma da outra que sempre andavam de mãos dadas quando saíam e, nessas ocasiões, Rosa Branca dizia: "Nunca nos separaremos"; Rosa Vermelha respondia: "Nunca enquanto vivermos"; e a mãe acrescentava: "O que uma possuir deve repartir com a outra."

Muitas vezes elas corriam pela floresta sozinhas, colhiam frutinhas vermelhas, e nenhuma fera lhes fazia mal, antes se aproximava delas confiante. O coelhinho comia folha de repolho de suas mãos, o cabrito montês pastava ao seu lado, o veado saltava alegremente por perto e os passarinhos se empoleiravam nos ramos das árvores e cantavam todas as músicas que sabiam.

Nenhum mal lhes acontecia. Se ficassem até tarde na floresta e a noite caísse, simplesmente se deitavam lado a lado no musgo e dormiam até o amanhecer, e a mãe sabia disso e não se preocupava com as filhas.

Certa vez, depois de passarem a noite na floresta e de serem acordadas pela claridade da manhã, elas viram um belo menino vestindo uma cintilante roupa branca sentado ao lado da cama de musgo que tinham feito. Ele se levantou e olhou-as com bondade, e sem nada dizer se embrenhou na floresta. E quando elas olharam em volta descobriram que haviam dormido muito próximo de um precipício e certamente teriam caído durante a noite se tivessem dado mais alguns passos. A mãe lhes disse que o menino devia ter sido o anjo que guarda as crianças boas.

Rosa Branca e Rosa Vermelha conservavam a casinha da mãe tão arrumada que dava prazer de se ver. No verão Rosa Vermelha cuidava da casa e toda manhã deixava um buquezinho de flores ao lado da cama da mãe, para quando ela acordasse, e nele sempre havia uma rosa de cada roseira. No inverno Rosa Branca acendia o fogão e pendurava a chaleira em um gancho que havia no alto. A chaleira era de cobre e brilhava como ouro de tanto que a menina a polia.

À noite, quando caía a neve, a mãe dizia: "Rosa Branca, vai trancar a porta", e em seguida se sentavam junto ao fogão, a mãe apanhava os óculos e lia em voz alta um grosso livro, e as duas meninas escutavam sentadas e fiando. Perto delas deitava-se um cordeiro no chão, e atrás, em um poleiro, encarrapitava-se uma pomba branca com a cabeça metida sob a asa.

Certa noite, quando estavam sentadas em aconchego, ouviram uma batida na porta como se alguém pedisse para entrar.

A mãe disse:

— Rosa Vermelha, depressa, vai abrir a porta, deve ser um viajante procurando abrigo.

Rosa Vermelha destrancou a porta, pensando que fosse algum coitado, mas não era. Era um urso que enfiou sua enorme cabeça preta pela porta.

Rosa Vermelha gritou e pulou para trás, o cordeiro baliu, a pomba esvoaçou, e Rosa Branca se escondeu atrás da cama da mãe. Mas o urso começou a falar:

— Não tenham medo, não farei mal a vocês! Estou semicongelado e só quero me aquecer um pouco junto ao seu fogão.

— Pobre urso — disse a mãe —, deite-se junto ao fogão, mas tenha cuidado para não queimar o pelo. — Em seguida chamou: — Rosa Branca, Rosa Vermelha, saiam, o urso não fará mal a vocês, está bem-intencionado.

Então as duas reapareceram, e aos poucos o cordeiro e a pomba se reaproximaram e perderam o medo do animal.

O urso pediu:

— Venham, meninas, espanem um pouco a neve no meu pelo.

Então elas trouxeram uma vassoura e limparam o pelo do urso, e ele se esticou ao lado do fogão e grunhiu satisfeito. Não demorou muito as meninas se sentiram mais à vontade e começaram a brincar com o desajeitado hóspede. Puxavam seu pelo com as mãos, apoiavam os pés em suas costas e o faziam rolar, apanhavam uma vara de aveleira e lhe batiam, e quando ele rosnava as meninas davam risadas. Mas o urso aceitou tudo de boa vontade, somente quando elas foram mais brutas ele disse:

— Crianças, crianças, poupem minha vida!

> Rosa Branca, Rosa Vermelha,
> vocês querem matar seu amor de pancada?

Quando chegou a hora de dormir e as crianças foram se deitar, a mãe disse ao urso:

— Você pode ficar deitado aqui junto ao fogão, assim estará a salvo do frio e do mau tempo. — Logo que o dia amanheceu as duas meninas abriram a porta para o urso e ele saiu pela neve em direção à floresta.

Daí em diante o urso vinha todas as noites à mesma hora, deitava-se junto ao fogão e deixava as crianças se divertirem com ele o quanto quisessem, e todos se acostumaram tanto com o animal que as portas nunca eram trancadas até o amigo negro ter chegado.

Quando veio a primavera e a paisagem à volta estava verdejante, o urso disse certa manhã a Rosa Branca:

— Agora preciso ir embora e não poderei voltar durante todo o verão.

— Aonde vai, então, querido urso? — perguntou Rosa Branca.

— Preciso ir para a floresta, proteger os meus tesouros dos anões maus. No inverno, quando a terra está congelada, eles são obrigados a permanecer embaixo da terra e não podem chegar à superfície. Mas agora que o sol degelou e aqueceu a terra, eles sobem e saem para espionar e roubar, e tudo em que põem as mãos é levado para as suas cavernas e raramente torna a ver a luz do dia.

Rosa Branca ficou muito triste que o urso fosse embora, e assim que ela destrancou a porta ele saiu apressado, mas seu pelo agarrou na tramela e um pedacinho se soltou. Rosa Branca pensou ter visto um brilho de ouro pelo rasgo, mas ela não teve muita certeza. O urso saiu correndo e logo desapareceu entre as árvores.

Algum tempo depois a mãe mandou as meninas à floresta apanharem lenha para o fogão. Ali encontraram uma grande árvore que tombara no chão, e próximo ao tronco havia alguma coisa que saltava para a frente e para trás na relva, mas as meninas não conseguiram distinguir o que era. Quando chegaram mais perto viram que era um anão com a cara velha e enrugada, e barbas muito brancas com um metro de comprimento. A ponta da barba prendera em uma fenda da árvore e o homenzinho pulava para lá e para cá como um cachorro amarrado a uma corda e não sabia o que fazer.

Ele encarou as meninas com olhos faiscantes e exclamou:

– Por que estão paradas aí? Será que não podem vir me ajudar?

– Ora, homenzinho, que pretendia fazer aí? – perguntou Rosa Vermelha.

– Sua pateta abelhuda! – respondeu o anão. – Eu ia rachar a árvore, é claro, para ter um pouco de lenha para cozinhar. A comida de que precisamos queima depressa com esses troncos grossos. Não comemos tanto quanto vocês, que são esganados. Eu tinha acabado de cravar o machado com firmeza e tudo estava correndo a contento, mas a danada da madeira é lisa demais e de repente a madeira lascou e saltou, e o corte se fechou tão depressa que não pude livrar as minhas belas barbas brancas. Então agora está tão presa que não consigo puxá-la, e suas tolinhas de cara lisa e branca ficam rindo. Arre! Como vocês são detestáveis!

As meninas se esforçaram o máximo, mas não conseguiram livrar a barba que estava tão firmemente presa.

– Vou depressa buscar alguém – disse Rosa Vermelha.

– Sua pateta insensível! – vociferou o anão. – Por que deveria ir buscar alguém? Vocês duas já são demais para mim. Não consegue pensar em nada melhor?

– Não seja impaciente – disse Rosa Branca –, eu o ajudarei. – E tirou a tesoura do bolso e cortou a ponta da barba.

Assim que o anão se viu livre, agarrou um saco cheio de ouro que estava entre as raízes da árvore e levantou-o resmungando:

– Que gente desajeitada, cortaram um pedaço da minha bela barba. Má sorte as acompanhe! – E dizendo isso atirou o saco às costas e se afastou sem olhar nem uma vez para as meninas.

Algum tempo depois, Rosa Branca e Rosa Vermelha foram pescar. Quando se aproximaram do regato, viram uma coisa que lembrava um grande gafanhoto pulando em direção à água, como se fosse mergulhar. Elas correram e verificaram que era o anão.

– Aonde você está indo? – perguntou Rosa Vermelha. – Com certeza não quer entrar na água.

– Não sou tão estúpido assim! – exclamou o anão. – Vocês não estão vendo que tem um danado de um peixe me puxando para dentro da água? – O homenzinho estivera sentado ali pescando, e desventuradamente o vento enrolou sua barba na linha no momento exato em que um peixão mordeu a isca. O homenzinho franzino não tinha tido forças para tirá-lo da água, e o peixe estava levando a melhor, puxando o anão para a beira do rio. Ele se segurava nos juncos e na folhagem, mas não estava adiantando muito, via-se forçado a acompanhar os movimentos do peixe e corria o sério risco de ser arrastado para dentro da água.

As meninas chegaram bem a tempo. Elas o seguraram com firmeza e tentaram soltar sua barba da linha de pescar, mas foi em vão; a barba e a linha estavam muito embaraçadas. Não restava nada a fazer senão apanhar a tesoura e cortar a barba, reduzindo-a em mais um pedacinho. Quando o anão viu isso, berrou:

— Vocês chamam isso de civilidade, seus cogumelos, desfigurar o rosto de alguém desse jeito? Não bastou cortar a ponta da minha barba? Agora me cortam a maior parte dela? Não posso nem deixar o meu povo me ver. Eu gostaria que tivessem feito vocês correrem até gastar as solas dos sapatos! — Pegou, então, um saco de pérolas que estava entre os juncos, e sem dizer mais uma palavra arrastou-o e desapareceu atrás de uma pedra.

Aconteceu que pouco tempo depois a mãe mandou as duas meninas à cidade comprar agulhas e linha, rendas e fitas. A estrada atravessava um urzal em que havia enormes pedregulhos dispersos aqui e ali. Logo elas repararam em um grande pássaro que sobrevoava lentamente o local, descrevendo círculos no ar. O pássaro veio voando cada vez mais baixo e por fim pousou em uma pedra não muito distante. Em seguida elas ouviram um grito de terror. As meninas acorreram e viram horrorizadas que a águia agarrara seu velho amigo, o anão, e ia levando-o pelos ares.

As meninas, cheias de pena, na mesma hora seguraram o homenzinho com firmeza e o puxaram para livrá-lo das garras da águia que, por fim, largou sua presa.

Assim que o anão se recuperou do susto inicial, gritou com voz esganiçada:
— Não poderiam ter feito isso com mais cuidado? Puxaram o meu paletó marrom com tanta força que o deixaram todo rasgado e cheio de buracos, suas criaturas inúteis e desajeitadas!

Dizendo isso, ele levantou um saco de pedras preciosas e fugiu outra vez para baixo de uma pedra que dava acesso à sua toca. As meninas, que a essa altura já estavam acostumadas com a sua ingratidão, prosseguiram e fizeram as compras que precisavam na cidade. Quando tornaram a atravessar o urzal a caminho de casa, elas surpreenderam o anão, que estava esvaziando um saco de pedras preciosas em um lugar limpo de mato sem pensar que alguém pudesse aparecer ali tão tarde. O sol poente iluminou as pedras brilhantes. Elas cintilavam e faiscavam, e eram multicoloridas e tão bonitas que as meninas pararam para admirá-las.

– Por que estão paradas aí boquiabertas? – exclamou o anão, e seu rosto muito pálido ficou acobreado de raiva.

Ele ia continuar a vociferar quando ouviram um forte rosnado e um urso negro saiu trotando da floresta em direção aos três. O anão pulou assustado, mas não conseguiu alcançar sua toca, porque o urso já estava próximo.

Então aterrorizado ele gritou:

– Meu caro senhor urso, poupe a minha vida e lhe darei todos os meus tesouros. Olhe as belas pedras preciosas aí no chão! Conceda-me a vida. Para que quer um sujeitinho magricela como eu? O senhor nem sentiria meu corpo entre seus dentes. Vamos, leve essas duas meninas malvadas, são um petisco mais tenro para o senhor, gordas como codornas. Tenha misericórdia, coma as duas.

O urso não deu atenção ao que ele dizia, aplicou uma única patada no malandro, que não se mexeu mais.

As meninas tinham fugido, mas o urso as chamou:

– Rosa Branca e Rosa Vermelha, não tenham medo. Esperem, vou acompanhá-las.

Elas reconheceram aquela voz e o aguardaram, e quando ele as alcançou, inesperadamente, sua pele caiu e surgiu um belo jovem todo vestido de dourado.

– Sou filho de um rei – disse – e fui enfeitiçado por esse anão malvado, que roubou os meus tesouros. Tive de vagar pela floresta como um urso selvagem até que sua morte me devolvesse a liberdade. Agora ele recebeu o castigo que bem merecia.

Rosa Branca casou-se com ele e Rosa Vermelha com seu irmão, e juntos dividiram o grande tesouro que o anão guardara em sua toca. A velha mãe viveu em paz e feliz com suas filhas por muitos anos. Ela levou com ela as duas roseiras, que plantou diante de sua janela; e todo ano elas se cobriam com as mais belas rosas, vermelhas e brancas.

AS VIAGENS DO PEQUENO POLEGAR

CERTO ALFAIATE tinha um filho tão minúsculo que não era maior do que um polegar, e por isso era chamado Pequeno Polegar. O menino tinha, porém, muita coragem e disse ao pai:

– Pai, preciso correr mundo, e é o que vou fazer.

– Muito bem, meu filho – disse o velho e, apanhando uma longa agulha de cerzir, moldou para ela um punho com lacre derretido na chama de uma vela –, tome esta espada para levar na viagem.

Então o pequeno alfaiate quis fazer só mais uma refeição com os pais e deu uma corrida à cozinha para ver o que a mãe havia preparado para essa última vez. Ela acabara de fazer a comida, e a travessa estava em cima do fogão.

Ele perguntou então:

– Mãe, que temos para o almoço hoje?

– Veja você mesmo.

Então o Pequeno Polegar pulou para cima do fogão e espiou a travessa, mas como esticou demais o pescoço, o vapor da comida o envolveu e o levou pela chaminé. Durante algum tempo ele foi carregado pelo vapor até finalmente perder altura e pousar de novo no chão. Agora o pequeno alfaiate chegara ao vasto mundo, viajou um pouco e foi trabalhar com um mestre em seu ofício, mas a comida não lhe agradou.

– Senhora, se não nos alimentar melhor eu vou-me embora – disse o Pequeno Polegar –, e amanhã cedo escreverei com giz na sua porta: "Batatas demais e carne de menos! Adeus, Sr. Rei das Batatas."

– E o que teria preferido, gafanhoto? – retorquiu a dona da casa, aborrecida, e passou a mão em um pano de prato para bater no rapaz. Mas o pequeno alfaiate escorregou agilmente para baixo de um dedal e ficou espreitando dali, mostrando a língua para a mulher. Ela ergueu o dedal para agarrá-lo, mas o Pequeno Polegar saltou para as dobras de um pano e, enquanto a mulher o estendia para procurá-lo, ele entrou em uma fenda na mesa.

— Ah-ah, minha senhora — gritou ele pondo a cabeça de fora, e quando ela tentou acertá-lo ele pulou para dentro de uma gaveta. Mas por fim ela o agarrou e expulsou de casa.

O pequeno alfaiate saiu caminhando e chegou a uma grande floresta, onde encontrou um bando de ladrões que planejavam roubar o tesouro real. Quando viram o pequeno alfaiate, pensaram: "É o sujeitinho que queríamos! Ele pode entrar no buraco da fechadura e abri-la."

— Oi! — chamou um deles —, você aí gigante Golias, quer ir conosco ao tesouro real? Você pode entrar sem ser visto e jogar o dinheiro para nós.

O Pequeno Polegar pensou um instante, respondeu "Quero" e acompanhou-os à câmara do tesouro. Ele começou examinando as portas de alto a baixo para ver se conseguia encontrar uma fenda. Não demorou muito e localizou uma suficientemente larga para entrar. Quando ia fazer isso, um dos dois sentinelas postados diante da porta viu-o e disse para o outro:

— Ei! Que aranha feia está entrando ali! Vou matá-la.

— Deixe a coitada em paz — disse o outro —, ela não lhe fez mal algum. — Então o Pequeno Polegar entrou na câmara sem a menor dificuldade, abriu a janela, embaixo da qual os ladrões estavam esperando, e foi atirando para eles moeda por moeda. Enquanto o pequeno alfaiate trabalhava com afinco, ouviu o rei chegar para inspecionar a câmara do tesouro e se escondeu depressa. O rei reparou que faltavam várias moedas de prata maciça, mas não conseguiu imaginar quem poderia tê-las roubado, porque os cadeados, trancas e ferrolhos continuavam intactos e bem guardados. Então saiu e recomendou aos sentinelas:

— Fiquem atentos, alguém está atrás do dinheiro.

Assim, quando o Pequeno Polegar recomeçou, eles ouviram um tlintlim de moedas se mexendo.

Entraram ligeiro para agarrar o ladrão, mas o pequeno alfaiate ouviu-os vindo e foi ainda mais rápido, pulou para um canto e se cobriu com uma moeda, de modo que não deixou nenhuma parte do seu corpo à vista; ao mesmo tempo caçoou dos sentinelas, chamando-os: "Estou aqui!" E para ali acorreram os sentinelas, mas quando chegaram ele já se escondera em outro canto e estava chamando: "Ah, ah, estou aqui!" Os sentinelas se precipitaram nessa direção, mas o Pequeno Polegar já pulara para um terceiro canto e estava chamando: "Ah, ah, estou aqui!" E assim fez os sentinelas de bobos e os obrigou a rodar tanto tempo pela câmara que se cansaram e foram embora. Depois, uma a uma, atirou as moedas pela janela. Arremessou então a última com toda a força, saltando agilmente para cima da moeda enquanto voava pela janela. Os ladrões o elogiaram entusiasmados.

– Você é realmente um herói corajoso – disseram –, quer ser o nosso capitão?

O Pequeno Polegar, porém, respondeu que não, porque primeiro queria ver o mundo. Eles dividiram então o saque e o pequeno alfaiate pediu apenas uma moeda de quatro pence porque não podia carregar mais.

E tornando a afivelar a espada, disse adeus aos ladrões e tomou a estrada. Primeiro trabalhou com alguns mestres, mas não gostou do que fez e acabou se empregando como criado em uma estalagem. As criadas, porém, não o toleravam, porque, escondido, o rapaz via tudo que elas faziam sem que o vissem e ia contar aos patrões o que tinham tirado das travessas e levado para o porão. Então elas disseram: "Aguarde! Vamos lhe dar o troco!", e combinaram pregar-lhe uma peça.

Não demorou muito uma das criadas estava cortando a grama do jardim e viu o Pequeno Polegar pulando a grama alta. Depressa ela o pegou com a grama, juntou tudo em um feixe e levou para alimentar o gado. Ora, entre as reses havia uma grande vaca preta que o engoliu inteiro sem machucá-lo. Mas não lhe agradou nada ficar ali dentro porque era muito escuro e não havia nenhuma vela acesa. Então, enquanto ordenhavam a vaca, ele gritou:

– Baldeias, baldeia, baldeio,
quando o balde ficará cheio?

Mas o ruído da ordenha não deixou que o ouvissem. Logo depois o dono da estalagem entrou no curral e disse:

– Essa vaca vai ser abatida amanhã.

Então o Pequeno Polegar ficou tão assustado que gritou em tom alto e claro:

– Primeiro me deixe sair, porque estou preso dentro dela.

O homem ouviu isso muito bem, mas não sabia de onde vinha a voz.

– Onde é que você está? – perguntou.

– Dentro da preta – respondeu o Pequeno Polegar, mas o homem não entendeu o que ele quis dizer e foi embora.

Na manhã seguinte a vaca foi abatida. Por sorte o Pequeno Polegar não levou nenhum golpe quando a mataram e esquartejaram e ele foi parar no meio da carne para salsichas. Então, quando o açougueiro entrou e começou a trabalhar, o Pequeno Polegar gritou com toda a força:

– Não corte muito fundo, não corte muito fundo porque estou aqui. – Mas ninguém o ouviu por causa do ruído da faca de picar. Agora o Pequeno Polegar estava realmente em apuros, mas os apuros aguçam a inteligência, e ele se esquivou com tanta manha dos golpes que não foi atingido e saiu ileso da experiência. Mas ainda assim não conseguiu se libertar, nada adiantou e ele teve de se deixar enfiar em uma morcela com pedaços de toucinho. Acabou muito espremido, e além disso ficou pendurado sobre o fogão para defumar; ali o tempo demorou muito a passar.

Por fim, no inverno, desceram a salsicha, pois iria ser servida a um hóspede. E quando a dona da estalagem estava fatiando o petisco, posso afirmar que ele cuidou de não esticar muito a cabeça para não lhe cortarem um pedaço; finalmente ele viu uma oportunidade, abriu caminho pela salsicha e pulou fora.

O pequeno alfaiate, porém, não poderia continuar em uma casa onde fora tão maltratado e imediatamente retomou sua viagem. Mas sua liberdade não durou muito. No campo, encontrou uma raposa que o abocanhou sem pensar duas vezes.

– Olá, sra. Raposa – exclamou ele. – Me deixe sair, me deixe sair! Estou aqui, preso na sua garganta!

– É verdade – respondeu a raposa. – E você tem pouco ou nenhum valor para mim. Então, se me prometer as galinhas no quintal do seu pai, deixarei você ir.

– De todo o coração – respondeu o Pequeno Polegar. – Você terá todos os galos e galinhas, isso eu lhe prometo.

Então a raposa deixou-o sair e levou-o pessoalmente para casa. Quando o pai reviu o filho querido, entregou à raposa, de boa vontade, todas as aves que possuía.

– Para isso estou trazendo para o senhor uma bela peça de prata – disse o Pequeno Polegar ao pai, entregando-lhe a moeda de quatro pence que ganhara em suas viagens.

O EXÍMIO CAÇADOR

ERA UMA VEZ UM RAPAZ que aprendeu o ofício de serralheiro e disse ao pai que ia sair pelo mundo em busca de fortuna.
— Muito bem — respondeu o pai. — Fico muito satisfeito. — E lhe deu um dinheiro para a viagem.

Então o rapaz partiu à procura de trabalho. Passado algum tempo ele resolveu abandonar o ofício de serralheiro, porque já não lhe agradava, e achou que gostaria de caçar. Encontrou então em suas andanças um caçador vestido de verde que lhe perguntou de onde vinha e aonde ia. O rapaz respondeu que era aprendiz de serralheiro, mas que o ofício não lhe agradava mais e que ele simpatizava com a vida na floresta, será que o caçador lhe ensinaria?

— Ensino — concordou o caçador —, se você vier comigo.

O rapaz foi, tornou-se aprendiz por alguns anos e aprendeu a arte de caçar. Depois, quis tentar a sorte em outras paragens, mas o caçador não lhe deu nada em pagamento, exceto uma espingarda de ar comprimido, que, no entanto, tinha a propriedade de atingir o alvo sem nunca falhar quando ele a disparasse. O rapaz partiu e viu-se em uma grande floresta, que não conseguiu atravessar em um dia. Quando anoiteceu ele se sentou no alto de uma árvore para fugir das feras. Por volta da meia-noite, ele teve a impressão de ver uma luzinha brilhando a distância. O rapaz a observou entre dois ramos da árvore e guardou mentalmente a sua posição. Mas primeiro tirou o chapéu e lançou-o na direção da luz, para poder usar o chapéu como marco quando chegasse ao chão. Depois desceu, foi apanhar o chapéu, tornou a colocá-lo e saiu andando. Quanto mais avançava, maior a luz ia se tornando, e ao chegar mais perto viu que era uma enorme fogueira, ao redor da qual estavam sentados três gigantes assando um boi inteiro em um espeto.

Nessa hora um deles disse:

— Preciso tirar uma provinha da carne para saber se logo estará pronta para comermos. — E puxou um pedacinho, mas quando ia levá-lo à boca o caçador arrancou-o de sua mão com um tiro.

— Ora, francamente — admirou-se o gigante —, não é que o vento arrancou a provinha da minha mão? — E serviu-se de mais um pedaço pequeno. Mas de novo, quando ia prová-lo, o caçador arrancou-o de sua mão com um tiro.

Diante disso o gigante deu um tapa no ouvido do outro que estava sentado ao seu lado e gritou enraivecido:

— Por que você está derrubando a carne da minha mão?

— Eu não derrubei nada, um atirador exímio deve ter feito isso.

O gigante serviu-se de mais um pedaço, mas não conseguiu retê-lo na mão, porque o caçador arrancou-o com mais um tiro.

Então o gigante disse:

— Ele deve ser bom de tiro para arrancar a comida da boca de alguém. Um homem desses pode nos ser útil. — E gritou em voz alta: — Venha aqui, seu atirador. Sente-se à fogueira conosco e coma até saciar a fome, não lhe faremos mal algum. Mas se não vier e tivermos de buscá-lo à força, será um homem perdido!

Ao ouvir isso, o rapaz aproximou-se e contou que era um exímio caçador e que acertava sempre tudo para que apontasse. Então os gigantes disseram que se ele os acompanhasse seria bem tratado, e o informaram de que na saída da floresta havia um grande lago, além do qual havia uma torre, e ali estava prisioneira uma linda princesa, a quem eles queriam muito arrebatar.

— Muito bem — disse o rapaz. — Logo eu a roubarei para vocês.

Então os gigantes acrescentaram:

— Mas tem outra coisa: tem um cachorrinho que começa a latir sempre que alguém se aproxima, e quando ele late todo mundo no palácio real acorda, por isso não conseguimos chegar até lá. Você pode se encarregar de matá-lo com um tiro?

— Posso, será uma diversão para mim.

Dito isso, ele entrou em um barco e remou para a outra margem do lago; assim que desembarcou, o cachorrinho veio correndo, e já ia começar a latir, mas o caçador apanhou a espingarda de ar comprimido e matou-o com um único tiro. Quando os gigantes viram isso, se alegraram e acharam que já tinham na mão a filha do rei, mas o caçador quis primeiro ver como estava tudo e disse-lhes que esperassem do lado de fora até que ele os chamasse. Entrou então e encontrou o castelo absolutamente tranquilo, com todos dormindo. Quando abriu a porta do primeiro aposento, havia na parede uma espada de prata de lei pendurada e nela uma estrela de ouro e o nome do rei; em uma mesa próxima havia uma carta lacrada, que ele abriu e leu, ali dizia que quem possuísse aquela espada poderia matar qualquer um que o enfrentasse. O rapaz tirou a espada da parede, pendurou-a à cintura e prosseguiu. Entrou então no aposento em que estava dormindo a filha do rei, e ela lhe pareceu tão bela e calma que ele parou prendendo a respiração para admirá-la. Pensou com seus botões: "Como é que posso entregar uma moça inocente nas mãos de gigantes selvagens e mal-intencionados?" Examinando melhor o aposento, viu embaixo da cama um par de sapatos, no pé direito havia o nome do pai com uma estrela e no esquerdo o nome da moça com uma estrela. Ela usava também um grande lenço de seda bordado a ouro, que tinha do lado direito o nome do pai e do esquerdo o dela, tudo em letras douradas. O caçador apanhou uma tesoura, cortou o canto direito do lenço e o colocou na mochila, depois apanhou o sapato direito com o nome do rei e guardou-o também. A moça continuava dormindo e ele cortou um pedacinho de sua camisola e guardou-o com o resto, mas fez tudo isso sem tocá-la.

Saiu então do aposento, deixando-a dormir sossegada, e quando voltou ao portão os gigantes continuavam ali fora à sua espera na esperança de que trouxesse a princesa. Mas o rapaz chamou-os dizendo que entrassem, porque a princesa já estava em seu poder, mas ele não podia abrir o portão para os gigantes, porém havia um buraco por onde poderiam passar. Quando o primeiro começou a passar, o caçador enrolou os cabelos do gigante na mão, puxou a cabeça dele para dentro e cortou-a com um único golpe de espada, depois puxou para dentro o restante do corpo. O caçador chamou o segundo dizendo-lhe que viesse, cortando sua cabeça do mesmo jeito, por fim cortou a do terceiro também, e ficou muito contente por ter livrado a bela princesa dos seus inimigos. Antes de se afastar cortou as línguas dos gigantes e guardou-as igualmente em sua mochila. Então pensou: "Vou voltar para a casa do meu pai e lhe mostrar o que já fiz, e depois vou viajar pelo mundo. A sorte que Deus quiser me conceder não terá dificuldade em me encontrar."

Quando o rei acordou, viu os três gigantes mortos no chão do castelo. Então entrou no quarto da filha, acordou-a e perguntou quem poderia ter matado os gigantes.

– Meu querido pai, não sei, estive dormindo – respondeu ela.

Mas, quando ela se levantou e quis calçar os sapatos, o pé direito havia desaparecido, e ao olhar para o seu lenço viu que estava cortado e lhe faltava o canto direito, e alguém também havia cortado um pedacinho da sua

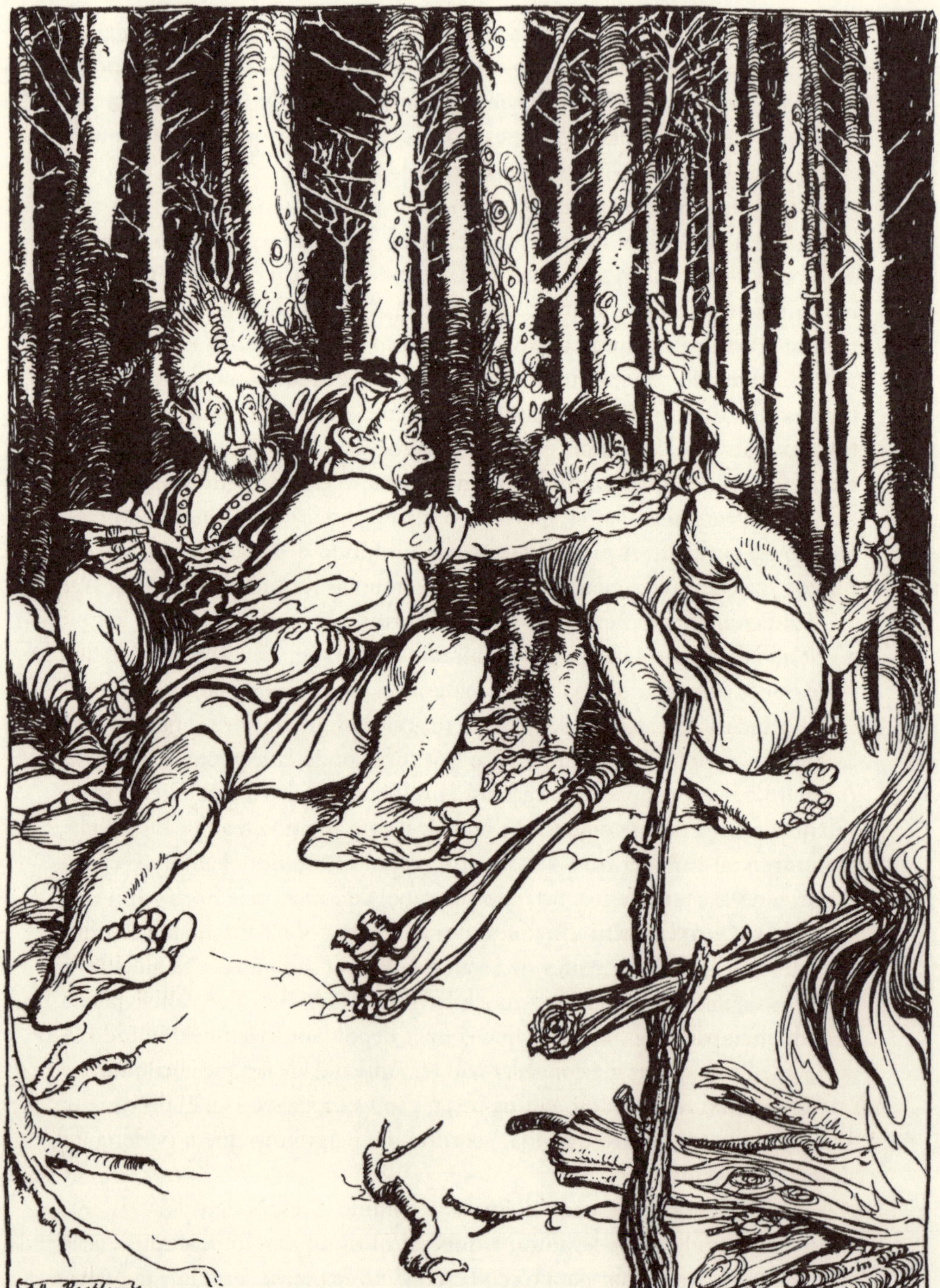

camisola. O rei mandou reunir a corte, os soldados e todos os que estavam no castelo e perguntou quem libertara sua filha e matara os gigantes. Ora, o rei tinha um capitão caolho e monstruoso que se apresentou dizendo que fora ele. Então o velho rei falou que por ter realizado tal feito ele deveria casar com a princesa.

Mas a moça respondeu:

– Em vez de me casar com ele, querido pai, prefiro sair pelo mundo até onde minhas pernas puderem me levar.

Mas o rei disse que se a filha não queria casar com o capitão deveria trocar seus trajes reais pelos de uma camponesa, sair de casa e procurar um oleiro, a fim de começar a vender potes de barro. Então ela despiu as roupas reais, foi procurar um oleiro e pediu que lhe emprestasse potes suficientes para montar uma barraca, prometendo-lhe também que se conseguisse vendê-los até o anoitecer, pagaria pela mercadoria. O rei disse que a filha deveria se sentar a um canto para vender os potes e pediu a uns camponeses que passassem com suas carroças por cima e quebrassem tudo em mil pedacinhos. Assim, quando a filha do rei armou sua barraquinha na rua, vieram as carroças e deixaram tudo em cacos.

Ela começou a chorar e se queixou:

– Ai de mim, como vou poder pagar os potes agora?

O rei tinha querido com isso forçá-la a casar com o capitão, mas, em vez disso, ela voltou ao oleiro e pediu que lhe emprestasse mais alguns potes. O homem respondeu que não, que primeiro ela precisava pagar os que já levara.

Então a princesa procurou o pai, chorando e se lamentando, e disse que ia sair pelo mundo.

Mas ele respondeu:

– Mandarei construir um casebre para você na orla da floresta e ali você ficará a vida inteira e cozinhará para todo mundo, mas não poderá receber pagamento algum.

Quando o casebre ficou pronto penduraram um letreiro na porta que dizia: "Hoje sem pagar, amanhã só pagando." Ali a princesa viveu muito tempo, e correu pelo mundo a notícia de que havia uma moça que cozinhava de graça e que um letreiro em sua porta anunciava isso.

O caçador também ouviu a notícia e pensou: "Isso me conviria. Sou pobre e não tenho dinheiro."

Pegou sua espingarda e a mochila em que levava guardadas as coisas que, no passado, tirara do castelo para provar que dizia a verdade e se embrenhou na floresta onde encontrou o casebre com o letreiro: "Hoje sem pagar, amanhã só pagando." Pendurou à cintura a espada com que cortara a cabeça dos três gigantes e assim preparado entrou no casebre, pedindo que lhe dessem alguma coisa para comer. Ficou encantado com a bela moça, que era de fato linda como uma obra de arte.

Ela lhe perguntou de onde vinha e aonde ia, ao que ele respondeu:
– Estou correndo mundo.

Depois ela lhe perguntou onde arranjara a espada, porque na verdade a arma estava gravada com o nome do seu pai. Ele perguntou se ela era a filha do rei.
– Sou.
– Com esta espada cortei a cabeça dos três gigantes. – E tirou as línguas da mochila para provar. Mostrou-lhe também o sapato, a ponta do lenço e o pedacinho da camisola. Quando a moça viu isso ficou felicíssima e disse que ele era o homem que a havia salvado. Sabendo disso os dois foram procurar o velho rei e o trouxeram ao casebre; ela o levou para o seu quarto e lhe contou que o caçador era de fato o homem que a livrara dos gigantes. E assim que o velho rei viu todas as provas, não pôde mais duvidar e confessou que estava feliz por saber o que realmente acontecera e que o caçador é quem deveria casar com a princesa, o que a deixou muito contente.

Então ela vestiu o caçador como um nobre estrangeiro, e o rei mandou preparar um banquete. Quando todos se dirigiram à mesa, o capitão se sentou do lado esquerdo da filha do rei e o caçador à direita. O capitão pensou que o rapaz fosse um nobre estrangeiro em visita ao rei. Quando terminaram de comer e beber, o velho rei disse ao capitão que iria lhe apresentar uma charada que ele deveria adivinhar.

– Suponhamos que alguém dissesse que matou os três gigantes e lhe perguntassem onde estavam suas línguas, e ele precisasse ir procurá-las e não as encontrasse na boca dos mortos, como poderia isso ter acontecido?

– Então eles não tinham língua – respondeu o capitão.

– Isso é impossível – disse o rei. – Todo animal tem língua. – E perguntou o que merecia alguém que tivesse dado uma resposta dessas.

O capitão respondeu:

– Deveria ser esquartejado. – Então o rei o informou de que acabara de pronunciar a própria sentença; o capitão foi levado para a prisão e ali esquartejado em quatro pedaços. A filha do rei casou-se com o caçador. Depois ele mandou buscar seus pais, que viveram felizes em sua companhia, e quando o velho rei morreu o rapaz herdou seu reino.

O DINHEIRO DAS ESTRELAS

ERA UMA VEZ UMA MENININHA órfã de pai e mãe, tão pobre que não tinha mais um quartinho para morar nem uma cama para dormir e, por fim, só lhe restaram as roupas com que estava vestida e um pedacinho de pão que segurava, que alguma alma caridosa lhe dera. Mas ela era boa e piedosa. E quando se viu assim abandonada por todo o mundo, saiu para o campo, confiando no bom Deus. No caminho encontrou um homem pobre que lhe disse:

– Ah, me dê alguma coisa para comer, estou tão faminto! – Na mesma hora ela lhe entregou o pedaço de pão e disse:

– Que Deus abençoe o pão que vai comer. – E seguiu seu caminho. Então veio um menino que gemia e disse:

– Minha cabeça está tão fria, por favor, me dê alguma coisa para cobri-la. – Então ela tirou o capuz e lhe entregou, mas alguns passos depois ela encontrou outra criança que não tinha casaco e estava enregelada de frio. Então ela lhe deu o próprio casaco, e mais adiante outra lhe pediu um vestido e ela também lhe deu. Por fim a menina chegou à floresta onde já escurecera, e apareceu ainda outra criança que lhe pediu uma camisa, e a boa menina pensou com seus botões: "Está fazendo uma noite escura e ninguém está me vendo, então posso muito bem lhe entregar minha camisa", e tirando-a deu-a também. Quando estava ali parada sem nada que fosse seu, repentinamente caíram umas estrelas do céu, que eram nada mais que moedas duras e lisas, e embora ela tivesse acabado de dar sua camisa, estava usando uma nova do mais fino linho. Ela juntou o dinheiro na barra da camisa e ficou rica para toda a vida.

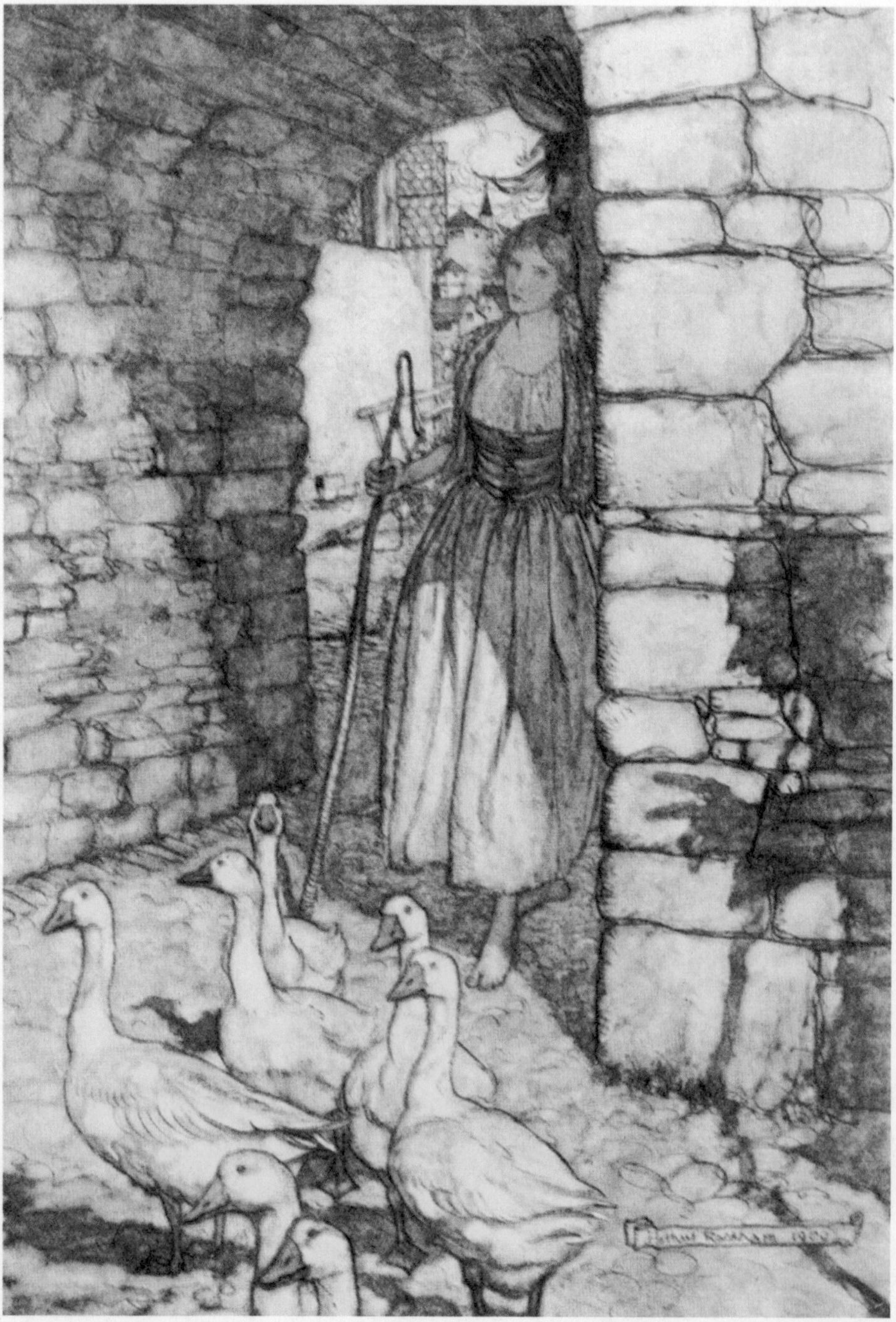

UM-OLHO, DOIS-OLHOS E TRÊS-OLHOS

ERA UMA VEZ UMA MULHER que tinha três filhas, a mais velha se chamava Um-olho, porque só tinha um olho no meio da testa, a do meio se chamava Dois-olhos, porque tinha dois olhos como todo mundo, e a caçula se chamava Três-olhos, porque tinha três olhos. E o terceiro olho era como o da primeira, no meio da testa. Mas como Dois-olhos via exatamente como os outros seres humanos, as irmãs e a mãe não a suportavam. Diziam-lhe:

– Você, com seus dois olhos, é tão ruim quanto as pessoas normais. Você não faz parte da nossa família! – Elas a empurravam, lhe atiravam roupas velhas, só lhe davam restos para comer e faziam tudo que podiam para deixá-la infeliz.

Aconteceu que Dois-olhos teve de ir ao campo cuidar das cabras, mas ainda estava sentindo muita fome, porque as irmãs tinham lhe dado muito pouco para comer. Ela se sentou à margem de um rio e começou a chorar, e chorou com tanta amargura que escorreram dois fios de lágrimas dos seus olhos. E em meio à sua tristeza ela ergueu os olhos e viu uma mulher ao seu lado que disse:

– Por que está chorando, pequena Dois-olhos?

A menina respondeu:

– Será que não tenho razão para chorar, se tenho dois olhos como todo mundo e minhas irmãs e minha mãe me detestam por causa disso, e me empurram de um lado para outro, e me atiram roupas velhas e só me dão restos para comer? Hoje me deram tão pouca comida que continuo com muita fome.

Então a maga disse:

– Enxugue suas lágrimas, Dois-olhos, e vou lhe dizer uma coisa que não vai mais deixar você passar fome na vida. Simplesmente diga à sua cabra:

"Berra, minha cabrinha!
Abra, minha mesinha!"

E então uma mesinha bem servida aparecerá diante de você, com os pratos mais deliciosos que poderá comer até se fartar, e quando tiver comido o bastante e não precisar mais da mesinha, simplesmente diga:

"Berra, minha cabrinha!
Suma, minha mesinha!"

E ela desaparecerá de vista. – E tendo dito isso, a maga foi embora.

Mas Dois-olhos pensou: "Preciso experimentar isso uma vez para ver se o que a mulher disse é verdade, porque não estou aguentando de fome."

"Berra, minha cabrinha!
Abra, minha mesinha!"

E mal pronunciara essas palavras surgiu uma mesinha forrada com uma toalha branca e em cima havia um prato com garfo, faca e colher de prata, e a comida mais deliciosa possível, quente e fumegando como se tivesse acabado de sair da cozinha. Então Dois-olhos rezou a oração mais curtinha que sabia: "Senhor Deus, esteja sempre conosco, amém", serviu-se e comeu com prazer. E quando saciou a fome, fez como a maga lhe ensinara:

"Berra, minha cabrinha!
Suma, minha mesinha!"

E imediatamente a mesinha e tudo que havia em cima desapareceu. "Que jeito maravilhoso de cuidar de uma casa!", pensou Dois-olhos muito contente e feliz.

À noitinha, quando voltou para casa com as cabras, ela encontrou um pratinho de barro com um pouco de comida que suas irmãs haviam separado para ela, mas nem o tocou. No dia seguinte saiu novamente com as cabras e nem provou os pedaços de pão que tinham lhe dado. Da primeira e da segunda vez em que ela fez isso as irmãs nem notaram, mas como acontecia o mesmo todas as vezes elas não tardaram a observar e comentaram:

– Tem alguma coisa errada com Dois-olhos, ela deixa a comida sem ao menos provar, enquanto antigamente comia tudo que lhe dávamos. Deve ter arranjado outra maneira de obter comida.

A fim de descobrir a verdade, decidiram mandar Um-olho acompanhar Dois-olhos quando ela saísse para levar as cabras a pastar, e vigiar o que Dois-olhos fazia quando estava lá, se alguém lhe levava alguma coisa para comer ou beber. Então, da próxima vez que Dois-olhos saiu, Um-olho foi junto e disse:

— Irei com você para ver se está cuidando bem das cabras e se as leva a pastar onde há comida.

Mas Dois-olhos percebeu o que ia na cabeça de Um-olho, levou as cabras aonde havia um capim alto e disse:

— Venha, Um-olho, vamos nos sentar aqui e cantarei uma música para você. — Um-olho sentou, cansada da caminhada sob o sol quente a que não estava acostumada e Dois-olhos cantou várias vezes:

— Um-olho, você está acordada? Um-olho, você está dormindo? — Até que Um-olho fechou o olho e adormeceu, e assim que Dois-olhos viu que a irmã estava dormindo profundamente e não poderia descobrir nada, disse:

> — Berra, minha cabrinha!
> Abra, minha mesinha!

E sentou-se à mesa, comeu e bebeu até se saciar, e então disse:

> Berra, minha cabrinha!
> Suma, minha mesinha!

E num instante tudo desapareceu. Dois-olhos então acordou Um-olho e comentou:

— Um-olho, você vem cuidar das cabras e acaba dormindo durante o trabalho. Nesse meio-tempo as cabras poderiam ter corrido mundo. Ande, vamos para casa. — Então as duas voltaram e novamente Dois-olhos não tocou no pratinho, e Um-olho não soube dizer à mãe por que a irmã não queria comer, e para se justificar disse:

— Dormi quando estava fora.

No dia seguinte a mãe disse a Três-olhos:

— Hoje você irá vigiar se Dois-olhos come alguma coisa quando está fora e se alguém lhe leva comida e bebida, porque ela deve estar comendo e bebendo escondido. — Então Três-olhos foi procurar Dois-olhos e disse:

— Irei com você para ver se está cuidando bem das cabras e se as leva a pastar onde há comida. — Mas Dois-olhos percebeu o que ia na cabeça de Três-olhos, levou as cabras aonde havia capim alto e disse:

— Sentaremos aqui e vou cantar alguma coisa para você.

Três-olhos se sentou, cansada com a caminhada e o calor do sol, e Dois-olhos começou a mesma cantiga:

– Três-olhos, você está acordada? – Mas em lugar de cantar "Três-olhos, você está dormindo?", como deveria ter feito, cantou sem pensar: – Dois-olhos, você está dormindo?

E cantou o tempo todo:

– Três-olhos, você está acordada? Dois-olhos, você está dormindo?

Então dois dos olhos de Três-olhos se fecharam e adormeceram, mas o terceiro, como não fora mencionado na canção, não adormeceu. É verdade que Três-olhos o fechou, mas só de esperteza, para fingir que ele dormira também, mas piscava e via tudo muito bem. E quando Dois-olhos achou que a irmã adormecera profundamente, executou a sua pequena mágica:

– Berra, minha cabrinha!

Abra, minha mesinha!

E comeu e bebeu tudo que teve vontade, e em seguida mandou a mesa desaparecer:

Berra, minha cabrinha!

Suma, minha mesinha!

Três-olhos havia visto tudo. Então Dois-olhos se aproximou da irmã e a acordou:

– Você estava dormindo, Três-olhos? Que boa vigia você é! Ande, vamos para casa. – E quando chegaram em casa, Dois-olhos novamente não comeu, e Três-olhos contou à mãe:

– Agora sei por que essa orgulhosinha aí não come. Quando está fora ela diz à cabra:

"Berra, minha cabrinha!

Abra, minha mesinha!",

e então aparece diante dela uma mesa servida com a melhor comida, muito melhor do que a que temos aqui, e depois de comer o que quer ela diz:

"Berra, minha cabrinha!

Suma, minha mesinha!"

e tudo desaparece. Observei-a com atenção. Ela pôs dois dos meus olhos para dormir dizendo certas palavras, mas por sorte o meu olho na testa continuou acordado.

Então a mãe invejosa gritou:

– Você quer passar melhor do que nós? Pois essa vontade vai acabar. – E ela apanhou uma faca de cozinha e enfiou-a no coração da cabra, que caiu morta.

UM-OLHO, DOIS-OLHOS E TRÊS-OLHOS

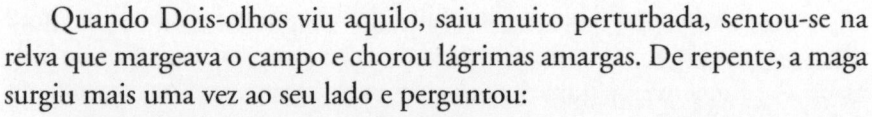

Quando Dois-olhos viu aquilo, saiu muito perturbada, sentou-se na relva que margeava o campo e chorou lágrimas amargas. De repente, a maga surgiu mais uma vez ao seu lado e perguntou:

— Dois-olhos, por que está chorando?

— Será que não tenho razão de chorar? — respondeu a menina. — Minha mãe matou a cabra que punha a mesa para mim todos os dias quando eu dizia o encanto que a senhora me ensinou e agora terei novamente de passar fome e necessidade.

A maga respondeu:

— Dois-olhos, vou lhe dar um bom conselho. Peça às suas irmãs para lhe dar as tripas da cabra abatida e enterre-as em frente a casa, e você terá sorte.

A maga desapareceu e Dois-olhos foi para casa e disse às irmãs:

— Queridas irmãs, me deem uma parte da minha cabra. Não quero a melhor, podem me dar as tripas.

Então elas riram e responderam:

— Se é só isso que quer, pode ficar com as tripas.

Então Dois-olhos apanhou as tripas e enterrou-as discretamente à noite, como a maga a aconselhara a fazer.

Na manhã seguinte, quando todos acordaram e foram à porta da casa, viram ali uma árvore bela e desconhecida com folhas de prata e carregada com frutos de ouro, de tal modo que em todo o mundo não havia nada mais belo nem precioso. Elas não sabiam como a árvore fora parar ali durante a noite, mas Dois-olhos compreendeu que nascera das tripas da cabrinha, porque se encontrava no lugar exato onde ela as enterrara.

— Suba na árvore, minha filha, e colha alguns frutos para nós – disse a mãe a Um-olho.

Um-olho subiu, mas quando ia agarrar uma das maçãs de ouro o ramo escapou de suas mãos, e isso aconteceu todas as vezes, de modo que ela não conseguiu tirar uma única maçã, por mais que tentasse.

Então a mãe disse:

— Três-olhos, suba você; seus três olhos podem ver melhor do que Um-olho.

Um-olho desceu e Três-olhos subiu. Mas não foi mais habilidosa que a irmã; por mais que tentasse, as maçãs de ouro sempre escapavam de suas mãos. Por fim a mãe se impacientou e subiu ela mesma, mas não conseguiu tirar os frutos melhor do que Um-olho e Três-olhos, porque sempre agarrava apenas o ar.

Então Dois-olhos disse:

– Vou subir, talvez eu tenha melhor sorte.

– Ora, você, com seus dois olhos, que acha que pode fazer? – exclamaram as irmãs.

Mas Dois-olhos subiu e as maçãs não fugiram, vieram às suas mãos livremente, de modo que a menina pôde colhê-las uma a uma e desceu da árvore com um avental cheio. A mãe apanhou-as e, em vez de tratar a coitada da Dois-olhos melhor, ela, Um-olho e Três-olhos sentiram inveja, porque somente Dois-olhos tinha podido colher os frutos, e por isso mesmo a trataram com mais crueldade.

Aconteceu que um dia, quando estavam paradas ao pé da árvore, passou um jovem cavaleiro.

– Depressa, Dois-olhos – exclamaram as duas irmãs –, esconda-se aqui embaixo para não nos envergonhar! – E muito depressa emborcaram uma barrica vazia que havia junto à árvore em cima da pobre Dois-olhos, e empurraram também para baixo as maçãs douradas que ela tinha colhido. Quando o cavaleiro se aproximou tornou-se visível que se tratava de um lorde não somente rico como belo. Ele parou para admirar a magnífica árvore de ouro e prata, e perguntou às duas irmãs:

– A quem pertence essa bela árvore? Quem puder me dar um ramo dela pode me pedir o que quiser em troca.

Então Um-olho e Três-olhos responderam que a árvore lhes pertencia e que elas lhe dariam o que pedia. E ambas se esforçaram muito, mas não foram capazes de fazê-lo, porque os ramos e os frutos fugiam delas todo o tempo.

Então o cavaleiro disse:

– É muito estranho que a árvore lhes pertença e vocês não consigam cortar nem um raminho.

Mais uma vez elas confirmaram que a árvore lhes pertencia. E enquanto diziam isso, Dois-olhos empurrou algumas maçãs douradas para fora da barrica em direção dos pés do cavaleiro, porque se aborreceu com as irmãs por não estarem dizendo a verdade. Quando o cavaleiro viu as maçãs ficou espantado e perguntou de onde tinham vindo. Um-olho e Três-olhos responderam que havia mais uma irmã, que não tinha permissão de se apresen-

UM-OLHO, DOIS-OLHOS E TRÊS-OLHOS

tar, porque só tinha dois olhos como qualquer pessoa normal. Mas o cavaleiro quis vê-la e chamou:

— Dois-olhos, apareça.

Então Dois-olhos, muito à vontade, saiu de baixo da barrica e o cavaleiro se surpreendeu com a sua grande beleza e disse:

— Você, Dois-olhos, com certeza pode partir um raminho da árvore para mim.

— Certamente que posso – respondeu Dois-olhos –, pois a árvore me pertence.

E dizendo isso subiu na árvore sem esforço e partiu um raminho com belas folhas de prata e um fruto de ouro, e deu-o ao cavaleiro.

Então o cavaleiro disse:

— Dois-olhos, que lhe darei em troca?

— Ai de mim! – respondeu Dois-olhos. – Passo fome e sede, tristeza e privação de manhã à noite. Se ao menos me levasse consigo e me libertasse dessa sina, eu ficaria muito feliz.

O cavaleiro ergueu Dois-olhos, a fez montar em seu cavalo e a levou para o castelo do seu pai; ali lhe deu belas roupas, comida e bebida para saciá-la. Como a amava muito, casou-se com Dois-olhos e o casamento se realizou em meio a grandes festejos.

Quando Dois-olhos foi levada pelo belo cavaleiro, as duas irmãs sentiram muita raiva de sua boa sorte.

"A árvore maravilhosa, porém, continua conosco", pensaram, "e mesmo que não possamos colher seus frutos, as pessoas vão parar para admirá-la. Quem sabe as coisas boas que podem vir a nos acontecer?" Mas na manhã seguinte a árvore desaparecera e suas esperanças morreram. E quando Dois-olhos espiou pela janela do seu quartinho, descobriu ali para sua grande alegria a árvore que a seguira.

Dois-olhos viveu muito tempo feliz. Um dia duas mulheres pobres vieram procurá-la no castelo pedindo esmolas. Dois-olhos observou atentamente seus rostos e reconheceu as irmãs, Um-olho e Três-olhos, que tinham empobrecido tanto que precisavam vagar pelo mundo pedindo comida de porta em porta. Dois-olhos, porém, as recebeu, foi boa e cuidou delas, de modo que as duas, de todo o coração, se arrependeram do mal que haviam causado à irmã na juventude.

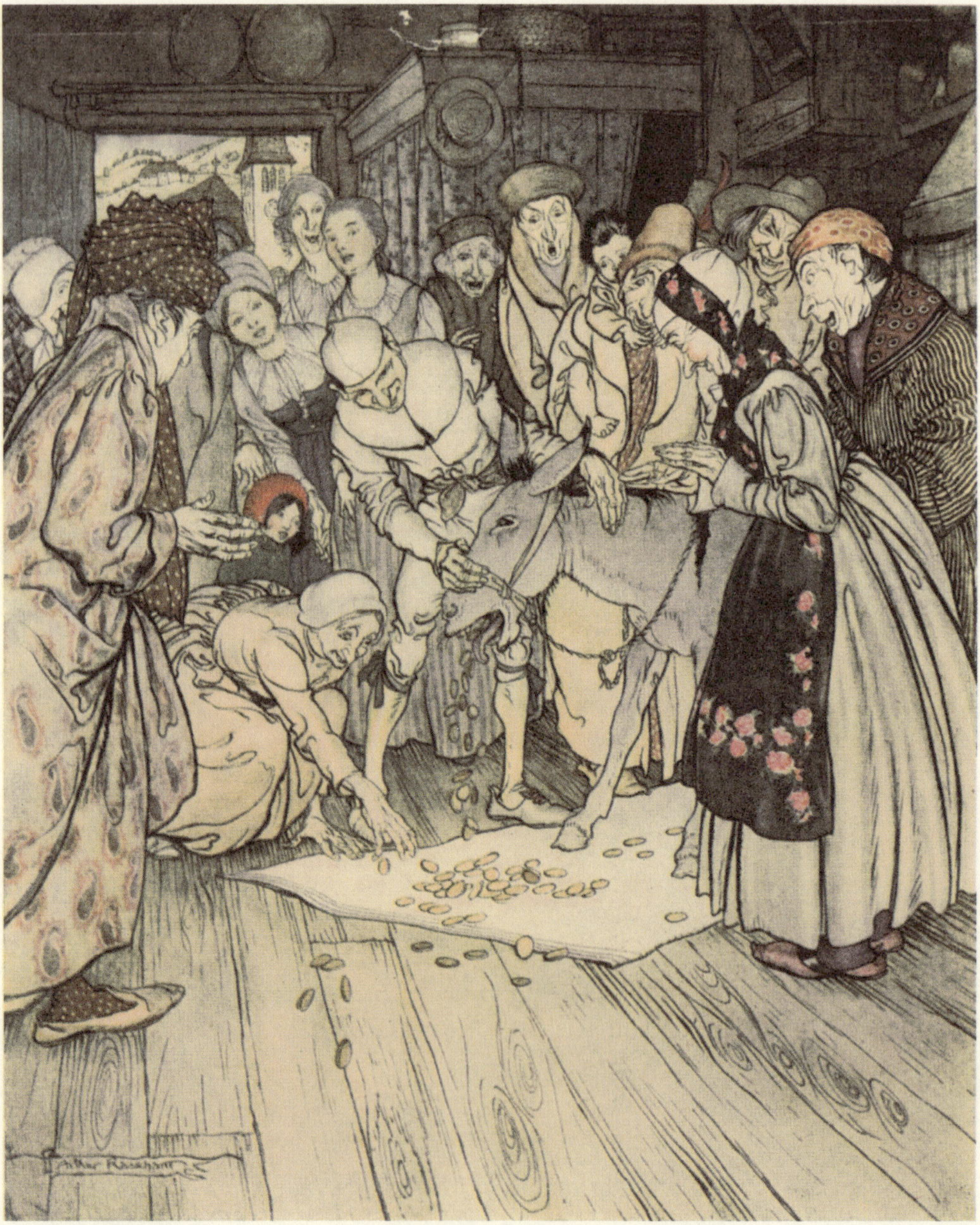

A MESA, O BURRO E O PORRETE

ERA UMA VEZ UM ALFAIATE que tinha três filhos e apenas uma cabra. Mas como a cabra sustentava todos com seu leite, ela precisava receber boa alimentação, tendo de ser levada todos os dias a pastar. Então os filhos se revezavam nessa obrigação. Um dia o filho mais velho levou-a ao cemitério da igreja, onde crescia o melhor capim, e deixou-a comer e correr por ali. À noitinha, quando chegou a hora de voltar para casa ele perguntou:

– Cabra, você comeu o suficiente?

A cabra respondeu:

– Comi tanto, tanto, que outra folha
não tocarei, mé, mé!

– Anda, vamos para casa então – disse o rapaz e, apanhando a corda amarrada ao pescoço da cabra, levou-a de volta ao curral, amarrando-a ali.

– Muito bem – disse o alfaiate –, a cabra comeu tudo que devia?

– Ah – respondeu o filho –, comeu tanto, tanto, que outra folha não tocará.

Mas o pai quis se certificar, então foi ao curral, acariciou o animal de estimação e perguntou:

– Cabrita, você está satisfeita?

A cabra respondeu:

– Como poderia estar?
Entre os túmulos saltei, mas capim
não encontrei, então passei sem, mé, mé!

– Que está me dizendo? – exclamou o alfaiate, e subiu depressa para falar com o filho.

– Então, seu mentiroso, me disse que a cabra estava satisfeita e a deixou passar fome! – Com raiva apanhou o metro na parede e surrou o filho, expulsando-o de casa.

No dia seguinte foi a vez do segundo filho, que procurou um lugar próximo à cerca do jardim, onde só cresciam ervas gostosas, e a cabra comeu-as todas. À noite, quando quis voltar para casa, perguntou:

– Cabra, você comeu o suficiente?

A cabra respondeu:

    – Comi tanto, tanto, que outra folha
    não tocarei, mé, mé!

– Vamos para casa então – disse o rapaz e levou-a, prendendo-a no curral.

– Muito bem – perguntou o velho alfaiate –, a cabra comeu tudo que devia?

– Ah – respondeu o filho –, comeu tanto, tanto, que outra folha não tocará.

O alfaiate não confiou na informação, foi ao curral e perguntou:

– Cabrita, você está satisfeita?

A cabra respondeu:

    – Como poderia estar?
    Entre os túmulos saltei, mas capim
    não encontrei, então passei sem, mé, mé!

– Seu tratante malvado! – exclamou o alfaiate. – Deixar um animal tão bom passar fome. – Ele subiu em casa ligeiro e expulsou o rapaz com o seu metro.

Chegou então a vez do terceiro filho, que decidido a fazer o melhor possível procurou o mato com as melhores folhas e deixou a cabra pastar ali. À noite, quando quis voltar para casa, perguntou:

– Cabra, você comeu o suficiente?

A cabra respondeu:

    – Comi tanto, tanto, que outra folha
    não tocarei, mé, mé!

– Vamos para casa então – disse o rapaz e levou-a para o curral, amarrando-a ali.

– Muito bem – perguntou o alfaiate –, desta vez a cabra realmente comeu o suficiente?

– Comeu tanto, tanto, que outra folha não tocará.

O alfaiate não confiou, foi ao curral e perguntou:

– Cabrita, você está satisfeita?

A cabra respondeu:

– Como poderia estar?
Entre os túmulos saltei, mas capim
não encontrei, então passei sem, mé, mé!

– Que bando de mentirosos! – exclamou o alfaiate. – Cada um tão malvado e desatento quanto o outro! Eles não me farão mais de bobo. – E enlouquecido de raiva correu e bateu tanto no pobre rapaz com o metro que ele saiu correndo de casa e foi embora.

O velho alfaiate ficou então sozinho com a cabra. Na manhã seguinte desceu ao curral, acariciou a cabra e disse:

– Vamos, minha cabrinha querida, levarei você para pastar pessoalmente.

Ele a tomou pela corda e a levou para onde havia cercas viçosas, trevos e tudo o mais que as cabras gostam de comer.

— Aí você vai poder, ao menos uma vez, comer até se fartar — disse o homem e deixou-a pastar até a noite. Perguntou-lhe então:
— Cabra, você está satisfeita?
A cabra respondeu:

> — Comi tanto, tanto, que outra folha
> não tocarei, mé, mé!

— Vamos para casa então — disse o alfaiate e levou-a para o curral, deixando-a bem amarrada. Quando ia saindo, virou-se e perguntou:
— Muito bem, uma vez na vida você está satisfeita? — Mas a cabra não se comportou melhor com ele e respondeu:

> — Como poderia estar?
> Entre os túmulos saltei, mas capim
> não encontrei, então passei sem, mé, mé!

Quando o alfaiate ouviu isso, ficou chocado e percebeu claramente que expulsara os três filhos de casa sem a menor razão.
— Espere aí, criatura ingrata — disse ele. — Não será suficiente mandá-la embora; vou marcá-la de tal jeito que nunca mais se atreverá a aparecer entre alfaiates honestos. — Ele foi em casa depressa, apanhou a navalha, ensaboou a cabeça da cabra e raspou-a, deixando-a lisa como a palma de sua mão. E como o metro teria sido pouco para ela, foi buscar o chicote para cavalos e lhe deu uma surra tal que a cabra fugiu o mais depressa que pôde.

Quando o alfaiate se viu completamente só em casa, mergulhou em profunda tristeza, e teria se alegrado em receber os filhos de volta, mas ninguém sabia aonde tinham ido.

Ora, o mais velho fora ser aprendiz de marcenaria, ofício que aprendeu diligentemente, e quando chegou a hora de correr mundo, seu mestre o presenteou com uma mesinha que à vista era feita de madeira comum e não tinha nada especial, mas tinha uma qualidade: se alguém a pusesse em qualquer lugar e dissesse: "Põe-te, mesinha", a boa mesa imediatamente se cobria com uma toalha limpa em que havia prato e talheres dos lados e travessas com carne cozida e assada, tantas quanto houvesse espaço para contê-las, e um copo de vinho cheio até a borda brilhava tanto que animava o coração. O jovem viajante pensou: "Com esta mesa terei o suficiente para a vida inteira", e saiu vagando feliz pelo mundo sem nunca se preocupar se uma estalagem era boa ou má, ou se havia ou não o que comer. Quando lhe convinha ele não entrava em uma estalagem, mas ficava no campo aberto, na mata, em um prado ou onde lhe agradasse, tirava a mesinha das costas, colocava-a à sua frente e dizia: "Cobre-te", e aparecia tudo que seu coração desejasse. Passado muito tempo ele meteu na cabeça que queria rever o pai, cuja raiva a esta altura teria se aplacado e que receberia de boa vontade o filho e sua mesinha.

Aconteceu que a caminho de casa ele chegou certa noite a uma estalagem apinhada de hóspedes. Eles lhe deram as boas-vindas e o convidaram a se sentar e comer em sua companhia, pois de outro modo ele teria dificuldade em obter alguma coisa.

– Não, muito obrigado – respondeu o marceneiro. – Eu não os privaria de um bocado; em vez disso, vocês me darão a honra de ser meus convidados.

Eles riram e acharam que o rapaz estava brincando; mas ele colocou a mesa no meio da sala e disse: "Põe-te, mesinha." Instantaneamente a mesinha se cobriu de petiscos, muito superiores aos que o estalajadeiro poderia ter oferecido, e só o cheiro teria sido tentador demais para alguém resistir.

– Sirvam-se, caros amigos – disse o marceneiro; e os hóspedes quando viram que ele falava sério não precisaram de um segundo convite, puxaram suas cadeiras para perto, apanharam suas facas e atacaram a comida com gosto. E o que mais os surpreendeu foi que quando uma travessa se esvaziava era imediatamente substituída por outra sem ninguém pedir. O estalajadeiro ficou a um canto observando; não sabia o que dizer, mas pensou: "Não seria nada difícil encontrar um bom uso para um cozinheiro desses na minha cozinha." O marceneiro e seus companheiros se divertiram até altas horas da noite. Por fim todos se deitaram para dormir, e o rapaz encostou a mesa mágica na parede antes de se recolher. Os pensamentos do estalajadeiro, porém, não lhe deram descanso; lembrou-se que havia em sua oficina uma mesinha velha bem parecida com a do aprendiz, e foi buscá-la sem fazer barulho e trocou-a pela mesinha mágica. Na manhã seguinte, o marceneiro pagou a hospedagem, apanhou sua mesa e sem jamais pensar que poderia ser falsa seguiu seu caminho. Ao meio-dia chegou à casa do pai, que o recebeu com grande alegria.

– Muito bem, meu querido filho, que foi que você aprendeu? – perguntou o pai.

– Pai, eu me tornei marceneiro.

– Um bom ofício – disse o velho –, mas o que trouxe consigo do seu aprendizado?

– Pai, a melhor coisa que trouxe comigo foi esta mesinha.

O alfaiate examinou-a de todos os lados e comentou:

— Você não fez nenhuma obra-prima, é uma mesa velha.

— Mas é uma mesa que se põe sozinha — respondeu o filho. — Quando eu a coloco no chão e mando que se ponha, ela se cobre de pratos finos e de vinho também, alegrando o coração. Convide todos os nossos parentes e amigos; eles beberão e se regalarão, porque a mesa servirá tudo que puderem desejar.

Quando os convidados estavam reunidos, ele levou a mesa para o centro da sala e disse: "Põe-te, mesinha", mas a mesinha não se moveu e continuou tão vazia quanto qualquer mesa que não entendesse quando lhe falavam. Então o pobre aprendiz percebeu que a mesa fora trocada e se sentiu envergonhado de estar ali fazendo papel de mentiroso. Os parentes caçoaram dele e se viram obrigados a voltar para casa sem ter comido nem bebido. O pai retomou seus panos e continuou a trabalhar como alfaiate, mas o filho partiu em busca de um novo mestre.

O segundo filho procurara um moleiro e se tornara seu aprendiz. Quando os anos de aprendizado terminaram, o mestre lhe disse:

— Como você se comportou tão bem, vou lhe dar este burro muito especial, que não puxa carroça nem carrega peso.

— Para que serve, então? — perguntou o jovem aprendiz.

— Ele deixa cair ouro da boca — respondeu o moleiro. — Leve-o para cima de um pano e diga: "Briquetebrite", e o bom animal deixará cair moedas de ouro para você.

— Que coisa boa! — disse o aprendiz, agradeceu ao mestre e saiu pelo mundo. Quando precisava de dinheiro, bastava apenas dizer "Briquetebrite" ao seu burro, que fazia chover moedas de ouro, e ele só precisava recolhê-las no chão. Aonde quer que fosse, o melhor que houvesse era bom o suficiente para ele, e quanto mais caro melhor, porque sempre tinha a bolsa cheia. Depois de viajar pelo mundo por algum tempo, pensou com seus botões: "Preciso procurar meu pai; quando chegar com o burro de ouro ele esquecerá a raiva e me receberá bem."

Aconteceu que ele foi parar na mesma estalagem onde seu irmão tivera a mesa trocada. Ele ia conduzindo o burro pela rédea, e o estalajadeiro quis tomar o animal de sua mão para amarrá-lo, mas o jovem aprendiz lhe disse:

— Não se preocupe, levarei também o meu cavalo cinzento ao curral e o amarrarei, pois preciso saber exatamente onde está. — O estalajadeiro estranhou a resposta e pensou que um homem que era obrigado a cuidar pessoalmente do seu burro não devia ter muito dinheiro para gastar; mas o forasteiro levou a mão ao bolso, tirou duas moedas de ouro e pediu que ele providenciasse uma comida gostosa, o homem arregalou os olhos e correu a providenciar o melhor que pôde. Depois do jantar o hóspede perguntou quanto lhe devia. O estalajadeiro não viu por que não dobrar a conta e disse ao aprendiz que deveria lhe pagar mais duas moedas de ouro. O rapaz apalpou o bolso, mas o ouro que levava acabara.

– Espere um instante, senhor estalajadeiro, buscarei mais dinheiro. – E levou com ele a toalha da mesa. O homem não conseguiu imaginar o que poderia significar aquilo, mas, sendo curioso, acompanhou-o às escondidas, e ao ver o hóspede trancar a porta do curral espreitou por um buraco feito em um nó da madeira. O forasteiro abriu a toalha embaixo do animal e exclamou: "Briquetebrite", e imediatamente o burro começou a cuspir moedas de ouro, que praticamente choviam no chão.

"Eh, quem diria", pensou o estalajadeiro, "os ducados são cunhados bem depressa! Um tesouro desses vem bem a calhar." O hóspede pagou sua conta e se recolheu, mas durante a noite o estalajadeiro foi escondido ao curral e levou o mestre moedeiro, amarrando outro burro em seu lugar.

Na manhã seguinte o aprendiz partiu com o burro, pensando todo o tempo que levava o seu burro de ouro. Ao meio-dia chegou à casa do pai, que se alegrou em revê-lo, acolheu o filho de bom grado.

– Que ofício abraçou, meu filho? – perguntou o velho.

– O de moleiro, querido pai.

– Que trouxe consigo de suas viagens?

– Nada, exceto um burro.

– Há burros suficientes aqui – respondeu o pai –; eu teria preferido uma boa cabra.

– É – respondeu o filho –, mas o meu não é um burro comum, é um burro de ouro. Quando digo "Briquetebrite", o bom animal abre a boca e deixa cair moedas de ouro que dão para encher um lençol. Convide os nossos parentes para virem aqui e vou transformá-los em pessoas ricas.

– Isso me convém – disse o alfaiate –, pois assim não terei necessidade de continuar a me atormentar com costuras. – E correu pessoalmente a chamar os parentes.

Logo que estavam reunidos, o moleiro pediu que se afastassem, abriu a toalha no chão e trouxe seu burro até a sala.

– Agora vejam – disse ele e exclamou: – Briquetebrite. – Mas não caiu nenhuma moeda de ouro, e ficou evidente que o animal não conhecia essa arte, porque não é todo burro que alcança tal perfeição. Então o pobre moleiro ficou muito triste ao perceber que fora traído, pediu desculpas aos parentes, que voltaram para casa tão pobres quanto haviam chegado. Não houve jeito, o velho teve de recorrer mais uma vez à sua costura, e o rapaz se empregou com um moleiro.

O terceiro irmão entrara para aprendiz de um torneiro, e como esse é um ofício especializado, foi ele quem demorou mais no aprendizado. Seus irmãos, porém, contaram-lhe por carta as coisas ruins que aconteceram e como o estalajadeiro havia roubado seus presentes mágicos na última noite do seu regresso a casa. Quando o irmão terminou o aprendizado e precisou ganhar mundo, como se comportara tão bem, o mestre lhe deu de presente uma mochila e disse:

— Tem aí dentro um porrete.

— Posso usar a mochila — comentou o rapaz —, e ela poderá ser muito útil, mas para que um porrete dentro? Isso só tornará a mochila mais pesada.

— Vou lhe explicar o porquê — respondeu o mestre —; se alguém fizer alguma coisa para prejudicá-lo, basta dizer: "Fora do saco, porrete!", e o porrete avançará para as pessoas e executará tal dança nas costas delas que as deixará incapazes de se mexerem por uma semana, não descansando enquanto você não disser: "Dentro do saco, porrete!"

O aprendiz agradeceu, pôs a mochila às costas e, se alguém se aproximava ameaçando atacá-lo, dizia: "Fora do saco, porrete!", e instantaneamente o porrete saltava da mochila e dava tal escovada na roupa do malfeitor que ele logo desejava jamais ter tentado se meter com o rapaz. À noite o jovem torneiro chegou à estalagem em que seus irmãos tinham sido roubados. Descansou a mochila na mesa à sua frente e começou a contar todas as maravilhas que vira pelo mundo.

— Verdade — disse ele —, ainda se pode encontrar uma mesa que se cobrirá de comida, um burro de ouro e coisas desse tipo, coisas ótimas que eu não desprezo de modo algum, mas nada se compara ao tesouro que ganhei e carrego comigo nessa mochila.

O estalajadeiro apurou os ouvidos. "Que poderá ser?", pensou. "A mochila deve estar cheia de joias; e devo consegui-las barato, porque tudo que é bom vem em três." Quando chegou a hora de dormir, o hóspede se deitou em um banco e usou a mochila como travesseiro. Quando o estalajadeiro achou que o hóspede estava profundamente adormecido, aproximou-se, puxou e empurrou a mochila com toda a suavidade e cuidado, para ver se poderia tirá-la e deixar outra em seu lugar. O torneiro, porém, estivera esperando por isso há algum tempo, e no momento em que o estalajadeiro ia dar um puxão mais forte ele exclamou: "Fora do saco, porrete!"

No mesmo instante o porrete avançou e caiu em cima do homem dando-lhe uma boa surra.

O estalajadeiro pediu misericórdia; mas quanto mais gritava, tanto mais o porrete batucava em suas costas, até que por fim caiu no chão, exausto. Disse então o torneiro:

— Se você não devolver a mesa que se cobre de comida e o burro de ouro também, a dança vai recomeçar.

— Ah, não — exclamou o estalajadeiro apavorado. — Terei prazer em apanhar tudo, mas faça esse terrível duende voltar para dentro da mochila.

O aprendiz replicou:

— Terei misericórdia, em vez de lhe dar o que merece, mas cuidado para não tornar a se meter em confusão! — Ele gritou: — Dentro do saco, porrete! — E deixou o homem descansar.

Na manhã seguinte o torneiro voltou para a casa do pai levando a mesa e o burro. O alfaiate se alegrou ao revê-lo e lhe perguntou também o que aprendera em terras estranhas.

— Querido pai, aprendi o ofício de torneiro.

— Um ofício especializado. E que trouxe de suas viagens?

— Um objeto precioso, querido pai, um porrete em uma mochila.

— Quê? — exclamou o pai. — Um porrete! Valeu realmente a pena o esforço! De qualquer árvore você mesmo pode cortar um porrete.

— Mas não um igual a este, querido pai. Vou lhe contar. Se digo: "Fora do saco, porrete!", ele salta fora, executa tal dança no lombo de quem quer me prejudicar e não para até que a pessoa esteja prostrada no chão, pedindo que as coisas melhorem. Veja só, com este porrete recuperei a mesinha mágica e o burro de ouro que o estalajadeiro ladrão roubou dos meus irmãos. Agora mande buscar os dois e convide todos os nossos parentes. Darei a todos o melhor de comer e beber, e ainda encherei seus bolsos de ouro.

O velho alfaiate não queria acreditar, mas reuniu outra vez os parentes. Então o torneiro abriu uma toalha no chão da sala, trouxe o burro e disse ao irmão:

— Agora, querido irmão, fale com ele.

O moleiro disse: "Briquetebrite", e imediatamente as moedas de ouro caíram no chão como um temporal, e o burro não parou até todos terem recolhido tantas moedas que não conseguiriam mais carregá-las. (Estou vendo em seu rosto que você também gostaria de ter estado presente.)

Então o torneiro trouxe a mesinha e disse:

— Agora, querido irmão, fale com ela.

E, assim que o marceneiro ordenou "Põe-te, mesinha", ela se abriu e se cobriu de pratos apetitosos.

Depois realizou-se um banquete como o bom alfaiate ainda não vira em sua casa, seus parentes se demoraram até muito tarde da noite e juntos se divertiram muito alegremente. O alfaiate guardou no armário a agulha, a linha, o metro e o ferro de passar, e viveu com seus filhos com fartura e felicidade.

Mas o que aconteceu com a cabra que fez o alfaiate expulsar os três filhos de casa? Vou contar. Ela ficou envergonhada por estar careca e correu a se esconder em uma toca de raposa. Quando a raposa voltou para casa, deparou com dois olhos enormes que brilhavam no escuro, ficou apavorada e fugiu.

Um urso a encontrou e, como a raposa lhe parecesse perturbada, perguntou:

– Que aconteceu com você, irmã raposa? Por que está com essa cara?

– Ah – respondeu a raposa vermelha –, tem um bicho feroz na minha toca que me encarou com olhos esbraseados.

– Logo o expulsaremos – disse o urso, e acompanhou a raposa à toca e espiou lá dentro, mas quando viu os olhos esbraseados foi também assaltado pelo medo; não quis conversa com a fera apavorante e bateu em retirada.

Uma abelha o encontrou e, vendo-o perturbado, perguntou:

– Urso, você está realmente com uma cara de dar pena; que aconteceu com toda a sua alegria?

– É fácil para você falar – respondeu o urso –; um bicho furioso de olhos arregalados está na toca da raposa e não conseguimos tirá-lo de lá.

A abelha disse:

– Urso, tenho pena de você. Sou um bichinho fraco e insignificante que você não se daria ao trabalho de olhar, mas acho que posso ajudá-los. – Ela entrou na toca da raposa, pousou na cabeça raspada da cabra e deu-lhe uma ferroada tão forte que o bicho saltou berrando "Mé, mé", saindo desabalada pelo mundo afora, parecendo uma louca; e até hoje ninguém sabe onde ela foi parar.

O MÚSICO MARAVILHOSO

ERA UMA VEZ UM MÚSICO maravilhoso que estava atravessando sozinho uma floresta, pensando em todo tipo de coisa, e quando não encontrou mais nada em que pensar disse para si mesmo: "O tempo está começando a me pesar aqui na floresta, vou chamar alguém nas proximidades para me fazer companhia." Então apanhou o violino que levava às costas e tocou de modo a fazer a música ecoar entre as árvores. Não tardou muito, apareceu um lobo trotando pelo mato em sua direção.

– Ah, aí vem um lobo! Não quero uma companhia dessas! – disse o músico.

Mas o lobo se aproximou e disse:

– Ah, caro músico, como você toca bonito! Eu gostaria de aprender a tocar também.

– É fácil – respondeu o músico –, você só precisa fazer o que eu mandar.

– Ó músico, eu lhe obedecerei como um aluno obedece ao mestre.

O músico mandou que o lobo o seguisse, e depois de caminharem juntos algum tempo, chegaram a um velho carvalho oco e fendido ao meio.

– Olhe – disse o músico –, se quiser aprender a tocar violino, ponha suas patas dianteiras nessa fenda.

O lobo obedeceu, mas o músico apanhou depressa uma pedra e com um único golpe prendeu as duas patas com tanta agilidade que o bicho foi obrigado a ficar ali prisioneiro.

– Espere aí até eu voltar – disse o músico, seguindo seu caminho.

Passado algum tempo, tornou a dizer com seus botões: "O tempo está começando a me pesar aqui na floresta. Vou chamar outro companheiro", e apanhou o violino para tocar uma música. Não demorou muito veio em sua direção uma raposa caminhando sorrateira entre as árvores.

– Ah, aí vem uma raposa! – exclamou o músico. – Não quero uma companhia dessas.

A raposa se aproximou e disse:

— Ah, caro músico, como você toca bonito! Gostaria de aprender a tocar também.

— É fácil — respondeu o músico —, você só precisa fazer o que eu mandar.

— Ó músico, eu lhe obedecerei como um aluno obedece ao mestre.

— Me acompanhe — disse o músico; e depois de caminharem algum tempo, chegaram a uma trilha, ladeada por mato alto. Ali o músico parou, segurou uma pequena aveleira que havia a um dos lados, dobrou-a até o chão, prendeu-a com o pé, depois fez o mesmo com uma arvoreta que havia do outro lado e disse:

— Agora, pequena raposa, se quiser aprender alguma coisa, me dê sua pata esquerda. — A raposa obedeceu e o músico prendeu sua pata à arvorezinha da esquerda. — Agora, pequena raposa, me dê sua pata direita. — E ele a prendeu à arvorezinha da direita. Certificou-se de que as patas estavam bem presas e em seguida soltou as árvores; elas voltaram imediatamente à posição inicial, erguendo a pequena raposa no ar e deixando-a aí a se debater.

— Espere até eu voltar — disse o músico, seguindo seu caminho.

Novamente comentou consigo mesmo: "O tempo está começando a me pesar aqui na floresta. Vou chamar mais uma companhia." Então pegou o violino, e sua música ecoou pela floresta. Dessa vez apareceu uma lebre saltando em sua direção.

— Ah, aí vem uma lebre — disse ele. — Não quero essa companhia.

— Ah, caro músico — disse a lebre —, como você toca bonito! Eu gostaria de aprender a tocar também.

— Isso é fácil — respondeu o músico —, você só precisa fazer o que eu mandar.

— Ó músico, eu lhe obedecerei como um aluno obedece ao mestre.

Eles caminharam juntos algum tempo até chegarem a uma clareira na floresta, onde havia um choupo. O músico amarrou uma longa corda ao pescoço da lebre e prendeu a outra ponta à árvore.

— Agora, pequena lebre, depressa, dê vinte voltas em torno da árvore! — mandou o músico, e a lebre obedeceu, mas quando terminou de dar as vinte voltas tinha enrolado a corda vinte vezes no tronco da árvore e ficara presa; o músico a deixou ali puxando e se esforçando o quanto quis, mas ela só conseguiu fazer a corda cortar o seu pescoço macio.

— Espere aqui até eu voltar — disse o músico, seguindo o seu caminho.

Nesse meio-tempo o lobo puxara e forçara e mordera a pedra até finalmente livrar suas patas e retirá-las da fenda. Cheio de raiva e fúria, correu atrás do músico querendo estraçalhá-lo.

Quando a raposa viu o lobo passar correndo, começou a ganir e uivar a plenos pulmões:

– Amigo lobo, venha me socorrer, o músico me traiu!

Então o lobo curvou as arvoretas, cortou as cordas e libertou a raposa que foi com ele se vingar do músico. Os dois encontraram a lebre também presa e a soltaram, e foram juntos procurar o inimigo.

Mais uma vez o músico tocava seu violino enquanto seguia caminho, e dessa vez teve mais sorte. O som chegara aos ouvidos de um pobre lenhador que, apesar de ficar indeciso, na mesma hora se vira compelido a largar o trabalho e a se aproximar com o machado embaixo do braço, para escutar a música.

"Finalmente aí vem a companhia certa", disse o músico, "porque eu estava procurando um ser humano e não uma fera." E começou a tocar de modo tão doce e fascinante que o pobre homem ficou parado como se tivesse sido enfeitiçado, com o coração pulando de alegria. E quando estava parado assim, o lobo, a raposa e a lebre chegaram, e ele percebeu muito bem que não vinham bem-intencionados. Então ergueu seu machado reluzente e se colocou à frente do músico como se dissesse: "Quem quiser tocá-lo, tenha cuidado, porque terá de se ver comigo!" E isso afugentou os bichos, que voltaram correndo para a floresta. O músico tocou mais uma vez para agradecer ao lenhador e depois continuou seu caminho.

O ALFAIATEZINHO LADINO

E RA UMA VEZ UMA PRINCESA extremamente orgulhosa. Se aparecia um pretendente, ela o mandava decifrar uma charada e, se ele não conseguia, caçoava dele e o rejeitava. Mandara também divulgar que quem decifrasse a charada se casaria com ela, fosse quem fosse.

Passado um tempo, três alfaiates se conheceram e se tornaram amigos, e os dois mais velhos acharam que já tinham feito tantos trabalhos bons que não poderiam deixar de ser bem-sucedidos em mais esse. O terceiro era um vagabundo sem rumo que nem conhecia o próprio ofício, mas pensou que poderia ter sorte, porque só Deus sabe de onde mais ela lhe chegaria. Os dois lhe disseram para ficar em casa. Que poderia fazer, argumentaram, com tão pouco bom-senso? O alfaiatezinho, porém, não desanimou e disse que resolvera decifrar a charada de uma vez e que se sairia bem, e lá foi ele como se fosse o dono do mundo.

Os três se apresentaram diante da princesa e lhe disseram que deveria propor-lhes uma charada, porque enfim chegaram as pessoas certas com uma inteligência tão fina que podia passar pelo buraco de uma agulha.

Então a princesa disse:

– Tenho dois tipos de cabelo na cabeça, de que cor são?

– Se é só isso – disse o primeiro –, devem ser preto e branco, como o tecido que chamamos sal e pimenta.

– Errado – disse a princesa. – Que responda o segundo.

Então disse o segundo:

– Se não é preto e branco, então é castanho e vermelho como o melhor paletó domingueiro do meu pai.

– Errado – disse a princesa. – Que o terceiro responda, pois percebo muito bem que ele sabe a resposta.

Então o alfaiatezinho adiantou-se cheio de coragem e disse:

— A princesa tem um fio prateado e um fio dourado na cabeça, e essas são duas cores diferentes.

Quando a princesa ouviu isso empalideceu e quase caiu aterrorizada, pois o alfaiatezinho adivinhara sua charada e ela acreditara piamente que nenhum homem na Terra poderia descobri-la. Quando recuperou a coragem ela disse:

— Mas você ainda não ganhou a minha mão, há ainda uma coisa que precisa fazer. Lá embaixo, no estábulo, há um urso com quem você deve passar a noite, e quando eu me levantar amanhã, se ainda continuar vivo, casará comigo. – Estava muito segura que assim se livraria do alfaiate, porque o urso ainda não deixara viver quem caísse em suas garras.

O alfaiatezinho não se amedrontou, ficou até muito satisfeito e respondeu:
— A coragem de arriscar é metade do sucesso.

Assim que a noite caiu, nosso alfaiatezinho foi levado ao urso. O animal já ia partir para cima dele e lhe dar calorosas boas-vindas com as patas quando o alfaiatezinho lhe disse:

— De mansinho, de mansinho. Logo farei você sossegar.

Então, tranquilamente, e como se não tivesse a menor preocupação na vida, tirou umas nozes do bolso, partiu-as e comeu as sementes. Quando o urso viu isso apoderou-se dele o desejo de comer nozes também. O alfaiate apalpou os bolsos e lhe deu uma mão-cheia. Mas na realidade não era uma mão-cheia de nozes, mas de seixos. O urso levou-os à boca, mas não sentiu gosto algum, por mais que mordesse.

"Eh!", pensou ele, "como sou burro! Não sei nem quebrar uma noz." Em seguida disse ao alfaiate:

— Tome aqui, quebre as nozes para mim.

— Está vendo como você é burro! – exclamou o alfaiatezinho. – Tem uma boca enorme e não é capaz de quebrar uma noz à toa! – E apanhando o seixo levou depressa uma noz à boca para substituí-lo, e, craque, partiu-a em dois!

— Preciso experimentar fazer isso outra vez – disse o urso –; observando-o fico pensando que deveria poder fazer igual.

Então o alfaiate mais uma vez lhe deu um seixo e o urso tentou com todas as forças mordê-lo. Mas não pensem que ele tenha conseguido.

Quando terminaram, o alfaiate tirou um violino de baixo do casaco e tocou uma música para si mesmo. Quando o urso ouviu a música não conseguiu deixar de dançar, e, depois de dançar um pouco, ficou tão satisfeito que disse ao alfaiatezinho:

– Escute aqui, o violino é pesado?

– É leve até para uma criança. Veja, com a mão esquerda seguro-o com os dedos, e com a direita eu o tanjo com o arco, então sai uma musiquinha alegre: opa-pa-pa, viva-lá-lá!

– Então – disse o urso – tocar violino é uma coisa que eu devia aprender também, para poder dançar sempre que quisesse. Que acha? Quer me dar umas aulas?

– Com a maior dedicação, se você tiver talento para a coisa. Mas me deixe ver suas garras, são muito compridas. Preciso apará-las um pouco. – Em seguida trouxeram um torno de bancada, e o urso pôs ali as patas, e o alfaiatezinho prendeu-as bem seguras e disse: – Agora espere até eu trazer a tesoura. – E o urso rosnou o quanto quis, mas o alfaiatezinho se deitou a um canto em um monte de palha e adormeceu.

Quando a princesa ouviu o urso rosnando com tanta ferocidade durante a noite, pensou que todo o tempo ele estivesse rosnando de alegria por ter dado cabo do alfaiate. Pela manhã ela se levantou despreocupada e feliz, mas, quando espiou dentro do estábulo, deparou com o alfaiate lépido como um peixe na água. Agora ela não poderia dizer mais nada contra o casamento porque prometera sua mão diante de todo mundo, e o rei mandou trazer uma carruagem para levar a filha e o alfaiate à igreja para ali se casarem.

Quando subiram na carruagem, os outros dois alfaiates, que não eram sinceros e invejaram sua boa sorte, foram ao estábulo e soltaram o urso. O urso enfurecido correu atrás da carruagem. A princesa o ouviu bufar e rosnar; ela ficou aterrorizada e exclamou:

– Oh, oh, o urso está vindo atrás de nós para pegá-lo! – O alfaiate foi rápido, ficou em pé de ponta-cabeça, enfiou as pernas pela janela e gritou:

– Você está vendo o torno? Se não for embora vou prendê-lo outra vez.

Quando o urso viu isso, deu meia-volta e fugiu correndo. O alfaiate continuou tranquilamente o trajeto até a igreja, onde o casamento foi logo realizado, e viveu com a princesa feliz como um passarinho. Quem não acreditar nesta história terá de pagar uma prenda.

JOÃO PORCO-ESPINHO

Era uma vez um camponês que tinha muito dinheiro e muitas terras, mas por mais rico que fosse ainda lhe faltava uma coisa para completar sua felicidade, ele não tinha filhos. Muitas vezes, quando ia à cidade com outros camponeses, zombavam dele perguntando-lhe por que não tinha filhos. Um dia finalmente ele se zangou e, quando saía de casa, disse:

– Mulher, vou ter um filho, nem que seja um porco-espinho.

Decorrido um tempo, eles realmente tiveram um filho, que parecia um porco-espinho da cintura para cima e um menino da cintura para baixo, e a mulher ao ver a criança ficou aterrorizada e exclamou:

– Está vendo, você atraiu má sorte para nós.

O homem respondeu-lhe:

– Que podemos fazer agora? O menino precisa ser batizado, mas nunca conseguiremos encontrar um padrinho para ele.

Ao que a mulher respondeu:

– Nem poderemos lhe dar outro nome que não seja João Porco-espinho.

Quando o menino foi batizado, o padre comentou:

– Vocês não vão poder deitar o menino em uma cama comum por causa dos espinhos. – Então os pais puseram um pouco de palha atrás do fogão e ali deitaram João Porco-espinho. A mãe não pôde amamentá-lo, porque os espinhos a teriam espetado. Então o menino passou oito anos atrás do fogão, o pai se cansou dele e desejou: "Se ao menos ele morresse!" O menino, porém, não morreu.

Ora, aconteceu que houve uma feira na cidade, e quando o camponês ia saindo para lá perguntou à mulher o que gostaria que lhe trouxesse.

– Um pouco de carne e uns pãezinhos brancos que estão faltando em casa.

Depois o homem perguntou à criada, e ela quis um par de chinelos e meias com estampa de relógios.

Por último ele perguntou ao filho:

— E que é que você vai querer, João, meu Porco-espinho?

— Querido pai, traga-me uma gaita de foles.

Quando o pai voltou, deu à mulher a carne e os pães que lhe trouxera. Deu à criada os chinelos e as meias estampadas. Por fim foi atrás do fogão e deu a João Porco-espinho a gaita de foles.

Quando o menino recebeu a gaita de foles, disse:

— Querido pai, por favor, vá ao ferreiro e mande ferrar o galo, depois partirei e nunca mais voltarei.

Ao ouvir isso, o pai ficou satisfeitíssimo só de pensar que ia se livrar do filho e mandou ferrar o galo. Assim que o galo ficou pronto, João Porco-espinho montou nele e foi embora, levando consigo alguns porcos e burros que pretendia criar na floresta. Quando chegaram ele fez o galo voar levando-o às costas até uma árvore bem alta, e nela ficou por muitos e longos anos vigiando seus porcos e burros até o rebanho se tornar bastante grande. Todo esse tempo o pai não soube notícias de João. Enquanto esteve sentado na árvore, porém, João aprendeu a tocar a gaita de foles e a executar belas músicas.

Certa vez passou por ali um rei que se perdera na floresta e ouviu sua música. Ficou muito surpreso e mandou um criado procurar, para saber de onde ela vinha. O homem não viu nada, exceto um animalzinho pousado no alto de uma árvore, que parecia um galo com um porco-espinho às costas tocando música. O rei mandou o criado lhe perguntar por que estava sentado no alto da árvore e se conhecia a estrada para o seu reino. Então João Porco-espinho desceu da árvore e disse ao rei que lhe mostraria o caminho, se o rei lhe prometesse por escrito a primeira coisa que encontrasse no pátio real ao chegar em casa. Então o rei pensou: "Posso prometer sem medo. João Porco-espinho não entende nada e posso escrever o que bem quiser." Então o rei apanhou pena e tinteiro e escreveu; quando terminou, João Porco-espinho mostrou-lhe o caminho, e o rei chegou são e salvo em casa. Mas sua filha, ao vê-lo a distância, alegrou-se tanto que correu ao seu encontro para beijá-lo. Então o rei se lembrou de João Porco-espinho e contou à filha o que acontecera, que fora obrigado a prometer a primeira coisa que encontrasse ao chegar em casa a um animal muito estranho que montava um galo como se fosse um cavalo e tocava belas músicas, mas em vez de escrever que João receberia o que queria, escrevera que não receberia. Ao ouvir isso a princesa ficou satisfeita e disse que o pai fizera bem, porque ela jamais teria ido embora com um porco-espinho.

João Porco-espinho, porém, cuidava de seus porcos e burros e estava sempre alegre sentado na árvore a tocar sua gaita de foles.

Ora, aconteceu que outro rei, que também estava perdido, passou em viagem com seus criados e soldados e não sabia como retornar a casa porque a floresta era muito extensa. Ele também ouviu a bela música a distância, perguntou a um soldado o que poderia ser e o mandou verificar. Então o soldado foi até a árvore e viu o galo encarapitado no alto com João Porco-espinho às suas costas. O soldado perguntou o que estava fazendo ali.

– Estou vigiando os meus porcos e burros, mas o que quer?

O mensageiro disse que tinham se perdido e não conseguiam voltar ao seu reino, e perguntou se João não poderia lhes mostrar o caminho. Então João desceu da árvore com o galo e disse ao velho rei que lhe mostraria o caminho, se ele lhe desse a primeira coisa que encontrasse ao chegar ao palácio real.

O rei concordou e prometeu a João Porco-espinho, por escrito, que lhe daria o que pedia.

Feito isso, João foi à frente, montado no galo, mostrou o caminho e o rei voltou ao seu reino são e salvo. Quando chegou ao pátio, houve muito regozijo. O rei tinha uma filha única que era muito linda. E ela correu ao seu encontro, atirou-se ao seu pescoço e se mostrou encantada com o regresso do velho pai. Perguntou-lhe onde se demorara tanto. Então ele contou que se perdera e quase não pudera voltar, mas quando estava atravessando uma grande floresta, uma criatura meio porco-espinho meio homem que tocava música e montava um galo no alto de uma árvore lhe mostrara o caminho e o ajudara a sair da floresta; em troca o rei lhe prometera qualquer coisa que fosse primeiro ao seu encontro no pátio real, e que essa pessoa fora ela, o que o deixava agora muito infeliz. Mas a moça prometeu na mesma hora que por amor ao pai acompanharia esse João se ele aparecesse.

João Porco-espinho, no entanto, continuou cuidando dos seus porcos, e eles se multiplicaram até se tornarem tantos que encheram toda a floresta. João Porco-espinho resolveu então que não queria mais morar na floresta, e mandou dizer ao seu pai para mandar esvaziar todos os chiqueiros da aldeia, porque ele estava chegando com um rebanho tão grande que quem quisesse poderia abater os porcos. Quando o pai ouviu isso ficou preocupado, porque achava que o filho tinha morrido há muito tempo. Mas João Porco-espinho montou em seu galo, tangeu os porcos até a vila e mandou começarem o abate. Nossa! – e houve tal abate e tal corte de porcos que se podia ouvir o barulho a quilômetros de distância!

Em seguida, João Porco-espinho disse:

– Pai, mande ferrar o galo mais uma vez no ferreiro; agora partirei e jamais voltarei enquanto viver.

O pai mandou ferrar o galo mais uma vez e ficou satisfeito de que o filho jamais voltasse.

João Porco-espinho rumou para o primeiro reino. Lá o rei dera ordens que quem aparecesse cavalgando um galo e tivesse uma gaita de foles deveria ser abatido a tiro, esquartejado ou esfaqueado por seus súditos, para que não pudesse entrar no palácio. Portanto, quando João apareceu montado no galo todos correram a detê-lo com suas lanças, mas ele esporeou o galo e voou por cima do portão, pousando na janela do rei; gritou então para o rei que devia lhe entregar o que prometera ou tiraria sua vida e a da filha. Ao ouvir isso o rei começou a falar francamente com a filha e a lhe pedir que acompanhasse João, a fim de salvar sua vida e a do pai. Então a moça se vestiu de branco e o pai lhe deu uma carruagem com seis cavalos e um séquito magnífico, além de ouro e terras. Ela se acomodou na carruagem e sentou João Porco-espinho ao seu lado com o galo e a gaita de foles; então se despediram e o rei pensou que nunca mais a veria. Mas enganara-se em sua expectativa, porque, quando estavam a uma curta distância da cidade, João Porco-espinho rasgou suas belas roupas e esfregou na moça seus espinhos até deixá-la coberta de sangue.

– Essa é a recompensa pela sua falsidade – disse ele. – Vá, desapareça da minha frente, não quero você! – E afugentou-a para casa, deixando a moça desmoralizada para o resto da vida.

João Porco-espinho continuou sua viagem cavalgando o galo, com sua gaita de foles, até chegar aos domínios do segundo rei a quem mostrara o caminho. Este, porém, dera ordens aos seus soldados que se alguém parecido com João Porco-espinho aparecesse, deviam apresentar-lhe armas e deixá-lo entrar são e salvo, gritar vivas e conduzi-lo ao palácio real.

Mas quando a filha do rei o viu, ficou aterrorizada, porque sua aparência era extraordinária demais. Contudo, ela lembrou que não podia mudar de ideia, pois fizera uma promessa ao pai. Então João Porco-espinho foi recebido pela moça, casaram-se e ele teve de acompanhá-la à mesa real, onde ela se sentou ao seu lado e juntos comeram e beberam.

Quando anoiteceu, os noivos quiseram dormir, e a jovem teve medo dos seus espinhos, mas João lhe disse que não temesse, pois não lhe aconteceria mal algum, e pediu ao velho rei que destacasse quatro homens para vigiar a porta do quarto e acender uma grande fogueira; quando ele entrasse no quarto e fosse deitar, tiraria a pele de porco-espinho e a deixaria do lado da cama, os homens deveriam agarrá-la depressa, atirá-la ao fogo e montar guarda até que a pele se consumisse. Quando o relógio deu onze badaladas, ele foi para o quarto, tirou a pele de porco-espinho e deixou-a do lado da cama. Imediatamente entraram os homens, agarraram a pele e a atiraram à fogueira. E quando o fogo a consumiu ele se libertou e deitou na cama sob a forma humana, mas ficara preto como carvão, como se tivesse sido queimado. O rei mandou buscar seu médico, que o lavou com bálsamos preciosos e o ungiu, deixando-o branco; era um belo rapaz. Quando a filha do rei viu isso ficou contente; de manhã eles se levantaram cheios de alegria, comeram e beberam, o casamento foi devidamente realizado e João Porco-espinho recebeu o reino do velho rei.

Muitos anos haviam se passado quando João foi com a mulher visitar o pai e disse que era seu filho. O pai, porém, declarou que não tinha filho – que só tivera um e que ao nascer o menino parecia um porco-espinho, e que ao crescer partira mundo afora. Então João se deu a conhecer e o velho pai ficou exultante de felicidade e o acompanhou ao seu reino.

A ÁRVORE NARIGUEIRA

HÁ MUITOS E MUITOS ANOS viveram três soldados que, quando não podiam mais lutar pelo rei, foram dispensados do exército sem um centavo nos bolsos e tiveram de mendigar comida de porta em porta.

O seu caminho os levou a atravessar uma grande floresta onde a noite os surpreendeu. Dois deles se deitaram para descansar enquanto o terceiro ficou de vigia, para que não fossem atacados durante o sono pelas feras.

Quando estava ali no escuro, vigiando, apareceu-lhe um anãozinho vermelho.

— Quem está aí? — indagou o anão.

— Três pobres soldados velhos dispensados que quase não têm dentes, mas os que restaram foram demais para a comida que conseguimos no dia de hoje. — E contou ao anão como tinham sido maltratados.

O anão, penalizado, produziu uma capa velha e esquisita que não parecia servir para nada, exceto para virar trapo. Deu-a ao soldado dizendo-lhe que devia escondê-la dos outros até de manhã, porque era um casaco mágico e tudo que seu dono desejasse era-lhe concedido instantaneamente.

O segundo soldado se encarregou do próximo turno de vigia. E ele também recebeu a visita do homenzinho vermelho, que lhe deu uma bolsa maravilhosa que estava sempre cheia de dinheiro.

No último turno da noite, quando o terceiro soldado estava de guarda, o homenzinho tornou a aparecer, e dessa vez o presente foi uma corneta que, quando a tocavam, homens de perto e de longe se sentiam obrigados a acorrer para acompanhar sua música mágica.

Ao amanhecer cada um mostrou aos outros seu presente maravilhoso e podem ter certeza de que eles não perderam tempo para começar a viver com conforto e riqueza. Tinham uma carruagem puxada por três cavalos brancos quando queriam viajar e um magnífico castelo para morar.

Passado um tempo, eles tinham se tornado tão finos que sentiram vontade de visitar o rei. E foram bem recebidos e entretidos como convinha aos grandes senhores que eles agora pareciam ser.

O rei tinha uma filha única e, uma vez, quando estava jogando cartas com um dos soldados, a moça descobriu que o homem não se importava de perder ou ganhar, porque sua bolsa nunca esvaziava, por mais que ele precisasse pagar. Ela não tardou a adivinhar que a bolsa só poderia ser mágica. E tinha de possuí-la. Aguardou então a oportunidade e, disfarçadamente, misturou uma poção para dormir em uma taça de vinho e ofereceu-a ao soldado, e, enquanto ele dormia, trocou a bolsa por outra igual.

Na manhã seguinte a visita dos soldados terminou e eles partiram. Mas logo descobriram que tinham sido enganados.

– Ai de mim! – exclamou o homem. – Agora voltamos a ser mendigos.

– Ah! Eu não me apressaria a tirar essa conclusão – disse o primeiro. – Aposto que ainda não temos motivo para nossos cabelos embranquecerem de preocupação. Logo a recuperaremos. – E, atirando sobre o corpo a capa mágica, desejou estar no quarto da princesa.

Foi imediatamente transportado para lá e encontrou-a sentada à mesa contando o ouro da bolsa o mais rápido que podia.

– Socorro! Socorro! – gritou a princesa a plenos pulmões. – Ladrões! Ladrões! Socorro!

Na mesma hora deram o alarme e a guarda correu ao quarto seguida de toda a corte.

Abobado de susto o soldado esqueceu o poder mágico de sua capa, correu para a janela e fugiu. Mas deixou para trás a capa, que se prendeu no gancho da cortina quando saltou.

Então ele também perdeu o presente recebido do anãozinho vermelho.

Agora só restava aos soldados a corneta. E dessa vez eles realmente teriam juízo. Então combinaram um plano para recuperar a capa e a bolsa.

Marcharam pelo reino tocando a corneta até terem reunido um enorme exército. Dirigiram-se em seguida à cidade do rei e exigiram que os presentes perdidos fossem restituídos ou não deixariam pedra sobre pedra em seu palácio.

O rei consultou a filha, mas ela não ia abrir mão dos seus tesouros com tanta facilidade. Disfarçou-se de pobre vendedora de bebidas e partiu para o acampamento dos soldados com uma cesta no braço.

Quando chegou, começou a cantar. E cantou tão belamente que o exército inteiro deixou as barracas e se reuniu à sua volta para ouvi-la, e entre todos estava o soldado dono da corneta. Ao ver isso, sua criada, que também estava disfarçada, entrou escondida na barraca dele, colocou a corneta embaixo do avental e correu para o palácio.

Agora a filha do rei era dona dos três presentes mágicos. Porque, naturalmente, com a ajuda da corneta ela pudera sem esforço vencer os três soldados e seus homens.

Mais uma vez os velhos soldados se viram na penúria.

– Precisamos nos separar – disse um. – Vocês dois seguem por ali e eu vou por aqui. – E dito isso partiu sozinho, e ao anoitecer deitou-se embaixo de uma árvore na floresta. De manhã ele viu que estava sob uma bela macieira carregada de frutos maduros; estava tão faminto que colheu uma maçã após outra e as comeu. E não é que descobriu que seu nariz estava crescendo sem parar! E cresceu e cresceu até chegar ao chão!

Não houve nada que pudesse fazer para obrigá-lo a parar de crescer, por isso o soldado ficou ali paralisado, vendo seu nariz crescer até o chão e desaparecer de vista entre as árvores, a quilômetros de distância.

Nesse meio-tempo, porém, seus companheiros haviam decidido se reunir a ele e vagaram pela floresta à sua procura. De repente um deles tropeçou em uma coisa mole que estava atravessada no caminho.

– Que doideira é essa? – exclamou. E enquanto observava, a coisa se mexeu um pouquinho. – Um nariz? Por Deus, é um nariz, nem mais nem menos!

– Vamos acompanhar o nariz. – Decidiram e subiram e desceram pela floresta, atravessando mato e urzes, por fim chegaram ao coitado do amigo, estirado no chão onde dormira incapaz de dar um passo.

Por mais que se esforçassem, o nariz comprido era demasiado pesado para eles o erguerem. Procuraram então por todo lado até encontrar um burro e montaram nele o amigo com o nariz enrolado em dois paus que ajudaram a carregar. Mas mesmo o burro só conseguiu aguentar o peso por uma pequena distância, e eles o desmontaram desesperados.

Aconteceu, porém, que eles pararam junto a uma pereira, e quem haveria de sair de trás da árvore se não o seu pequeno amigo, o anãozinho vermelho?

Ele disse ao Irmão Narigudo:

– Coma uma pera e seu nariz cairá.

E assim aconteceu. O longo nariz caiu deixando em seu lugar exatamente o nariz que o homem tinha antes.

Novamente o homenzinho falou:

– Preparem um pó com as maçãs e outro com as peras. Se alguém comer o primeiro, o nariz crescerá, e se comer o segundo, o nariz cairá.

— Com esses dois pós — continuou ele —, voltem à princesa e primeiro lhe deem duas maçãs. Depois lhe deem o pó feito com as maçãs e o nariz dela crescerá vinte vezes mais do que o seu. Mas sejam firmes. — E dizendo isso desapareceu.

O soldado seguiu o conselho do anão e foi ao palácio do rei disfarçado de vendedor ambulante, oferecendo as maçãs mais doces e de melhor qualidade que já tinham visto antes. A princesa comprou algumas e comeu com grande prazer.

Então seu nariz começou a crescer! E cresceu tão depressa que ela não conseguiu se levantar da cadeira. Seu nariz foi dando voltas e mais voltas ao redor da mesa, e voltas e mais voltas ao redor do armário, saiu pela janela e deu voltas e mais voltas ao redor do castelo, continuou rua abaixo e saiu da cidade deixando entre ele e o reino da princesa uma distância de mais de trinta quilômetros.

Riqueza para toda a vida foi o que o rei prometeu a quem a livrasse daquele terrível fardo. E mandou fazer uma proclamação por todo o reino.

Passado algum tempo, o velho soldado se apresentou disfarçado de grande médico e deu à moça um pouco do pó de maçã, conforme lhe recomendara o anão. E o nariz cresceu ainda mais, vinte vezes mais. Ele esperou até a princesa não conseguir mais aguentar essa aflição e lhe deu um pouco do pó de pera, mas não muito, e o nariz encolheu visivelmente. Mas ele ainda não pretendia curá-la; na manhã seguinte deu-lhe mais uma dose de pó de maçã para que o nariz tornasse a crescer e se alongar mais do que encurtara no dia anterior.

Diante do acontecido ele disse que a princesa devia ter alguma coisa pesando na consciência. Devia ter roubado alguém. Ela negou.

— Bom — disse ele —, então você vai perder a vida. Não há nada que eu possa fazer para salvá-la. — E retirou-se do quarto.

Isso aumentou o terror da princesa, e depois que o rei insistiu para que a filha devolvesse a bolsa, a corneta e a capa aos seus legítimos donos, ela mandou buscar o médico e lhe contou tudo. Em seguida mandou a criada apanhar os três objetos no armário e entregou-os ao médico.

Depois de guardá-los em lugar seguro, ele deu à princesa uma dose exata do pó de pera, e o nariz caiu imediatamente, para grande satisfação de todos. Foi preciso chamar duzentos e cinquenta homens para cortar o nariz em pedaços e poder retirá-los do local.

Quanto ao velho soldado, ele voltou contente para a companhia dos seus dois amigos, e os três passaram o resto da vida juntos desfrutando seus presentes mágicos.

AS TRÊS PENAS

ERA UMA VEZ UM REI que tinha três filhos, dois eram inteligentes e ajuizados, mas o terceiro era caladão e simplório, por isso o chamavam de Pateta. Quando o rei se tornou velho e fraco, e começou a pensar em seu fim, não sabia qual dos filhos deveria herdar seu reino.

Disse então a eles:

— Vão correr mundo, e aquele que me trouxer o tapete mais belo será rei quando eu morrer. — E para que não houvesse briga entre os filhos levou-os à porta do palácio, soprou três penas no ar e disse: — Vocês tomarão a direção em que as penas voarem.

Uma pena voou para leste, a outra para oeste, mas a terceira voou para o alto e não foi longe, caiu mais adiante no chão. Então um irmão foi para a direita e o outro para a esquerda, caçoando do Pateta, que foi obrigado a ficar onde caíra a terceira pena. O rapaz se sentou triste, quando de repente viu que havia um alçapão no chão ao lado da pena. Levantou-o e encontrou uns degraus pelos quais desceu. Chegou então a uma porta, bateu e ouviu alguém lá dentro responder:

— Mocinhas verdinhas,
pulem, pulem, acordem!
Pulem até a porta,
a ver quem nela bate.

A porta se abriu e ele viu uma sapa muito gorda rodeada de sapinhas. A sapa perguntou o que o rapaz queria.

— Eu gostaria de obter o tapete mais fino e belo do mundo — respondeu ele.

Então a sapa chamou um dos filhotes e disse:

— Mocinha verdinha,
pule, pule, pule, bem depressinha
corra a apanhar meu baú.

A sapinha trouxe o baú, e a sapa gorda o abriu e entregou ao Pateta um tapete, tão fino e tão belo que na superfície da Terra ninguém poderia ter tecido um igual. Então o rapaz lhe agradeceu e tornou a subir.

Os outros dois irmãos, porém, achavam o irmão mais novo tão burro que jamais imaginaram que ele encontraria ou traria alguma coisa.

— Por que vamos nos incomodar de sair procurando um tapete? – disseram, e compraram alguns lenços rústicos das primeiras mulheres de pastores que encontraram e os levaram para o rei seu pai. Na mesma hora o Pateta também voltou e trouxe seu belo tapete, e quando o rei o viu ficou espantado e disse:

— Justiça seja feita, o reino deve pertencer ao mais novo. — Mas os outros dois não deram descanso ao pai, argumentando que era impossível que o Pateta, incapaz de compreender qualquer coisa, se tornasse rei e suplicando que ele fizesse mais um teste.

— Então – disse o pai – aquele que me trouxer o mais belo anel herdará o meu reino. — E levou os filhos para fora, e soprou três penas no ar que eles deviam seguir.

As penas dos dois irmãos, mais uma vez, foram para o leste e o oeste, e a do Pateta subiu reto e caiu no chão próximo ao alçapão que levava para baixo da terra. O rapaz novamente procurou a sapa gorda e lhe disse que queria o mais belo anel do mundo. Na mesma hora ela mandou vir o baú, tirou de dentro um anel cintilante de pedras preciosas tão belo que nenhum ourives na Terra teria sido capaz de fazer igual, e entregou-o ao rapaz. Os dois mais velhos caçoaram imaginando o Pateta à procura de um anel de ouro. Então nem se esforçaram e apanharam um velho anel de sela e o levaram ao rei; mas quando o Pateta mostrou o seu anel de ouro, o pai mais uma vez disse:

– O reino pertence a ele. – Mas os dois mais velhos não pararam de perturbar o rei até ele propor um terceiro teste. O rei declarou que quem lhe trouxesse a mais bela moça herdaria o reino. Mais uma vez soprou três penas no ar, e elas tomaram o rumo anterior.

O Pateta, sem perder tempo, foi procurar a sapa gorda e disse:

– Tenho de levar para casa a mulher mais bela do mundo!

– Ah – exclamou a sapa –, a mulher mais bela do mundo! Ela não está aqui no momento, mas você a terá. – A sapa entregou ao rapaz um nabo amarelo oco, ao qual estavam atrelados seis ratinhos. Então o Pateta disse tristemente:

– Que vou fazer com isso?

– Ponha uma das minhas sapinhas dentro – respondeu a sapa. Sem escolher, o rapaz apanhou uma das sapinhas no círculo e colocou-a no nabo amarelo, mas mal ela se acomodara ali transformou-se na moça mais bela do mundo, o nabo virou uma carruagem e os ratinhos se transformaram em cavalos. Então o Pateta a beijou e voltou depressa para a casa do rei. Seus irmãos chegaram logo a seguir. Não tinham se dado ao menor trabalho de procurar belas moças, trouxeram as primeiras camponesas que encontraram.

Quando o rei viu as moças, disse:

– Quando eu morrer meu reino pertencerá ao meu filho mais novo.

Mas os dois mais velhos tornaram a ensurdecer o rei com seus protestos:

– Não podemos consentir que o Pateta seja rei. – Exigiram que aquele cuja esposa fosse capaz de saltar por dentro de um arco pendurado no centro do salão deveria ser o escolhido.

Pensaram: "Nossas camponesas podem fazer isso sem esforço; são bastante fortes, mas essa mocinha delicada vai se matar quando tentar. O velho rei concordou com mais essa proposta. As duas camponesas se prepararam e saltaram por dentro do arco, mas eram tão grandes e pesadas que caíram e quebraram pernas e braços. Então chegou a vez da mocinha bonita que o Pateta trouxera, e ela saltou por dentro do arco com a leveza de uma corça e então não houve mais o que dizer. O Pateta recebeu a coroa e reinou com firmeza e sabedoria durante muitos anos.

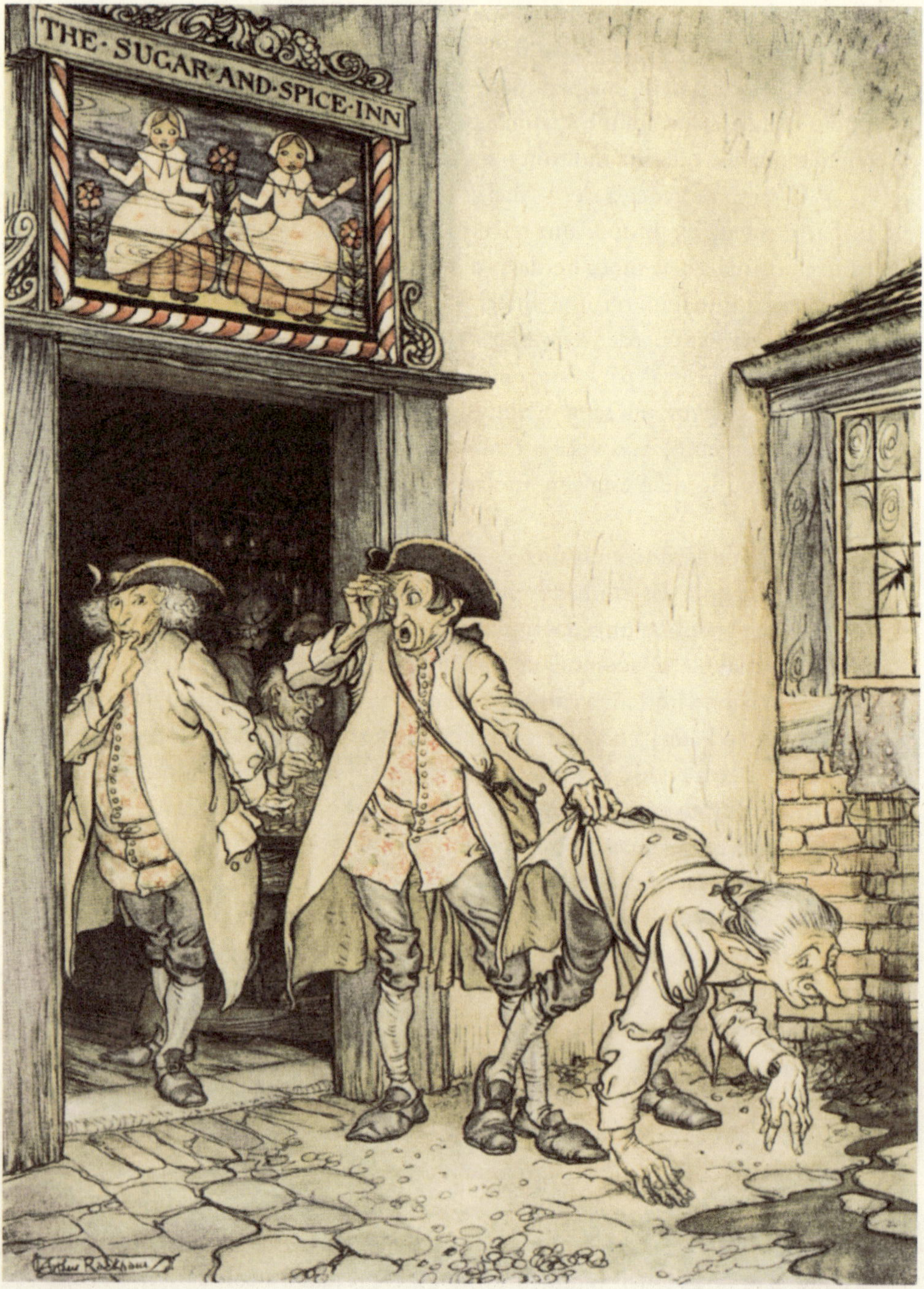
THE · SUGAR · AND · SPICE · INN
Arthur Rackham

OS TRÊS MÉDICOS
DO EXÉRCITO

TRÊS MÉDICOS DO EXÉRCITO, que se consideravam mestres em sua arte, viajavam pelo mundo e chegaram a uma estalagem onde quiseram passar a noite.
– Estamos correndo mundo e praticando nossa arte.
– Mostrem-me o que sabem fazer – disse o estalajadeiro.
Então o primeiro disse que era capaz de cortar sua mão e tornar a juntá-la ao braço na manhã seguinte. O segundo disse que podia extrair seu coração e recolocá-lo no lugar na manhã seguinte. O terceiro disse que podia extrair seus olhos e repô-los nas órbitas na manhã seguinte.
– Muito bem – disse o estalajadeiro –, se são capazes disso, então aprenderam tudo.
Os cirurgiões, no entanto, possuíam um bálsamo com que se besuntavam e uniam as partes separadas, do qual sempre levavam um frasquinho. Cortaram então a mão e retiram o coração e os olhos de seus corpos conforme disseram que eram capazes de fazer, puseram as partes em um prato e entregaram-no ao estalajadeiro. O homem mandou uma criada guardar os órgãos em um armário e cuidar bem deles. A moça, porém, tinha um namorado secreto, que era soldado. Quando o estalajadeiro, os três cirurgiões e todos na casa foram dormir, veio o soldado e quis comer alguma coisa. A moça abriu o armário e lhe trouxe um pouco de comida, mas, apaixonada, se esqueceu de fechar a porta do armário. Sentou-se à mesa com o namorado e conversaram sem parar. Enquanto a criada estava ali feliz da vida, sem pensar no azar, um gato entrou sorrateiro, encontrou a porta do armário aberta, apanhou a mão, o coração e os olhos dos três cirurgiões do exército e fugiu com a comida. Quando o soldado terminou de jantar, a moça tirou a mesa e foi fechar o armário, viu que o prato que o estalajadeiro lhe dera para guardar estava vazio. Disse assustada ao namorado:

– Ah, que infelicidade a minha, o que farei? A mão desapareceu e também o coração e os olhos? Que será de mim amanhã cedo?

– Fique tranquila – disse ele –, vou ajudá-la a sair dessa encrenca. Tem um ladrão pendurado na forca e cortarei a mão dele. Qual era a mão?

– A direita.

Então a moça lhe deu uma faca afiada e ele foi lá, cortou a mão direita do ladrão morto e trouxe-a para a namorada. Feito isso, ele agarrou o gato e arrancou seus olhos, e ficou faltando apenas o coração.

– Você não andou abatendo porcos e não os deixou no porão? – perguntou ele.

– Andei.

– Ótimo – disse o soldado, e foi ao porão para apanhar um coração de porco. A moça colocou tudo no prato e guardou no armário, e quando o soldado se despediu ela foi se deitar sem fazer barulho.

Pela manhã, quando os cirurgiões do exército se levantaram, pediram à moça para ir buscar o prato em que estavam a mão, o coração e os olhos. Então ela apanhou-os no armário e o primeiro cirurgião encaixou a mão do ladrão, untou-a com o bálsamo e ela se uniu imediatamente ao seu braço. O segundo apanhou os olhos do gato e encaixou-os no rosto. O terceiro recolocou o coração do porco onde antes estivera o seu; o estalajadeiro ficou admirado com tanta arte e disse que nunca vira ninguém fazer igual e que louvaria sua habilidade e os recomendaria a todos. Então eles pagaram a conta e partiram.

Enquanto viajavam, o cirurgião com o coração do porco não conseguia acompanhar os companheiros, e sempre que via um canto corria para lá e fossava a terra com o nariz como fazem os porcos. Os outros dois tentavam segurá-lo pelas pontas do fraque, mas não adiantava, ele se desvencilhava e corria para onde havia mais sujeira. O segundo também se comportava de modo estranho. Esfregava os olhos e dizia aos outros:

– Companheiros, o que está acontecendo? Não enxergo direito. Será que um de vocês pode me guiar para eu não cair? – Com dificuldade, prosseguiram até o anoitecer, quando chegaram à outra estalagem. Foram para o bar juntos e a uma mesa no canto da sala sentava-se um homem rico contando o seu dinheiro. O cirurgião com a mão do ladrão ficou a rodeá-lo, fez duas vezes um movimento rápido com o braço e, finalmente, quando o estranho se virou, avançou no monte de dinheiro, encheu a mão de moedas e embolsou-as. Um dos seus companheiros o viu e perguntou:

– Companheiro, que é que você está fazendo? Você não pode roubar! Que vergonha!

– Eh – exclamou ele em resposta –, mas como posso me controlar? Minha mão comicha e sou forçado a roubar coisas quer queira, quer não.

Depois eles se deitaram para dormir, e estava tão escuro que não conseguiam ver a própria mão. De repente o que tinha os olhos do gato acordou os outros e disse:

– Irmãos, olhem! Vocês estão vendo aqueles ratinhos brancos correndo por ali? – Os dois médicos se sentaram, mas não conseguiram ver nada. Então ele prosseguiu:

– As coisas andam muito erradas conosco, não nos devolveram o que era nosso. Precisamos voltar ao estalajadeiro, ele nos enganou.

Partiram então na manhã seguinte e disseram ao homem que ele não devolvera o que lhes pertencia. Que o primeiro tinha a mão direita de um ladrão, o segundo, os olhos de um gato, e o terceiro, o coração de um porco. O estalajadeiro respondeu que devia ser culpa da moça e que ia chamá-la, mas quando vira os três se aproximando, a criada fugiu pela porta dos fundos e não voltou mais. Então os três disseram que o homem teria de pagar-lhes muito dinheiro ou poriam fogo em sua casa. O estalajadeiro deu aos médicos tudo o que possuía e tudo que conseguiu juntar, e os três foram embora. Receberam o suficiente para o resto de suas vidas, mas teriam preferido continuar com os órgãos que eram realmente seus.

O JOVEM GIGANTE

ERA UMA VEZ UM CAMPONÊS que tinha um filho do tamanho de um dedo mindinho e que não cresceu mais do que isso; mesmo passados muitos anos não cresceu nadinha.

Um dia, quando o pai ia saindo para trabalhar a terra, o pequenino disse:

– Pai, vou com você.

– Você quer ir comigo? Fique aqui. Não vai poder me ajudar lá; além disso, poderia se perder!

Então o menino começou a chorar, e para ter sossego o pai o colocou no bolso e o levou. Quando chegou ao campo, o pai tirou-o do bolso e depositou-o em um sulco. Quando estava ali, apareceu um gigante no alto do morro.

– Você está vendo aquele enorme papão? – comentou o pai, querendo meter medo no pequenino para que se comportasse bem. – Ele está vindo pegar você.

O gigante, porém, nem chegou a dar dois passos com seus pernões antes de alcançá-los. Apanhou cuidadosamente o menino com dois dedos, deu uma boa olhada e levou-o sem dizer uma palavra. O pai ficou mudo de terror e só pôde pensar que o filho estava perdido e que enquanto vivesse nunca voltaria a pôr os olhos nele.

O gigante levou o menino para casa e alimentou-o com comida de gigante, ele cresceu e se tornou alto e forte como um gigante. Passados dois anos, o velho gigante levou-o à floresta para ver se prestava para alguma coisa e disse:

– Arranque um tronco de árvore para você. – O menino ficara tão forte que desenraizou o tronco de uma arvoreta. Mas o gigante pensou: "Precisamos fazer ainda melhor", e levou-o para casa e lhe deu comida de gigante durante mais dois anos. Na tentativa seguinte, a força do menino aumentara tanto que ele conseguiu arrancar uma velha árvore do solo. Mas ainda não era suficiente para o gigante; e ele alimentou-o mais dois anos e, quando o levou à floresta, disse:

— Agora, arranque um cajado decente para mim. — O menino arrancou o carvalho mais grosso que conseguiu encontrar sem precisar fazer força. — Agora basta — disse o gigante —, você está perfeito. — E levou-o de volta ao campo de onde o tirara. Seu pai estava empurrando o arado. O jovem gigante aproximou-se e disse:

— Meu pai está vendo que rapaz forte seu filho se tornou?

O camponês alarmou-se e respondeu:

— Não, você não é meu filho. Não quero você. Vá embora!

— Sou de fato seu filho. Me deixe fazer o seu trabalho. Sei arar tão bem quanto o senhor, se não melhor.

— Não, não, você não é meu filho e você não sabe arar. Vá embora!

Mas como teve medo daquele homenzarrão, largou o arado e se afastou. Então o rapaz tomou o arado e encostou-lhe apenas uma das mãos, mas era tão forte que o arado fez um sulco fundo na terra.

O camponês não aguentou ver aquilo e gritou para ele:

— Se insiste em arar, não deve empregar tanta força. Assim não adianta. — O rapaz, porém, desatrelou os cavalos e empurrou ele mesmo o arado, dizendo:

— Vá para casa, pai, e peça a minha mãe para preparar um prato enorme de comida; nesse meio-tempo eu aro o campo. — Então o camponês foi para casa e pediu à mulher que preparasse o almoço.

O rapaz arou o campo de oito mil metros sozinho, então se atrelou a dois rastelos ao mesmo tempo e limpou a terra toda. Quando terminou o serviço, foi à floresta e arrancou dois carvalhos, colocou-os nos ombros e pendurou um rastelo na ponta de trás e outro na da frente, um cavalo atrás e um na frente e levou tudo como se fosse um feixe de lenha para a casa dos pais.

Quando entrou no pátio a mãe não o reconheceu e perguntou:

— Quem é esse homem alto horroroso?

— É o nosso filho — respondeu o pai.

— Não, não pode ser o nosso filho, nunca tivemos um filho desse tamanho, o nosso era pequenininho.

Ela gritou para o rapaz:

— Vá embora, não queremos você!

O filho ficou calado, levou os cavalos para o estábulo, deu-lhes aveia, feno e tudo de que precisavam. Quando terminou, entrou na sala, sentou-se em um banco e disse:

— Mãe, agora eu gostaria de comer alguma coisa. Vai demorar a aprontá-la?

— Não — respondeu ela, trazendo dois enormes pratos de comida, que teriam sido suficientes para ela e o marido durante uma semana. O rapaz comeu tudo sozinho e perguntou se a mãe tinha mais alguma coisa para lhe oferecer.

— Não — respondeu ela —, é só o que temos.

— Mas isso foi só uma provinha, preciso comer mais.

Ela não se atreveu a contrariá-lo e pôs um grande caldeirão cheio de comida no fogo; e quando ficou pronto, levou-o para o rapaz.

— Enfim chegam algumas migalhas — disse ele, comendo tudo que havia e ainda assim não foi suficiente para aplacar sua fome.

Então o rapaz disse:

— Pai, estou vendo perfeitamente que em sua companhia nunca terei comida suficiente. Se me der um bastão de ferro, um bem forte que eu não consiga quebrar nos joelhos, vou sair pelo mundo afora.

O camponês não lamentou a decisão, atrelou dois cavalos à carroça e foi buscar no ferreiro um bastão tão grande e grosso que os cavalos mal conseguiram carregá-lo. O rapaz pôs o bastão atravessado nos joelhos e, *treque!*, partiu-o em dois como se fosse uma vara de feijoeiro e atirou-o longe. O pai então atrelou quatro cavalos e trouxe uma barra de ferro tão comprida e grossa que os quatro cavalos mal conseguiram arrastá-la. O filho partiu a barra nos joelhos também, atirou-a longe e disse:

— Pai, isso não me adianta, o senhor precisa atrelar mais cavalos e trazer um bastão mais forte.

Então o pai atrelou oito cavalos e trouxe um que era tão comprido e grosso que os oito cavalos mal puderam carregá-lo. Quando o filho o apanhou, partiu um pedaço da ponta e disse:

— Pai, estou vendo que não vai conseguir me arranjar um bastão como quero, por isso não vou continuar aqui com o senhor.

Então foi embora e anunciou que era aprendiz de ferreiro. Chegou a uma aldeia onde morava um ferreiro ganancioso que nunca tinha feito bem a ninguém e só queria tudo para si. O rapaz foi procurá-lo na ferraria e perguntou se precisava de um empregado.

— Preciso — disse o ferreiro, examinando-o e pensando: "Taí um rapaz forte que vai malhar com força e ganhar o pão com proveito." — Então perguntou: — Quanto quer ganhar?

— Não quero dinheiro — respondeu o rapaz —, mas a cada quinze dias, quando os outros empregados receberem, vou lhe dar dois golpes e o senhor terá de aguentá-los. — Isso agradou ao ferreiro avarento, pois pensou que assim economizaria muito dinheiro.

No dia seguinte o novo empregado devia começar a trabalhar, mas, quando o mestre trouxe a barra em fogo e o rapaz deu o primeiro golpe, o ferro voou em pedaços e a bigorna entrou tão fundo na terra que não houve jeito de puxá-la de volta. Isso deixou o avarento aborrecido e ele disse:

— Ah, você não serve para mim, malha com força demais. Quanto quer pelo golpe que deu?

— Vou lhe dar só um golpezinho — respondeu o rapaz, levantando o pé e aplicando no homem tal chute que ele voou por cima de quatro montes de feno. Então procurou a barra de ferro mais grossa que havia na ferraria, empunhou-a como uma bengala e seguiu seu caminho.

Depois de andar algum tempo, chegou a uma pequena propriedade e perguntou ao administrador se não precisava de um capataz.

— Preciso — respondeu o homem. — Bem que preciso de um. Você parece um rapaz forte e capaz de fazer alguma coisa. Quanto quer receber por ano?

Mais uma vez o rapaz respondeu que não queria dinheiro, mas que todo ano o homem lhe concederia três golpes que deveria aguentar. Então o administrador ficou satisfeito, porque também era ganancioso.

Na manhã seguinte os empregados tiveram de ir à floresta e todos se levantaram, mas o capataz continuou deitado. Então um deles chamou-o:

— Acorda, está na hora. Vamos à floresta, você tem de ir com a gente.

— Ah — respondeu ele com maus modos —, podem ir andando. Vou voltar antes de qualquer um de vocês. E com isso continuou deitado por mais duas horas.

Por fim levantou-se da cama de penas, apanhou setenta quilos de ervilhas no celeiro, preparou uma sopa e comeu-a sem pressa; feito isso, foi atrelar os cavalos e rumou para a floresta. Não muito longe da floresta a estrada atravessava uma ravina, então ele atravessou primeiro os cavalos, parou, depois voltou, apanhou árvores e lenha e montou uma enorme barricada para que nenhum cavalo pudesse passar.

Quando estava entrando na floresta os outros vinham saindo com suas carroças carregadas a caminho de casa.

— Podem ir andando, eu ainda vou chegar em casa antes de vocês.

Ele não entrou muito longe na floresta, ali mesmo arrancou duas das maiores árvores, atirou-as na carroça e deu meia-volta. Quando chegou à barricada, os outros ainda estavam parados ali sem poder atravessar a ravina.

— Estão vendo? – disse ele. – Se tivessem ficado comigo, chegariam em casa no mesmo tempo que eu e teriam dormido mais uma hora. – Quis então prosseguir, mas seus cavalos não conseguiram atravessar com a carroça; ele os desatrelou e os colocou dentro da carroça, tomou os varais nas próprias mãos e puxou-a sem esforço, como se ela estivesse carregada de penas. Quando terminou, disse aos outros:

— Estão vendo, terminei mais depressa que vocês. – E foi embora enquanto os outros eram obrigados a continuar onde estavam.

No pátio, porém, ele apanhou uma árvore, mostrou-a ao administrador e disse:

— Não acha que é um belo feixe de lenha?

Então o administrador disse à mulher:

— Este empregado é bom. Dorme até mais tarde e ainda assim chega em casa antes dos outros.

Dessa maneira o gigante serviu o administrador um ano e, quando terminou o prazo e os outros empregados estavam recebendo o pagamento, ele disse que chegara a hora de receber o seu também. O administrador, porém, teve medo dos golpes que ia receber e suplicou-lhe que o dispensasse da surra. Propôs-lhe em vez disso que o rapaz se tornasse administrador, e ele, capataz.

— Não – respondeu o rapaz –, não quero ser administrador. Sou capataz e vou continuar sendo, mas quero receber o pagamento que combinamos.

O administrador estava disposto a lhe dar qualquer coisa que pedisse, mas não adiantou, o rapaz recusou tudo. Então o homem não soube o que fazer e implorou que ele lhe concedesse um adiamento de mais quinze dias, porque queria achar um meio de fugir ao compromisso. O rapaz concordou com o adiamento e o administrador reuniu todos os empregados e pediu-lhes que pensassem no problema para aconselhá-lo. Os empregados refletiram durante muito tempo, por fim disseram que ninguém tinha garantia de vida com aquele capataz, porque ele podia matar um homem como se fosse um mosquito, e que o administrador devia mandá-lo entrar no poço para limpá-lo, e quando ele chegasse ao fundo eles empurrariam uma das mós do moinho que estava por ali e a jogariam em sua cabeça; então o capataz nunca voltaria a ver a luz do dia. O conselho agradou ao administrador, e o rapaz não fez objeção a descer no poço. Quando estava parado lá no fundo, os empregados jogaram a mó maior que encontraram em cima dele, certos de que deviam ter partido sua cabeça, mas ele gritou:

– Tirem essas galinhas do poço, elas estão arranhando a areia na superfície e atirando poeira nos meus olhos, assim fico sem poder enxergar. – O administrador gritou também: – Xô! Xô! – E fingiu espantar as galinhas. Quando o rapaz terminou o trabalho, tornou a subir e disse:

– Olhem só o belo colarinho que estou usando. – Imaginem vocês, era a mó que se encaixara em seu pescoço.

O capataz agora queria seu pagamento, mas o administrador mais uma vez implorou um adiamento de quinze dias. Os empregados se reuniram e o aconselharam a mandar o rapaz ao moinho mal-assombrado moer milho durante a noite, porque nunca homem algum voltara vivo de lá. A proposta agradou ao administrador. Naquela mesma noite chamou o capataz e mandou que levasse trezentos quilos de milho ao moinho e os moesse naquela noite, porque precisava do milho com urgência. Então o rapaz foi ao celeiro, despejou setenta e cinco quilos de milho no bolso direito e outros setenta e cinco no esquerdo e levou mais cento e cinquenta quilos em um saco pendurado no ombro, metade sobre o peito, metade sobre as costas, e assim carregado rumou para o moinho mal-assombrado. O moleiro foi logo dizendo que ele poderia moer o milho muito bem de dia, mas não de noite, porque o moinho era mal-assombrado e até aquele momento todos os que entraram ali à noite tinham sido encontrados mortos pela manhã.

– Eu me arranjo, pode ir se deitar – respondeu o rapaz, entrando no moinho e despejando o milho. Lá pelas onze horas da noite foi para a sala de moagem e se sentou em um banco. Quando já estava ali há algum tempo a porta se abriu de repente e por ela entrou uma grande mesa, e sobre a mesa foram aparecendo vinho, carne assada e outras tantas coisas boas, mas tudo sozinho pois não havia ninguém servindo-os. Depois as cadeiras se afastaram, mas não entrou ninguém, até que inesperadamente ele viu dedos segurarem as facas e os garfos e servirem a comida nos pratos, mas fora isso não viu mais nada. Como sentisse fome, também se sentou à mesa, comeu com quem estava comendo e gostou da refeição.

Quando saciou a fome e os outros também tinham esvaziado os pratos, ele ouviu perfeitamente soprarem as velas, e agora num escuro de breu sentiu alguém lhe dar um tapa no ouvido. Então ele disse:

– Se isso voltar a acontecer, vou revidar. – E quando recebeu um segundo tapa no ouvido, deu um tapa também. E isso continuou a noite inteira. Não levou tapa sem revidar, pagou tudo com juros e não estapeou a torto e a direito em vão. Ao amanhecer tudo se aquietou.

Quando o moleiro acordou, veio saber notícias dele, imaginando se ainda estaria vivo.

E o rapaz lhe disse:

— Comi até ficar satisfeito e recebi uns tapas no ouvido, mas dei o troco. — O moleiro ficou muito contente e disse que o feitiço do moinho então fora quebrado e que ele queria dar ao rapaz muito dinheiro em recompensa. Mas o rapaz recusou:

— Dinheiro não aceitarei, tenho o suficiente.

Ele pôs então a farinha moída nas costas e foi para casa, dizendo ao administrador que fizera o que fora mandado e que agora queria o pagamento combinado. Quando o administrador ouviu isso, ficou fora de si de tanto medo. Andou para lá e para cá na sala, e de sua testa pingavam gotas de suor. Então abriu a janela para entrar ar fresco, mas antes que se apercebesse, o rapaz lhe aplicou tal pontapé que ele voou pelos ares e foi parar tão longe que ninguém mais o viu.

Então o rapaz disse à mulher do administrador:

— Se ele não voltar, a senhora terá de levar o outro golpe.

— Não, não, eu não poderei suportar — choramingou a mulher e abriu a segunda janela, porque gotas de suor escorriam de sua testa também. E ele lhe aplicou tal pontapé que ela voou janela afora, e como era mais leve subiu muito mais alto do que o marido. Quando o administrador a viu no ar, gritou:

— Eh! Vem cá. — Mas ela respondeu:

— Vem você, não consigo alcançá-lo. — E ficaram ali pairando sem conseguir se aproximar um do outro, e não sei se continuam assim, pairando no ar, mas o jovem gigante apanhou sua barra de ferro e continuou sua viagem pelo mundo.

OS TRÊS FILHOS DA FORTUNA

CERTA VEZ UM PAI chamou os seus três filhos e deu ao primeiro um galo, ao segundo uma foice e ao terceiro um gato.

– Já estou velho – disse ele – e minha morte se aproxima. Mas antes venho pensando no futuro de vocês. Dinheiro não tenho e os presentes que estou lhes dando podem parecer de pouco valor, mas tudo depende do bom uso que fizerem deles. Basta procurarem uma terra onde essas coisas ainda sejam desconhecidas e sua fortuna estará feita.

Quando o pai morreu, o filho mais velho partiu com o seu galo, mas em todo lugar aonde ia o galo já era conhecido; nas cidades ele o avistava de longe, no alto dos prédios, girando com o vento, e em toda aldeia ele ouvia mais de um galo cantar. Portanto ninguém se admiraria com um bicho tão conhecido e não lhe pareceu que pudesse fazer fortuna à sua custa.

Por fim, aconteceu-lhe chegar a uma ilha onde as pessoas não tinham informações sobre galos nem tampouco sabiam como calcular o tempo. É certo que sabiam quando era manhã ou tarde, mas à noite, se ficassem acordados, ninguém saberia dizer as horas.

– Vejam! – anunciou. – Vejam esta soberba ave que trago! Tem uma coroa de rubis na cabeça e usa esporões como um cavaleiro! Canta três vezes durante a noite em horas certas, e quando canta pela última vez o sol desponta. Mas se cantar em plena luz do dia, então prestem atenção, porque certamente o tempo mudará.

As pessoas ficaram encantadas. Não dormiram a noite inteira ouvindo assombradas o galo anunciar as horas alto e bom som, às duas, às quatro e às seis. Perguntaram se essa esplêndida ave estava à venda e quanto o rapaz queria por ela.

– O tanto de ouro que um burro puder carregar – respondeu o rapaz.

– Um preço ridiculamente pequeno por um animal tão valioso! – exclamaram todos ao mesmo tempo e de bom grado lhe deram o que pedia.

Quando voltou para casa com a sua fortuna os irmãos ficaram admirados, e o segundo disse:

— Bom, vou partir e ver se posso me livrar da minha foice com igual lucro. — Mas não pareceu que fosse conseguir, porque todos os trabalhadores que encontrava por onde passava também levavam foices aos ombros.

Por fim o acaso o levou a uma ilha onde as pessoas não conheciam foices. Ali, quando o milho amadurecia, os camponeses levavam um canhão para os campos e derrubavam a colheita a tiro. Ora, isso era um jeito meio duvidoso de trabalhar. Muitas vezes o tiro passava por cima do milho, outras atingia as espigas em vez dos colmos, dispersando-as pelo ar, e muito milho se perdia. Além disso, fazia um barulho horrível. Então o rapaz começou a trabalhar e cortou o milho tão silenciosa e rapidamente que as pessoas ficaram boquiabertas de espanto. Concordaram em lhe pagar o que pedia pela foice, e ele recebeu um cavalo carregado de todo o ouro que podia carregar.

Então o terceiro irmão quis tentar sua sorte com o gato. Aconteceu-lhe o mesmo que aos irmãos; enquanto viajou pelo continente a gata não valeu nada. Havia gatos em toda parte e tantos que em geral afogavam os filhotes assim que nasciam.

Por fim ele tomou um barco e por sorte aconteceu de ir parar em uma ilha onde nunca tinham visto gatos, e onde os ratos dominavam tão completamente que dançavam em cima das mesas e bancos quer o dono estivesse ou não em casa. As pessoas se queixavam amargamente da praga. Nem o rei em seu palácio sabia como se proteger. Em todo canto ratos guinchavam, roendo tudo que encontravam. Então a gata começou a caçar e logo limpou alguns aposentos, e o povo todo suplicou ao rei que comprasse o maravilhoso animal para o país. O rei prontamente pagou a mula carregada de ouro que o terceiro irmão lhe pedia e voltou para casa com o maior tesouro do mundo.

A gata se divertiu com os ratos no palácio real, e matou tantos que foi impossível contá-los. Por fim, ela sentiu calor e sede com essa trabalheira, parou e levantou a cabeça miando sem parar. Quando as pessoas ouviram aquele estranho grito, o rei e todo o seu povo se assustaram e fugiram imediatamente do palácio, aterrorizados. O rei se aconselhou com seus ministros para saber qual a melhor medida a tomar. Por fim, resolveu mandar um emissário à gata e exigir que ela deixasse o palácio, caso contrário seria expulsa à força. Os conselheiros tinham dito ao rei:

— É preferível aturar a praga de ratos a que estamos acostumados do que entregar nossas vidas a um monstro como esse. — Um jovem nobre foi portanto enviado à gata para perguntar se deixaria o palácio pacificamente. Mas a gata, cuja sede aumentara, só conseguiu miar em resposta. O rapaz entendeu que ela tivesse dito que não atenderia de jeito nenhum, e levou a resposta ao rei. Os conselheiros decidiram então que a convenceriam à força. Trouxeram os canhões e logo o palácio estava em chamas. Quando o fogo atingiu o aposento em que a gata estava, ela saltou pela janela sem correr perigo algum, mas os atacantes não pararam até destruir completamente o palácio.

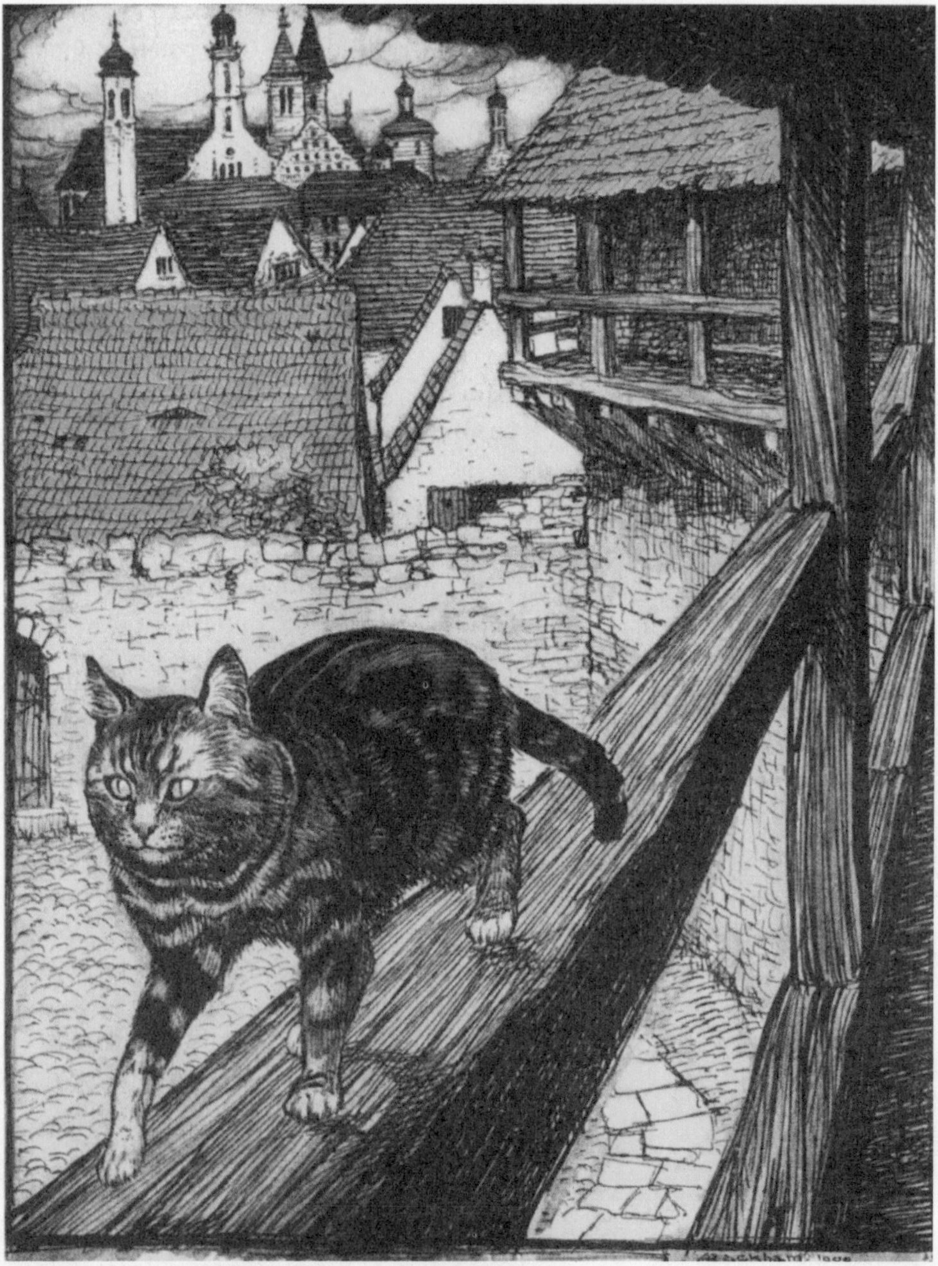

O POBRE APRENDIZ
DE MOLEIRO E A GATA

EM CERTO MOINHO VIVIA um velho moleiro que não tinha mulher nem filho, mas com ele trabalhavam três aprendizes. Como já estavam juntos há vários anos, um dia o moleiro lhes disse:

— Estou velho, quero ficar sentado ao pé da lareira, por isso partam, e àquele que me trouxer o melhor cavalo eu darei o moinho e em troca ele cuidará de mim até o dia da minha morte.

O terceiro rapaz era o burro de carga desprezado pelos outros que lhe negaram essa oportunidade, acreditando que ele não devia receber o moinho de jeito algum. Os três partiram juntos e, quando chegaram à aldeia, os dois disseram ao burro do João:

— É melhor você ficar aqui; enquanto viver jamais conseguirá um cavalo.

Mesmo assim João os acompanhou e à noite chegaram a uma gruta, onde se deitaram para dormir. Os dois sabidos esperaram até João ferrar no sono, levantaram-se e foram embora deixando-o para trás. E acharam que tinham feito uma coisa muito inteligente, embora no fim acabassem se dando mal.

Quando o sol nasceu e João acordou, viu-se deitado em uma caverna muito funda. Olhou para os lados e exclamou:

— Nossa! Onde é que eu estou? – Em seguida se levantou e saiu agachado para a floresta lá fora, pensando: "Eis-me aqui só, abandonado. Agora, como vou arranjar um cavalo?"

Enquanto caminhava refletindo, encontrou uma gatinha que lhe disse gentilmente:

— João, aonde é que você está indo?

— Ai de mim! Você não pode me ajudar.

— Sei muito bem o que você está procurando – disse a gata. – Você quer um belo cavalo. Venha comigo e me sirva fielmente durante sete anos e lhe darei o cavalo mais bonito que você já viu na vida.

"Ora, que gata maravilhosa", pensou João, "mas quero só ver se ela está dizendo a verdade."

Então a gata o levou para o seu castelo encantado onde só havia gatos, que eram empregados dela. Eles saltavam agilmente para cima e para baixo e viviam muito alegres e felizes. À noite, quando sentavam para jantar, três deles tinham de tocar. Um tocava fagote, outro, violino, e o terceiro, levava um trompete aos lábios soprando com toda a força.

Depois do jantar, a mesa foi tirada e a gata disse:

— Agora, João, venha dançar comigo.

— Não — respondeu ele —, não vou dançar com uma gata. Nunca fiz isso antes.

— Então levem-no para a cama — ordenou ela aos outros gatos.

Então um levou-o para o quarto, outro tirou seus sapatos, um terceiro as meias e o último apagou a vela. Na manhã seguinte voltaram e o ajudaram a se levantar, um calçou-lhe as meias, outro colocou suas ligas, um terceiro trouxe seus sapatos, o quarto lavou-o, e um quinto secou seu rosto com a cauda.

— Que toalha mais macia! — exclamou João. Mas ele tinha de servir a gata, cortando lenha todos os dias, e para isso recebeu um machado de prata; a cunha e o serrote também eram de prata, e a marreta de cobre. Então ele cortava lenha e morava na casa e recebia boa comida e bebida, mas nunca via ninguém a não ser a gata e seus criados.

Um dia ela lhe disse:

— Vá roçar meu prado e preparar o feno. — E lhe deu uma foice de prata e uma pedra de amolar de ouro, mas recomendou que tornasse a devolvê-los com cuidado. Então João foi e fez o que fora mandado; quando terminou, levou a foice, a pedra e o feno para casa e perguntou se não chegara a hora de receber sua recompensa.

— Não — respondeu a gata —, primeiro você precisa fazer mais um serviço para mim. Há caibros de prata, uma acha de madeira, um esquadro e todo o material necessário de prata; com eles construa uma casinha pra mim.

Então João construiu a casinha e disse que já havia feito tudo e continuava sem ganhar o cavalo. Os sete anos haviam se passado como se fossem seis meses. A gata perguntou-lhe se gostaria de ver os cavalos dela.

— Gostaria — disse João.

Então ela abriu a porta da casinha e ali estavam doze cavalos — eram tão sedosos e bem cuidados que o coração do rapaz se alegrou ao vê-los.

Em seguida a gata lhe deu alguma coisa para comer e beber, e disse:

– Volte para casa. Não vou lhe dar o cavalo para levar, mas dentro de três dias eu o seguirei e levarei seu cavalo.

João partiu e ela lhe mostrou o caminho para o moinho. Mas a gata jamais lhe dera um casaco novo e ele fora obrigado a continuar usando o velho blusão comprido e sujo que trouxera no corpo, que durante sete anos se tornara pequeno demais.

Quando chegou em casa, os outros dois aprendizes já estavam lá e cada um sem dúvida trouxera um cavalo, mas um era cego, e o outro, manco. Perguntaram a João onde estava o seu cavalo.

– Ele me seguirá dentro de três dias – respondeu.

Os outros riram e disseram:

– Verdade, João Burro, e onde é que você arranjará um cavalo? Com certeza será um belo animal!

João entrou na sala de visitas, mas o moleiro disse que ele não podia se sentar à mesa, porque estava tão esfarrapado que se envergonhariam dele se chegasse alguém. Então deram-lhe um bocado de comida do lado de fora, e à noite, quando foram dormir, os outros dois não o deixaram usar a cama e ele teve de se esgueirar no telheiro dos gansos e se deitar em cima de um pouco de palha.

Pela manhã, quando acordou, haviam se passado os três dias e chegou ao moinho uma carruagem com seis cavalos tão reluzentes que era uma alegria contemplá-los! Um criado conduzia um sétimo cavalo que era o do pobre aprendiz de moleiro. Desembarcou então da carruagem uma magnífica princesa que entrou no moinho, e quem era a princesa se não a gatinha que o pobre João servira durante sete anos!

Ela perguntou ao moleiro onde estava o aprendiz burro de carga. E o moleiro respondeu:

— Ele não pôde ficar aqui no moinho, está esfarrapado demais. Está deitado no telheiro dos gansos.

Então a gata, que era a filha do rei, mandou que fossem buscar o aprendiz imediatamente. Quando o trouxeram ele precisou repuxar seu blusão pequeno o melhor que pôde para se cobrir. Os criados da princesa então desembrulharam roupas esplêndidas, o lavaram e vestiram, e depois disso nenhum rei teria parecido mais bonito. A moça quis então ver os cavalos que os outros aprendizes haviam trazido, um era cego e o outro era manco. Ela mandou o criado trazer o sétimo cavalo e, quando o moleiro o viu, exclamou que jamais entrara um cavalo igual em seu pátio.

— E pertence ao terceiro aprendiz — disse ela.

— Então ele é quem deverá herdar o moinho — disse o moleiro, mas a filha do rei respondeu que aquele cavalo era para ele e que ficasse com seu moinho também, e ela levou seu fiel João, o fez subir na carruagem e partiu junto com ele. Rumaram diretamente para a casinha que ele construíra com as ferramentas de prata; vejam, ela se transformara em um enorme castelo, e todo o seu mobiliário era feito de ouro e prata. Então os dois se casaram e o aprendiz de moleiro ficou rico, tão rico que teve o suficiente para o resto da vida.

Depois disso, que ninguém diga que um tolo não pode se tornar uma pessoa importante.

JOÃO E MARIA

PERTO DE UMA VASTA FLORESTA vivia um lenhador com a mulher e dois filhos dele. O menino se chamava João e a menina, Maria. Eles sempre foram muito pobres e não tiveram muito o que comer; mas um dia houve uma grande fome em sua terra, e não puderam mais comprar o pão de cada dia.

Certa noite o homem estava deitado na cama preocupando-se com seus problemas, então suspirou e disse à mulher:

– Que vai ser de nós? Como vamos alimentar nossas pobres crianças quando não temos nada para nós?

– Vou lhe dizer, marido, amanhã as levaremos bem cedo para a parte mais densa da floresta. Acenderemos uma fogueira e daremos a elas um pedaço de pão; então iremos trabalhar e as deixaremos sozinhas. Não conseguirão encontrar o caminho de volta e assim nos livraremos delas.

– Não, mulher – disse o homem –, não faremos isso. Eu nunca teria coragem de deixar meus filhos sozinhos na floresta, as feras logo os estraçalhariam.

– Como você é bobo! Então nós quatro vamos morrer de fome. Pode ir preparando logo as tábuas para os nossos caixões.

E não deu descanso ao marido até ele concordar.

– Ainda assim me entristeço pelas pobres crianças.

Os dois irmãos também não conseguiam dormir por causa da fome e ouviram o que a madrasta estava dizendo ao pai.

Maria chorou de amargura:

– É o nosso fim agora!

– Fique quieta, Maria! – consolou-a João. – Não chore, encontrarei uma saída.

Quando os mais velhos já tinham adormecido ele se levantou, vestiu seu casaquinho e saiu sem fazer barulho. A lua estava muito clara e as pedrinhas brancas ao redor da casa brilhavam como moedas recém-cunhadas. João se abaixou e encheu os bolsos com todas que pôde.

Voltou então para Maria e disse:

— Fique tranquila, maninha, e vá dormir. Deus não vai nos abandonar. — E ele também foi dormir.

Quando o dia raiou, antes de o sol aparecer, a mulher chamou:

— Levantem, seus preguiçosos, vamos à floresta buscar lenha.

Então deu um pedaço de pão a cada um.

— Isso é para o almoço de vocês, mas não comam antes da hora, porque não ganharão mais.

Maria guardou o pão embaixo do avental, pois João tinha os bolsos cheios de pedras. E rumaram todos para a floresta.

Quando se distanciaram um pouco, João parou para olhar a casa e voltou a fazer isso várias vezes.

O pai perguntou:

— João, está parando para olhar o quê? Preste atenção e não pare.

— Ah, pai — respondeu o menino —, estou olhando para o meu gato branco sentado no telhado, querendo se despedir de mim.

— Bobinho! Aquilo não é um gato, é o reflexo do sol da manhã na chaminé.

João não estivera olhando o gato, mas deixando cair uma pedrinha no chão toda vez que parava. Quando já iam longe pela floresta, o pai disse:

— Agora, crianças, catem um pouco de lenha. Quero fazer uma fogueira para aquecê-las.

João e Maria juntaram uns gravetos e dali a pouco tinham feito uma enorme pilha. Então o pai acendeu a pilha e, quando o fogo pegou, a mulher disse:

— Agora deitem-se perto da fogueira e descansem enquanto cortamos lenha; quando terminarmos voltaremos para buscá-los.

João e Maria se sentaram ao pé da fogueira e, quando chegou a hora do almoço, cada um comeu o seu pedacinho de pão, achando que o pai estava bem próximo porque podiam ouvir o ruído do machado. Mas não era o machado, era um galho que o homem amarrara a uma árvore seca e que batia quando balançava para a frente e para trás. As crianças ficaram ali tanto tempo que se cansaram, seus olhos começaram a fechar e logo ferraram no sono.

Quando acordaram estava muito escuro. Maria começou a choramingar:

— Como é que vamos sair da floresta?

Mas João consolou-a:

— Espere um pouco até a lua nascer e logo acharemos o nosso caminho.

Quando a lua cheia subiu, João pegou a mão da irmãzinha e começaram a seguir os seixos que brilhavam como moedas recém-cunhadas. Caminharam a noite inteira e pela manhã depararam com a casa do pai.

Eles bateram à porta e, quando a mulher a abriu e viu as duas crianças, disse:

— Que meninos malcomportados, por que dormiram tanto na floresta? Achamos que vocês não pretendiam mais voltar.

Mas o pai ficou contente, porque seu coração se condoera ao abandoná-los.

Não demorou muito, o casal estava novamente na penúria, e as crianças ouviram a mulher deitada à noite dizer ao marido:

— Comemos tudo outra vez, a não ser a metade de um pão, depois não teremos mais nada. As crianças precisam ir embora; nós as levaremos mais para o fundo da floresta para que não possam encontrar o caminho de volta. Não resta mais nada a fazer.

O homem ficou muito penalizado e disse:

— É melhor repartirmos o último pedaço de pão com as crianças.

Mas a mulher não quis escutá-lo, só fez ralhar com o marido e censurá-lo. Uma pessoa que já concordou uma vez tem de concordar duas, e ele, tendo cedido da primeira vez, logo teve de ceder uma segunda. As crianças mais uma vez estavam bem acordadas e ouviram a conversa.

Quando os mais velhos foram dormir João novamente levantou-se com a intenção de sair e arranjar mais pedrinhas, mas a mulher trancara a porta e ele não pôde sair. Consolou porém a irmãzinha dizendo:

— Não chore, Maria, vá dormir. Deus nos ajudará.

Muito cedo no dia seguinte a mulher fez as crianças se levantarem e deu a cada uma um pedaço de pão ainda menor que o da vez anterior. A caminho da floresta João esfarelou-o dentro do bolso e de vez em quando parava para atirar uma migalha no chão.

— João, por que está parando para olhar para os lados? — perguntou o pai.

— Estou tentando ver a minha pomba que está pousada no telhado e quer se despedir de mim — respondeu o menino.

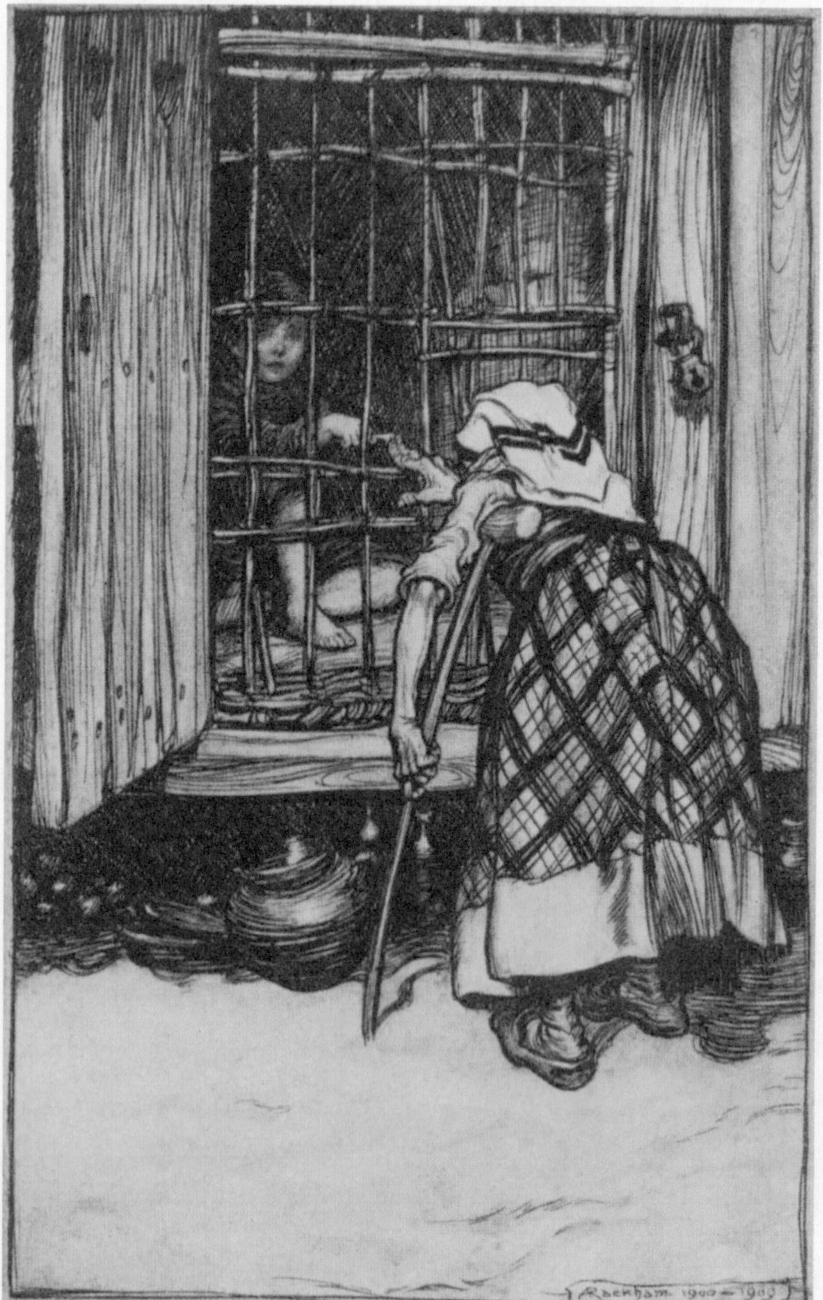
Rackham 1900–1909

— Que tolinho! – disse a mulher. – Aquilo não é uma pomba, é o reflexo do sol da manhã na chaminé.

Ainda assim, João foi espalhando os farelos aqui e ali. A mulher se embrenhou na floresta com as crianças até onde nunca tinham estado na vida. Mais uma vez armaram uma fogueira e ela disse:

— Fiquem aqui, crianças, e quando estiverem cansadas podem dormir um pouco. Vamos mais adiante cortar lenha, e, à noitinha, quando tivermos terminado, voltaremos para buscá-las.

Na hora do almoço Maria dividiu seu pão com João, porque o irmão havia esfarelado o dele no caminho. Depois foram dormir e a noite chegou, mas ninguém veio buscar as pobres crianças.

Já estava bem escuro quando eles acordaram e João animou a irmãzinha:

— Espere um pouco, Maria, até a lua nascer, então poderemos ver as migalhas de pão que espalhei para marcar o caminho de casa.

Quando a lua subiu eles começaram a andar, mas não encontraram as migalhas, os milhares de pássaros na floresta haviam ciscado e comido tudo.

João disse à Maria:

— Logo encontraremos o caminho.

Mas não puderam encontrá-lo. Caminharam a noite inteira e todo o dia seguinte, da manhã à noite, e não conseguiram sair da floresta.

Sentiam muita fome, pois não tinham comido nada além de alguns frutinhos que encontraram. Estavam tão cansados que suas pernas não aguentavam mais caminhar e se deitaram embaixo de uma árvore para dormir.

Quando acordaram de manhã, era o terceiro dia desde que haviam saído da casa do pai. Recomeçaram a caminhar, mas só conseguiram se embrenhar ainda mais na floresta, e se não aparecesse socorro logo iriam perecer.

Ao meio-dia, viram um bonito pássaro branco como a neve pousado em uma árvore. Tinha um canto tão belo que as crianças pararam para escutá-lo. Então a ave se calou, bateu as asas e voou em volta deles. As crianças a seguiram e chegaram a uma casinha em cujo telhado a ave pousou.

Quando se aproximaram, viram que a casinha era feita de biscoitos, o telhado de bolo e as janelas eram de açúcar-cande.

— Isso é exatamente o que queremos – disse João. – Vamos fazer uma boa refeição. Vou comer um pedaço do telhado, Maria, e você pode comer um pedacinho da janela, será bem gostoso.

João se esticou e partiu uma migalha de bolo para experimentar que gosto tinha. Maria foi até a janela e deu uma mordidinha. Uma voz meiga chamou de dentro da casa:

– Rói, rói como um ratinho.
Quem está roendo minha casinha?

As crianças responderam:
– É o vento, na terra sopra o vento.
Vento que desce do firmamento.

E continuaram a comer sem se incomodar. João, que achara o telhado muito gostoso, partiu uma boa fatia; Maria tirou uma vidraça inteira da janela e se sentou no chão para se deliciar.

De repente a porta se abriu e uma velha muito velha, que se apoiava em uma muleta, saiu mancando. João e Maria levaram tal susto que largaram o que tinham nas mãos.

Mas a velha apenas sacudiu a cabeça e disse:

– Ah, queridas crianças, que foi que as trouxe aqui? Entrem e fiquem comigo, nada de mau lhes acontecerá.

Ela tomou-os pela mão e levou-os para dentro da casinha. Serviu-lhes um belo almoço, panquecas com açúcar, leite, maçãs e nozes. Depois mostrou-lhes duas caminhas brancas em que eles se deitaram pensando que estavam no paraíso.

A velha, embora parecesse muito simpática, era na realidade uma velha bruxa malvada que ficava à espreita de crianças e construíra a casa de biscoitos para atraí-las. Sempre que conseguia capturar uma criança ela a cozinhava e a comia, considerando tudo um belo banquete. As bruxas têm olhos vermelhos e não enxergam muito longe, mas têm o olfato apurado como os bichos e percebem a aproximação dos seres humanos.

Quando João e Maria se aproximaram, ela riu maldosamente com seus botões e disse com desdém:

– Agora apanhei-os, eles não me escaparão.

Levantou-se cedo na manhã seguinte antes de as crianças acordarem e, quando as viu adormecidas com lindas bochechas rosadas, murmurou: "Vão dar um petisco saboroso."

Segurou João com a mão ossuda e levou-o para um estábulo onde o prendeu atrás de uma porta com grades. Ele poderia gritar o quanto quisesse que ela não se incomodaria. Foi em seguida buscar Maria, sacudiu-a até acordá-la e gritou:

– Levante-se, preguiçosa, vá buscar água e cozinhe uma coisa gostosa para o seu irmão; ele está no estábulo e tem de ser engordado. Quando estiver bem gordo eu o comerei.

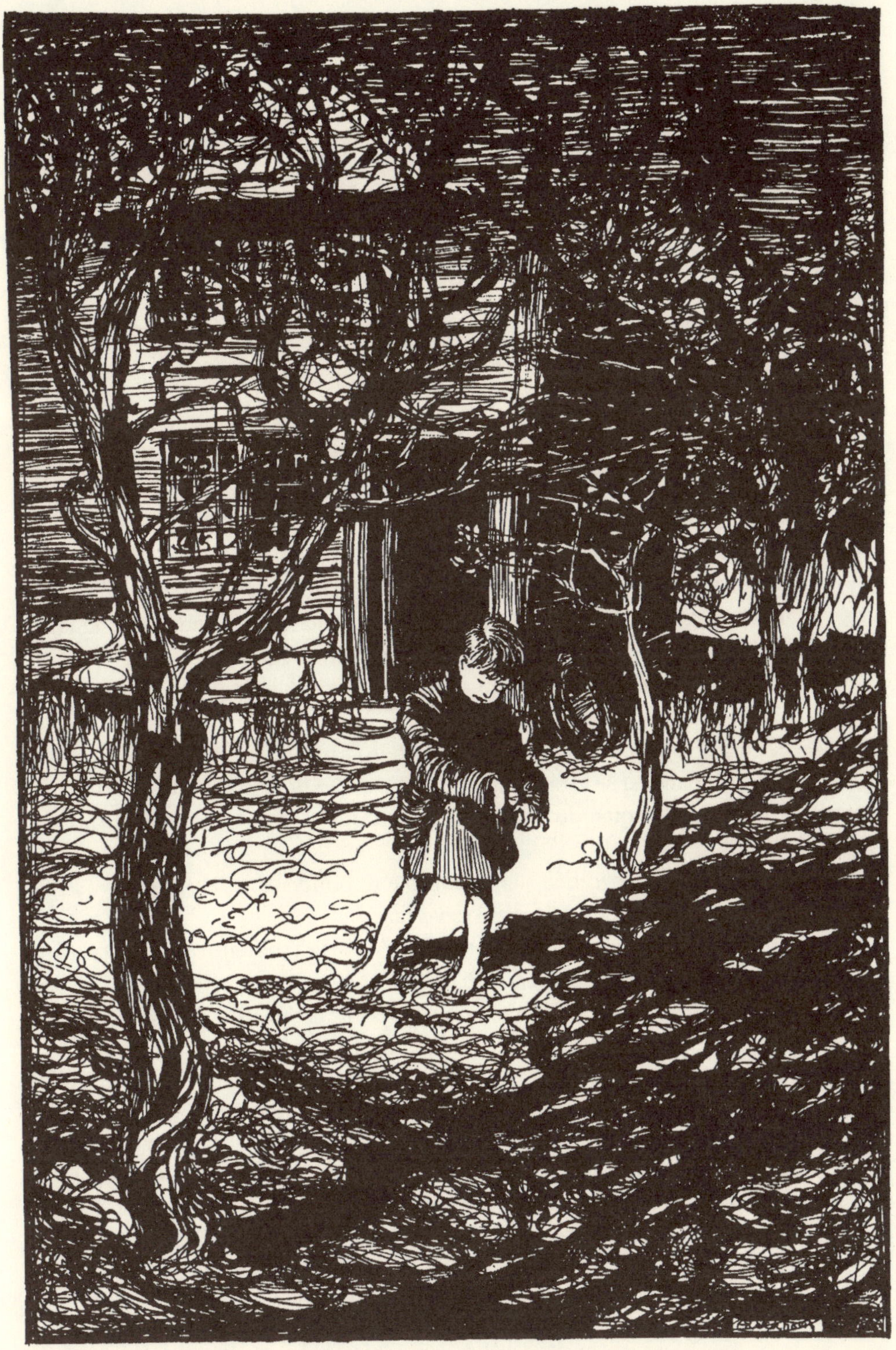

Maria começou a chorar de amargura, mas não adiantou, teve de obedecer às ordens da bruxa. A melhor comida era preparada para o pobre João, Maria só comia cascas de camarões de água doce.

Toda manhã a velha ia mancando até o estábulo e gritava:

– João, me mostre o seu dedo para eu ver o quanto você já engordou.

João estendia um ossinho e a velha, que tinha a vista fraca e não enxergava direito, pensava que era um dedo e ficava muito admirada que o menino não engordasse.

Como se passaram quatro semanas e João continuava magro, ela se impacientou e não quis mais esperar.

– Agora, Maria – gritou –, mexa-se e vá buscar água. Gordo ou magro, amanhã vou matar e comer João.

Ah, como a pobrezinha chorou. Enquanto carregava a água, as lágrimas escorriam por suas faces.

– Meu bom Deus, nos ajude! – pediu. – Se as feras na floresta tivessem nos devorado, ao menos teríamos morrido juntos.

– Pode poupar as lamentações, não vão adiantar – disse a velha.

Cedo pela manhã Maria teve de sair para encher a chaleira com água, depois acender o fogão e pendurar a chaleira para a água ferver.

– Primeiro vamos assar o pão – disse a bruxa. – Já esquentei o forno e preparei a massa.

E empurrou a pobre Maria na direção do forno, dizendo:

– Entre para ver se está bem aquecido e então poremos o pão aí dentro.

Ela pretendia, quando Maria tivesse entrado, fechar a porta do forno e assá-la.

Mas a menina percebeu sua intenção e respondeu:

– Não sei como entrar. Como devo fazer?

– Sua pateta! – exclamou a bruxa. – A porta é bastante grande, você pode ver que até eu poderia entrar!

A bruxa se aproximou e meteu a cabeça no forno. Mas Maria deu-lhe um empurrão que a arremessou para dentro, em seguida bateu a porta e passou a tranca no forno.

– Oh! Oh! – ela começou a dar gritos horríveis. Mas Maria fugiu e deixou a bruxa morrer sozinha.

Correu então o mais rápido que pôde ao estábulo. Abriu a porta e gritou:

– João, você está salvo. A bruxa velha morreu.

João saltou como um pássaro para fora da gaiola quando Maria abriu a porta. Como os dois ficaram contentes! Caíram nos braços um do outro, se beijaram e dançaram de felicidade.

Não havendo mais nada a temer, entraram na casa da bruxa e encontraram arcas cheias de pérolas e pedras preciosas por todo canto.

– São melhores que as pedrinhas – disse João enquanto enchia os bolsos.

– Preciso levar alguma coisa para casa também – comentou Maria e encheu o avental.

– Agora temos de ir – lembrou João –, precisamos conseguir sair desta floresta encantada.

Não tinham ido muito longe quando depararam com um lago.

– Não podemos atravessá-lo – disse João –, não estou vendo pedras submersas nem ponte.

– E também não há barcos. Mas tem um pato nadando. Ele nos ajudará se lhe pedirmos. – Então Maria gritou:

> – Não tem caminho nem ponte
> e não poderemos passar.
> Nos leve depressa nas costas,
> patinho que está aí a nadar!

O pato veio nadando ao seu encontro, João montou em suas costas e disse à irmã para sentar em seu colo.

– Não – respondeu Maria –, ficará pesado demais para o pato; ele precisa nos levar um de cada vez.

A boa ave assim fez e, quando estavam na outra margem sãos e salvos, caminharam durante mais algum tempo. A floresta começou a parecer familiar, e por fim avistaram ao longe a casa do pai. Saíram correndo e irromperam pela casa, onde se atiraram ao pescoço do pai. O homem não tivera um único minuto de felicidade desde que abandonara os filhos na floresta. E nesse meio-tempo sua mulher morrera também.

Maria sacudiu o avental e espalhou as pérolas e as pedras preciosas por todo o chão, e João acrescentou outro tanto que foi tirando aos punhados dos bolsos.

Com isso todas as suas aflições terminaram e eles viveram juntos na maior felicidade possível.

JOÃO SORTUDO

João tinha servido seu mestre durante sete anos, quando um dia disse:

— Mestre, terminei meu aprendizado. Quero ir para casa ver minha mãe; por favor, me dê o meu pagamento.

— Você me serviu bem e fielmente, e assim como foi o serviço será o pagamento — respondeu o mestre, e lhe deu um pedaço de ouro do tamanho de sua cabeça. João tirou um lenço do bolso, amarrou nele o ouro, pôs a trouxa às costas e começou sua viagem para casa.

Enquanto caminhava, arrastando um pé atrás do outro, surgiu um cavaleiro, cavalgando muito confiante e alegre em seu cavalo fogoso.

— Ah! — exclamou João bem alto quando ele passou —, como deve ser bom cavalgar. O senhor está confortável como se estivesse sentado em uma cadeira de balanço; não tropeça em pedras; economiza os sapatos e avança pela estrada sem se preocupar.

O cavaleiro, que o ouviu, parou e disse:

— Olá, João, por que está a pé?

— Porque não tenho outro jeito — disse João —, tenho de levar esta trouxa para casa. É verdade que é um pedaço de ouro, mas o peso força horrivelmente meus ombros e mal consigo manter a cabeça em pé.

— Vou lhe fazer uma proposta — disse o cavaleiro —, vamos trocar. Eu lhe dou meu cavalo e você me dá sua trouxa.

— De todo o coração — respondeu João —, mas o senhor vai ficar muito sobrecarregado.

O cavaleiro desmontou, apanhou o ouro e ajudou João a montar, pôs as rédeas em suas mãos e disse:

— Quando quiser ir bem depressa, só precisa estalar a língua e gritar: "Eia, eia."

João ficou encantado quando se viu cavalgando tão à vontade. Passado algum tempo ocorreu-lhe que poderia andar mais rápido e começou a estalar a língua e a gritar: "Eia, eia." O cavalo abriu um galope, e antes que João percebesse onde estava foi atirado em uma vala que separava o campo do leito da estrada. O cavalo teria fugido se um camponês que vinha pela estrada levando uma vaca não o tivesse segurado.

João se apalpou todo e se levantou; mas estava muito zangado e disse ao camponês:

– Às vezes, não é muito divertido cavalgar quando se tem um cavalo velho como o meu, que tropeça e me atira no chão e arrisca quebrar meu pescoço. Não voltarei a montá-lo. Tenho uma opinião bem melhor de sua vaca. Pode-se andar calmamente atrás dela e ainda se tem o leite para vender todos os dias, além da manteiga e do queijo. Que é que eu não daria por uma vaca igual!

– Bom – disse o camponês –, se gostou tanto dela assim, trocarei a vaca pelo seu cavalo.

João aceitou a oferta com prazer e o camponês montou o cavalo e foi-se embora depressa.

João tangeu sua vaca tranquilamente e pensou na sorte que tivera com a troca. "Se ao menos eu tiver um pouco de pão, e espero que nunca me falte, sempre terei manteiga e queijo para acompanhá-lo. Se tiver sede só precisarei ordenhar a vaca e terei leite para beber. Meu coração, que mais podes desejar?"

Quando chegou a uma estalagem parou para descansar e muito feliz comeu toda a comida que trazia, o almoço e o jantar também, e pagou as últimas moedas que levava por meio copo de cerveja. Prosseguiu então para a aldeia de sua mãe, levando a vaca à frente. O calor estava sufocante e, quando se aproximou o meio-dia, João se viu diante de um urzal que levou uma hora para atravessar. Sentia tanto calor e sede que sua língua ressecara e estava colando no céu da boca.

"Isso pode ser facilmente resolvido", pensou João. "Vou ordenhar minha vaca e beber o leite." Amarrou o animal a uma árvore, e como não tinha balde, usou o seu chapéu de couro; mas, por mais que se esforçasse, não tirava nem uma gota de leite. E como ele foi muito bruto em seus movimentos, o bicho impaciente lhe deu um forte coice na testa com uma das patas traseiras. João ficou atordoado com o golpe e caiu no chão, permanecendo assim por algum tempo, sem saber onde estava.

Por sorte, nessa hora uma açougueira veio andando pela estrada, empurrando um leitão em um carrinho de mão.

— Que está havendo aqui? — exclamou enquanto ajudava o coitado do João a se levantar.

Ele contou tudo que lhe acontecera.

A açougueira lhe deu uma garrafa e disse:

— Tome, beba um gole, vai lhe fazer bem. Imagino que a vaca não possa dar leite; deve estar velha demais e não serve para nada a não ser para carregar fardos ou para ser vendida ao açougue.

— Minha nossa! — disse João alisando os cabelos. — Ora, quem teria pensado uma coisa dessas! Matar o animal está muito bem, mas que tipo de carne daria? De minha parte, não gosto de carne de vaca, não é bastante suculenta. Agora, se tivesse um leitãozinho como esse, o sabor seria muito melhor; e as salsichas!

— Escute, João! — disse a açougueira. — Para você eu farei a troca e lhe darei o leitão pela vaca.

— Deus lhe pague por sua amizade! — disse João, entregando a vaca enquanto a açougueira desamarrava o leitão e lhe passava a corda com que o conduzia pela mão.

João seguiu seu caminho, pensando como tudo estava dando certo para ele. Mesmo quando lhe acontecia uma coisa ruim, imediatamente surgia uma compensação. Pouco depois, encontrou um rapaz levando um belo ganso branco embaixo do braço. Eles pararam para conversar e João começou a contar como tinha sorte e que trocas vantajosas fizera. O rapaz disse que estava levando o ganso para uma festa cristã.

— Apalpe só para você ver — disse ele, erguendo a ave pelas asas. — Sinta como é pesado: é verdade que estiveram a engordá-lo durante oito semanas. Quem comer este ganso assado terá de enxugar a gordura dos cantos da boca.

— Com certeza! — respondeu João, sentindo o peso do ganso na mão. — Mas o meu porco também não é nenhum peso pluma.

Então o rapaz olhou cautelosamente de um lado para outro e sacudiu a cabeça.

— Escute aqui — começou ele —, acho que as coisas não estão muito legais com o seu porco. Acabaram de roubar um de um chiqueiro na aldeia de onde venho. Receio que seja o mesmo que você está levando. Mandaram gente procurá-lo e seria ruim se o encontrassem com você; o mínimo que fariam era atirá-lo na cadeia.

Ao ouvir isso o pobre do João sentiu muito medo.

— Ai, minha nossa! Ai, minha nossa! — exclamou. — Me ajude a sair dessa encrenca. Você conhece melhor as coisas por aqui: leve o meu porco e me dê o seu ganso.

— Bom, vou me arriscar um pouco se fizer isso, mas não vou contribuir para piorar sua situação.

Dizendo isso, pegou a corda e ligeirinho levou o porco pela estrada; e o honesto João, aliviado do problema, continuou a caminhar com o ganso embaixo do braço.

"Quando penso no que tem me acontecido", comentou com seus botões, "não resta dúvida que fiz o melhor negócio. Primeiro, tem o delicioso ganso assado, depois a gordura que vai derreter durante o seu preparo e vai nos abastecer de gordura de ganso no mínimo por três meses; e, por último, tem as belas penas brancas com que encherei o meu travesseiro e assim não precisarei ser ninado para dormir. Minha mãe vai ficar satisfeitíssima."

Quando passou pela última aldeia, encontrou um amolador de facas com sua carrocinha, cantando para a roda de amolar que produzia um zumbido alegre.

– Tesouras e facas afio a contento, e penduro a capa para me guardar do vento.

João parou para observá-lo e por fim disse-lhe:
– Você deve ter uma boa freguesia para estar tão alegre com o seu ofício.
– Tenho – respondeu o afiador. – O trabalho que fazemos com nossas mãos é a base da fortuna. Um bom afiador encontra dinheiro sempre que leva a mão ao bolso. Mas onde foi que comprou esse belo ganso?
– Não o comprei, troquei-o pelo meu leitão.
– E o leitão?
– Ah, troquei-o pela minha vaca.
– E a vaca?
– Troquei-a por um cavalo.
– E o cavalo?
– Dei por ele um pedaço de ouro do tamanho da minha cabeça.
– E o ouro?
– Ah, foi o meu pagamento por sete anos de serviço.
– Sem dúvida tem sabido fazer negócios – disse o afiador. – Agora, se você pudesse ouvir o dinheiro tilintando nos bolsos quando se levanta pela manhã, teria realmente feito a sua fortuna.
– E como poderia conseguir isso? – perguntou João.
– Você precisaria ser afiador como eu, não seria necessário nada além de uma pedra de amolar; todo o resto virá às suas mãos. Tenho uma aqui que, é verdade, está um pouco estragada, mas você não me pagará nada por ela a não ser o seu ganso. Quer?
– Como pode me fazer uma pergunta dessas? – disse João. – Ora, serei a pessoa mais feliz do mundo. Se puder ter dinheiro toda vez que levar a mão ao bolso, com que mais eu teria de me preocupar?

Então João entregou o ganso e apanhou a pedra de amolar em troca.

— Agora — disse o afiador, erguendo uma grande pedra comum que estava à beira da estrada —, tome mais uma boa pedra de quebra. Em cima dela você pode martelar todos os seus pregos velhos para endireitá-los. Apanhe a pedra e leve-a.

João pôs a pedra nos ombros e seguiu caminho com o coração leve e os olhos brilhando de alegria.

— Devo ter nascido em uma boa hora — exclamou —; tudo sai exatamente como desejo, como aconteceria com uma criança que nasce no domingo.

Nesse meio-tempo, como estava em pé desde o amanhecer, ele começou a sentir muito cansaço e também muita fome, pois comera todas as provisões de uma só vez em sua alegria com a troca da vaca. Por fim não conseguiu mais caminhar e foi obrigado a parar a cada minuto para descansar. As pedras eram assustadoramente pesadas e ele não conseguia se livrar do pensamento de que seria muito bom se não fosse obrigado a continuar carregando-as. Arrastou-se como uma lesma até um poço no campo, pensando em descansar e se refrescar com um gole de água fresca. Então, para não estragar as pedras sentando-se em cima delas, colocou-as com cuidado na beira do poço. Depois sentou-se e ia se curvar para beber quando sem querer deu um pequeno empurrão nas pedras e as duas despencaram dentro da água.

Quando João as viu desaparecer diante dos seus olhos deu pulos de alegria e em seguida se ajoelhou e agradeceu a Deus, com lágrimas nos olhos, por ter lhe concedido mais essa graça, aliviando-o das pedras pesadas (que eram só o que ainda o perturbava), sem lhe dar motivo para se censurar. "Com certeza não há nesta Terra ninguém mais feliz do que eu."

E assim, de coração leve, livre de qualquer preocupação, ele correu para a casa da mãe.

OS MÚSICOS DE BREMEN

ERA UMA VEZ UM HOMEM dono de um burro que durante anos carregou sacos para o moinho sem descanso. Por fim, sua energia se esgotou e ele não servia mais para trabalhar. Assim sendo, seu dono começou a pensar na melhor maneira de cortar as despesas para sustentá-lo. Mas o burro, percebendo que havia maldade no ar, fugiu e tomou a estrada para Bremen.

Quando já estava andando havia algum tempo emparelhou com um cão que se deitara ofegante na estrada como se tivesse largado as patas no caminho.

– Ora, por que está ofegando tanto, Rosnador? – pergunta o burro.

– Ah – responde o cão –, só porque estou velho e cada dia mais fraco, e também por não conseguir mais acompanhar a matilha, meu dono queria me matar, então fugi. Mas, agora, como vou ganhar meu pão?

– Quer saber de uma coisa? – disse o burro. – Estou indo para Bremen e vou ser músico; venha comigo e faça parte da banda. Tocarei alaúde e você tocará tímpano.

O cão concordou e seguiram juntos.

Mais adiante eles encontraram um gato, sentado na estrada, com cara de enterro.

– Ora, que foi que o aborreceu, Bigodes? – perguntou o burro.

– Quem pode continuar animado quando está na penúria? – disse o gato. – Estou ficando velho, meus dentes estão rombudos e eu prefiro sentar junto ao fogão e ronronar, em vez de sair caçando ratos. Só por causa disso minha dona quis me afogar. Fiquei longe da casa, mas agora não sei para onde correr.

– Venha conosco para Bremen – disse o burro. – Você é um grande parceiro nas serenatas, portanto pode ser músico.

O gato concordou e se juntou ao grupo.

Em seguida os fugitivos passaram por um quintal onde um galo estava sentado à porta do celeiro cantando a todo o volume.

– Você está cantando tão alto que o som perfura os tímpanos de quem passa – disse o burro. – Que aconteceu?

– Ora, não é que eu não tenha profetizado bom tempo para o Dia da Anunciação, quando Nossa Senhora lava a roupinha do Menino Jesus e quer secá-la. Mesmo assim, só porque as visitas de domingo estão vindo amanhã, minha dona não teve pena e mandou a cozinheira torcer meu pescoço hoje à noite para fazer uma canja. Por isso estou cantando agora a plenos pulmões enquanto posso.

– Venha, Crista-vermelha – disse o burro. – É melhor vir conosco. Estamos a caminho de Bremen e lá terá melhor sorte. Você tem uma boa voz, e quando fizermos música juntos será de boa qualidade.

O galo se deixou convencer e os quatro seguiram juntos. Não puderam, porém, chegar à cidade no mesmo dia, e à noitinha ainda iam atravessar uma floresta, onde decidiram passar a noite. O burro e o cão se deitaram embaixo de uma grande árvore; o gato e o galo se acomodaram nos ramos, com o galo voando até o alto da árvore, que para ele era o lugar mais seguro. Antes de dormir ele olhou mais uma vez a toda a volta, em todas as direções; inesperadamente pensou ter avistado uma luz brilhando a distância. Gritou para os companheiros que não muito longe parecia haver uma casa, pois estava vendo uma luz.

– Muito bem – disse o burro –, vamos sair em sua direção, porque a hospedagem aqui é muito ruim.

O cão, por sua vez, pensou que uns ossos ou uma carninha lhe conviriam, então os quatro começaram a caminhar em direção à luz, e não tardou a viram brilhar com maior nitidez e ir crescendo, até eles chegarem a um covil de ladrões fortemente iluminado. O burro, sendo o mais alto, aproximou-se da janela e espiou para dentro.

– Que é que você está vendo, burro velho? – perguntou o galo.

– Que é que estou vendo? Ora, uma mesa posta com comida e bebida deliciosa e ladrões sentados à volta se divertindo.

– É justamente o que nos conviria – disse o galo.

– É, se estivéssemos lá – respondeu o burro.

Então os animais se aconselharam quanto ao que fazer para expulsarem os ladrões. Por fim conceberam um plano.

O burro deveria tomar posição com a patas dianteiras no peitoril da janela, o cão devia montar em suas costas, o gato subir em cima do cão e,

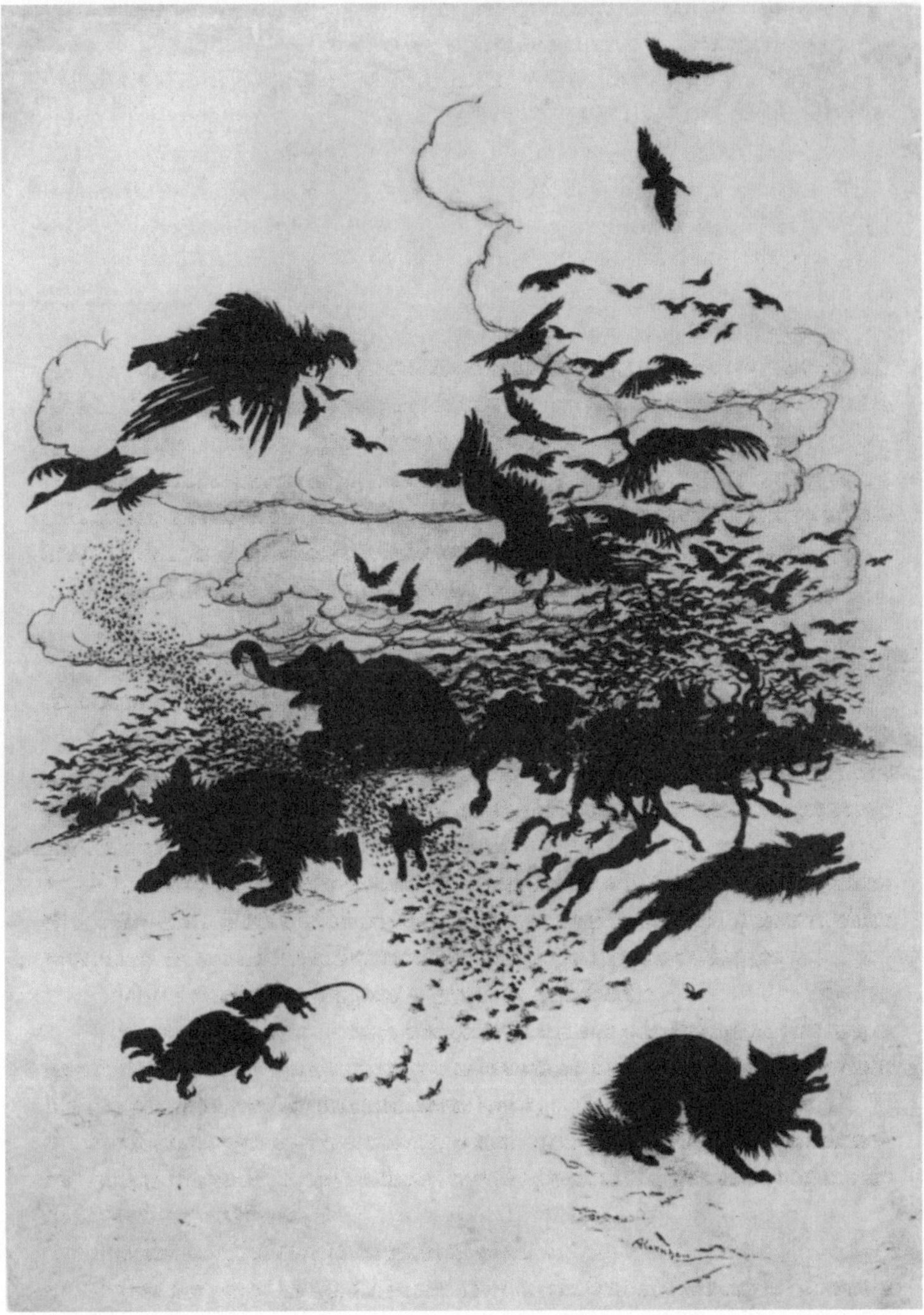

por último, o galo voar e se empoleirar na cabeça do gato. Quando estavam assim equilibrados, a um sinal combinado, começaram a cantar; o burro zurrou, o cão latiu, o gato miou e o galo cocoricou. Então eles irromperam janela adentro fazendo estremecer as vidraças. Os ladrões se assustaram com o terrível estardalhaço; pensaram que no mínimo havia um demônio a atacá-los e fugiram para a floresta alarmadíssimos. Então os bichos se sentaram à mesa e se serviram, conforme o seu gosto, e comeram como se há semanas estivessem passando fome. Quando terminaram, apagaram a luz e procuraram onde dormir, cada qual de acordo com a sua natureza ou o seu gosto.

O burro se deitou em um monte de esterco, o cão atrás de uma porta, o gato no fogão atrás das cinzas quentes e o galo voou para as traves. E como estavam cansados da longa viagem, não tardaram a dormir.

Depois da meia-noite, quando os ladrões viram de longe que a luz não estava mais brilhando e que tudo parecia quieto, o chefe do bando disse:

– Não devíamos ter nos apavorado com um alarme falso. – E mandou um dos ladrões ir examinar a casa.

Encontrando tudo silencioso, o mensageiro entrou na cozinha para acender uma luz e, pensando que os olhos faiscantes do gato fossem carvões em brasa, aproximou um fósforo deles. Mas o gato não estava para brincadeiras; saltou em seu rosto, bufou e arranhou-o. O homem se apavorou e fugiu.

Ele tentou sair pela porta dos fundos, mas o cão, que estava deitado ali, se assustou e mordeu sua perna. Quando passou por cima do esterco na frente da casa, o burro lhe deu um bom coice com as pernas traseiras, enquanto o galo, que acordou com a barulheira muito descansado e alegre, gritou do seu poleiro:

– Cocorocó.

Diante disso o ladrão voltou para o chefe o mais depressa que pôde e disse:

– Tem uma bruxa sinistra na casa, que me soprou e me arranhou com suas unhas compridas. Atrás da porta tem um homem armado que me esfaqueou; no quintal tem um monstro negro que me golpeou com um porrete; e no telhado está sentado um juiz que gritou: "Tragam o tratante aqui." Por isso saí correndo o mais depressa que pude.

Daquela noite em diante os ladrões não se arriscaram a voltar a casa, o que agradou tanto aos quatro músicos de Bremen que eles não quiseram mais sair dali.

E quem contou a história por último ainda não acabou de contá-la.

O VELHO SULTÃO

HÁ MUITO TEMPO havia um camponês que tinha um cão fiel chamado Sultão, que, quando envelheceu, perdeu todos os dentes e já não podia abocanhar uma presa. Certo dia, quando o camponês estava na frente de casa com sua mulher, comentou:

– Amanhã pretendo matar a tiro o velho Sultão; ele não tem mais utilidade.

A mulher, que sentia pena do fiel animal, respondeu:

– Já que ele nos serviu durante tanto tempo com honestidade, poderíamos pelo menos mantê-lo conosco e alimentá-lo até o fim dos seus dias.

– Que tolice – disse o marido –, você é uma boba. Não lhe restaram dentes na boca, e os ladrões agora que podem escapar perderam o medo dele. E mesmo que tenha nos servido bem, em compensação ele sempre foi bem alimentado.

O pobre cão, que estava deitado ali perto, estirado ao sol, ouviu tudo que disseram e ficou triste em pensar que o dia seguinte seria o seu último dia. Ora, ele tinha um bom amigo, o lobo, e à noitinha foi escondido até a floresta se queixar do destino que o esperava.

– Ouça, companheiro – disse o lobo –, coragem; vou ajudá-lo em sua necessidade, já pensei em um plano. Amanhã seus donos vão preparar o feno e vão levar com eles o filhinho, porque não haverá ninguém em casa. Durante o trabalho eles em geral deixam o bebê na sombra de uma moita; você se deite como se fosse montar guarda. Então sairei da floresta e roubarei a criança. Você deve correr rápido atrás de mim como se quisesse socorrer a criança. Vou deixá-la cair, e você a apanhará e a levará para os pais; eles pensarão que você a salvou e ficarão agradecidos demais para lhe fazer mal. Pelo contrário, seu prestígio crescerá, e eles nunca deixarão que lhe falte nada.

O plano agradou ao cão, e os dois o executaram tal como foi proposto. O pai gritou quando viu o lobo atravessar o campo com seu filho na boca, mas quando o velho Sultão o resgatou ficou felicíssimo, acariciou-o e disse:

— Nem um fio do seu pelo sofrerá mal algum, e você terá o suficiente para comer enquanto viver. — Em seguida disse à mulher: — Vá imediatamente em casa e prepare uma sopa para o velho Sultão, para que ele não precise mastigar, e traga o travesseiro da minha cama. Vou dá-lo para ele se deitar.

Daquele dia em diante o velho Sultão passou tão bem quanto poderia desejar. Pouco tempo depois o lobo lhe fez uma visita e se alegrou que tudo tivesse dado tão certo.

— Mas, companheiro — disse o lobo —, você precisa fazer vista grossa. Suponha que um belo dia eu roube um dos carneiros gordos do seu dono? Hoje em dia está difícil ganhar a vida.

— Não conte com isso — respondeu o cão. — Tenho de permanecer fiel ao meu dono, nunca permitirei isso.

O lobo, achando que o cão não falara a sério, veio sorrateiramente à noite e tentou roubar um carneiro. Mas o camponês, a quem o fiel Sultão comunicara a intenção do lobo, ficou à espreita e lhe deu uma surra daquelas com um malho de debulhar cereais. O lobo foi obrigado a fugir, mas gritou para o cão:

— Espere só, seu malvado, você vai me pagar.

Na manhã seguinte ele mandou o javali convidar o cão para ir à floresta resolver a questão com um duelo. O velho Sultão não conseguiu encontrar um padrinho, exceto o gato que tinha somente três pernas. Quando os dois partiram, o pobre gato capengava empinando o rabo de tanta dor.

O lobo e seu padrinho já estavam em posição, mas quando viram o oponente vindo acharam que ele estava trazendo uma espada, pois confundiram o rabo empinado do gato com uma. E porque o pobre animal mancava nas três pernas, pensaram no mínimo que toda vez que o gato parava estava catando pedras para atirar neles. Os dois se amedrontaram; o javali se escondeu em uma moita e o lobo saltou para cima de uma árvore. Quando chegaram, o cão e o gato se espantaram de não ver ninguém. O javali, porém, não conseguira esconder o corpo inteiro; suas orelhas tinham ficado de fora. Enquanto o gato estava examinando o local cautelosamente o javali mexeu as orelhas; o gato, achando que era um ratinho, pulou em cima e atacou-o com vontade. O javali se assustou e fugiu gritando:

– O culpado está trepado na árvore. – O gato e o cão olharam para cima e avistaram o lobo, que, envergonhado de ter se mostrado covarde, fez as pazes com o cão.

A PALHA,
O CARVÃO E O FEIJÃO

ERA UMA VEZ UMA MULHER pobre e velha que vivia em uma aldeia. Ela colhera uma boa quantidade de feijão e ia cozinhá-la. Acendeu então o fogão e, para fazer o fogo pegar mais rápido, usou um punhado de palha. Quando jogou os feijões no caldeirão, um grão caiu fora e rolou pelo chão, onde ficou junto à palha. Dali a pouco, um carvão em brasa saltou do fogo e foi se juntar aos dois. Então a palha perguntou:

– Meus amiguinhos, como vieram parar aqui?

O carvão respondeu:

– Felizmente escapei do fogo e se não fosse isso minha morte teria sido certamente a mais cruel. Eu teria ardido até virar cinza.

O feijão disse:

– Eu também escapei do fogo, e até o momento estou inteiro, mas se a velha tivesse me posto no caldeirão, eu teria sido impiedosamente cozido e virado sopa como os meus companheiros.

– E será que eu tive mais sorte? – perguntou a palha. – A velha juntou todos os meus irmãos e os transformou em fogo e fumaça, sessenta deles morreram de uma só vez. Felizmente, escorreguei pelos dedos dela.

– Mas o que faremos agora? – perguntou o carvão.

– Na minha opinião – disse o feijão –, uma vez que escapamos da morte devemos continuar juntos como bons companheiros, e para não corrermos mais riscos seria melhor sairmos deste lugar.

A proposta agradou aos outros, e eles partiram juntos. Mas não demorou muito chegaram a um riacho e, como não havia pedras nem ponte, não sabiam como atravessá-lo.

A palha por fim teve uma ideia e disse:

– Vou me atirar na água e vocês podem me usar como ponte. – Então a palha se esticou de um lado a outro do riacho e o carvão que tinha uma natureza muito fogosa atravessou alegremente a ponte recém-construída.

Mas quando chegou à metade e ouviu o ruído da água que corria por baixo se assustou, ficou mudo e não se atreveu a continuar a travessia. A palha, começando a queimar, partiu-se ao meio e caiu na água. O feijão, que cautelosamente ficara na margem, não pôde deixar de rir da situação, e tendo começado não conseguiu parar, e riu até rachar. E tudo teria terminado para ele se por sorte um marinheiro errante não estivesse descansando à beira da água. Como o homem tinha um bom coração, apanhou uma agulha e uma linha e costurou o grão de feijão. Mas como usou linha preta, os parentes desse feijão até hoje têm uma costura preta.

ELZA SABIDA

Era uma vez um homem que tinha uma filha chamada Elza Sabida. Quando a menina cresceu o pai disse:
— Precisamos casá-la.
— Precisamos — concordou a mãe. — Se ao menos aparecesse alguém que a quisesse.

Por fim veio de longe um pretendente chamado João. Fez uma oferta por ela com a condição de que fosse realmente sabida como tinha fama de ser.
— Ah — afirmou o pai —, ela é uma moça de grande visão.
— Ela consegue ver o vento soprando na rua e ouvir as moscas tossirem — acrescentou a mãe.
— Bom — disse João —, se ela não for realmente sabida, não vou querê-la.

Quando estavam sentados à mesa do almoço, a mãe disse:
— Elza, vá ao porão e apanhe um pouco de cerveja.

Elza Sabida apanhou a jarra pendurada em um prego na parede e foi ao porão, batendo a tampa da jarra pelo caminho para se distrair. Quando chegou lá puxou uma cadeira para junto do barril, para não precisar forçar as costas ao se curvar. Depois colocou a jarra diante dela e abriu a torneira. E enquanto a cerveja escorria, para não ficar à toa, ela deixou os olhos vagarem pelo porão, olhando para cá e para lá.

De repente viu no alto uma picareta que um pedreiro deixara por acaso pendurada em um caibro do teto.

Elza Sabida caiu no choro e disse:
— Se eu me casar com o João e tivermos um filho, quando ele crescer e nós o mandarmos ao porão apanhar cerveja, a picareta cairá na cabeça dele e o matará. — Então ela ficou ali chorando e lamentando a futura desgraça em altos brados.

Os outros continuaram sentados no andar de cima à espera da cerveja, mas Elza Sabida não voltava.

Então a dona da casa disse à criada:

— Desça ao porão e veja por que Elza não voltou.

A criada desceu e encontrou Elza sentada junto ao barril, chorando amargamente.

— Ora, Elza, por que está chorando? – perguntou.

— Ai de mim! Será que não tenho razão para chorar? Se eu me casar com o João e tivermos um filho, quando ele crescer e nós o mandarmos ao porão apanhar cerveja a picareta cairá na cabeça dele e o matará.

Então a criada exclamou:

— Como é sabida a nossa Elza! – E se sentou junto à moça e começou a chorar a desgraça.

Passado algum tempo, como a criada não retornasse e todos sentissem muita sede, o dono da casa disse ao copeiro:

— Desça ao porão e veja o que aconteceu a Elza e à criada.

O homem desceu e lá estavam Elza e a criada chorando juntas. Então ele perguntou:

— Por que estão chorando?

— Ai de mim – respondeu Elza –, será que não tenho razão para chorar? Se eu me casar com o João e tivermos um filho, quando ele crescer e nós o mandarmos ao porão apanhar cerveja a picareta cairá na cabeça dele e o matará.

— Como a nossa Elza é sabida! – exclamou o homem e também se sentou e as acompanhou no choro.

As pessoas no andar de cima esperaram um bom tempo pelo copeiro, mas, como não retornasse, o marido disse à mulher:

— Desça você ao porão e veja o que aconteceu com a Elza.

Então a mulher desceu e encontrou os três se lamentando em altos brados e perguntou a razão daquela tristeza.

Elza lhe disse que a picareta cairia e mataria seu futuro filho quando ele fosse bastante crescido para o mandarem ao porão apanhar cerveja. A mãe disse com os outros:

— Alguém já viu uma Elza tão sabida quanto a nossa?

O marido no andar de cima esperou algum tempo, mas, como a mulher não retornasse, e sua sede aumentasse, disse:

— Preciso ir pessoalmente ao porão ver o que aconteceu a Elza.

Mas quando chegou ao porão e encontrou todos sentados juntos, debulhados em lágrimas, temendo que a criança que Elza pudesse ter casando-se com o João morresse atingida pela picareta quando fosse apanhar cerveja, ele também exclamou:

— Como a nossa Elza é sabida! — E ele se sentou, acrescentando suas lamentações às de todos.

No andar de cima o noivo esperou sozinho durante muito tempo. Então, como ninguém voltasse, pensou: "Eles devem estar esperando por mim lá embaixo; preciso ir ver o que estão fazendo."

Lá se foi ele e quando deparou com todos chorando e se lamentando de modo a partir o coração, cada qual mais alto que o outro, perguntou:

— Que desgraça pode ter acontecido?

— Ai de mim, caro João! — disse Elza. — Se nos casarmos e tivermos um filho, e quando ele crescer nós o mandarmos apanhar cerveja, ele pode ser morto pela picareta que deixaram pendurada ali em cima. Será que não temos razão para chorar?

— Bom — disse João —, não preciso de mais inteligência que isso; e sendo você tão sabida eu a aceitarei por esposa.

Ele a tomou pela mão, levou-a para cima e celebraram o casamento.

Quando já estavam casados há algum tempo, João disse:

— Mulher, vou trabalhar para ganhar algum dinheiro. Será que você pode ir ao campo cortar o milho para termos pão?

— Claro, meu querido João, irei imediatamente.

Depois que João saiu, ela preparou uma boa sopa e carregou-a para o campo.

Quando chegou lá disse para si mesma: "Que farei primeiro: colherei o milho ou comerei? Comerei primeiro."

Tomou então toda a sopa e achou-a muito satisfatória. Tornou então a se perguntar: "Que farei primeiro: dormirei ou colherei? Dormirei primeiro." Então deitou-se entre os pés de milho e dormiu.

João já estava em casa há muito tempo, mas nada de Elza aparecer, então ele comentou:

— Como é sabida a minha Elza! É tão trabalhadeira que nem vem em casa comer.

Mas como a mulher tardasse a voltar e já estivesse escurecendo, João saiu para ver quanto milho ela cortara. Descobriu que ainda não cortara nada e que se deitara e caíra no sono. João correu em casa a buscar uma rede de caçar aves com sininhos nas bordas e estendeu-a por cima da mulher sem acordá-la. Correu então para casa, fechou a porta e se sentou para trabalhar.

Finalmente, quando já estava bem escuro, Elza Sabida acordou e, ao se levantar, ouviu uma barulheira de sinos que tocavam a cada passo que ela dava. Ficou muito assustada e se perguntou se era realmente a Elza Sabida: "Sou eu ou não sou?"

Mas não soube o que responder e ficou um tempo parada em dúvida. Por fim pensou: "Vou para casa perguntar se sou eu ou não sou. Com certeza saberão me dizer."

Correu para casa, mas encontrou a porta trancada. Bateu na janela e chamou:

— João, Elza está em casa?

— Está – respondeu João –, está sim!

Então ela se assustou.

— Ai de mim! Então não sou eu. – E se dirigiu à outra porta. Mas quando as pessoas ouviam os sininhos tocarem, não abriam a porta e em lugar algum a deixaram entrar.

Então Elza fugiu da aldeia e nunca mais ninguém a viu.

O PESCADOR E SUA MULHER

ERA UMA VEZ UM PESCADOR que vivia com a mulher em um casebre miserável perto do mar. Todos os dias ele saía para pescar e pescava sem parar até que, certo dia, quando estava olhando para o fundo da água luminosa, sentiu alguma coisa fisgar sua linha. Quando a puxou viu um grande linguado na ponta. O peixe disse:

– Ouça, pescador, suplico que não me mate. Não sou um linguado comum; sou um príncipe encantado! Que bem lhe fará me matar? Não servirei para comer; devolva-me à água e me deixe continuar a nadar.

– Oh, oh! – exclamou o pescador. – Não precisa falar tanto. Estou pronto a devolver ao mar um linguado que sabe falar. – E assim dizendo, atirou à água clara o linguado, que mergulhou deixando um rastro de sangue.

Então o pescador se levantou e voltou para a sua mulher no casebre.

– Marido – perguntou ela –, você não pescou nada hoje?

– Não – respondeu o homem –, só apanhei um linguado e ele me disse que era um príncipe encantado, então devolvi-o ao mar.

– E você não lhe pediu nada? – perguntou a mulher.

– Não, que havia para pedir?

– Ai de mim! – lamentou-se a mulher. – Já não é bastante ruim morar neste casebre maldito! Você não poderia ao menos ter pedido uma casa limpa? Volte à praia, chame-o e diga que quer uma casa bonita. Com certeza ele o atenderá.

– Ai de mim! – exclamou o homem. – Para que tenho de voltar?

– Bom – respondeu a mulher –, foi você quem o apanhou e o deixou partir; com certeza ele lhe dará o que pede. Agora vá andando!

O homem não estava com muita vontade de ir, mas não quis aborrecer a mulher e por fim voltou à praia.

Achou que o mar já não estava claro e luminoso, mas opaco e verde. Parou à beira da água e chamou:

– Linguado, linguado do mar,
por favor queira me escutar:
minha mulher, Ilsebil, quer sua vontade satisfeita
e manda pedir-lhe um favor.

O linguado apareceu e disse:
– Muito bem, que é que você quer?
– Ai de mim – respondeu o homem –, tive de vir chamá-lo porque minha mulher falou que eu devia ter desejado alguma coisa quando o apanhei. Ela não quer mais viver no nosso casebre miserável, quer uma casa bonita.
– Volte para casa então – disse o linguado. – O desejo dela foi satisfeito.

O homem voltou para casa e encontrou a mulher, não mais no velho barraco, mas em uma casa bonita que surgira em seu lugar e ela se encontrava sentada em um banco à porta.

Ela o tomou pela mão e disse:
– Venha ver aqui dentro, não é muito melhor?

Os dois entraram e viram uma linda sala, um quarto de dormir com cama, uma cozinha e uma despensa que continha do bom e do melhor em lata e latão, e tudo o mais que fosse necessário. Do lado de fora havia um pequeno quintal com galinhas e patos, e um pomar com hortaliças e frutas.

– Olhe! – disse a mulher. – Não é maravilhoso?
– É – concordou o homem –, e deixe que continue sendo. Podemos viver aqui muito felizes.
– Depois veremos – disse a mulher. Dito isso, comeram alguma coisa e foram dormir.

Tudo correu bem durante uma semana ou mais, então a mulher disse:

— Escute aqui, marido, esta casa é muito apertada e o pomar, pequeno demais. O linguado podia ter-nos dado uma casa maior. Quero morar em um grande castelo de pedra. Vá procurar o linguado e diga-lhe para nos dar um castelo.

— Ai de mim, mulher — disse o homem —, a casa é bastante boa para nós; que faríamos com um castelo?

— Não se preocupe — disse a mulher —, vá procurar o linguado e ele providenciará.

— Não, mulher, o linguado já nos deu uma casa. Não quero voltar, é quase certo ele se aborrecer.

— Vá mesmo assim — disse a mulher. — Não lhe custará nada fazer mais isso e de boa vontade. Vá!

O homem sentiu um peso no coração, não queria ir. Disse com os seus botões: "Não está certo." Mas por fim foi.

Viu que o mar já não estava verde; continuava calmo, mas cinzento e violeta escuro. Parou à beira da água e chamou:

— Linguado, linguado do mar,
por favor queira me escutar:
minha mulher, Ilsebil, quer sua vontade satisfeita
e manda pedir-lhe um favor.

— Que é que você quer agora?

— Ai de mim — disse o homem, meio apavorado. — Minha mulher quer um grande castelo de pedra.

— Volte para casa — disse o linguado — e a encontrará à porta do castelo.

Então o homem foi embora pensando que não encontraria casa alguma, mas quando chegou viu um grande castelo de pedra e a mulher parada no alto da escada, esperando para entrarem.

Ela o tomou pela mão e disse:

— Venha comigo.

Os dois entraram e viram um grande salão com piso de mármore, onde estavam sendo aguardados por numerosos criados que abriram as portas para recebê-los. As paredes eram decoradas com belas tapeçarias, os salões mobiliados com cadeiras e móveis dourados, os soalhos cobertos de ricos tapetes e, do teto, pendiam lustres de cristal. As mesas rangiam sob o peso de pratos requintados e vinhos caros. Do lado de fora do castelo havia um grande pátio com estábulos para cavalos, gado e muitas carruagens de luxo. Mais além havia um grande jardim plantado com lindas flores e excelentes frutas. Havia também um parque, com quase um quilômetro de comprimento que abrigava veados e corças, lebres e tudo que se poderia desejar.

– Agora – perguntou a mulher –, não vale a pena ter tudo isso?

– Com certeza – concordou o homem – mas vamos parar por aqui. Viveremos neste belo palácio contentes.

– Pensaremos – disse a mulher –, depois de consultar o travesseiro.

E assim dizendo foram dormir.

Na manhã seguinte a mulher acordou primeiro; o dia estava clareando e de sua cama podia contemplar as belas terras ao redor. O marido ainda dormia, mas ela lhe deu uma cotovelada e disse:

– Marido, levante-se e espie pela janela. Escute aqui, será que não poderíamos ser reis desta terra? Vá procurar o linguado. Seremos reis.

– Ai de mim, mulher – disse o homem –, para que queremos ser reis? Não quero ser rei.

– Ah, se você não quer ser rei, serei eu. Vá procurar o linguado. Eu serei rei.

– Ai de mim, mulher, para que você quer ser rei? Não me agrada dizer isso ao linguado.

– Por que não? Você tem de ir. Eu serei rei.

Então o homem foi, mas estava muito triste porque sua mulher queria ser rei.

– Não é certo. Não é certo. Não é certo.

Quando chegou à beira do mar, encontrou-o opaco, cinzento, agitado e malcheiroso. Parou à beira da água e chamou:

> – Linguado, linguado do mar,
> por favor queira me escutar:
> minha mulher, Ilsebil, quer sua vontade satisfeita
> e manda pedir-lhe um favor.

– Que é que ela quer agora? – perguntou o linguado.

– Ai de mim, agora ela quer ser rei.

– Volte para casa. Ela já é rei – respondeu o linguado.

Então o homem foi embora e, quando chegou ao palácio, descobriu que o castelo se ampliara e ganhara uma enorme torre com belos ornamentos. Havia uma sentinela à entrada e soldados que tocavam tambores e trombetas. Assim que entrou em casa ele viu que tudo era de mármore e ouro, as cortinas eram de veludo, com grandes borlas douradas. As portas do salão se abriram de par em par e ele viu a corte reunida. Sua mulher estava sentada em um trono alto de ouro e diamantes, usava uma coroa de ouro e segurava em uma das mãos um cetro de ouro maciço. Ladeavam o trono duas longas fileiras de damas de companhia, cada qual uma cabeça mais baixa da que vinha antes.

Ele se postou à sua frente e disse:

– Ai de mim, mulher, você agora é rei?

– Sou, agora sou rei.

Por algum tempo ele ficou parado olhando a mulher, então disse:

– Ah, mulher, que ótimo você ser rei; agora não vamos desejar mais nada.

– Não, marido – respondeu ela constrangida. – Sinto o tempo pesar nas minhas mãos. Não aguento mais. Volte ao linguado. Rei eu sou, mas tenho de ser imperador.

– Ai de mim, mulher. Para que você quer ser imperador?

– Marido, vá procurar o linguado. Imperador eu serei.

– Ai de mim, mulher. Imperador ele não pode fazê-la e não vou lhe pedir isso. Só existe um imperador no país; e imperador o linguado não pode fazê-la, isso ele não pode.

– Quê? – exclamou a mulher. – Sou rei e você é apenas o meu marido. A ele você deve ir e bem depressa. Se foi capaz de me fazer rei, também pode me fazer imperador. Imperador eu serei, portanto vá andando.

O homem teve de ir, mas estava apavorado. E no caminho pensou: "Isso não vai acabar bem. Imperador é muito descaramento. O linguado vai pôr um ponto final em tudo isso."

Assim pensando, ele chegou ao mar, mas agora encontrou-o muito escuro, subindo e descendo em grandes ondas. Agitava-se açoitado por um vento forte e o homem tremia. Parou à beira da água e chamou:

> – Linguado, linguado do mar,
> por favor queira me escutar:
> minha mulher, Ilsebil, quer sua vontade satisfeita
> e manda pedir-lhe um favor.

– Que é que ela quer agora? – perguntou o linguado.

– Ai de mim, linguado, minha mulher quer ser imperador.

– Volte para casa – disse o linguado. – Ela é imperador.

Então o homem voltou e, quando chegou à entrada, viu que o palácio inteiro era de mármore polido com estátuas de alabastro e ornamentos de ouro. Os soldados marchavam para lá e para cá diante das portas, tocando trombetas e batendo tambores. No interior do palácio, condes, barões e duques desempenhavam o papel de criados e abriram-lhe as portas que eram de ouro maciço.

Ele entrou e viu a mulher sentada em um enorme trono de ouro. Tinha no mínimo três quilômetros de altura. No alto da cabeça Ilsebil usava uma grande coroa cravejada de brilhantes com quase três metros de altura. Em uma das mãos segurava o cetro e na outra o globo do império. Dos lados do trono havia duas filas de guardas reais, em ordem crescente de altura, desde gigantes de quase três metros até o menor anão do mundo, do tamanho do meu dedo mindinho. Ela se achava rodeada por príncipes e duques.

O marido parou e perguntou:

— Mulher, você agora é imperador?

— Sou, agora sou imperador.

Ele a contemplou por algum tempo e disse:

— Ai de mim, mulher, em que foi que você melhorou de vida virando imperador?

— Marido — disse ela —, que é que você está fazendo parado aí? Agora que sou imperador, pretendo ser papa! Volte a procurar o linguado.

— Ai de mim, mulher — exclamou o homem —, que mais você há de querer? Papa você não pode ser. Só há um papa na cristandade. Isso é mais do que o linguado pode fazer.

— Marido, papa eu serei; portanto ande logo. Preciso ser papa hoje mesmo.

— Não, mulher. Não me atrevo a pedir isso ao linguado; é uma monstruosidade, ele não pode fazê-la papa.

— Marido, não diga bobagens. Se ele pode fazer um imperador, então pode fazer um papa. Vá imediatamente. Sou imperador, e você é apenas o meu marido e tem de me obedecer.

O homem se acovardou e foi, mas estava bastante atordoado. Sentia arrepios e espasmos, e seus joelhos tremiam.

Um vento forte soprava sobre a terra, as nuvens flutuavam pelo céu e o dia escurecia como se fosse noite. As folhas caíam das árvores, o mar espumava e quebrava em ondas sobre a praia. Ao longe os navios eram jogados de um lado para outro pelas ondas e ele escutou seus pedidos de socorro. Havia ainda uma nesguinha azul no céu entre as nuvens escuras, mas para o sul elas estavam avermelhadas e pesadas como em uma violenta tempestade. Desesperado, ele parou à beira da água e chamou:

— Linguado, linguado do mar,
por favor queira me escutar:
minha mulher, Ilsebil, quer sua vontade satisfeita
e manda pedir-lhe um favor.

— Agora que é que ela quer? — perguntou o linguado.
— Ai de mim — respondeu o homem —, ela quer ser papa.
— Pode voltar para casa. Papa ela é.

Então o pescador foi embora e encontrou uma magnífica igreja rodeada de palácios. Abriu caminho pela multidão e viu no interior da igreja milhares e milhares de luzes e sua mulher inteiramente vestida de ouro sentada em um trono ainda mais alto, com três coroas de ouro na cabeça e rodeada de prelados. De cada lado da mulher havia fileiras de velas desde a maior, grossa como uma torre, até uma vela minúscula. Reis e imperadores se prostravam de joelhos diante dela e beijavam seu sapato.

— Mulher — disse o homem, olhando-a —, você agora é papa?
— Sou. Agora sou papa.

Então ele ficou ali contemplando-a, e era como se visse um sol radioso.
— Ai de mim, mulher, você está melhor de vida sendo papa? — A princípio ela ficou sentada rígida como um poste, sem se mexer. Então ele continuou: — Agora, mulher, contente-se em ser papa; mais alto você não pode chegar.
— Pensarei nisso — respondeu a mulher, e em seguida foram dormir.

Ainda assim ela não estava contente, e seus desejos extravagantes não a deixaram dormir. O homem adormeceu profundamente, pois caminhara muito o dia todo; mas a mulher não conseguia pensar em nada, exceto na maior grandeza que poderia exigir. Quando a alvorada tingiu o céu, ela se levantou da cama, espiou pela janela e ao ver o sol nascendo disse:

– Ah! Será que não posso fazer o sol e a lua nascerem? Marido! – chamou ela, dando-lhe uma cotovelada nas costelas. – Acorde e vá procurar o linguado. Serei Senhor do Universo.

O marido, que ainda não acordara completamente, ficou tão chocado que caiu da cama. Pensou que não ouvira direito. Esfregou os olhos e exclamou:

– Ai de mim, mulher, que foi que você disse?

– Marido, se eu não puder ser Senhor do Universo e fazer o sol e a lua nascerem e morrerem, não suportarei. Nunca mais terei outro momento de felicidade na vida.

Ela o encarou com os olhos tão alucinados que o homem sentiu um arrepio lhe percorrer o corpo.

– Ai de mim, mulher – exclamou caindo de joelhos diante dela –, o linguado não pode fazer isso. Imperador e papa ele pôde fazer, mas Senhor do Universo não está ao seu alcance. Suplico-lhe que se controle e continue papa.

Então a mulher enfureceu-se horrivelmente. Seus cabelos ficaram em pé, deu pontapés e gritou...

– Não suporto mais. Vá logo!

Então ele vestiu as calças e saiu correndo como um louco. Desabava uma tempestade que ele mal conseguia se manter em pé. As casas e as árvores tremiam e balançavam, as montanhas sacudiam e as pedras rolavam para o mar. O céu ficou cor de piche; trovejava e relampejava, o mar se encapelava em gigantescas ondas negras cobertas de espuma branca. Ele gritou, mas mal conseguiu se fazer ouvir:

> – Linguado, linguado do mar,
> por favor queira me escutar:
> minha mulher, Ilsebil, quer sua vontade satisfeita
> e manda pedir-lhe um favor.

– Agora que é que ela quer? – perguntou o linguado.

– Ai de mim, ela quer ser Senhor do Universo.

– Então terá de voltar para o seu velho casebre; e ela já está lá.

E ali continuam a viver os dois até hoje.

A CARRIÇA E O URSO

CERTA VEZ NO VERÃO, um urso e um lobo estavam passeando pela floresta, quando o urso ouviu o canto belíssimo de um pássaro e comentou:
– Irmão lobo, que espécie de pássaro canta tão maviosamente?
– É o rei dos pássaros, e devemos nos curvar a ele em sinal de respeito. Mas na realidade era uma carriça.
– Se é assim – disse o urso –, eu gostaria de ver o seu palácio real. Venha, leve-me até lá.
– Não é tão fácil. Você precisa esperar a rainha chegar.
Logo depois, a rainha apareceu, trazendo comida no bico e o rei a acompanhava para alimentar os filhotes do casal. O urso gostaria de ter entrado imediatamente, mas o lobo segurou-o pela manga e disse:
– Não, agora você precisa esperar até o rei e a rainha saírem.
Então eles marcaram a entrada do ninho e continuaram a caminhar. Mas o urso não descansou enquanto não pôde ver o palácio real, e não tardou muito voltou.
O rei e a rainha tinham tornado a sair. Ele espreitou e viu cinco ou seis filhotes no ninho.
– Isso é o palácio real? – exclamou o urso. – Que lugar miserável! E vocês querem dizer que têm sangue real? Vocês devem ser filhotes que foram trocados pelas fadas ao nascer!
Quando as jovens carriças ouviram isso ficaram furiosas e gritaram:
– Não, não somos não. Nossos pais são gente honesta. Vamos exigir explicações.
O urso e o lobo ficaram muito assustados. Deram meia-volta e correram para suas tocas.
Mas as jovens carriças continuaram a gritar e a reclamar, e quando os pais voltaram trazendo mais comida elas disseram:

— Ninguém toca em nenhuma perninha de mosca, mesmo que a gente morra de fome, até vocês nos dizerem se somos ou não seus filhos legítimos. O urso andou nos xingando.

— Fiquem quietas e cuidaremos disso — respondeu o velho rei.

E dizendo isso ele e sua mulher, a rainha, foram procurar o urso na toca e o chamaram:

— Velho Bruno, por que andou xingando nossos filhotes? Isso não vai ser bom para você e levará a uma guerra sangrenta entre nós.

Então a guerra foi declarada e todos os animais quadrúpedes foram chamados para uma reunião — o boi, o burro, a vaca, o veado, a corça e todos os outros bichos da Terra.

Por sua vez a carriça convocou todas as criaturas que voam, não somente os pássaros grandes e pequenos, mas também os mosquitos, os zangões, as abelhas e as moscas.

Quando chegou a hora de começar a guerra, a carriça mandou batedores para descobrir onde se encontravam os generais comandantes do inimigo. Os mosquitos foram os mais astutos. Entraram pela floresta onde o inimigo estava reunido e por fim se esconderam embaixo de uma folha da árvore onde as ordens estavam sendo despachadas.

O urso chamou a raposa e disse:

— Você é o animal mais esperto, Renard. Você será o nosso general e nos chefiará.

— Muito bem — respondeu a raposa. — Que usaremos como sinal? — Mas ninguém conseguiu pensar em nada. Disse então a raposa: — Tenho uma cauda longa e grossa, que chega a parecer uma escova de cerdas vermelhas. Quando eu erguer a cauda para o alto, estará tudo bem e vocês devem avançar imediatamente. Mas se eu baixar a cauda, devem fugir o mais depressa que puderem.

Quando os mosquitos ouviram isso voaram depressa para casa e contaram às carriças todos os detalhes.

Quando o dia raiou, os animais quadrúpedes acorreram ao lugar onde a batalha seria travada. Eles produziram um tal tropel que a terra tremeu.

A carriça e seu exército também acorreram voando; bateram as asas e zumbiram o suficiente para aterrorizar qualquer um. E então confabularam.

A carriça despachou o zangão com ordens para se sentar embaixo da cauda da raposa e lhe dar uma valente ferroada.

Quando a raposa sentiu a primeira ferroada estremeceu e ergueu uma perna no ar. Mas suportou a dor corajosamente e manteve a cauda aprumada. Na segunda ferroada ela foi forçada a deixá-la cair por um instante, mas na terceira não conseguiu suportar mais; berrou e meteu a cauda entre as pernas. Quando os animais viram isso acharam que tudo estava perdido e fugiram em confusão o mais rápido que puderam, cada um para a sua toca.

Assim sendo os pássaros ganharam a batalha.

Quando tudo terminou o rei e a rainha voltaram para os filhotes exclamando:

– Filhotes, alegrem-se! Comam e bebam o quanto quiserem, ganhamos a batalha.

Mas as jovens carriças responderam:

– Não comeremos até o urso vir aqui se desculpar e dizer que somos de fato seus filhos legítimos.

A carriça voou à toca do urso e gritou:

– Velho Bruno, você terá de ir pedir desculpas aos meus filhos por tê-los xingado ou então vou partir todas as suas costelas.

Então, apavorado, o urso foi até o ninho se desculpar, e enfim as jovens carriças se deram por satisfeitas, e comeram e beberam e festejaram noite adentro.

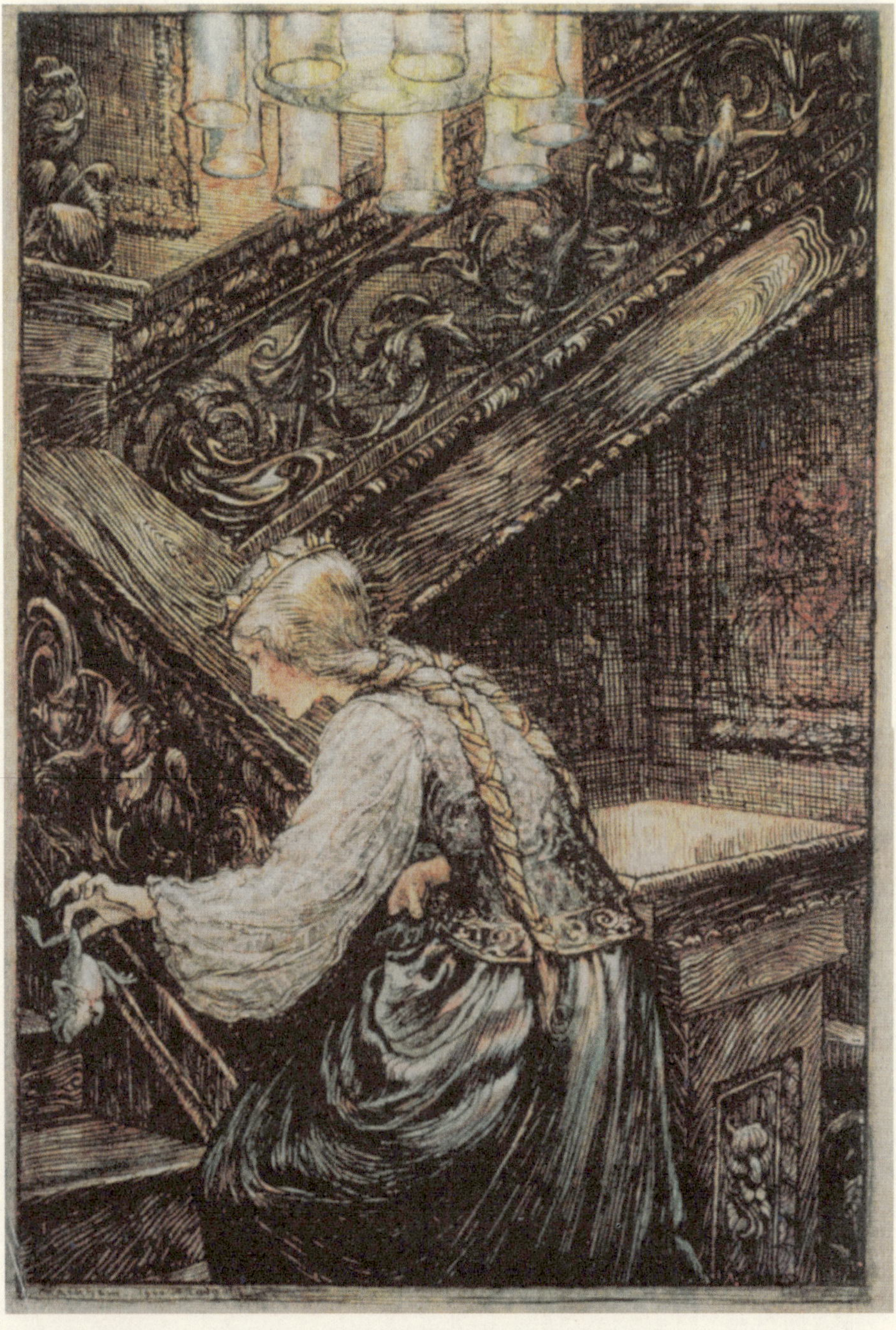

O PRÍNCIPE SAPO

HÁ MUITOS SÉCULOS, quando desejar adiantava alguma coisa, vivia um rei cujas filhas eram bonitas, mas a mais jovem era tão linda que até o sol, que do alto via tanta coisa, não podia deixar de se maravilhar quando iluminava o rosto da moça.

Perto do palácio do rei havia uma grande floresta escura e sob uma velha limeira havia um poço. Nos dias muito quentes a princesa costumava ir à floresta e se sentar na beira desse poço de água fresca. Quando se cansava de não fazer nada, ela brincava com uma bola de ouro, atirando-a para o alto e tornando a apanhá-la, e esse era o seu jogo preferido. Aconteceu um dia que a bola não caiu em sua mão esticada, caiu no chão e correu direto para o poço. A princesa seguiu-a com os olhos, mas ela desapareceu, porque o poço era tão fundo que era impossível enxergar o seu fim. Então a princesa começou a chorar de tristeza e nada a consolava.

Quando estava se lamentando assim, alguém falou com ela.

– Que aconteceu, princesa? Seu lamento comoveria o coração de uma pedra.

Ela olhou para o lado de onde vinha a voz e viu um sapo esticando sua cara larga e feia para fora da água.

– Ah, é você, seu espalha-água? Estou chorando a perda da minha bola de ouro que caiu dentro do poço.

– Fique quieta então e pare de chorar – respondeu o sapo. – Eu sei o que fazer; mas o que me dará se eu recuperar o seu brinquedo?

– O que você quiser, meu querido sapo. Minhas roupas, minhas joias ou até a coroa de ouro que carrego na cabeça.

O sapo respondeu:

– Não faço questão das suas roupas, nem das suas joias, nem da sua coroa de ouro. Mas se você for carinhosa comigo e me deixar ser seu companheiro, sentar à sua mesa, comer no seu prato, beber no seu copo e dormir na sua caminha, se me prometer que fará tudo isso, eu mergulho e apanho sua bola.

— Prometerei o que quiser me pedir, se recuperar a minha bola.

A princesa pensou: "Que é que esse sapo velho e bobo está falando? Ele vive no poço coaxando com seus amigos e não pode fazer companhia a um ser humano."

Mas assim que o sapo ouviu a promessa, mergulhou a cabeça na água e desapareceu. Depois de algum tempo voltou com a bola na boca e atirou-a na relva aos seus pés.

A princesa ficou muito contente ao rever seu belo brinquedo, apanhou-o e fugiu.

— Espere, espere — gritou o sapo. — Leve-me com você. Não posso correr tão rápido.

Mas de que adiantou coaxar o mais alto que pôde? Ela não lhe deu atenção, apressou o passo para casa e se esqueceu do pobre sapo, e ele teve de voltar para o seu poço.

No dia seguinte, quando ela estava sentada à mesa de jantar com o rei e os cortesãos, comendo em seu prato de ouro, alguma coisa subiu a escada aos saltos. Quando chegou ao alto bateu na porta, chamando:

— Filha mais jovem do rei, você precisa me deixar entrar. — A moça correu para ver quem era. Quando abriu a porta e viu o sapo tornou a fechá-la muito depressa, voltando à mesa assustadíssima.

O rei percebeu que o coração da princesa estava batendo muito depressa e perguntou:

— Minha filha, que aconteceu? Tem um gigante à porta querendo raptá-la?

— Ah, não! — respondeu ela. — Não é um gigante, é um sapo horroroso.

— Que é que o sapo quer com você?

— Ah, meu querido pai, na noite passada, quando eu estava brincando junto ao poço na floresta, minha bola de ouro caiu dentro da água. Eu chorei e o sapo foi buscá-la para mim. Depois, porque ele insistisse, prometi que seria meu companheiro de brinquedos. Mas nunca pensei que ele fosse sair da água, agora aí vem ele querendo entrar para me fazer companhia.

O sapo bateu na porta pela segunda vez e cantou:

— Filha caçula do rei, me tome em suas mãos, peço eu; não se lembra do que ontem me prometeu, junto ao poço da floresta, filha caçula do rei, me tome em suas mãos, peço eu.

Então o rei disse:

— O que você prometeu deve cumprir. Vá abrir a porta para o sapo.

Então a princesa abriu a porta e o sapo entrou arrastando as patas, acompanhando-a de perto até chegar à cadeira em que ela se sentava. Pediu então:

— Me levante e me sente junto a você.

Ela hesitou, mas o rei mandou que fizesse o que o sapo pedia. Quando o sapo foi posto em cima da cadeira, exigiu ser levado para cima da mesa e disse:

— Puxe o seu prato mais perto para podermos comer juntos. — Ela obedeceu de má vontade, como todos podiam ver. O sapo jantou bem, mas a princesa não conseguiu engolir nem um bocadinho de comida. Por fim ele disse:

— Já comi o bastante e estou cansado, me leve para o seu quarto e prepare a sua cama de seda para podermos dormir.

A princesa começou a chorar porque tinha medo do sapo pegajoso, que ela nem ousava tocar e agora iria dormir com ela em sua bonita cama de seda. Mas o rei ficou muito zangado e disse:

— Você não deve desprezar alguém que a ajudou na hora da necessidade.

Então a princesa agarrou o sapo com dois dedos, levou-o para cima e o colocou a um canto do quarto. Quando a princesa entrou na cama, ele se aproximou sorrateiro e disse:

— Estou cansado e quero dormir tão bem quanto você. Leve-me aí para cima ou contarei ao seu pai.

Ela ficou muito zangada, apanhou-o e atirou-o com toda a força contra a parede, dizendo:

— Você pode descansar aí o melhor que puder, seu sapo horroroso.

Mas assim que caiu no chão, ele deixou de ser um sapo horroroso e virou um belo príncipe de olhos meigos.

E por vontade do pai tornou-se o amado companheiro e marido da princesa. O rapaz lhe contou que fora enfeitiçado por uma fada má e ninguém mais poderia tê-lo livrado do encanto a não ser a princesa.

Na manhã seguinte, quando o sol raiou, chegou uma carruagem puxada por oito cavalos brancos como leite, com plumas brancas de avestruz na cabeça e arreios de ouro. Na traseira vinha Henrique, o fiel escudeiro do rei. O homem se angustiara tanto quando seu senhor fora transformado em sapo que mandara passar três tiras de ferro em torno do seu coração, para evitar que ele se partisse de dor e pesar.

A carruagem viera buscar o jovem casal para levá-lo ao reino do príncipe. O fiel Henrique ajudara os dois a subirem na carruagem e tornara a se postar atrás, felicíssimo com a libertação do seu senhor.

Tinham viajado apenas uma pequena distância quando o príncipe ouviu um estalo na traseira da carruagem, como se alguma coisa estivesse se partindo. Ele se virou e gritou:

– Henrique, a carruagem está se partindo!

– Não, senhor, a carruagem está segura, afirmo. Uma tira no meu coração se partiu ao meio, pois há muito sofro aflição e dor enquanto o senhor foi sapo no poço, por força do feitiço da bruxa!

Mais uma vez ouviram o mesmo estalo e mais outra vez. O príncipe pensou que alguma peça da carruagem estivesse cedendo, mas eram apenas as tiras de ferro em volta do coração do fiel Henrique que estavam se rompendo, por força de sua imensa alegria com a libertação e a felicidade do seu senhor.

AS AVENTURAS DE CHANTICLER E PETERLOTE

I. COMO ELES FORAM ÀS MONTANHAS COMER NOZES

Certo dia disse Chanticler, o galo, a Peterlote, a galinha:
— As nozes devem estar maduras. Vamos à montanha nos banquetear antes que o esquilo leve tudo.
— Ótimo — respondeu a galinha. — Venha. Vamos nos divertir a valer. — Então os dois subiram a montanha, e como fazia um dia bonito ficaram lá até a noitinha.

Ora, fosse porque tinham realmente engordado ou se tornado arrogantes, eu não saberia dizer, o galo teve de fazer uma carruagem com as cascas das nozes. Quando ficou pronto, a galinha se acomodou e disse ao galo:
— Agora tome posição entre os varais.
— Tudo bem, mas prefiro voltar para casa a pé do que atrelado. Sentarei à boleia e conduzirei, mas puxar o coche jamais farei.

Enquanto estavam discutindo uma pata grasnou:
— Seus ladrõezinhos! Quem convidou vocês a virem à minha montanha de nozes? Vocês vão pagar caro, esperem só para ver.

A pata correu então para o galo com o bico aberto, mas ele já estava preparado e atacou-a com os esporões até ela gritar pedindo piedade. Por fim a pata se deixou atrelar ao carrinho. O galo se sentou à boleia como se fosse o cocheiro e foi gritando sem parar:
— Vamos, pata, corra o mais rápido que puder.

Depois de rodarem uma pequena distância eles encontraram dois caminhantes, um alfinete e uma agulha.
— Pare! Pare! — chamaram e disseram aos dois que logo estaria muito escuro e não poderiam dar mais nenhum passo, a estrada era tão poeirenta,

será que não gostariam de uma carona? Os dois tinham ido à Estalagem do Alfaiate próxima aos portões da cidade e se demorado tomando cerveja.

Como eram ambos muito magros e não ocupavam muito espaço o galo os deixou subir, mas os fez prometerem não pisar nos seus pés nem nos da galinha. Tarde da noite o grupo chegou a uma estalagem, e como não quisessem continuar viagem no escuro e a pata estivesse começando a cambalear para os lados, eles entraram.

A princípio o estalajadeiro fez muitas objeções em hospedá-los, alegando que a casa já estava cheia. Talvez achasse que não eram gente muito importante. Mas, finalmente, à força de muita persuasão, prometendo-lhe o ovo que a galinha pusera no caminho e oferecendo-lhe também a pata, que punha um ovo por dia, o estalajadeiro consentiu em deixá-los passar a noite ali.

Mandou então servir-lhes uma refeição, e eles se banquetearam e se divertiram todo o tempo.

Quando começou a amanhecer, antes de clarear, quando todos ainda estavam dormindo, a galinha acordou o galo, apanhou o ovo, bicou-o e os dois o comeram juntos, depois atiraram as cascas no fogão. Procuraram então a agulha, que ainda dormia, agarraram-na pela ponta e a enfiaram na almofada da poltrona do estalajadeiro; o alfinete eles enfiaram na toalha do homem, e sem mais demora saíram voando pelo brejo. A pata, que preferia dormir ao ar livre e ficara no quintal, ouviu os dois passarem e se levantou. Encontrou um rio e saiu nadando correnteza abaixo; era um jeito muito mais fácil de viajar do que atrelada a um carrinho.

Umas duas horas mais tarde, o estalajadeiro, que era o primeiro a deixar o travesseiro, levantou e se lavou. Quando apanhou a toalha para se enxugar, arranhou o rosto, que ganhou um longo risco vermelho de orelha a orelha. Ele foi então à cozinha acender o cachimbo, mas, quando se curvou para o fogão, os pedaços de casca de ovo saltaram nos seus olhos.

— Tudo acontece com a minha cabeça esta manhã — disse ele aborrecido ao se largar na almofada da poltrona do seu avô. Mas depressa se levantou exclamando: — Minha nossa! — A agulha o espetara, e dessa vez não fora na cabeça. Ele se enfureceu e suas suspeitas imediatamente recaíram sobre os hóspedes que haviam chegado tão tarde na véspera. Quando foi procurá-los, não os encontrou em parte alguma e jurou nunca mais aceitar gente maltrapilha em sua casa, porque comia muito, não pagava e, de quebra, ainda lhe pregava peças em lugar de agradecer.

II. A VISITA AO SR. KORBES

Outra vez, quando Chanticler, o galo, e Peterlote, a galinha, estavam em vésperas de viajar, o galo construiu uma bela carruagem com as quatro rodas vermelhas e atrelou a ela quatro ratinhos. A galinha se sentou com o galo e o casal partiu.

Não tinham ido muito longe quando encontraram uma gata.

– Aonde estão indo? – perguntou ela.

– Estamos indo fazer uma visita à casa do sr. Korbes – respondeu o galo.

– Levem-me junto – pediu a gata.

– Com todo o prazer. Sente-se atrás para não cair para a frente. Por favor preste atenção, minhas rodas são vermelhas, não respingue lama nelas não. Rodas, rodem sem parar, ratos, vamos disparar, à casa de um amigo, que queremos visitar.

Então juntaram-se a ele uma mó, um ovo, um pato, um alfinete e por último uma agulha. Todos se acomodaram na carruagem e prosseguiram em grupo.

Mas, quando chegaram à casa do amigo, ele tinha saído. Os ratos levaram a carruagem para a cocheira, a galinha e o galo voaram para um poleiro, o gato se sentou junto ao fogão, o pato se deitou ao lado da vara do poço. O ovo se enrolou na toalha, o alfinete se enfiou na almofada, a agulha de um salto enterrou-se no travesseiro da cama e a mó descansou encostada à porta.

Quando o sr. Korbes chegou em casa e foi acender o fogão, o gato atirou cinzas em sua cara. Ele correu à cozinha para se lavar e o pato espirrou água em sua cara. Agarrando a toalha para se enxugar, o ovo escorregou, se partiu e grudou em seu olho. Ele quis descansar e se sentou na poltrona, e o alfinete o picou. O homem ficou muito zangado, atirou-se na cama, deitou a cabeça no travesseiro e a agulha o espetou e o fez gritar. Furioso, ele quis correr para fora, mas quando alcançou a porta, a mó caiu em sua cabeça e o matou. Que malvado devia ter sido esse amigo!

III. A MORTE DA GALINHA

Peterlote e Chanticler foram à montanha de nozes em outro dia e combinaram que quem achasse uma noz a repartiria com o outro.

A galinha encontrou uma noz enorme, mas não disse nada com a intenção de comê-la sozinha, porém a casca era tão grande que ela não conseguiu engoli-la. A noz ficou entalada em sua garganta e ela teve medo de sufocar. Gritou:

— Chanticler, Chanticler, vai correndo buscar um pouco de água o mais rápido que puder ou sufocarei.

Então o galo correu o mais rápido que pôde ao poço e disse:

— Poço, poço, você precisa me dar um pouco de água! Peterlote está na montanha das nozes; engoliu uma noz grande demais e está sufocando.

O poço respondeu:

— Primeiro você precisa ir correndo à minha noiva dizer a ela para lhe dar um pedaço de seda vermelha.

Chanticler obedeceu.

— Noiva, noiva, me dá um pedaço de seda vermelha. Darei a seda ao poço, e o poço me dará um pouco de água para levar a Peterlote que engoliu uma noz enorme e está sufocando.

A noiva respondeu:

— Primeiro vá correndo me buscar uma guirlanda de flores que deixei pendurada em um salgueiro.

Então Chanticler correu ao salgueiro, tirou a guirlanda do galho e levou-a à noiva. A noiva lhe deu a seda vermelha que ele levou ao poço e o poço em troca lhe deu a água. Então o galo levou a água à galinha, mas aconteceu que nesse intervalo Peterlote sufocara e caíra morta. O pesar do galo foi tão grande que ele gritou em altas vozes, e todos os bichos vieram lhe dar os pêsames.

Seis ratinhos construíram um pequeno carro para levar Peterlote à sepultura; quando o aprontaram atrelaram-se ao carro e levaram a galinha.

No caminho, a raposa se aproximou.

— Aonde estão indo, Chanticler?

— Enterrar minha mulher, Peterlote.

— Posso ir com você?

— Suba aí na traseira, o carro não está cheio, com um peso na frente meus cavalos não podem puxar.

Então a raposa se acomodou, e o lobo, o urso, o veado, o leão e todos os outros animais da floresta a seguiram. A procissão seguiu caminho até chegarem a um rio.

— Como é que vamos atravessá-lo? – indagou Chanticler.

Havia uma palha flutuando no rio, que disse:

— Vou me colocar de uma margem a outra e então vocês podem atravessar por cima de mim.

Mas, quando os seis ratinhos subiram na palha, ela afundou levando junto os ratinhos e todos se afogaram.

RAPUNZEL

ERA UMA VEZ UM HOMEM e uma mulher que durante muito tempo desejaram em vão ter um filho, mas enfim tiveram razões para acreditar que os céus satisfariam o seu desejo. Havia uma janelinha nos fundos de sua casa que se abria para um belo jardim, coberto de lindas flores e arbustos. Era, porém, cercado por um muro alto e ninguém se atrevia a entrar ali porque pertencia a uma poderosa bruxa a quem todos temiam.

Um dia a mulher estava parada à janela contemplando o jardim e viu um canteiro plantado com lindos rapôncios, uma planta de cujas raízes se fazem saladas. Pareciam tão frescos e verdes que ela teve desejo de comê-los. Seu desejo foi aumentando de dia para dia, e como sabia que nunca poderia satisfazê-lo, a mulher começou a ficar pálida e infeliz e a perder as forças. Então o marido se assustou e perguntou:

– Que a aflige, minha querida mulher?

– Ai de mim! – respondeu ela. – Se eu não puder comer um rapôncio do jardim nos fundos de nossa casa, morrerei.

O marido, que a amava, pensou: "Antes que sua mulher morra, você precisa apanhar para ela o rapôncio, custe o que custar." Então no crepúsculo ele pulou o muro para chegar ao jardim da bruxa, apanhou depressa um punhado de rapôncios e levou-os para a mulher. Ela logo temperou as raízes e as comeu ansiosamente. Estavam tão gostosas que no dia seguinte o seu desejo triplicara. Não conseguiria sossegar a não ser que o marido fosse buscar mais. Então no crepúsculo ele foi mais uma vez ao jardim, mas quando pulou o muro ficou aterrorizado porque se deparou com a bruxa.

– Como é que você se atreve a entrar no meu jardim como um ladrão para roubar rapôncios? – disse lançando ao homem olhares irados. – Pior para você!

– Ai de mim! – respondeu ele. – Tenha piedade. Só estou aqui por precisão. Minha mulher vê os seus rapôncios da janela e sente tanto desejo de comê-los que morreria se eu não pudesse lhe levar alguns.

A ira da bruxa se aplacou e ela disse:

— Se é como você diz, vou deixá-lo levar os rapôncios que quiser, com uma condição. Terá de me entregar a criança que sua mulher vai dar à luz. Cuidarei dela como se fosse sua mãe e todos ficarão satisfeitos. — Amedrontado, o homem concordou com tudo e, quando o bebê nasceu, a bruxa apareceu, lhe deu o nome de Rapunzel (significando plantação de rapôncios) e levou a criança.

Rapunzel era a criança mais bonita que o sol iluminava. Quando fez doze anos, a bruxa a prendeu em uma torre que havia na floresta. Não tinha escada nem portas, somente uma janelinha bem no alto da parede. Quando a bruxa queria entrar na torre, parava embaixo e gritava:

— Rapunzel, Rapunzel, solte suas tranças.

Rapunzel tinha uma cabeleira esplêndida, fina como fios de ouro. Assim que ouvia a voz da bruxa, a menina soltava suas tranças e as prendia em um gancho junto à janela. Elas caíam vinte metros abaixo e a bruxa subia.

Aconteceu que uns dois anos depois o filho do rei atravessava a floresta e passou por perto da torre. Ouviu um canto tão bonito vindo dali que parou para escutar. Era Rapunzel, que em sua solidão cantava em voz alta para passar o tempo. O filho do rei quis ir ao seu encontro e procurou uma porta, mas não havia nenhuma na torre.

Ele foi embora, mas o canto comovera seu coração tão profundamente que ele voltou à floresta todos os dias para ouvi-lo. Uma vez, quando estava escondido atrás de uma árvore, viu uma bruxa chegar à torre e gritar:

— Rapunzel, Rapunzel, solte suas tranças.

Então Rapunzel baixou as tranças e a bruxa usou-as para subir à torre. "Se essa é a escada pela qual se sobe", pensou ele, "vou tentar minha sorte." E no dia seguinte, quando começou a anoitecer, ele foi à torre e gritou:

— Rapunzel, Rapunzel, solte suas tranças.

As tranças desceram em seguida e o filho do rei subiu até o alto da torre.

A princípio Rapunzel ficou aterrorizada, porque nunca pusera os olhos em um homem antes, mas o filho do rei lhe falou gentilmente e lhe contou que seu coração se enternecera tanto com seu canto que ele não teve mais sossego e se sentiu obrigado a vê-la. Então Rapunzel perdeu o medo e, quando ele perguntou se o aceitava como marido, ela pensou, vendo que ele era jovem e bonito: "Ele me amará melhor do que a minha velha mãe Gotel." Respondeu então que sim e deu a mão ao rapaz.

— Ficarei contente de ir com você, mas não sei como vou descer desta torre. Toda vez que você vier, pode me trazer uma meada de seda? Trançarei

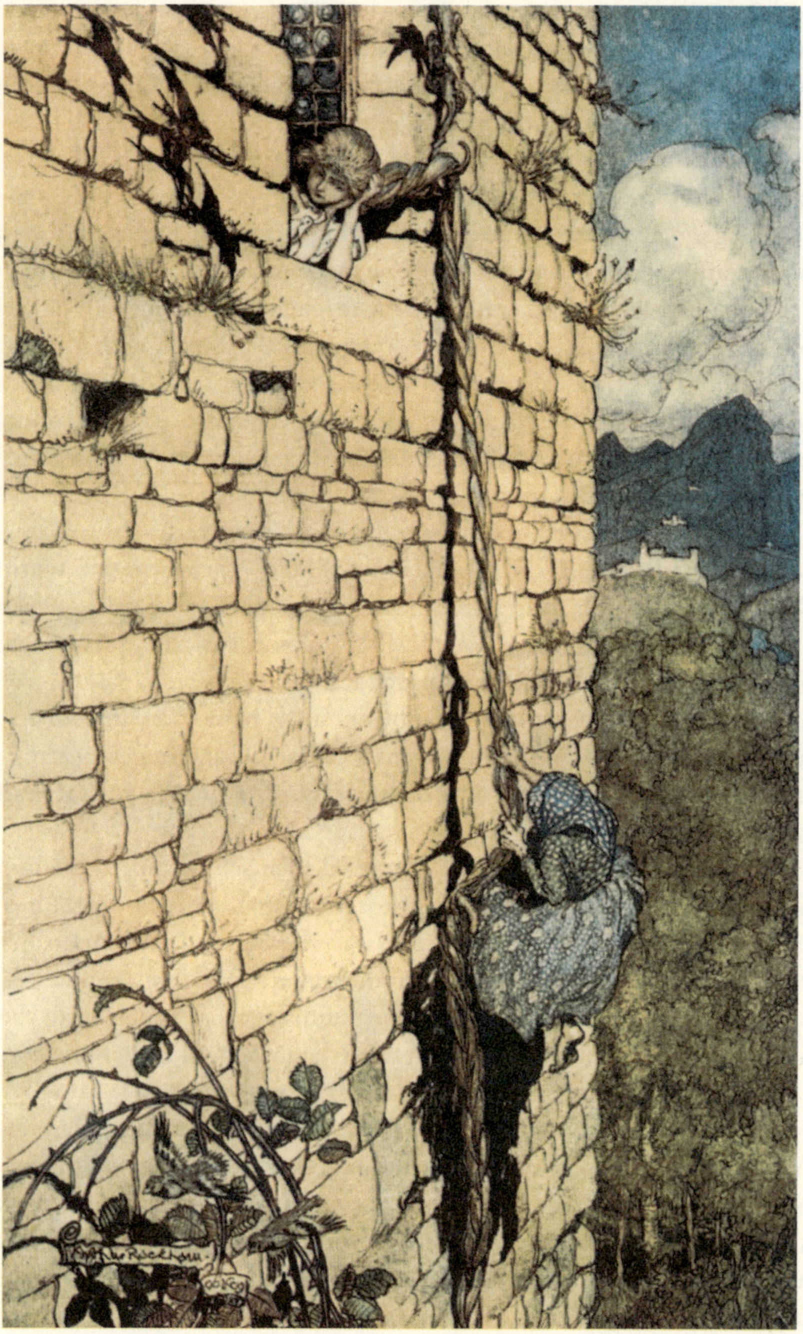

com ela uma corda e, quando estiver bastante comprida descerei, e você poderá me levar em seu cavalo – disse ela.

Combinou que o príncipe deveria ir vê-la sempre ao anoitecer porque a velha bruxa a visitava durante o dia.

A bruxa não descobriu nada até que Rapunzel um dia lhe disse de repente:

– Diga, mãe Gotel, como é que a senhora pode ser muito mais pesada para puxar do que o jovem príncipe que logo estará aqui?

– Ah, sua filha malvada, que está me dizendo? Pensei que a tivesse separado de todo o mundo, mas você me enganou. – Em sua raiva agarrou as belas tranças de Rapunzel, enrolou-as duas vezes na mão esquerda, pegou uma tesoura e cortou as tranças que caíram ao chão. A bruxa foi tão impiedosa que levou a pobre Rapunzel para um lugar deserto, onde a forçou a viver na maior tristeza e miséria.

Na noite do dia em que expulsou Rapunzel, a bruxa amarrou as tranças que cortara no gancho junto à janela e, quando o príncipe veio e gritou: "Rapunzel, Rapunzel, solte suas tranças", ela as baixou. O príncipe subiu, mas em lugar de sua amada Rapunzel encontrou a bruxa, que o encarou com os olhos raivosos e cheios de maldade.

– Ah! – caçoou ela. – Você veio buscar a sua namorada, mas a bela ave não está mais no ninho. Não pode mais cantar porque o gato agarrou-a e arrancará os seus olhos também. Rapunzel está perdida para você, nunca mais vai voltar a vê-la.

O príncipe ficou transtornado de pesar e em seu desespero pulou pela janela. Não morreu, mas seus olhos foram arrancados pelos espinhos do arbusto em que caiu. Ele vagou às cegas pela floresta, se alimentando apenas de raízes e frutinhas. Só fazia chorar e lamentar a perda de sua querida esposa Rapunzel. Assim ele perambulou por muitos anos, até finalmente chegar ao lugar deserto em que Rapunzel estava vivendo em grande penúria com os gêmeos a que tinha dado à luz, um menino e uma menina.

O príncipe ouviu uma voz que lhe pareceu muito conhecida e caminhou em sua direção. Rapunzel reconheceu-o imediatamente e desatou a chorar em seu ombro. Duas de suas lágrimas caíram nos olhos dele fazendo-os clarear imediatamente, e o príncipe voltou a ver como antes. Levou-a então para o seu reino onde foi recebido com alegria, e ele e Rapunzel viveram juntos uma vida longa e feliz.

O ALFAIATE VALENTE

CERTA MANHÃ DE VERÃO um alfaiate estava sentado em sua mesa à janela. Era um bom sujeito e costurava com perseverança. Uma camponesa passou pela rua anunciando:
— Vendo boa geleia! Vendo boa geleia!

O pregão ecoou agradavelmente nos ouvidos do alfaiate; ele pôs o rosto pálido fora da janela e gritou:
— Você encontrará aqui um comprador para sua mercadoria, boa mulher.

A vendedora subiu os três degraus da casa do alfaiate com a pesada cesta à cabeça, e ele a fez mostrar todos os seus potes. Examinou-os, ergueu-os, cheirou-os e por fim disse:
— A geleia parece boa. Pese cem gramas, boa mulher, e se passar um pouco não terá importância.

A mulher, que tinha esperado fazer uma venda maior, deu-lhe o que pedia, mas foi embora aborrecida, resmungando.
— A geleia será uma bênção para mim! — exclamou o alfaiate. — Me dará força e poder. — Ele apanhou pão no armário, cortou uma fatia e passou a geleia. — Não será uma gulodice amarga — disse ele —, mas vou terminar este colete antes de comê-la.

Deixou o pão de lado e continuou a costurar, mas a sua alegria o fez ir aumentando o tamanho dos pontos. O cheiro da geleia subiu às paredes onde as moscas se aglomeravam, tentando-as a descer, e elas pousaram em grande número na geleia.
— Ah! Quem convidou vocês? — exclamou o alfaiate, espantando as convidadas indesejáveis. Mas as moscas, que não entendiam sua língua, não eram tão fáceis de afugentar e voltavam sempre em maior número. Por fim a paciência do alfaiate terminou e, agarrando um pedaço de tecido, gritou:

— Esperem só que vou lhes mostrar! — E atacou-as sem piedade. Quando olhou havia pelo menos sete mortas e inertes. — Então é assim que você é — disse, admirando-se da própria valentia. — A cidade inteira vai saber o que fez.

Apressadamente cortou um cinto para si e pregou nele em letras grandes: "Sete de um golpe só!"

— A cidade não — continuou a falar —, o mundo inteiro saberá! — E seu coração se agitou de pura alegria como o rabo de um cordeirinho. O alfaiate prendeu o cinto na cintura e quis sair imediatamente mundo afora; achou que sua oficina era demasiado pequena para sua valentia. Antes de partir vasculhou a casa para ver se havia alguma coisa que pudesse levar na viagem. Só encontrou um queijo velho, mas guardou-o no bolso. Pelo portão ele viu um passarinho preso em uma moita e o pôs no bolso junto com o queijo. Então, corajosamente, tomou a estrada, e como estava leve e ansioso não sentiu o cansaço. A estrada subia uma montanha e quando ele alcançou o seu cume encontrou um enorme gigante sentado confortavelmente olhando ao redor.

O alfaiate aproximou-se com atrevimento e disse:

— Bom-dia, companheiro, suponho que esteja aí contemplando este vasto mundo. Estou indo tentar a sorte. Gostaria de vir comigo?

O gigante olhou-o com desprezo e respondeu:

— Seu presunçoso! Seu moleque infeliz!

— Pode ser — disse o alfaiate, desabotoando o paletó e mostrando ao gigante o seu cinto. — Mas veja que tipo de sujeito eu sou.

O gigante leu: "Sete de um golpe só", e pensou que o alfaiate tinha matado gente; isso lhe inspirou um certo respeito pelo sujeitinho. Ainda assim, pensou em testá-lo; apanhou uma pedra e espremeu-a até pingar água.

— Faça o mesmo — disse —, se tiver força.

— Só isso! — respondeu o alfaiate. — Ora, isso para mim é brincadeira.

Meteu a mão no bolso e, tirando o pedaço de queijo macio que levava, apertou-o até escorrer a umidade.

— Acho que isso nos iguala.

O gigante não soube o que dizer e não podia acreditar que o homenzinho tivesse sido capaz daquilo.

Apanhou então uma pedra e atirou-a tão alto que mal dava para acompanhá-la com os olhos.

— Agora, sua amostra de gente, faça o mesmo.

— Bom arremesso! — elogiou o alfaiate. — Mas a pedra voltou a cair na terra. Agora vou jogar uma que você nunca mais verá.

Assim dizendo, levou a mão ao bolso, tirou o passarinho e lançou-o no ar. A ave, alegrando-se com a liberdade, saiu voando e nunca mais foi vista.

— Que acha disso, companheiro? – perguntou o alfaiate.

— Sem dúvida você sabe arremessar, mas vamos ver se tem condição de carregar alguma coisa – disse o gigante.

Ele levou o alfaiate a um enorme carvalho que fora cortado e jazia no chão.

— Se é forte o bastante então me ajude a sair da floresta com esta árvore.

— Com todo o prazer – respondeu o homenzinho. – Você leva o tronco no ombro e eu levarei os galhos; com certeza eles são mais pesados.

O gigante, concordando, pôs o tronco ao ombro; mas o alfaiate se sentou em um dos galhos, e o gigante, que não tinha como olhar para trás, teve de carregar a árvore inteira e de quebra seu ajudante. O alfaiate, sentindo-se muito satisfeito na ponta da árvore, assoviou: "Três alfaiates saíram alegres da cidade", como se carregar árvores fosse brincadeira.

Quando o gigante vencera certa distância e já não aguentava mais o peso da árvore, gritou:

— Cuidado, vou largar a árvore!

O alfaiate pulou para o chão com grande agilidade e agarrou a árvore com os dois braços, como se estivesse carregando-a o tempo todo. Disse ao gigante:

— Grande como é, você não aguenta carregar uma árvore.

Durante algum tempo eles seguiram caminho juntos e quando chegaram a uma cerejeira o gigante agarrou os galhos mais altos, onde as cerejas amadurecem primeiro, passou-os às mãos do alfaiate e disse-lhe que comesse. O alfaiate, porém, era fraco demais para segurar a árvore e, quando o gigante a soltou, ela voltou à posição inicial levando o alfaiate pelos ares. Assim que ele voltou ao chão sem se machucar, o gigante disse:

— Que é isso? Você não tem força para segurar um raminho à toa?

— Não me falta força – respondeu o alfaiate. – Você acha que um ramo seria problema para alguém que matou sete com um golpe só? Saltei por cima da árvore porque alguém estava atirando nos galhos. Salte comigo se quiser.

O gigante tentou, mas não conseguiu passar por cima da árvore e ficou preso nos galhos. Então, nisso também o alfaiate levou vantagem. O gigante disse:

— Se você é um sujeito tão educado, me acompanhe à nossa caverna e passe a noite conosco.

O alfaiate não se fez de rogado e foi. Quando chegaram à caverna encontraram vários gigantes sentados ao redor de uma fogueira e cada qual segurava um carneiro assado na mão e o comia. O alfaiate olhou à sua volta e pensou: "É muito mais espaçoso aqui do que na minha oficina."

O gigante apontou para uma cama e lhe disse para deitar-se e dormir bem. A cama era grande demais para o alfaiate, então, em vez de se deitar nela, ele se acomodou a um canto. À meia-noite, quando o gigante achou que o alfaiate estava ferrado no sono, levantou-se, apanhou um grande porrete de carvalho e de um golpe esmagou a cama achando que tinha dado fim ao gafanhoto. Logo que amanheceu os gigantes saíram para a floresta completamente esquecidos do alfaiate, quando de repente ele apareceu muito vivo. Eles se aterrorizaram e, achando que iria matá-los, correram o mais depressa que puderam.

O alfaiate continuou seu caminho, sempre na direção do seu nariz empinado. Depois de caminhar um bom tempo, chegou ao pátio de um palácio real. Estava tão cansado que se deitou na grama e adormeceu. Enquanto estava ali dormindo, as pessoas vieram e o examinaram de todos os ângulos e leram em seu cinto: "Sete de um golpe só."

— Ai de nós! — exclamaram. — Por que tão grande guerreiro vem aqui em tempos de paz; deve ser um homem muito poderoso.

Procuraram o rei para lhe contar a novidade; na opinião deles se irrompesse uma guerra o homem seria útil e poderoso e não deveriam de modo algum deixá-lo partir. O conselho agradou ao rei, que mandou um cortesão ao alfaiate, para quando ele acordasse lhe oferecer um cargo militar. O mensageiro ficou parado ao lado do alfaiate até ele abrir os olhos e se espreguiçar, e então lhe transmitiu a oferta.

— Foi exatamente para isso que vim — disse o alfaiate. — Estou pronto para entrar no serviço do rei.

Então ele foi recebido com honrarias e lhe deram acomodações especiais.

Os soldados, porém, ficaram ressentidos e desejaram que o alfaiate estivesse a quilômetros de distância.

— Como é que isso vai terminar? — se perguntaram. — Quando discutirmos e ele reagir, sete de nós cairão de um golpe só. Um de nós sozinho não pode enfrentá-lo. — Então chegaram a uma decisão e foram juntos ao rei pedir baixa do seu exército.

— Não fomos feitos para resistir a um homem que mata sete de um golpe só.

Doeu ao rei perder todos os seus fiéis servidores por causa de um único homem; desejou nunca ter posto os olhos no alfaiate e se dispôs a dispensá-lo. Mas não se atreveu a isso, com medo de que o alfaiate matasse não só a ele como seu povo e se colocasse no trono. Perdeu muito tempo refletindo e, por fim, pensou em um plano. Mandou buscar o alfaiate e disse que como ele era um guerreiro de tanta importância iria lhe fazer uma proposta. Na floresta de seu reino viviam dois gigantes que causavam muito mal com seus roubos, matanças, incêndios e devastações. Ninguém ousava se aproximar pois corria risco de morte. Se ele conseguisse dominar e matar os dois gigantes, o rei lhe daria não somente sua filha única em casamento como também um dote de metade do seu reino; e ainda mandaria cem soldados montados para acompanhá-lo e ajudá-lo.

"Isso seria uma boa coisa para um homem como eu", pensou o alfaiate. "Não se oferece uma bela princesa e metade de um reino todos os dias."

– Concordo – foi sua resposta. – Não tardarei a subjugar os gigantes e sem a ajuda dos cem cavaleiros. Quem mata sete de um golpe só não precisa temer dois. – O alfaiate partiu imediatamente, acompanhado pelos cem soldados montados, mas, quando chegou à orla da floresta, disse aos seus seguidores:

– Esperem aqui, logo darei fim aos gigantes sozinho.

E desapareceu na floresta; espiou para a direita e a esquerda. Não demorou muito e avistou os dois gigantes deitados sob uma árvore roncando, profundamente adormecidos. Os roncos eram tão colossais que faziam os galhos das árvores dançarem. O alfaiate, que não era nenhum bobo, encheu os bolsos de pedrinhas e subiu na árvore. Quando chegou a meia altura, deslizou para um galho por cima dos dorminhocos e atirou as pedras, uma atrás da outra, em um deles.

Levou algum tempo para o gigante sentir alguma coisa; mas por fim acordou, empurrou o companheiro e disse:

– Para que está batendo em mim?

– Você está sonhando – disse o outro. – Não bati em você. – Os dois voltaram a dormir e o alfaiate atirou uma pedra no segundo gigante.

– Que é isso? – exclamou ele. – Que é que você está atirando em mim?

– Não estou atirando nada – respondeu o primeiro, com um rosnado.

Os dois gigantes discutiram por algum tempo, mas, como estavam com sono, se acalmaram e seus olhos tornaram a fechar.

O alfaiate recomeçou o seu jogo, escolheu a pedra maior que tinha e atirou-a no primeiro gigante com toda a força que pôde.

– Isso vai muito mal – disse o gigante levantando-se feito um louco. Empurrou o companheiro contra a árvore com tal violência que ela sacudiu. O outro lhe pagou na mesma moeda, e os dois se enfureceram tanto que arrancaram árvores pelas raízes e se golpearam até caírem mortos no chão.

Então o alfaiate desceu do seu poleiro.

— Foi uma grande sorte — comentou — que eles não arrancassem a árvore em que eu estava sentado ou eu teria de pular para outra como um esquilo, mas somos companheiros ágeis. — E desembainhando a espada deu duas ou três estocadas no peito de cada gigante. Então foi ao encontro dos cavaleiros e disse:

— O trabalho está feito. Dei o golpe de misericórdia nos dois, mas a tarefa não foi fácil. No desespero eles arrancaram árvores pelas raízes para se defender, mas nada disso adianta contra um homem como eu que mata sete de um golpe só.

— O senhor não está ferido? — perguntaram os cavaleiros.

— Não corri perigo algum — respondeu o alfaiate. — Eles não tocaram em um só fio dos meus cabelos.

Os cavaleiros não queriam acreditar e entraram na floresta para ver. Lá estavam, sem dúvida, os gigantes caídos em poças de sangue e em volta deles as árvores desenraizadas.

O alfaiate então exigiu a recompensa prometida pelo rei que, nesse meio-tempo, se arrependera e estava mais uma vez pensando em um plano para sair do apuro.

— Antes de lhe entregar minha filha e metade do meu reino você precisa dar conta de mais uma tarefa audaz. Há um unicórnio que anda pela floresta causando enormes prejuízos; você deve capturá-lo.

— Tenho ainda menos medo de um unicórnio do que de dois gigantes. Sete de um golpe só é o meu estilo. — Apanhou então uma corda e um machado e entrou na floresta dizendo aos seus seguidores que o aguardassem na orla. Não precisou esperar muito tempo. O unicórnio logo apareceu e disparou em sua direção como se quisesse transpassá-lo com o chifre ali mesmo.

— Calma, calma — gritou o alfaiate. — Mais devagar. — Ficou parado e esperou que o animal se aproximasse bastante, e então, com toda a agilidade, se escondeu atrás de uma árvore. O unicórnio avançou contra a árvore e enfiou o chifre com tanta força no tronco que não teve forças para tirá-lo dali e ficou preso. — Agora tenho uma presa — disse o alfaiate, saindo de trás da árvore. Amarrou a corda ao pescoço do bicho e com o machado soltou-o da árvore. Isso feito, conduziu o animal para fora da floresta e levou-o ao rei.

Ainda assim o rei não quis lhe dar a recompensa prometida e fez uma terceira exigência. Antes do casamento, o alfaiate deveria caçar um javali que devastava as matas. Os caçadores o ajudariam.

— Com todo o prazer — disse o alfaiate. — Vai ser brincadeira de criança.

Ele, porém, não levou os caçadores para a floresta, com o que os deixou muito satisfeitos, pois tinham mais de uma vez sofrido tal recepção do javali que não tinham o menor desejo de reencontrá-lo. Quando o javali viu o alfaiate, avançou com a boca espumando e os dentes à mostra, e tentou jogá-lo no chão, mas o ágil herói correu para uma capelinha que havia ali perto. Entrou e tornou a sair imediatamente pela janela. O javali investiu atrás do alfaiate, que a essa altura já estava pulando fora, e rápido fechou a porta para impedir o javali de sair. O animal enfurecido foi capturado, porque era pesado e desajeitado demais para pular a janela. O alfaiate chamou os caçadores para ver o prisioneiro com seus próprios olhos.

O herói, então, foi procurar o rei que, gostasse ou não, se viu obrigado a honrar sua palavra e lhe entregou a filha e metade do seu reino. Se tivesse sabido que não tinha à sua frente um guerreiro mas apenas um alfaiate, teria sentido muito mais. O casamento foi celebrado com grande pompa mas com pouca alegria, e o alfaiate virou rei.

Passado um tempo a jovem rainha ouviu o marido falando durante o sono: "Aprendiz, me traga o colete e remende as calças ou vou quebrar o metro na sua cabeça." Foi assim que descobriu a origem do jovem cavalheiro. Pela manhã ela se queixou ao rei e lhe pediu que a livrasse do marido que não passava de um alfaiate.

O rei consolou-a e disse:

– Hoje à noite deixe a porta do seu quarto aberta. Meus criados estarão do lado de fora e, quando seu marido estiver dormindo, eles entrarão e o amarrarão. Depois o embarcarão em um navio que o levará para longe.

A moça ficou satisfeita com a ideia, mas o escudeiro do alfaiate que gostava do seu jovem senhor contou-lhe a trama toda.

– Vou acabar com o plano deles – disse o alfaiate.

À noite, foi se deitar com a mulher como sempre. Quando ela achou que o alfaiate estava dormindo, levantou-se, abriu a porta e voltou para a cama. O alfaiate, que estivera apenas fingindo dormir, começou a gritar claramente:

– Aprendiz, me traga o colete e costure o remendo nas calças ou vou quebrar o metro em sua cabeça. Matei sete de um golpe só, matei dois gigantes, levei um unicórnio prisioneiro e capturei um javali; será que devo ter medo dessa gente que está aí à porta do meu quarto?

Quando ouviram o alfaiate dizer isso, os criados se apavoraram e fugiram como se estivessem sendo perseguidos por animais selvagens, e nenhum deles se aventurou a se aproximar dele outra vez.

Assim o alfaiate continuou rei até morrer.

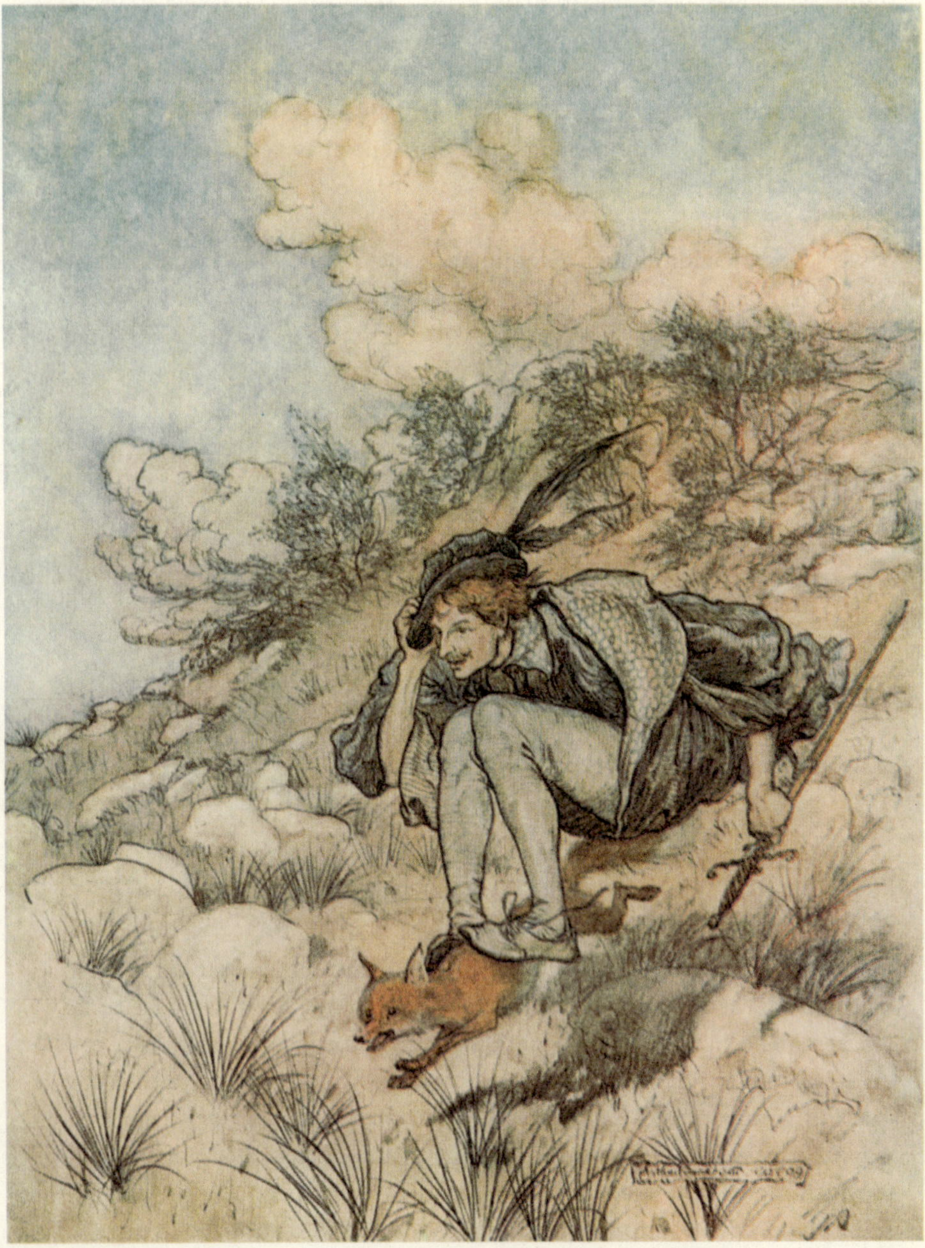

O PÁSSARO DE OURO

ERA UMA VEZ UM REI que tinha um belo jardim ao redor do seu palácio e nele havia uma árvore que dava maçãs de ouro. As maçãs foram contadas quando estavam quase maduras, mas na manhã seguinte uma havia desaparecido.

O rei foi informado e ordenou que todas as noites postassem um vigia embaixo da árvore.

O rei tinha três filhos e mandou o mais velho para o jardim ao anoitecer. Mas por volta da meia-noite o sono o venceu e pela manhã outra maçã havia sumido.

Na noite seguinte foi a vez do segundo filho ficar de vigia, mas ele não teve melhor sorte. Quando o relógio bateu a décima segunda badalada ele também estava ferrado no sono e pela manhã outra maçã havia sumido.

Chegou a vez do terceiro filho. Ele estava pronto para ficar de vigia, mas o rei não confiava muito nele e achou que o rapaz conseguiria ainda menos que os irmãos. Mas por fim concordou. O rapaz deitou-se então embaixo da árvore para vigiar, decidido a não deixar o sono dominá-lo.

Quando o relógio bateu as doze badaladas ele ouviu um farfalhar no alto e à claridade do luar viu um pássaro, cujas penas brilhantes eram de ouro puro. O pássaro pousou na árvore e estava justamente colhendo uma maçã quando o jovem príncipe disparou contra ele uma flecha. O pássaro fugiu, mas a flecha atingira sua plumagem e uma das penas de ouro caiu ao chão. O príncipe recolheu-a pela manhã, levou-a ao rei e lhe contou o que vira durante a noite.

O rei reuniu seu conselho e todos declararam que uma pena daquelas valia mais do que o reino inteiro.

— Se a pena vale tanto – disse o rei –, uma não me satisfará; preciso ter o pássaro todo.

O filho mais velho, confiando em sua astúcia, partiu em busca do pássaro pensando que certamente não tardaria a encontrá-lo.

Depois de caminhar uma boa distância, viu uma raposa sentada à orla de uma floresta; ergueu sua espingarda e fez pontaria. A raposa gritou:

— Não atire em mim e lhe darei um bom conselho. Você está procurando o pássaro de ouro; ao anoitecer chegará a uma aldeia onde há duas estalagens, uma defronte a outra. Uma estará bem iluminada e em seu interior haverá barulho e festa. Fique atento para não escolher essa, prefira a outra, mesmo que não goste muito da sua aparência.

"Como é que um animal bronco como esse pode me dar um bom conselho?", pensou o filho do rei puxando o gatilho, mas o tiro errou a raposa, que lhe deu as costas e fugiu para a floresta.

O príncipe então continuou seu caminho e ao anoitecer chegou à aldeia com as duas estalagens. Havia danças e cantoria em uma, e a outra parecia pobre e decadente.

— Eu seria um tolo se fosse para um lugar miserável havendo outro melhor tão perto.

Então entrou no mais barulhento e viveu ali uma vida desregrada e festeira, esquecido do pássaro do pai e de todos os bons conselhos.

Decorrido algum tempo, como o filho mais velho não retornasse, o segundo se preparou para sair em busca do pássaro de ouro. Ele encontrou a raposa, como acontecera com o irmão mais velho, e o animal lhe deu o mesmo bom conselho, a que ele igualmente não deu ouvidos.

Chegou às duas estalagens e viu o irmão parado à janela daquela de onde vinha barulho de festa. Não pôde resistir ao chamado do irmão, por isso entrou e se entregou a uma vida de prazeres.

Mais uma vez o tempo passou e o filho mais novo do rei quis partir para tentar a sorte. Mas seu pai não queria deixar que fosse.

— É inútil — disse o rei. — Ele será ainda mais incapaz de encontrar o pássaro de ouro do que seus irmãos, e quando tiver um infortúnio será ainda mais incapaz de superá-lo; ele não tem garra.

Mas, por fim, como o filho não lhe desse descanso, o rei deixou-o partir. Mais uma vez a raposa encontrava-se sentada à orla da floresta e suplicou que ele a deixasse viver, oferecendo-lhe seu bom conselho. O príncipe era de boa índole e respondeu:

— Fique tranquila, raposinha, não lhe farei mal.

— Você não vai se arrepender — respondeu o animal. — E para que possa viajar mais ligeiro, venha, monte na minha cauda.

Mal ele acabara de se acomodar, a raposa começou a correr, e lá se foram voando por cima de tudo em tal velocidade que o vento assobiava em seus cabelos.

Quando chegaram à aldeia, o príncipe desmontou e, seguindo o bom conselho da raposa, foi direto à estalagem de aspecto miserável sem olhar para os lados. Ali passou uma noite tranquila. Pela manhã, quando saiu para o campo, lá estava a raposa que lhe disse:

— Vou-lhe dizer o que você tem de fazer agora. Siga em frente até chegar a um castelo, diante dele está acampado um regimento de soldados. Não tenha medo, os soldados estarão dormindo e roncando. Passe pelo meio do acampamento e siga reto até o castelo, atravesse todos os aposentos e por fim chegará a um apartamento em que encontrará o pássaro de ouro pendurado em uma gaiola comum de madeira. Perto há uma gaiola de ouro só para ostentação, mas cuidado. Faça o que fizer, não deve tirar o pássaro da gaiola de madeira para prendê-lo na outra, ou será pior para você.

Ditas essas palavras a raposa mais uma vez esticou a cauda, o príncipe se acomodou e lá se foram eles voando por cima de tudo em tal velocidade que o vento assobiava em seus cabelos.

Quando chegaram ao castelo ele encontrou tudo conforme a raposa descrevera.

O príncipe foi ao aposento em que o pássaro de ouro estava pendurado em uma gaiola de madeira, perto de uma gaiola de ouro, e as três maçãs de ouro estavam espalhadas pelo quarto. O rapaz achou que seria absurdo deixar o belo pássaro na gaiola velha e comum, então abriu a porta, apanhou a ave e colocou-a na gaiola de ouro. Mas, quando fez isso, o pássaro soltou um grito agudíssimo. Os soldados invadiram o aposento e levaram o rapaz para a prisão. Na manhã seguinte ele compareceu perante um juiz e como confessou tudo foi condenado à morte. O rei, porém, disse que pouparia sua vida sob a condição de que o rapaz lhe trouxesse o cavalo de ouro que era mais veloz do que o vento. E, mais, que ele receberia o pássaro de ouro como recompensa.

Então o príncipe partiu suspirando; estava muito triste pois onde iria encontrar o cavalo de ouro?

Então, inesperadamente, viu sua velha amiga raposa parada na estrada.

– Agora está vendo – disse a raposa –, tudo isso aconteceu porque você não me escutou. Ainda assim, não desanime; vou protegê-lo e lhe dizer como encontrará o cavalo de ouro. Continue seguindo pela estrada e chegará a um palácio em cujo estábulo está o cavalo de ouro. Os cavalariços estarão espalhados pelo lugar, mas estarão dormindo e roncando, e você poderá passar por eles com o cavalo em segurança. Só tenha cuidado com uma coisa. Coloque no cavalo a sela velha de madeira e couro e não a sela de ouro que está próxima ou vai se arrepender.

Então a raposa esticou a cauda, o príncipe se acomodou e lá se foram eles voando por cima de tudo em tal velocidade que o vento assobiava em seus cabelos.

As coisas aconteceram exatamente como dissera a raposa. O príncipe chegou ao estábulo onde estava o cavalo de ouro, mas quando ia pôr a sela em seu dorso, pensou: "Um animal tão bonito passará vergonha se eu não colocar nele a sela de ouro, como merece." Mal a sela encostou no cavalo, ele começou a relinchar muito alto. Os cavalariços acordaram, agarraram o príncipe e o atiraram em uma masmorra.

Na manhã seguinte ele foi levado perante um juiz e condenado à morte; mas o rei prometeu poupar sua vida e ainda lhe dar o cavalo de ouro se ele pudesse trazer a bela princesa que morava no palácio de ouro. O príncipe partiu com o coração pesado, mas para sua alegria não tardou a encontrar a fiel raposa.

— Eu devia entregá-lo à sua própria sorte — disse o animal. — Mas terei pena e mais uma vez o ajudarei a sair desse apuro. Sua estrada leva diretamente ao palácio de ouro; você chegará lá ao anoitecer; quando tudo estiver quieto, a bela princesa irá ao banheiro tomar um banho. Quando ela passar, pule à sua frente e lhe dê um beijo, e ela o seguirá. Leve-a com você. Mas em hipótese alguma deixe-a se despedir dos pais ou você se dará mal.

Mais uma vez a raposa esticou a cauda, o príncipe se acomodou e lá se foram voando por cima de tudo até o vento assobiar em seus cabelos.

Quando chegou ao palácio, aconteceu tudo exatamente como a raposa dissera. O príncipe esperou até a meia-noite e, quando o palácio estava totalmente adormecido e a moça foi tomar banho, ele pulou à sua frente e lhe deu um beijo. Ela disse que estava pronta a acompanhá-lo, mas implorou que a deixasse despedir-se dos pais. A princípio ele recusou; mas como a moça chorou e se atirou aos seus pés, ele finalmente lhe deu permissão. Mal a moça se aproximou da cama do pai, ele e todos no palácio acordaram. O príncipe foi apanhado e jogado na prisão.

Na manhã seguinte o rei lhe disse:

— Sua vida está perdida e só poderá ser poupada se retirar de frente da minha janela a montanha que tampa a vista. Faça isso em oito dias e uma vez executada a tarefa terá minha filha como recompensa.

Então o príncipe começou a trabalhar e cavou e retirou terra com a pá sem cessar. No sétimo dia, quando viu o pouco que realizara ficou muito triste e perdeu as esperanças. Ao anoitecer, porém, a raposa apareceu e disse:

— Você não merece minha ajuda, mas deite-se e durma; farei o seu trabalho. — De manhã quando ele acordou e espiou pela janela, a montanha desaparecera.

Transbordando de alegria, o príncipe procurou depressa o rei e lhe informou que a condição fora cumprida. E, quer lhe agradasse ou não, devia manter sua palavra e entregar-lhe a filha.

Assim os dois partiram juntos e não demorou muito a raposa se reuniu a eles.

— Você sem dúvida recebeu a melhor recompensa — disse o animal. — Mas o cavalo de ouro pertence à moça do palácio de ouro.

— Como vou obtê-lo? — perguntou o príncipe.

— Ah! Vou lhe dizer — respondeu a raposa. — Primeiro leve a bela moça ao rei que lhe mandou ao palácio de ouro. Haverá grande alegria quando você aparecer, e lhe entregarão o cavalo de ouro. Monte-o imediatamente, aperte a mão de todos e por último a da bela moça; quando tiver a mão dela firme nas suas, puxe-a para junto de você e fuja a galope. Ninguém conseguirá alcançá-lo porque o cavalo corre mais do que o vento.

O príncipe fez tudo isso com sucesso e levou a bela moça no cavalo de ouro.

A raposa não estava muito longe e disse ao príncipe:

– Agora vou ajudá-lo a obter o pássaro de ouro também. Quando se aproximar do castelo onde o pássaro vive, deixe a moça desmontar e eu cuidarei dela. Em seguida entre no pátio do castelo montado no cavalo de ouro; farão muita festa quando o virem e trarão o pássaro de ouro para você. Assim que tiver a gaiola na mão, volte para onde nos deixou a galope e torne a puxar a moça para cima do cavalo.

Uma vez que esses planos foram realizados com sucesso e o príncipe estava pronto para cavalgar, levando todos os seus tesouros, a raposa lhe disse:

– Agora você precisa me recompensar pela minha ajuda.

– Que é que você quer? – perguntou o príncipe.

– Quando chegar àquela floresta, me mate com um tiro e corte minha cabeça e minhas patas.

– Isso é que seria gratidão! – exclamou o príncipe. – Não posso prometer uma coisa dessas.

– Se não quiser fazer isso, precisarei deixá-lo, mas antes de partir vou lhe dar mais um conselho. Tenha cuidado com duas coisas: não compre malfeitores nem sente na borda de um poço. – E dizendo isso, a raposa correu para a floresta.

O príncipe pensou: "Que animal estranho e que caprichos tem. Quem iria querer comprar um malfeitor! E o desejo de sentar na borda de um poço nunca me ocorreu!"

O príncipe continuou sua viagem com a bela moça e a estrada o levou a atravessar a aldeia onde seus dois irmãos tinham ficado. Havia um grande alvoroço na aldeia e, quando ele perguntou a razão, lhe informaram que dois homens iam ser enforcados. Quando chegou mais perto viu que eram seus dois irmãos, que tinham gasto tudo que possuíam e praticado toda sorte de maldades. Ele perguntou se não haveria um meio de libertá-los.

– Há, se você pagar o resgate – responderam-lhe. – Mas por que vai jogar fora seu dinheiro comprando homens tão maus?

Mas ele não parou para refletir, pagou o resgate pedido, e quando os irmãos foram libertados viajaram todos juntos.

Chegaram então à floresta onde tinham conhecido a raposa. Estava deliciosamente fresco ali, contrastando com o sol que escaldava lá fora, então os dois irmãos disseram:

– Vamos sentar junto ao poço para descansar um pouco, comer e beber.
– O príncipe concordou e durante a conversa não atentou para o que estava fazendo e, sem jamais desconfiar de nenhuma maldade, sentou-se na borda do poço. Os dois irmãos empurraram-no para o fundo e partiram para a casa do pai, levando com eles a moça, o cavalo e o pássaro.

– Trouxemos para o senhor não somente o pássaro de ouro, mas o cavalo de ouro e a moça do palácio de ouro, prêmios que conquistamos.

E houve grande alegria; mas o cavalo não queria comer, o pássaro não queria cantar e a moça se sentou e chorou o dia inteiro.

O irmão mais moço, porém, não morrera. Por sorte o poço estava seco e ele caiu em cima do musgo macio e não se machucou. O único problema é que não conseguia sair.

Mesmo nesse grande apuro a fiel raposa não o abandonou, saltou lépida para dentro do poço e censurou-o por não ter acatado o seu conselho.

– Apesar disso, não posso deixá-lo entregue à própria sorte. Preciso ajudá-lo a voltar à luz do dia. – E mandou que ele segurasse com firmeza em sua cauda e em seguida içou-o para a superfície. – Mas mesmo agora você não está fora de perigo – disse a raposa. – Seus irmãos não têm certeza de sua morte, então postaram sentinelas por toda a floresta para matá-lo se o virem.

O príncipe encontrou um pobre velho sentado à margem da estrada e trocou de roupas com ele, conseguindo desse modo chegar à corte do rei.

Ninguém o reconheceu, mas o pássaro recomeçou a cantar, o cavalo voltou a comer e a bela moça parou de chorar.

Pasmo, o rei perguntou:

– Que significa tudo isso?

– Não sei – respondeu a moça. – Mas eu estava muito triste e agora estou alegre. Parece-me que o meu verdadeiro noivo deve ter chegado.

Ela contou então ao rei tudo que havia acontecido, embora os dois irmãos a tivessem ameaçado de morte se deixasse escapar alguma coisa. O rei ordenou que todas as pessoas que estavam no palácio fossem trazidas à sua presença. Entre elas veio o príncipe, disfarçado de velho com as roupas em farrapos, mas a moça o reconheceu imediatamente e se atirou ao seu pescoço. Os irmãos malvados foram presos e executados, e o príncipe casou com a bela moça e foi proclamado herdeiro do rei.

Mas que aconteceu com a pobre raposa? Muito tempo depois, quando o príncipe saiu um dia para o campo, encontrou a raposa, que disse:

– Você tem tudo que pode desejar, mas a minha infelicidade não tem fim. Está em seu poder me libertar. – E tornou a implorar ao príncipe para matá-la com um tiro e cortar sua cabeça e suas patas.

Por fim o príncipe consentiu em fazer o que a raposa pedia, e ao fazer isso a raposa se transformou em um homem, que era ninguém menos que o irmão da bela princesa, finalmente libertado do feitiço que pesava sobre sua cabeça havia tanto tempo.

Agora não faltava mais nada para que os três fossem felizes pelo resto de suas vidas.

A RATINHA, O PÁSSARO E A SALSICHA

CERTA VEZ UMA RATINHA, um pássaro e uma salsicha se associaram. Havia muito tempo moravam como amigos na mesma casa e com isso haviam aumentado seus bens. A tarefa do pássaro era ir à floresta todos os dias buscar lenha. A da ratinha era carregar água, acender o fogo e pôr a mesa, enquanto a da salsicha era cozinhar.

Quem está bem de vida sempre deseja uma coisa nova.

Um dia o pássaro encontrou um amigo para quem elogiou sua situação confortável. Mas o outro pássaro o repreendeu e chamou-o de coitadinho, que fazia todo o trabalho pesado enquanto os outros dois levavam vida mansa. A ratinha depois que acendia o fogo e carregava a água se retirava para o seu quartinho para descansar, até que a chamassem para pôr a mesa. A salsicha tinha apenas de se postar junto ao fogão e cuidar para que a comida cozinhasse direito. Quando estava quase na hora do almoço, ela mergulhava a si mesma uma ou duas vezes no caldo e nos legumes que em seguida eram passados na manteiga e temperados, prontos para serem servidos. Então o pássaro chegava em casa, descarregava os gravetos e todos se sentavam à mesa para comer; depois da refeição dormiam o quanto queriam até de manhã. Era de fato uma vida prazerosa.

Um dia, instigado pelo amigo, o pássaro se recusou a ir buscar mais lenha dizendo que já fora escravo tempo bastante e que os parceiros tinham-no feito de bobo. Precisavam agora fazer mudanças e tentar um novo acordo.

Apesar das fervorosas súplicas da ratinha e da salsicha, fizeram a vontade do pássaro. Decidiram tirar a sorte e a salsicha ganhou a tarefa de carregar a lenha. A ratinha se tornou cozinheira e o pássaro passou a ir buscar a água.

Qual foi o resultado?

A salsicha foi à floresta, o pássaro acendeu o fogo, enquanto a ratinha pôs o tacho para ferver e esperou sozinha a salsicha chegar em casa trazendo a lenha para o dia seguinte. Mas a salsicha ficou tanto tempo fora que os outros dois suspeitaram que alguma coisa de ruim lhe acontecera, e o pássaro saiu voando para olhar do alto na esperança de encontrá-la. Não muito longe dali ele deparou com um cão que encontrara a pobre salsicha e a atacara como caça legítima, dominara-a e rapidamente a engolira.

O pássaro reclamou amargamente com o cachorro por esse roubo descarado, mas não adiantou, pois o cão alegou que encontrara cartas forjadas com a salsicha, pelas quais tinha o direito de apreendê-la.

O pássaro apanhou a lenha e voltou triste para casa contando o que vira e ouvira. Ele e a ratinha ficaram muito zangados, mas decididos a fazer o possível para continuar juntos. Então o pássaro pôs a mesa e a ratinha preparou o almoço. Ela tentou cozinhar a comida e, como a salsicha, mergulhou no caldo de legumes para lhe dar sabor. Mas antes de se misturar totalmente no caldo, parou, e nessa tentativa perdeu os pelos, a pele e a vida.

Quando o pássaro voltou e quis servir a refeição, não havia cozinheira à vista. O pássaro agitado atirou a lenha para um lado, chamou e procurou por toda parte, mas não conseguiu encontrar a cozinheira. Então, por descuido seu, a lenha pegou fogo e provocou um incêndio. O pássaro correu a buscar água, mas o balde caiu dentro do poço e o levou junto; ele não conseguiu tomar pé e com isso se afogou.

CHAPEUZINHO VERMELHO

ERA UMA VEZ UMA MENININHA meiga e querida por todos que a conheciam, mas era especialmente querida por sua avó, que não se cansava de agradá-la. Certa vez a avó lhe deu uma capa com capuz feita de veludo vermelho. Assentou-lhe tão bem e a menina gostou tanto, que não queria usar outra roupa e por isso ganhou o apelido de Chapeuzinho Vermelho.

Um dia a mãe disse:

— Vem aqui, Chapeuzinho Vermelho, leve este bolo e esta garrafa de vinho à sua avó. Ela está fraca e doente e esses presentes lhe farão bem. Vá depressa, antes que o dia esquente, não se demore pelo caminho nem corra, para não cair e quebrar a garrafa e deixar sua avó sem vinho. Quando chegar, não se esqueça de desejar: "Bom-dia", educadamente, sem ficar reparando em tudo.

— Vou fazer tudo que me diz — prometeu Chapeuzinho Vermelho à mãe.

Sua avó morava na floresta, a uma boa meia hora da aldeia. Quando a menina chegou à floresta, encontrou o lobo. Mas não sabia que ele era um animal malvado, por isso não teve um pingo de medo.

— Bom-dia, Chapeuzinho Vermelho — cumprimentou o lobo.

— Bom-dia, lobo.

— Aonde vai tão cedo, Chapeuzinho Vermelho?

— À casa de minha avó.

— Que está levando em sua cesta?

— Bolo e vinho. Assamos o bolo ontem, por isso vou levá-lo para vovó. Ela precisa de alguma coisa para melhorar.

— Onde mora sua avó, Chapeuzinho?

— A mais ou menos quinze minutos de caminhada. A casa dela fica à sombra de três grandes carvalhos, próxima a uma sebe de nogueiras que você deve conhecer — respondeu Chapeuzinho Vermelho.

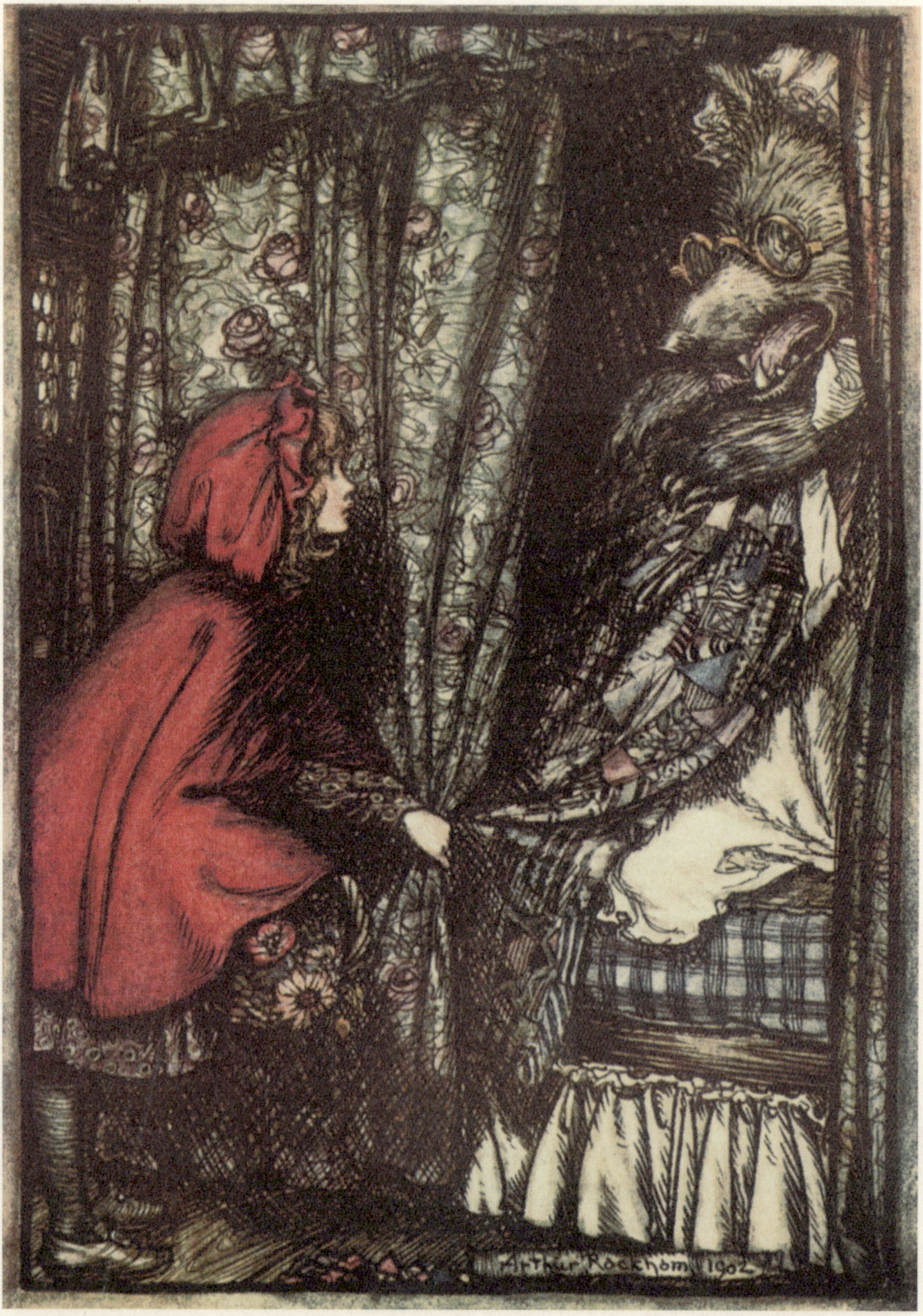
Arthur Rackham 1902

CHAPEUZINHO VERMELHO

O lobo pensou: "Essa criaturinha será um bom petisco. Bem mais gostosa que a velha. Preciso ser esperto e abocanhar as duas."

O animal acompanhou Chapeuzinho Vermelho por algum tempo, depois disse:

— Veja que bonitas flores, Chapeuzinho Vermelho. Por que não dá uma espiada à sua volta? Acho que você nem ouve os pássaros cantando, está séria como quem vai para a escola. Tudo é tão alegre aqui na floresta!

Chapeuzinho Vermelho ergueu os olhos e, quando viu a luz do sol dançando entre as árvores e todas as flores vivamente coloridas, pensou: "Tenho certeza de que vovó ficaria satisfeita se eu lhe levasse um buquê de flores. Ainda é muito cedo; terei bastante tempo para apanhá-las."

Saiu então da trilha e foi caminhando entre as árvores para colher as flores. Cada vez que colhia uma, sempre avistava outra mais bonita um pouco adiante. Com isso ela foi se aprofundando na floresta.

Nesse meio-tempo o lobo rumou direto para a casa da vovó e bateu na porta.

— Quem é?

— Chapeuzinho Vermelho, que veio lhe trazer bolo e vinho. Abra a porta!

— Empurre o trinco! – gritou a velha. – Estou fraca demais para me levantar.

O lobo empurrou o trinco e a porta imediatamente se abriu. Ele entrou depressa, se aproximou da cama sem dizer uma palavra e comeu a velha. Vestiu então sua camisola e a touca, se meteu na cama e fechou o cortinado.

Chapeuzinho Vermelho andou colhendo flores por todo lado até encher os braços e então tornou a lembrar da avó. Quando chegou à casa dela, ficou admirada de encontrar a porta aberta, e assim que entrou, o quarto e tudo o mais lhe pareceu muito estranho.

Ela se sentiu apreensiva, mas não sabia a razão. "Em geral gosto tanto de ver vovó", pensou. E então disse:

— Bom-dia, vovó. – Mas não recebeu resposta.

Foi então até a cama e abriu o cortinado. A avó estava deitada, mas puxara a touca para cobrir o rosto e tinha uma aparência estranha.

— Vovó, que orelhas grandes a senhora tem – comentou.

— É para ouvi-la melhor, minha querida.

— Vovó, que olhos grandes a senhora tem.

— É para vê-la melhor, minha querida.

— Mas, vovó, que dentes grandes a senhora tem.

– É para comê-la melhor, minha querida.

Mal acabara de dizer isso, o lobo pulou da cama e devorou a pobre Chapeuzinho Vermelho. Quando se deu por satisfeito, voltou para a cama e logo começou a roncar alto.

Um caçador passou pela casa e pensou: "Como a velha está roncando alto. Preciso ver se está acontecendo alguma coisa com ela."

Ele entrou na casa, aproximou-se da cama e encontrou o lobo ferrado no sono.

– E não é que o encontro aqui, seu velho pecador! – exclamou. – Faz bastante tempo que venho procurando você.

E ergueu a espingarda para atirar, mas ocorreu-lhe que talvez o lobo tivesse comido a velha e que talvez ainda pudesse salvá-la. O caçador apanhou uma faca e começou a abrir a barriga do animal. No primeiro corte viu o pequeno capuz vermelho e, com mais alguns golpes, a menininha pulou para fora e exclamou:

– Ah, que medo eu tive, estava tão escuro dentro do lobo! – Em seguida a velha avó saiu, viva, mas mal conseguia respirar.

Chapeuzinho Vermelho trouxe umas pedras grandes com as quais ela e o caçador rechearam o lobo, de modo que, quando o animal acordou e tentou correr, as pedras o arrastaram para trás e ele caiu morto.

Todos ficaram bem satisfeitos. O caçador esfolou o lobo e levou a pele para casa. A avó comeu o bolo e bebeu o vinho que sua neta trouxera, e logo se sentiu mais forte. Chapeuzinho Vermelho pensou: "Quando minha mãe proibir, nunca mais vou sair passeando pela floresta enquanto eu viver."

O NOIVO LADRÃO

Era uma vez um moleiro que tinha uma bela filha. Quando ela cresceu, o pai quis que se casasse e se estabelecesse. Pensou: "Se aparecer um noivo digno e pedir a mão da minha filha, eu a darei."

Não demorou muito apareceu um pretendente que parecia ser rico, e como o moleiro não soubesse nada contra ele, prometeu-lhe a filha. A moça, porém, não gostou tanto do noivo quanto deveria gostar, nem acreditou nele. Sempre que o olhava ou pensava nele, sentia um arrepio percorrer-lhe o corpo. Um dia o homem disse à moça:

— Você é minha noiva, mas nunca foi me visitar.

— Nem sei onde é sua casa — respondeu a jovem.

Ao que o noivo respondeu:

— Minha casa fica no meio da floresta.

Ela se desculpou e disse que não saberia encontrar o caminho.

— No próximo domingo você deve ir me visitar sem falta. Convidei mais algumas pessoas e, para que possa encontrar o caminho, espalharei cinzas para orientá-la.

Quando chegou o domingo, e a moça ia saindo, sentiu medo, embora não soubesse a razão. Para ter certeza de encontrar o caminho de volta ela encheu os bolsos de ervilhas e lentilhas. Na entrada da floresta encontrou a trilha de cinzas e seguiu-a, mas a cada um ou dois passos ela espalhava algumas ervilhas à direita e à esquerda.

A jovem caminhou quase o dia inteiro e por fim chegou ao meio da floresta, onde já estava quase escuro. Ali, viu uma casa solitária, que não lhe agradou. Era tão sombria e sinistra! A moça entrou, mas não encontrou ninguém e havia um silêncio mortal lá dentro. De repente uma voz gritou:

— Volte, volte, linda noiva,
não venha com a morte morar.

A moça ergueu os olhos e viu que a voz vinha de um pássaro preso em uma gaiola pendurada na parede. Novamente ele gritou a mesma coisa:

– Volte, volte, linda noiva,
não venha com a morte morar.

A bela noiva correu de aposento em aposento, por toda a casa, mas encontrou-os vazios; não havia vivalma à vista. Por fim chegou ao porão e ali encontrou uma mulher muito velha cuja cabeça tremia.

– Pode me dizer se o meu noivo mora aqui?
– Ai de ti, pobre criança! – respondeu a coitada. – Você nem sabe onde se meteu; está no covil de um assassino. Você pensou que ia se casar, mas o seu casamento será com a morte. Escute aqui, tenho sido obrigada a encher esta chaleira de água, mas quando eles a agarrarem, a matarão sem dó nem piedade, cozinharão e comerão você porque se alimentam de carne humana. A não ser que eu tenha pena de você e a salve, está perdida. A velha levou-a para trás de uma grande barrica, onde não poderia ser vista.

– Fique quieta como um ratinho – recomendou. – Não se mexa ou porá tudo a perder. Hoje à noite, quando os assassinos estiverem dormindo, fugiremos. Há muito tempo espero por essa oportunidade.

Mal a velha acabara de dizer isso entrou um grupo de homens barulhentos na casa. Arrastavam com eles outra moça, mas como estavam muito bêbados, não prestavam atenção aos seus gritos e lamentos. Deram-lhe vinho para beber, três taças cheias – tinto, branco e amarelo. Depois de bebê-las a moça caiu morta. A pobre noiva escondida atrás da barrica ficou aterrorizada; se arrepiou e tremeu, pois percebeu claramente qual seria o seu destino.

Um dos homens notou um anel de ouro no dedo mindinho da moça assassinada, e como não pôde tirá-lo, apanhou um machado e cortou o dedo fora, mas o dedo voou longe e caiu justamente no colo da noiva atrás da barrica. O homem apanhou uma lanterna para procurar o anel, mas não conseguiu encontrá-lo. Um dos companheiros perguntou:

– Já olhou atrás daquela barrica?
Mas a velha logo chamou:
– Venham comer e deixem a busca para amanhã; o dedo não vai fugir.
– A velha tem razão – comentaram os assassinos, e desistiram da busca, se sentando para jantar. Mas a velha pôs uma poção para dormir no vinho deles, e logo se deitaram, caíram no sono e roncaram com gosto.

Quando a noiva ouviu os homens roncando, saiu de trás da barrica, mas precisou passar por cima dos dorminhocos, enfileirados no chão. Sentiu um medo terrível de encostar neles, mas Deus a ajudou e ela conseguiu sair do porão sem problemas. A velha foi com ela, abriu a porta e as duas se afastaram o mais rápido que puderam daquele covil de maldades.

As cinzas tinham sido varridas pelo vento, mas as ervilhas e lentilhas tinham germinado e brotado, mostrando às duas o caminho à claridade do luar.

Elas caminharam a noite inteira e chegaram ao moinho pela manhã. A moça contou ao pai tudo que se passara.

Quando chegou o dia marcado para o casamento, o noivo apareceu e o moleiro convidou todos os amigos e parentes. Quando estavam sentados à mesa, o anfitrião pediu a cada um que contasse uma história. A noiva ficou muito quieta, mas quando chegou a vez dela, o noivo disse:

— Vamos, meu amor, você não tem nada para contar? Por favor, conte-nos alguma coisa.

Ela respondeu:

— Vou contar um sonho que tenho tido. Estou andando sozinha em uma floresta e chego a uma casa solitária onde não vejo vivalma. Há uma gaiola pendurada na parede de um dos aposentos e nela há um pássaro que grita:

— Volte, volte, linda noiva,
não venha com a morte morar.

Ele repetiu as mesmas palavras duas vezes. Isso foi só um sonho, meu amor! Percorri todos os aposentos, mas eles estavam vazios e tristes. Por fim fui ao porão e encontrei uma velha que tremia a cabeça. Perguntei a ela: "O meu noivo mora aqui?" Ela respondeu: " Ai de ti, pobre criança, você está no covil de assassinos! De fato o seu noivo mora aqui, mas ele vai cortá-la em pedaços, cozinhá-la e comê-la." Isso foi somente um sonho, meu amor! Então a velha me escondeu atrás de uma barrica e mal acabou de fazer isso os assassinos entraram em casa arrastando com eles uma moça. Deram-lhe três qualidades de vinho para beber: tinto, branco e amarelo, e depois de bebê-los ela caiu morta. Meu amor, isso foi somente um sonho que tive! Então eles arrancaram tudo da moça e a cortaram em pedaços. Meu amor, foi somente um sonho! Um dos assassinos notou o anel de ouro no dedo mindinho da moça, e, como não pôde tirá-lo, cortou fora o dedo, o dedo saltou no ar e caiu atrás da barrica no meu colo. Aqui está o dedo com o anel.

Dizendo isso ela mostrou o dedo aos convidados.

Quando o noivo viu o dedo, ficou branco como cera e tentou fugir, mas os convidados o agarraram e entregaram à justiça. E ele e seu bando foram executados por seus crimes.

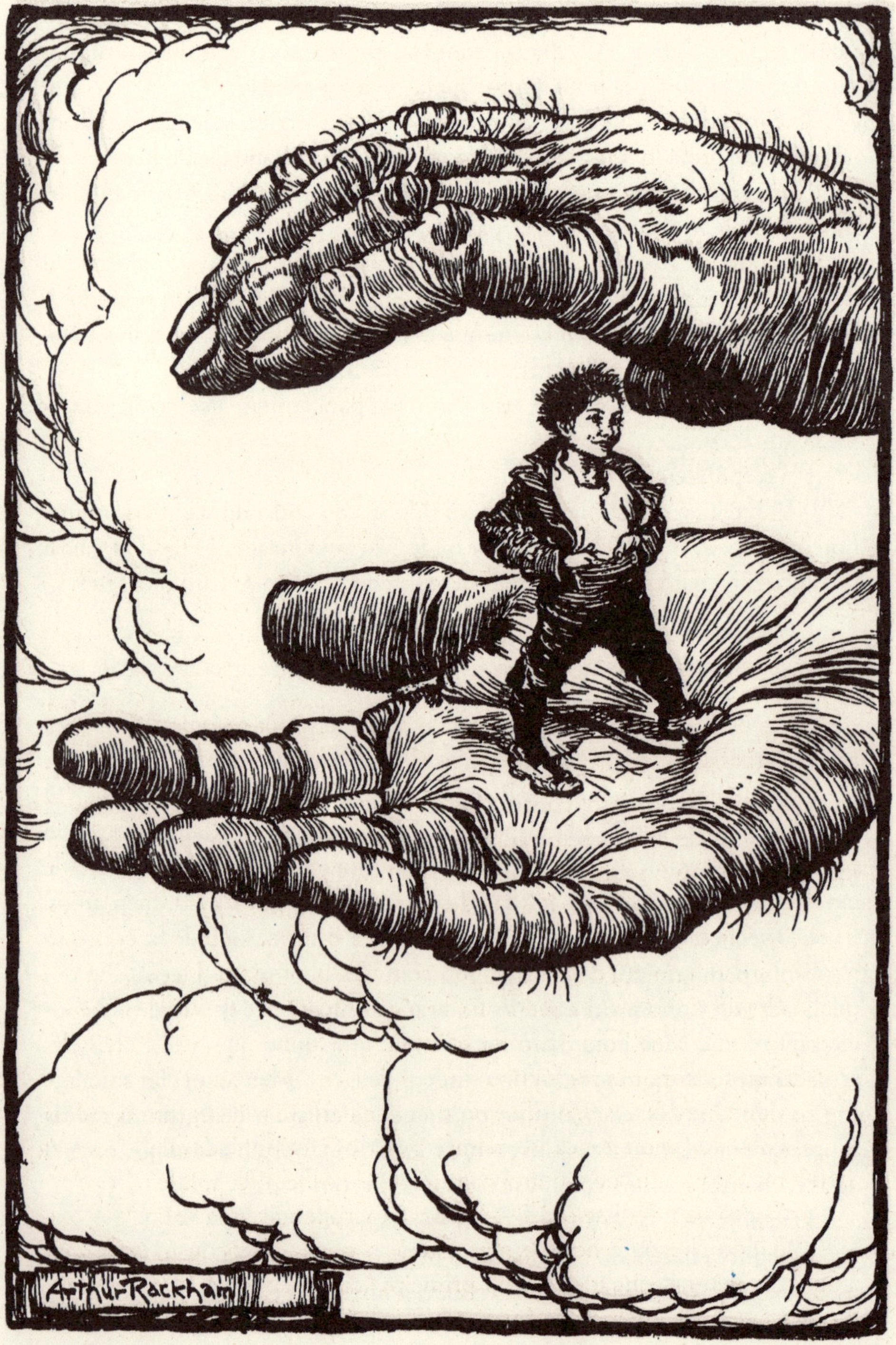
ArthurRackham

O PEQUENO POLEGAR

❦

ESTAVA CERTA NOITE UM CAMPONÊS pobre sentado junto ao fogão atiçando as brasas enquanto sua mulher fiava ao seu lado. Ele comentou:
– Que coisa triste não termos filhos. Nossa casa é tão silenciosa, enquanto a de outras pessoas é barulhenta e alegre.
– É – concordou a mulher dando um suspiro. – Mesmo que fosse unzinho só e ele não fosse maior do que o meu polegar, eu ficaria bem contente. Nós o amaríamos de todo o coração.

Ora, algum tempo depois dessa conversa ela teve um menininho forte e saudável, mas que não era maior do que um polegar. Então eles disseram:
– Muito bem, nosso desejo foi satisfeito e, mesmo pequeno, nós o amaremos muito. – E por causa de sua pequena estatura eles o chamaram de Pequeno Polegar. Não lhe deixaram faltar nada, contudo o menino não cresceu mais do que isso, continuou do mesmo tamanho com que nascera. Ainda assim, ele olhava o mundo com olhos vivos e logo provou ser inteligente e ágil, e tinha sorte em tudo que tentava fazer.

Um dia, quando o camponês estava se preparando para ir à floresta cortar lenha, disse consigo mesmo:
– Eu bem gostaria de ter alguém para puxar a carroça para mim.
– Ó pai! – disse o Pequeno Polegar. – Em breve eu a levarei. Deixe comigo; estará lá na hora marcada.

Então o camponês respondeu rindo:
– Como será possível? Você é pequeno demais até para segurar as rédeas.
– Isso não faz diferença, se mamãe puser os arreios no cavalo – respondeu o menino. – Eu me sentarei na orelha dele e lhe direi aonde ir.
– Muito bem – disse o pai. – Vamos experimentar uma vez.

Quando chegou a hora, a mãe arreou o cavalo, colocou na orelha do animal o menino, que logo gritou primeiro "eia", depois "ô", e conduziu o cavalo para onde queria. Tudo correu bem, exatamente como se o cavalo estivesse sendo conduzido por seu dono; e tomaram o caminho certo para a floresta. Então aconteceu que enquanto a carroça virava uma curva e o Polegar falava com o cavalo, dois estranhos apareceram em cena.

– Nossa – exclamou um deles –, que é isso? Lá vai uma carroça e há um condutor falando com o cavalo, mas não se vê ninguém.

– Tem alguma coisa esquisita nisso – disse o outro. – Vamos seguir a carroça para ver aonde está indo.

A carroça continuou floresta adentro e chegou sem problemas ao lugar onde a lenha fora cortada.

Quando o Polegar viu o pai, disse:

– Está vendo, pai, eis-me aqui com a carroça; agora me desça. – O pai segurou o cavalo com a mão esquerda e tirou o filhinho da orelha do animal com a direita. Então, Polegar se sentou satisfeito em uma palha.

Quando os dois estranhos repararam nele, não souberam o que dizer de tanto espanto.

Um puxou o outro para o lado e disse:

– Escute, aquela criaturinha poderia fazer a nossa fortuna se a exibíssemos por dinheiro na cidade. Vamos comprá-la.

Eles se aproximaram do camponês e propuseram:

– Venda-nos esse homenzinho. Nós cuidaremos bem dele.

– Não – respondeu o camponês. – Ele é a alegria dos meus olhos e não o venderia nem por todo o ouro da Terra.

Mas quando o Pequeno Polegar ouviu a negociação, subiu pelas dobras do paletó do pai, sentou-se ao seu ombro e cochichou-lhe no ouvido:

– Pai, me deixe ir. Logo estarei de volta.

Então o pai entregou-o aos dois homens por uma bela moeda de ouro.

– Onde quer sentar? – perguntaram ao Polegar.

– Ah, me ponha na aba do seu chapéu, dali poderei andar para um lado e outro e observar as redondezas sem cair.

Os homens fizeram o que ele pedia e depois que o Polegar se despediu do pai eles partiram.

Caminharam até começar a escurecer, e o pequeno homenzinho disse:

– Me desçam agora.

– Fique onde está – respondeu o homem em cuja cabeça ele estava sentado.

– Não – disse o Polegar. – Vou descer. Me ponha no chão imediatamente.

O homem tirou o chapéu e pôs a criaturinha em um campo à margem da estrada. Ele pulou e andou por algum tempo, aqui e ali, entre as plantas, então entrou de repente em uma toca de rato que descobrira.

– Boa-noite, senhores, podem ir para casa sem mim – gritou caçoando.

Os homens correram por ali e cutucaram com gravetos a toca do rato, tudo em vão. O Polegar foi se aprofundando cada vez mais, e não tardou a ficar muito escuro e eles foram forçados a voltar para casa, enraivecidos e com as bolsas vazias.

Quando o Polegar reparou que os homens tinham ido embora, saiu do seu esconderijo debaixo da terra.

– É perigoso andar por esse campo no escuro – disse. – Corre-se o risco de quebrar a perna ou o pescoço. – Por sorte, ele encontrou um caracol vazio. – Que bom. Posso passar a noite aqui em segurança. – E se sentou.

Não demorou muito, quando Polegar ia adormecendo, ouviu dois homens passarem. Um disse:

– Como vamos fazer para roubar o ouro e a prata do pastor rico?

– Eu sei – interrompeu o Polegar.

– Que foi isso? – perguntou um ladrão ao outro, assustado. – Ouvi alguém falando.

E eles pararam para escutar.

Então o Polegar tornou a falar:

– Me levem com vocês que os ajudarei.

– Onde é que você está?

– Olhem para o chão e vejam de onde vem a voz – respondeu o Polegar.

Por fim os ladrões o encontraram e o apanharam.

– *Você* vai nos ajudar, seu molequinho?

– Vou. Deslizarei entre as barras da janela do aposento do pastor e passarei para vocês o que quiserem.

– Está bem – responderam –, vamos ver o que você é capaz de fazer.

Quando chegaram à residência paroquial, o Polegar entrou sorrateiro no aposento, mas imediatamente gritou a plenos pulmões:

– Vocês querem alguma coisa daqui?

Os ladrões se assustaram e avisaram:

– Fale baixo e não acorde ninguém.

O Polegar fingiu não entender e gritou outra vez:

– Que é que vocês querem? Tudo?

A cozinheira, que morava no andar de cima, ouviu-o e se sentou na cama para escutar melhor. Mas os ladrões ficaram tão assustados que recuaram um pouco. Por fim reuniram coragem outra vez e pensaram: "O danadinho quer provocar a gente." Então voltaram e cochicharam para ele:

– Agora, fale sério e nos passe alguma coisa.

Mas o Polegar gritou mais uma vez, o mais alto que pôde:

— Só vou lhes passar tudo se vocês estenderem as mãos.

A empregada, que estava escutando atenta, ouviu-o distintamente, pulou da cama e saiu atabalhoada em direção à porta. Os ladrões deram as costas e fugiram, correndo como se caçadores selvagens estivessem em seu encalço. Mas a empregada, nada vendo, foi buscar uma lanterna. Quando ela voltou, o Polegar, sem ser visto, fugira para o celeiro, e a moça, depois de vasculhar todos os cantos e não encontrar nada, voltou para a cama, achando que estivera sonhando de olhos e ouvidos abertos.

O Pequeno Polegar subiu no feno e encontrou um lugar esplêndido para dormir. Ele estava decidido a descansar até amanhecer e depois voltar para casa. Mas teve primeiro que passar por outras experiências. Este mundo está cheio de problemas e aflições!

A empregada se levantou antes de o dia raiar para alimentar as vacas. Primeiro ela foi ao celeiro, onde empilhou uma braçada de feno, justamente o feixe em que o coitado do Polegar estava dormindo. Mas ele estava dormindo tão profundamente que não se deu conta de nada até chegar quase à boca da vaca, que ia comê-lo junto com o feno.

— Nossa! — exclamou ele. — Como foi que me meti nesse apuro? — Mas logo viu onde estava, e o principal era evitar ser esmagado pelos dentes da vaca. Por fim, quer gostasse quer não, ele teve de descer pela garganta da vaca.

— Esqueceram de abrir janelas nesta casa — disse. — O sol não entra nela e nenhuma outra luz foi providenciada.

De um modo geral ele estava muito insatisfeito com suas acomodações e, o que era pior, vinha entrando cada vez mais feno pela porta e o espaço foi ficando apertado. Por fim ele gritou, cheio de medo, o mais alto que pôde:

— Não me dê mais comida. Não me dê mais comida.

Nesse momento, a empregada estava ordenhando a vaca e, quando ouviu a mesma voz que ouvira de noite, sem ver ninguém, ficou assustada, escorregou do banquinho e derramou o leite. Na mesma hora, saiu correndo para encontrar o pastor e disse:

— Ah, reverendo, a vaca falou!

— Você enlouqueceu — respondeu o pastor, mas foi pessoalmente ao estábulo para ver o que estava acontecendo.

Mal pisara no curral e o Polegar recomeçou a gritar:

— Não me dê mais comida.

Então foi a vez de o pastor ficar aterrorizado e achar que a vaca devia estar enfeitiçada, então mandou que a matassem. Assim ela foi abatida, mas o estômago, onde o Polegar estava escondido, foi atirado em um monte de estrume. O Polegar teve um enorme trabalho para sair. Mas quando meteu a cabeça para fora, um lobo faminto passou correndo e abocanhou o estômago inteiro. Ainda assim o Polegar não desanimou.

– Talvez o lobo ouça a voz da razão – disse. E chamou: – Caro lobo, sei onde você acharia uma magnífica refeição.

– Onde? – perguntou o lobo.

– Ora, nessa tal e tal casa – respondeu o Polegar. – Você terá de se espremer entre as grades da janela da despensa e lá encontrará bolos, toucinho e salsichas, tantas quantas quiser comer – e continuou a conversa descrevendo a casa do pai.

O lobo não esperou para ouvir isso duas vezes e à noite se espremeu entre as grades e comeu à vontade. Quando ficou satisfeito, ele quis ir embora, mas engordara tanto que não conseguiu sair por onde entrara. O Polegar contara com isso e começou a fazer uma grande agitação na barriga do lobo, debatendo-se e gritando a plenos pulmões.

– Fique quieto – disse o lobo. – Você vai acordar as pessoas na casa.

– Pois muito bem – respondeu o Polegar. – Você comeu até se fartar, agora eu vou festejar – e recomeçou a gritar com toda a força.

Por fim seus pais acordaram, correram à despensa e espiaram por uma fresta na porta. Quando viram o lobo, voltaram, o marido apanhou seu machado e, a mulher, uma foice.

– Você fica atrás – disse o homem quando chegaram à despensa. – Se a minha machadada não o matar, você tem de atacar o bicho e abrir sua barriga.

Quando o Pequeno Polegar ouviu a voz do pai, gritou:

– Querido pai, estou aqui dentro da barriga do lobo.

Felicíssimo, o pai exclamou:

– Que o céu seja louvado! Reencontramos nosso filho querido. – E mandou a mulher pôr de lado a foice para não machucar o filho.

Ele então reuniu suas forças e deu uma machadada na cabeça do lobo, fazendo-o cair morto. Então, com facas e tesouras eles abriram a barriga do bicho e tiraram seu filhinho.

– Ah – disse o pai –, que problemas tivemos por sua causa.

– Sei, pai, viajei pelo mundo e estou feliz por tornar a respirar ar puro.

– Onde você esteve? – eles perguntaram.

– Em uma toca de rato, no estômago de uma vaca e no bucho de um lobo. E agora vou ficar com vocês.

– E nunca mais o venderemos, nem por toda a riqueza do mundo – disseram eles, beijando e acariciando o filho querido.

Então lhe serviram comida e bebida, e mandaram fazer roupas novas porque as dele tinham se estragado em suas viagens.

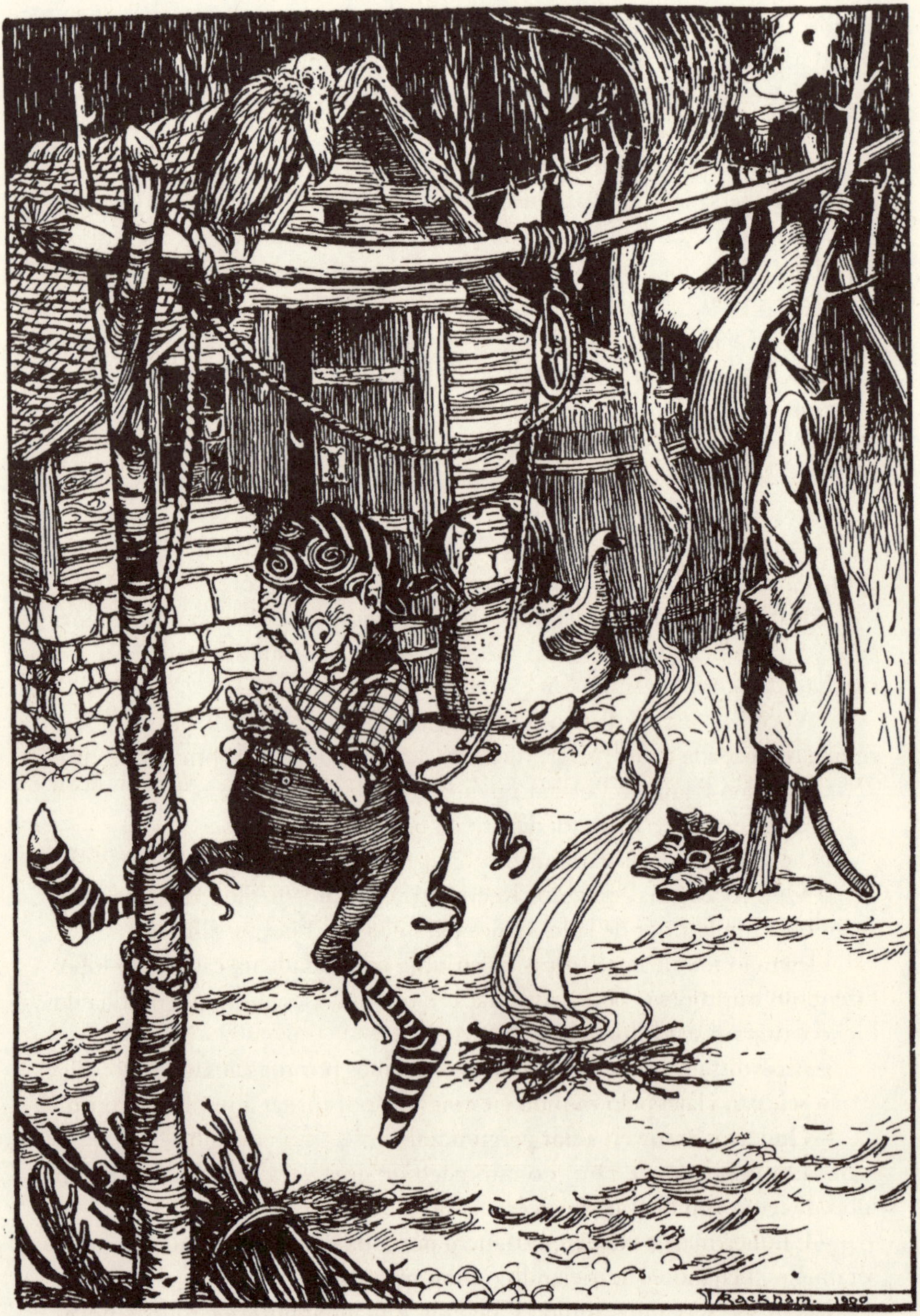
Rackham. 1900

RUMPELSTILTSKIN

ERA UMA VEZ UM MOLEIRO muito pobre que tinha uma filha bonita. Ora, aconteceu que ele teve oportunidade de falar com o rei e, para se dar ares de importância, disse:

– Tenho uma filha que é capaz de tecer a palha transformando-a em ouro.

O rei disse ao moleiro:

– Essa é uma arte em que estou muito interessado. Se ela é tão habilidosa como diz, traga sua filha ao meu castelo amanhã e eu a porei à prova.

Assim, quando a moça foi trazida ao castelo, o rei a conduziu a um quarto cheio de palha, deu-lhe uma roda de fiar e uma dobadoura e disse:

– Agora comece a trabalhar, e se entre hoje à noite e amanhã de manhã você não tiver tecido ouro com essa palha, morrerá. – Em seguida, trancou cuidadosamente a porta do quarto e deixou-a sozinha.

Sentou-se então a infeliz filha do moleiro, que por mais que tentasse não sabia o que fazer. Não tinha a menor ideia de como fiar ouro com aquela palha, e foi ficando cada vez mais aflita até que por fim começou a chorar. Então, de repente, a porta se escancarou e entrou no quarto um homenzinho que se dirigiu a ela:

– Boa-noite, senhorita Moleira, por que está chorando tanto?

– Ai de mim! – exclamou a moça. – Tenho de fiar ouro com esta palha e não sei como fazer isso.

– Que me dará se eu a fiar para você? – disse o homenzinho.

– O meu colar.

O homenzinho aceitou o colar, sentou-se diante da roda de fiar, trrrem, trrrem, trrrem, e num instante a bobina se encheu.

Ele trocou a bobina e trrrem, trrrem, trrrem, com três giros encheu a segunda também; e assim continuou até de manhã, quando terminou de fiar toda a palha e de encher todas as bobinas de fio de ouro.

Logo depois de amanhecer o rei entrou e, quando viu o ouro, ficou muito espantado e satisfeito, mas sua cabeça apenas se tornou mais avarenta. Então mandou levar a filha do moleiro a outro quarto cheio de palha, maior que o anterior, e ordenou que ela fiasse tudo naquela noite, se desse valor à própria vida.

A moça se sentiu completamente desorientada e começou a chorar. Mais uma vez a porta se abriu, o homenzinho apareceu e disse:

– Que me dará se eu fiar ouro com esta palha para você?

– O anel que tenho no dedo – disse a moça.

O homenzinho recebeu o anel e começou mais uma vez a girar a roda, e quando amanheceu tinha transformado a palha em fio de ouro.

O rei ficou encantado à vista daquela quantidade de ouro, mas ainda assim não se satisfez. Mandou então levarem a filha do moleiro a outro quarto maior cheio de palha e disse:

– Você deve fiar tudo isso esta noite, e se conseguir eu a farei minha rainha.

"Mesmo que essa moça seja apenas a filha de um moleiro", pensou ele, "não encontrarei mulher mais rica em todo o mundo."

Quando a moça ficou sozinha o homenzinho reapareceu e disse pela terceira vez:

– Que me dará desta vez se eu fiar a palha para você?

– Não tenho mais nada que possa lhe dar.

– Então me prometa seu primeiro filho se vier a ser rainha.

"Quem sabe o que pode acontecer", pensou a filha do moleiro, pois não via nenhum outro modo de sair desse apuro, então prometeu ao homenzinho o que exigia e, em troca, ele mais uma vez fiou ouro com a palha.

Quando o rei veio pela manhã e encontrou tudo como queria, celebrou seu casamento com a moça, e a filha do moleiro se tornou rainha.

Passado mais ou menos um ano nasceu uma bela criança, mas a rainha esquecera completamente o homenzinho. De repente, ele apareceu em seu quarto e disse:

– Agora, entregue-me o que me prometeu.

A rainha ficou aterrorizada e ofereceu ao homenzinho toda a riqueza do reino se a deixasse conservar a criança. Mas ele respondeu:

– Não, eu prefiro ter um ser vivo do que todos os tesouros do mundo.

Então a rainha começou a gemer e a chorar de tal maneira que o homenzinho se compadeceu.

– Vou lhe dar três dias – disse ele – e se nesse período a senhora descobrir o meu nome poderá conservar a criança.

RUMPELSTILTSKIN

Então durante a noite a rainha procurou lembrar todos os nomes que já ouvira e mandou um mensageiro percorrer o país para indagar em toda parte que outros nomes haveria. Quando o homenzinho veio no dia seguinte, ela começou com Gaspar, Melquior, Baltasar e citou todos os nomes que conhecia, um após o outro. Mas ao ouvir cada nome o homenzinho respondia:

— Não, esse não é o meu nome.

No segundo dia ela mandou indagar em toda a vizinhança os nomes dos moradores e recitou para o homenzinho todos os nomes mais esquisitos e raros.

— Talvez o seu nome seja Costelinha. Cambito ou Aranhoso?

Mas todas as vezes a resposta era: "Não, esse não é o meu nome."

No terceiro dia o mensageiro voltou dizendo que não conseguira encontrar nenhum nome novo, mas que ao virar uma trilha na mata em uma alta montanha onde a raposa dá boa-noite à lebre ele vira uma casinha e diante dela uma fogueira e em volta da fogueira um homenzinho indescritivelmente ridículo que dava saltos e pulava em um pé só enquanto cantava:

> — Hoje asso meu pão, amanhã faço cerveja;
> depois terei o filho do rei.
> Ah! Que sorte, que nenhum vivente saiba
> que me chamo Rumpelstiltskin. Eh! Eh! Eh! Eh!

Vocês podem bem imaginar a alegria da rainha quando ouviu esse nome e, mais tarde, quando o homenzinho entrou e perguntou:

— Agora, majestade, qual é o meu nome?

Primeiro ela indagou:

— O seu nome é Antônio?

— Não.

— É Ricardo?

— Não.

— Será por acaso Rumpelstiltskin?

— Foi o diabo que lhe contou! Foi o diabo que lhe contou! — gritou com voz aguda o homenzinho, e em sua explosão de raiva bateu e sapateou no chão com tanta força que afundou o corpo até a cintura.

Então, no auge da emoção, ele agarrou sua perna esquerda com as duas mãos e se rasgou em pedaços.

OS DOZE CAÇADORES

ERA UMA VEZ UM PRÍNCIPE noivo de uma jovem que era filha de um rei, a quem ele muito amava. Um dia, quando estavam juntos e muito felizes, chegou um mensageiro para informar ao príncipe que seu pai estava muito doente e o chamava em casa pois queria vê-lo antes de morrer. Disse ele à sua amada:

— Preciso partir e deixá-la, mas dou-lhe este anel de lembrança. Quando eu for rei voltarei para buscá-la.

Então ele se foi, e quando chegou em casa encontrou o pai no leito de morte. O pai lhe disse:

— Meu querido filho, queria vê-lo mais uma vez antes de morrer. Prometa-me casar com a noiva que escolhi para você. — E deu o nome de uma certa princesa.

O filho ficou muito triste e, sem refletir, prometeu fazer o que o pai pedia, e o rei, fechando os olhos, morreu.

Ora, quando o príncipe foi proclamado rei e passou o período de luto, chegou o momento de cumprir a promessa que fizera ao pai. Fez o seu pedido de casamento à princesa, que o aceitou. Sua antiga noiva soube e sofreu tanto com essa infidelidade que quase morreu. O rei, seu pai, perguntou-lhe:

— Filha querida, por que está tão triste? Darei a você o que desejar.

Ela pensou por um momento e respondeu:

— Querido pai, quero onze damas iguaizinhas a mim de rosto, corpo e altura.

— Se isso for possível, o seu desejo será satisfeito — disse o rei.

Mandou então fazer uma busca em todo o reino para encontrar onze damas exatamente iguais à sua filha. A princesa encomendou doze trajes de caçador e deu-os às damas para usarem, vestindo ela própria o décimo segundo. Despediu-se então do pai e partiu com as onze damas para a corte do antigo noivo a quem tanto amava. Ao chegar, perguntou-lhe se precisava de caçadores e se os tomaria a seu serviço. O rei não a reconheceu, mas, como tinham uma bela aparência, concordou em contratá-los. E assim entraram para o serviço do rei.

Ora, o rei tinha um leão que era um animal maravilhoso, pois conhecia todos os segredos e coisas ocultas. Disse o animal ao rei certa noite:

– O senhor gosta dos seus doze caçadores, não é?

– Gosto – respondeu o rei.

– O senhor está enganado – disse o leão. – São doze moças.

– Não pode ser verdade! – disse o rei. – Você é capaz de provar o que diz?

– Ah, mande espalhar ervilhas na sua antessala amanhã e o senhor verá. Os homens pisam com firmeza, e quando andam em cima de ervilhas elas não correm, mas as moças tropeçam, dão passos ligeiros, escorregam e fazem as ervilhas rolarem pelo chão.

O rei ficou satisfeito com o conselho do leão e ordenou que espalhassem ervilhas no chão.

Havia, no entanto, um criado do rei que favorecia os caçadores, e quando ouviu que iam pô-los à prova, contou-lhes tudo:

– O leão vai provar ao rei que vocês são moças.

A princesa agradeceu e mais tarde disse às companheiras:

– Façam o possível para pisar com firmeza em cima das ervilhas.

Na manhã seguinte, quando o rei mandou chamá-las, as moças entraram na antecâmara pisando tão firme que nenhuma ervilha correu. Quando se retiraram, o rei disse ao leão:

– Você mentiu. Os caçadores caminharam como homens.

Mas o leão respondeu:

– Elas foram prevenidas e se prepararam para a prova. Mande trazer doze rodas de fiar à antecâmara e elas se mostrarão encantadas ao vê-las, como nenhum homem ficaria.

Esse plano também agradou ao rei e ele mandou trazer as rodas de fiar. Mas novamente o bondoso criado avisou aos caçadores do plano. Quando estavam a sós, a princesa recomendou às suas damas:

– Controlem-se e não olhem para as rodas de fiar.

Quando na manhã seguinte o rei mandou buscar os caçadores, eles atravessaram a antecâmara sem nem ao menos olhar para as rodas de fiar.

Então o rei disse ao leão:

– Você mentiu para mim. Eles são *realmente* homens; não olharam para as rodas de fiar.

— Elas sabiam que estavam sendo postas à prova e se contiveram — respondeu o leão.

Mas o rei não acreditou mais nele.

Os doze caçadores sempre acompanhavam o rei em suas expedições de caça, e quanto mais tempo passavam a seu serviço, mais o rei se afeiçoava a eles. Ora, aconteceu que um dia quando estavam fora caçando chegaram notícias da aproximação da noiva real.

Quando a verdadeira noiva ouviu isso, o choque foi tão grande que seu coração quase parou e ela caiu desmaiada. O rei, pensando que acontecera alguma coisa ao seu caçador favorito, correu para ajudá-lo e tirou sua luva. Viu então o anel que dera à primeira noiva, e quando fitou seu rosto reconheceu-a. Ficou tão comovido que a beijou, e quando ela abriu os olhos ele disse:

— Você é minha e eu sou seu, e ninguém no mundo irá nos separar.

Então o príncipe enviou um mensageiro à outra noiva pedindo-lhe que regressasse a sua casa porque o rei já tinha uma esposa e quem tem um prato velho não precisa de um novo. O casamento dos noivos foi então celebrado e o leão reconquistou o favor do rei, pois afinal de contas falara a verdade.

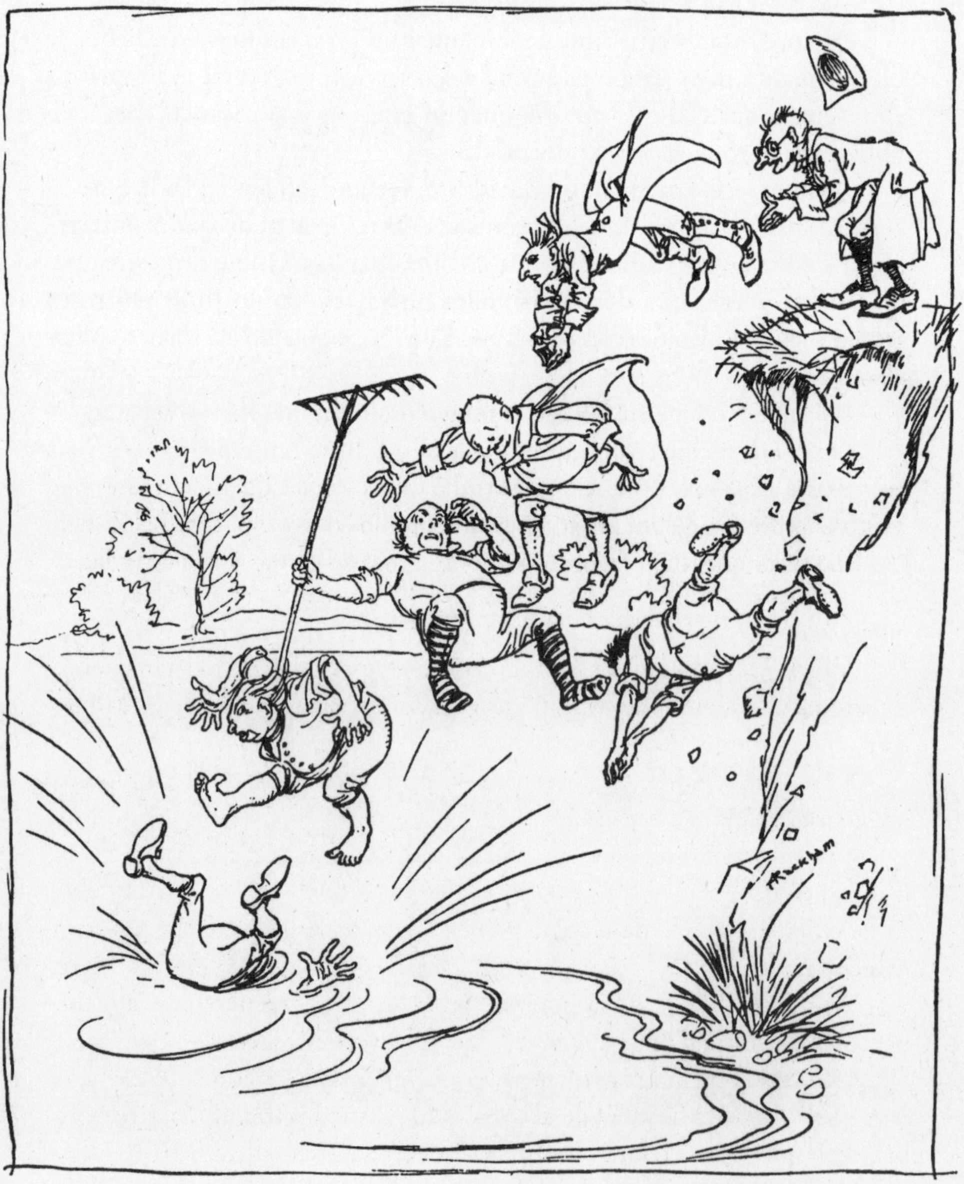

O CAMPÔNICO

ERA UMA VEZ UMA ALDEIA em que havia apenas um camponês pobre; todos os outros eram abastados, por isso eles o chamavam depreciativamente de Campônico. Ele não possuía sequer uma vaca e muito menos dinheiro para comprar uma, embora ele e a mulher teriam se alegrado em ter tal animal.

Certo dia ele disse à mulher:

— Escute aqui, tenho uma boa ideia. Lá está o meu padrinho, o marceneiro, pedirei a ele para nos fazer uma vaca de madeira e pintá-la de castanho, para que pareça um animal de verdade, e quem sabe um dia ela vire uma vaca de verdade.

O plano agradou a sua mulher, então o seu padrinho, o marceneiro, recortou e entalhou uma vaca, tingiu-a da cor certa e fez sua cabeça inclinada para parecer que estava comendo.

Na manhã seguinte, quando as vacas saíram para pastar, o Campônico chamou o vaqueiro e pediu-lhe:

— Escute, tenho uma bezerra, mas é muito pequena e precisa ser carregada no colo.

O vaqueiro concordou, tomou-a nos braços, carregou-a para o pasto e a colocou na relva.

A bezerra ficou ali o dia inteiro e pareceu estar comendo, e o vaqueiro pensou: "Logo ela poderá andar sozinha; olhe como come."

À noitinha, quando ia voltar para casa, ele disse à bezerra:

— Se você pode ficar em pé aí o dia todo se empanturrando, pode muito bem voltar para casa com as próprias pernas, não pretendo carregá-la!

Mas o Campônico estava esperando à porta pela bezerra e, quando o vaqueiro atravessou a aldeia sem trazê-la, na mesma hora ele perguntou onde ela estava.

O vaqueiro respondeu:

– Continua lá no pasto; não quis parar de comer para nos acompanhar.

O Campônico retrucou:

– Mas preciso da minha bezerra.

Então eles voltaram ao campo, mas nesse meio-tempo alguém roubara a bezerra e desaparecera.

O vaqueiro explicou:

– Ela deve ter fugido.

Mas o Campônico respondeu:

– Não quero saber. – E levou o vaqueiro à presença do bailio, representante do rei, que pelo seu descuido condenou-o a dar uma vaca ao Campônico para repor a bezerra roubada.

Finalmente o Campônico e sua mulher tinham a vaca que há muito tempo desejavam; ficaram contentes, mas não tinham forragem e assim não podiam alimentá-la, por isso logo precisaram matá-la.

Eles salgaram a carne e o homem foi à cidade vender o couro, pretendendo comprar outra bezerra com o dinheiro que recebesse. No caminho passou por um moinho, onde ele viu pousado um corvo com a asa quebrada. Apiedou-se e embrulhou o pássaro no couro. Mas, nessa hora, desabou uma tempestade de vento e chuva e ele não pôde continuar viagem, então entrou no moinho para pedir abrigo.

Encontrou apenas a mulher do moleiro, que lhe disse:

– Você pode deitar na palha ali. – E lhe deu um pouco de pão e queijo para comer.

O Campônico comeu e se deitou com o couro do lado.

A mulher do moleiro pensou: "Ele está cansado e não acordará."

Logo depois entrou um padre e ele foi bem recebido pela mulher, que anunciou:

– Meu marido está fora, por isso poderemos comer um banquete.

O Campônico estava de ouvidos bem abertos e quando ouviu falar em banquete ficou muito aborrecido, porque a mulher achara o pão com queijo bastante bom para lhe dar.

A moleira pôs a mesa e trouxe um pernil assado, salada, bolo e vinho. Ela e o padre se sentaram, mas quando iam começar a comer alguém bateu na porta.

– Céus, é o meu marido! – exclamou a mulher.

Então, escondeu depressa o pernil no forno, a garrafa de vinho embaixo do travesseiro, a salada em cima da cama, o bolo embaixo e, por fim, escondeu o padre no baú de roupas. Ela então abriu a porta para o marido e disse:

– Graças aos céus você voltou. O mundo parece que vai desabar com uma tempestade dessas!

O moleiro viu o Campônico deitado em cima da palha e perguntou:

– Que é que esse homem está fazendo aqui?

– Ah! – respondeu a mulher. – O coitado chegou no meio da tempestade e pediu abrigo, então dei-lhe um pouco de pão e queijo e o mandei deitar-se nas palhas.

– Por mim ele é bem-vindo, mas me arranje alguma coisa para comer, mulher. Estou com muita fome.

Ao que a mulher respondeu:

– Só tenho pão e queijo.

– Qualquer coisa serve. Pão e queijo vai bem. – E batendo os olhos em Campônico, convidou-o: – Venha comer alguma coisa também.

O Campônico não esperou um segundo convite, levantou-se na mesma hora e os dois se atiraram à comida.

O moleiro reparou que no chão havia um couro, com um corvo embrulhado nele, e perguntou:

– O que é que você leva ali?

– Levo um adivinho.

– Será que ele pode adivinhar alguma coisa para mim?

– Por que não? – respondeu o Campônico. – Mas só falará quatro coisas, a quinta ele guarda para si.

O moleiro ficou curioso e pediu:

– Me conte uma de suas adivinhações.

O Campônico apertou a cabeça do corvo fazendo-o crocitar.

– Que foi que ele disse? – perguntou o moleiro.

– Primeiro ele disse que tem uma garrafa de vinho embaixo do travesseiro – respondeu o Campônico.

– Que sorte! – exclamou o moleiro indo procurar e encontrando o vinho. – Que mais?

O Campônico fez o corvo crocitar mais uma vez.

– Segundo, ele diz que tem um pernil no forno.

– Que sorte! – disse o moleiro indo até o forno e encontrando o pernil.

O Campônico mais uma vez apertou o corvo para fazê-lo adivinhar.

– Terceiro, ele diz que tem uma salada em cima da cama.

– Que sorte! – exclamou o moleiro encontrando a salada.

De novo o Campônico apertou o corvo para fazê-lo crocitar.

– Quarto, ele diz que tem um bolo embaixo da cama.

– Que sorte! – exclamou o moleiro ao encontrar o bolo.

Então os dois se sentaram à mesa, mas a mulher do moleiro ficara aterrorizada. Foi se deitar e levou com ela todas as chaves da casa.

O moleiro teria gostado de saber qual poderia ser a quinta adivinhação, mas o Campônico disse:

– Vamos comer sossegados essas quatro coisas, a quinta é uma coisa terrível. – Então continuaram a comer, e depois barganharam quanto o moleiro deveria pagar pela quinta adivinhação, concordando por fim com trezentos táleres.

Mais uma vez o Campônico apertou a cabeça do corvo e o fez gritar muito alto.

– Que foi que ele disse? – perguntou o moleiro.

– Ele diz que o diabo está escondido no baú de roupas da casa – respondeu o Campônico.

– O diabo então terá de sair – sentenciou o moleiro abrindo a porta da casa e fazendo a mulher lhe entregar as chaves. O Campônico destrancou o baú e o padre fugiu o mais rápido que pôde.

– Vi o sujeitinho de preto com os meus próprios olhos; não houve engano – disse o moleiro.

Quando amanheceu, o Campônico partiu com seus trezentos táleres.

Depois disso ele começou a progredir no mundo; construiu para si uma casa bonita, e os outros camponeses comentaram:

– Ele deve ter andado onde cai neve de ouro e de onde se podem trazer barricas de ouro para casa.

Então ele foi chamado à presença do bailio para dizer onde arranjara toda aquela riqueza.

O Campônico respondeu:

– Vendi o meu couro de vaca na cidade por trezentos táleres.

Quando os outros camponeses ouviram isso quiseram ter a mesma boa sorte, então correram para casa, mataram suas vacas e levaram os couros ao mercado para obter o mesmo preço.

– Minha empregada precisa ser a primeira – disse o bailio. – Quando ela chegou à cidade o comprador lhe deu apenas três táleres pelo couro, e nem chegou a dar tudo isso aos demais, exclamando:

– Que é que eu vou fazer com tanto couro?

Ora, os camponeses ficaram aborrecidos com o Campônico por ter lhes passado a perna, e para se vingar tornaram a levá-lo à presença do bailio e o acusaram de trapacear.

O inocente Campônico foi unanimemente condenado à morte; meteram-no em uma barrica cheia de buracos e o empurraram para a água. Ele foi levado para fora e trouxeram um padre para dizer a missa, e todas as pessoas tiveram de assistir de longe.

Assim que o Campônico olhou para o padre percebeu que era o homem que estivera na casa do moleiro. Disse-lhe:

– Salvei sua vida tirando-o do baú, agora você tem de salvar a minha vida tirando-me desta barrica.

Nesse momento passou um pastor conduzindo um rebanho de carneiros e o Campônico sabia há muito tempo que ele queria ser bailio. Então gritou o mais alto que pôde:

– Não, não vou fazer isso nem que o mundo inteiro me pedisse.

O pastor ouviu o que ele dizia, aproximou-se e perguntou:

– Qual é o problema, que é que você não quer fazer?

– Querem que eu seja bailio se eu ficar nessa barrica, mas eu não quero – respondeu o Campônico.

– Se é só isso – disse o pastor –, eu ficarei na barrica.

– Se você entrar na barrica, farão de você bailio – disse o Campônico.

O pastor ficou feliz da vida, entrou na barrica e o Campônico a tampou. Apanhou então para si o rebanho do pastor e foi embora.

O padre voltou para a companhia dos camponeses e informou-lhes que já dissera a missa; então eles empurraram a barrica para dentro da água.

Quando a barrica começou a rolar, o pastor gritou:

– Estou disposto a ser bailio!

Os camponeses pensaram que era apenas o Campônico e responderam:

– Com certeza. Mas primeiro você precisa ir dar uma olhada lá embaixo. – E empurraram a barrica para dentro da água.

Feito isso, todos voltaram para casa, mas ao entrarem na aldeia qual não foi a sua surpresa ao toparem com o Campônico conduzindo calmamente um rebanho de carneiros à sua frente, feliz como um passarinho. Eles exclamaram:

– Ora, você, Campônico, como chegou aqui? Como foi que saiu da água?

– Bom, eu fui afundando, afundando, até chegar ao leito do rio. Então empurrei a tampa da barrica, saí e me vi em um belo campo em que havia muitos carneiros pastando e trouxe este rebanho comigo.

Os outros camponeses perguntaram:

– E ainda tem outros?

– Ah, tem muitos, mais do que eu saberia o que fazer com eles.

Então os outros camponeses planejaram ir apanhar alguns dos carneiros; cada um teria o seu rebanho.

Mas o bailio disse:

– Eu vou primeiro.

Então todos correram juntos à beira do rio; naquele momento o céu estava cheio de nuvenzinhas repolhudas que se refletiam na água. Quando os camponeses viram aquilo, exclamaram:

– Ora, lá estão os carneiros! Podemos ver os carneirinhos que estão dentro da água!

O bailio se adiantou:

– Eu serei o primeiro a descer para dar uma olhada. Chamarei vocês se valer a pena. – Então mergulhou espalhando água para todo o lado.

Os outros acharam que ele tivesse gritado "Venham!" e mergulharam atrás dele.

Assim, todos os camponeses morreram e, como o Campônico era o único herdeiro que restava, tornou-se um homem rico.

Impressão e Acabamento:
BARTIRA GRÁFICA